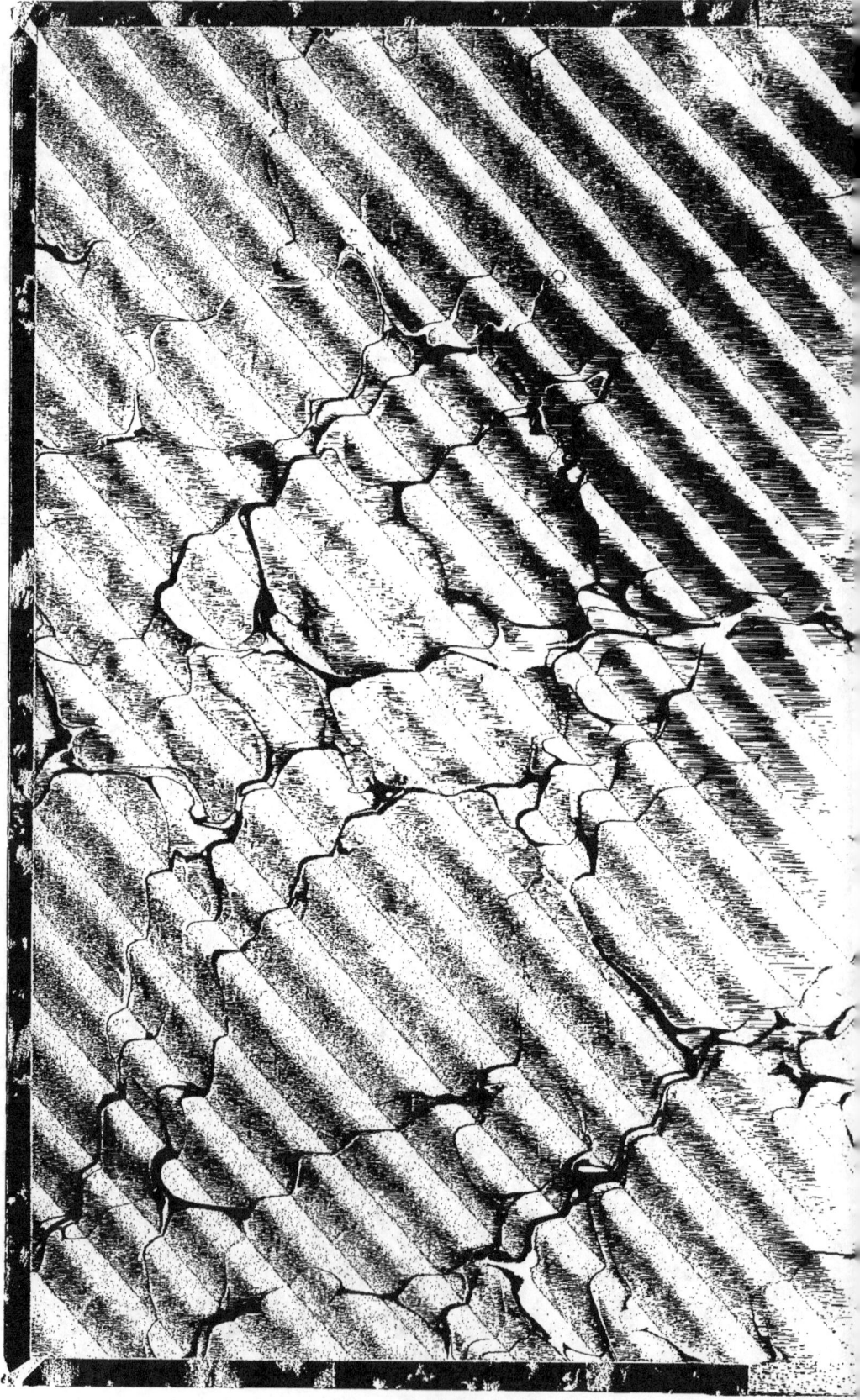

DEVAUCHELLE 1954

JOURNAL ET MÉMOIRES

DU MARQUIS

D'ARGENSON

PARIS. — IMPRIMERIE DE CH. LAHURE ET Ce

Rue de Fleurus, 9

JOURNAL ET MÉMOIRES

DU MARQUIS

D'ARGENSON

PUBLIÉS POUR LA PREMIÈRE FOIS D'APRÈS LES MANUSCRITS AUTOGRAPHES
DE LA BIBLIOTHÈQUE DU LOUVRE

POUR LA SOCIÉTÉ DE L'HISTOIRE DE FRANCE

PAR E. J. B. RATHERY

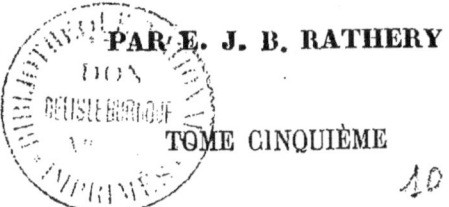

TOME CINQUIÈME

10

A PARIS

CHEZ MME V^E JULES RENOUARD

LIBRAIRE DE LA SOCIÉTÉ DE L'HISTOIRE DE FRANCE
RUE DE TOURNON, N° 6

M. DCCC. LXIII

JOURNAL ET MÉMOIRES

DU MARQUIS

D'ARGENSON.

TOME IV[1].

—

ARTICLE 1ᵉʳ.

Suite des affaires de M. le duc de Modène.

Depuis le traité de Turin, rompu par la surprise d'Asti, le duc de Modène n'eut plus d'espérance de s'accroître par notre alliance; il lui en resta à peine de recouvrer ses États à la paix générale. Certainement, nous devons sacrifier du nôtre, s'il est nécessaire, pour que nos alliés ne souffrent pas décroisse-

---

1. Il faut se rappeler ce que nous avons dit, p. 125 et 128 du volume précédent, de l'état d'imperfection où l'auteur a laissé les *Mémoires de son ministère*, et notamment le tome IV dont la rédaction incomplète ne comprend que les sept premiers articles. De plus, la plupart de ces articles, comme on le voit par leurs titres, font suite à d'autres qui n'ont pas été retrouvés.

ment par l'événement de cette guerre; mais nous aurions pu éprouver certaines disgrâces qui auraient rendu bien incertain le sort de ces malheureux alliés, les Génois et le duc de Modène : en trois semaines, l'automne de 1746, nous avons été chassés d'Italie et repoussés en Provence jusqu'au Rhône. Quel sort devait alors se promettre M. de Modène? le soulèvement de Gênes semble avoir été son salut; on n'aura rien à donner à la paix générale pour racheter Gênes, il ne restera que Modène à rétablir sous la domination de son souverain.

Le feu roi se piqua, pendant tout son règne, de traiter toujours avec magnificence les souverains que son amitié avait jetés dans le malheur. Les traitements qu'ils éprouvaient dans sa cour leur faisaient presque oublier leurs trônes usurpés : le roi Jacques Stuart, le duc de Mantoue, l'électeur de Bavière en ont été des preuves. On n'en a pas toujours usé ainsi de ce règne-ci. Le prince Charles-Édouard n'a eu, depuis son expédition d'Écosse, qu'un premier moment de bonne réception, et ce moment a paru venir plutôt de la curiosité de le voir que d'un principe d'égards. J'ai entendu M. de Maurepas établir cette fausse politique qu'on a adoptée, savoir que plus magnifiquement on le traiterait ici, et de plus haut on aurait à descendre pour le sacrifier à l'Angleterre en signant la paix.

M. et Mme de Modène[1] manquent précisément du

1. Charlotte-Aglaé d'Orléans, l'une des filles du régent, mariée en 1720 à François-Marie d'Este. « Devenue, dit Lemontey, duchesse de Modène en 1737, elle préféra au plaisir de se montrer en souveraine dans ses Etats les affronts qu'elle dévorait à Paris. »

nécessaire; on s'en excuse en France en disant qu'ils ne sont *que les alliés d'Espagne*, et, en Espagne, ils sont plus Français qu'Espagnols; ils n'ont été produits sur la scène que par le cardinal de Fleury; ils ont tergiversé sur leur alliance.

L'Espagne retrancha à M. de Modène une partie de ses appointements de général; le nouveau roi retrancha encore, et ne paya plus les deux régiments qui restaient; il fut résolu que le roi le prendrait à son service; je crois qu'enfin on les a vendus au roi de Naples; j'ignore ce qui en est arrivé depuis janvier 1747. Le duc de Modène continua cependant dans sa bonne conduite; il cachait son désespoir et ne donnait que de bons avis dans les conseils; les généraux en faisaient cas. Il a vendu à vil prix au roi de Pologne ses beaux tableaux, qui faisaient l'ornement de sa cour et l'admiration des étrangers. La reine de Hongrie lui a enfin confisqué sa dernière ressource; il possédait dans les États du pape le domaine utile de quelques grands fiefs; la violence a fait le droit, et le pape n'a pu empêcher que la cour impériale n'ait prétexté son souverain domaine en Italie pour saisir ces terres et s'en approprier désormais la jouissance.

Mme la duchesse de Modène a proposé des représailles aux Pays-Bas, et de lui attribuer le revenu des terres appartenant aux Flamands qui servent la cour impériale. C'était l'usage, dans les guerres précédentes, d'accorder ces représailles à ceux qui souffraient chez l'ennemi confiscation de leur patrimoine pour le service du roi. J'ai rapporté et sollicité cette demande; mais on s'est piqué de certains ménagements déplacés, suivant lesquels on n'a point encore procédé à

ces saisies de notre côté; enfin on a publié quelques
lettres avocatoires qui n'ont pas encore eu leur effet;
j'y ai senti de la résistance et une main invisible qui
arrêtait cette opération, ainsi que bien d'autres également justes. Le département de la guerre administre
les finances de la Flandre conquise, les fermiers royaux
s'accommodent de tout et rendent peu au trésor royal;
je n'en sais pas davantage.

La duchesse de Modène vit ici comme la plus simple particulière; elle est mal en cour depuis la perte
qu'elle a faite de la duchesse de Châteauroux; elle est
mal avec la nouvelle favorite; elle n'ose rien demander au roi. J'ai senti que je déplaisais en représentant
trop souvent ses besoins; elle demanda par mon conseil une pension, comme princesse du sang, et elle lui
fut refusée.

J'ai dit d'avance, à l'article de Modène de l'année
1746[1], qu'elle fut mal reçue à faire parler d'une de ses
filles pour épouser en secondes noces M. le Dauphin.
Si ces princesses se fussent trouvées à Paris, si elles
avaient été connues par leur figure et par leur caractère, dont on dit beaucoup de bien, peut-être en eût-
il été question dans les embarras où l'on s'est trouvé
sur le choix, dans la juste impatience où l'on était de
remarier l'héritier unique de la couronne; mais il
n'était plus temps de les faire venir de Venise depuis
la mort de Mme la Dauphine : c'eût été afficher une
prétention qui devait plutôt manquer que réussir. Il
en fut cependant question entre M. et Mme de Modène; j'en vis les lettres; je ne dus la désespérer ni la

1. C'était l'article 3 du tome II qui manque.

flatter sur ces idées; on sema le bruit de ce mariage
par malice pure et pour en décrier à la cour jusques
à la pensée. J'ai vu peu de princesses aussi malheureuses et plus patientes que Mme de Modène, et sa
vertu n'était point encore appuyée du secours de la
religion quand je la voyais. J'ai appris depuis qu'elle
s'est jetée dans la dévotion.

ARTICLE II.

Suite des affaires avec la cour de Rome, Venise, Malte
et la Suisse.

J'ai prévenu, en parlant des affaires de l'année précédente, celles qui se passèrent en celle-ci de la France
à la cour de Rome.

La reine d'Espagne laissa échapper une belle occasion de remettre l'État de Parme dans la mouvance
du saint-siége et de le tirer de celle de l'Empire. Outre la justice qu'il y eût eu, elle en eût bien adouci la
condition pour la suite; elle voulut arrêter encore le
saint-siége par la désincamération[1] de Castro et Ron-
ciglione, quoique la France soit garante qu'on ne son-
gera plus à cette vieille recherche. La reine d'Espagne
s'entêta en vain de faire garder son patrimoine par
les armes espagnoles; notre défaite et notre retraite
n'en furent que plus dommageables à notre cause.
Au mois de septembre, les Gallispans[2] ne possédaient

1. *Incamérer*, c'est unir au domaine ecclésiastique.
2. Les forces combinées de France et d'Espagne.

déjà plus rien en Italie; nos alliés les Génois et le duc
de Modène étaient pareillement la proie du vainqueur;
le roi de Naples se voyait à la veille d'être détrôné
par la reine de Hongrie.

On peut juger de là si le sacré collége eut à s'ap-
plaudir d'avoir ménagé la cour de Vienne et d'avoir
donné des bornes aux complaisances que nous en
demandions.

L'archevêque de Bourges[1] soutint aussi longtemps
qu'il put le refus du pape de reconnaître le grand-duc
comme empereur; mais, celui-ci ayant changé ses lettres hautaines et insolites au saint-père en nouvelles
lettres plus officieuses, il fallut bien le reconnaître.
Cette difficulté ne laissa pas de durer trois mois, tandis que la reconnaissance de l'empereur Charles VII
avait été emportée en vingt-quatre heures par le cardinal de Tencin.

Le pape est toujours resté très-irrité contre l'électeur de Mayence du mépris qu'on a fait de son nonce
à la dernière élection de l'Empereur à Francfort, et
on lui en donnera des marques à toutes les occasions
qui se présenteront. Nous n'avons pas eu de peine à
lui faire refuser le bref d'éligibilité pour les évêchés
de Bamberg et de Wurtzbourg, et, si les électorats de
Cologne ou de Trèves fussent venus à vaquer, il en eût
été de même. Cependant, à travers les assurances que
le cardinal Valenti en donnait à notre ambassadeur,
on voyait une crainte naïve qui ne devait pas tenir
longtemps contre la persécution. Soit que les Allemands soient les maîtres en Italie, soit qu'ils puissent

1. Frédéric-Jérôme, cardinal de Larochefoucauld.

le devenir, la cour de Rome évitera leur brutalité;
elle en a déjà assez éprouvé de maux sans y avoir
donné lieu; que serait-ce si elle avait manqué ouvertement à l'empereur d'Allemagne?

Nous continuâmes à presser pour la promotion des
couronnes; il a fallu attendre que les huit chapeaux
fussent vacants pour satisfaire l'Empereur et la reine
de Hongrie par deux chapeaux; cela n'a été fini et
l'archevêque de Bourges n'a été cardinal que quelques
mois après ma disgràce.

L'archevêché de Paris vaqua deux fois pendant
l'année 1746. M. de Bellefond n'ayant été que deux
mois sur ce siége, il fut question parmi les gens de
bien d'y nommer l'archevêque de Bourges; mais l'ancien évêque de Mirepoix, qui a la feuille des bénéfices,
et les zélés ultramontains ont empêché la nomination
d'un si digne prélat; ils suggérèrent au roi cette vérité
fatale à l'élévation du vrai mérite, qu'il était nécessaire à Rome. Je crois cependant que j'en aurais proposé d'autres qui n'y auraient pas laissé dépérir des
affaires si faciles à gouverner.

Le reste de cette année ne nous produisit de Rome
que des nouvelles surannées et des bruits peu fondés:
on y crut fermement la paix particulière du roi d'Espagne avec les cours de Vienne et de Londres. On le
mandait de même de Florence, où le comte Lorenzy,
notre envoyé, fut exposé à quantité d'avanies dès que
nos armées eurent repassé les Alpes. La voie de la
poste nous fut longtemps fermée, ou extrêmement
retardée; il fallut prendre les mêmes détours que
pendant la guerre de 1701. M. le cardinal de Tencin
continua à me montrer exactement les lettres du pape

qu'il recevait toujours régulièrement chaque semaine ;
elles ne contenaient que des nouvelles courantes et
des désirs charitables pour le repos de la chrétienté.

Venise ne produisit pas plus d'événements politiques ; on s'y piqua toujours de la neutralité ridicule
si souvent assurée par les ambassadeurs respectifs.
Quelques bruits du contraire coururent ; quelque re-
crutage, quelques mouvements de troupes fournirent
matière à demander et à répondre sur cette neutralité ;
on nous assurait toujours de divers endroits que les
jeunes sénateurs parlaient mal de la France, mais avec
une grande révérence de la reine de Hongrie et avec
chaleur de ses intérêts. Ces bruits sont toujours plus
affectés que naturels ; on veut paraître n'y aimer que
ceux que l'on craint ; d'ailleurs, ceux qui connaissent
à fond l'esprit du gouvernement vénitien ont démêlé
que toute sa politique, toute sa circonspection, ses
mystères de sévérité et de prudence, regardent plus
les affaires du dedans que celles du dehors. A celles-ci
la république ne prétendra jamais ; mais aux premières
elle a à se précautionner contre l'ambition des citoyens : c'est par là que se déforment tous les gouvernements républicains. Celui-ci est purement aris-
tocratique. Il y aura toujours, parmi les hommes,
inégalité de talents et de richesses ; les plus nobles,
les plus riches, les plus déliés, s'élèveraient sur les
nobles moins accrédités ; l'élévation devient héréditaire, et des grands emplois on passe à la puissance
souveraine ; on s'appuie des étrangers : c'est à ces maux
internes que remédie continuellement l'espèce d'ostra-
cisme ou d'inquisition d'État qui sépare si bien les
nobles de tout étranger. Mon fils passa le carnaval à

Venise en 1746, et, malgré une espèce de filiation qu'a
ma maison dans le corps des nobles de Venise[1], il y fut
moins bien reçu que si je n'avais pas été dans la place
que je remplissais.

M. de Montaigu[2] ne se distingue pas davantage par
le contenu de ses dépêches cette année-ci que la précédente.

La religion de Malte remporta quelques avantages
sur les Barbaresques et protégea notre commerce. Ses
vaisseaux ramenèrent le marquis de Lhopital à Naples,
et en même temps la fille de M. de Campoflorido, qu'il
venait de marier au prince de Pallazolo. Je reçus cette
année-ci la seule dépêche que j'aie reçue pendant
mon ministère du bailli de Bocage, chargé des affaires du roi à Malte; elle roulait sur une très-petite
affaire.

M. de Courteille passa l'hiver à Paris et fit avec moi
le même travail que l'année précédente pour les pensions vacantes à distribuer. Je voulais qu'il en donnât
dans le canton de Berne; mais, toujours endormi dans
son système de ne favoriser que les catholiques, de
peur de les perdre eux et leur alliance, il prétendit
qu'aucun Bernois n'accepterait nos bienfaits. J'y ai
cependant insisté; il m'a promis de le mieux chercher,
mais il n'en a rien fait, et j'ai vu depuis que son entêtement et la séduction de ses entours lui en ôtaient
tous moyens; qu'ainsi il fallait attendre qu'il eût un
successeur pour nous rapprocher les protestants et les
enlever insensiblement aux puissances maritimes. Je

1. Voy. t. I, p. 2 et 4.
2. Le comte de Montaigu, ambassadeur de France à Venise.

fis avancer d'une année le payement des fonds de la
Suisse.

M. le prince de Dombes[1] se plaint beaucoup du
peu de talent de M. de Courteille; il est séduit d'une
autre façon par les officiers aux gardes suisses qui lui
plaisent le plus par le rapport de leurs goûts avec le
sien. Ce prince est ferme et violent, il parle au roi
des affaires de Suisse; s'il en était le maître, je doute
que cette administration générale de nos affaires dans
le corps helvétique fût conduite selon nos intérêts les
mieux entendus.

Mon frère, dans un autre point de vue, retranche
ou augmente les grâces des services militaires des
Suisses, selon qu'il saisit leur utilité ou leurs refus
de ce qu'il leur demande. Ces anciens alliés ne nous
peuvent échapper; on les traite comme des serviteurs
acquis, tandis que les nouveaux corps d'étrangers
ont un service plus brillant, ne se refusent à rien,
n'ont point de capitulations à alléguer et attirent plus
d'attention et de grâces de la cour. J'ai reçu souvent
de ces plaintes dont le remède ne dépendait pas de
moi; le gouvernement de France est un composé de
différentes monarchies qui se croisent et dont le sort
dépend plus du crédit de chaque ministre que des
raisons qu'il peut alléguer.

1. Louis-Auguste de Bourbon, colonel général des Suisses et
Grisons.

Article III.

Cour de Naples. — Changement du premier ministre.

Le changement de premier ministre fut le dernier acte de volonté de Philippe V et de la reine sa femme; la reine de Naples l'exigea, la reine sa belle-mère fit le choix et n'exécuta ce changement qu'avec le plus de lenteur qu'il fut possible.

Depuis ce changement, depuis la mort de Philippe V, et surtout depuis qu'elle est accouchée d'un prince, la reine de Naples gouverne, et ses volontés sont des lois : qui dit volontés de femmes qui gouvernent pourrait dire caprice. La reine [1] est Allemande, elle serait bonne par elle-même; mais elle est gouvernée par une Italienne, Mme Castropigliano : la favorite est vindicative, est ruinée; tout est déjà en intrigues à cette cour. Le marquis Fogliani a d'abord été loué de son affabilité et de sa douceur; mais bientôt il a déplu; il est ébranlé dans sa place, et j'entends dire qu'il en va descendre, non par ce qui manque au service, à quoi son manque de connaissances et de talents aurait pu conduire; mais par pure intrigue de cour et de femmes qui travaillent pour y placer le prince Corsini.

Depuis notre retraite d'Italie, le royaume de Naples me paraissait dans le plus grand des dangers. J'aurais voulu qu'on y eût porté toutes les forces de France

1. Marie-Amélie, fille aînée de l'électeur de Saxe.

et d'Espagne qui y pouvaient pénétrer par mer en
échappant aux escadres anglaises, dût-on y perdre
les deux tiers des envois. Je recevais souvent des états
des forces et des moyens de défense de ce royaume,
et je n'y voyais que de quoi trembler. Le roi de
Naples et son nouveau premier ministre s'en agitèrent
moins que moi, et bientôt même, de quelques mouvements qu'ils se donnèrent, ils retombèrent dans la
plus grande quiétude. Heureux ceux que l'événement
absout de leurs fautes! mais on ne leur en doit pas
moins de blâme et de défiance.

Dans de telles mains, il n'y eut pas la moindre défense à l'approche de l'ennemi. Quelle différence de
la situation de ce royaume en 1742 et 43 à celle de
1646 et 47! et encore pensa-t-il succomber à Velletri.
L'armée du comte de Gages se joignait à celle de
Naples; ce royaume ne s'était pas encore dépouillé de
ses meilleures troupes pour les envoyer à la conquête
de Lombardie, où quantité ont péri. Le duc de Salas
était au-dessus du marquis Fogliani, autant que Sixte-
Quint a été au-dessus de Benoît XIV, qui règne aujourd'hui. Le comte de Gages disciplinait les troupes
napolitaines comme espagnoles; ce qui leur manque
le plus aujourd'hui est un général; ils n'ont que le
duc de Castropigliano, qu'on dit n'être pas plus courageux d'esprit que de cœur, et sans expérience; on
m'en a dit des traits singuliers à l'affaire de Velletri;
non defensoribus istis tempus eget.

Je fis marquer au roi toute la sollicitude que méri-
tait la conjoncture, je fis proposer que le comte de
Gages fût mandé, mais l'intrigue de cour s'y opposa
tant à Madrid qu'à Naples. Je voulais aussi que le

comte de Maillebois, mon gendre, fût demandé pour y
aller, mais la faveur de M. de Castropigliano l'a emporté sur toutes considérations : un homme en crédit
a tous les talents qui lui manquent, les intérêts les
plus essentiels cèdent à cette présomption, et à peine
les événements dessillent-ils les yeux. On sent le mal,
on éprouve ses effets, mais on ne les veut jamais prévoir.

On ne saurait dire d'où est venu l'air de sécurité
que prit la cour de Naples peu après notre retraite
d'Italie; notre inquiétude pour eux durait encore,
qu'ils semblaient nous insulter par leur tranquillité.
Toute l'Europe a cru et a dit à plusieurs reprises que
le roi d'Espagne avait certainement fait la paix avec
les cours de Londres et de Vienne; nos preuves du
contraire ont été la continuation de jonction des troupes espagnoles avec les nôtres (il est vrai que ces troupes se sont toujours refusées à toute entreprise, et
qu'elles n'y ont été que de parade), les assurances de
la cour d'Espagne de continuer la guerre; mais ce
n'est pas la première fois que de telles assurances ont
été mensonges. L'évêque de Rennes prétend connaître
la simplicité des mœurs de Leurs Majestés Catholiques
et de leur premier ministre à un point de certitude
indubitable, de sorte qu'il les démontre hors de soupçon de stratagème, de feinte et d'une conduite si preste
et si déliée qu'il faudrait pour soutenir ce rôle de continuation de guerre à l'extérieur, quoiqu'on fût ré-
concilié secrètement avec nos ennemis. Si cela était,
ils ne trahiraient que leurs intérêts, car nous ne travaillons que pour eux en Italie; ils nous jettent dans
des dépenses, mais ils ne laissent pas d'en faire; on

leur prend quelques vaisseaux, leurs ports nous servent d'asile et le refusent aux Anglais. Cependant tous les raisonneurs politiques préféreront toujours ce système alambiqué d'une conduite double, de la part des cours d'Espagne et de Naples, au système simple de ne savoir faire ni la guerre ni la paix, et de s'endormir dans le calme.

Les Anglais ont conçu certainement de grandes espérances de nous enlever l'Espagne depuis ce nouveau règne-ci. Ne voyant plus le même attachement de cœur pour la France chez Ferdinand, qui se dit être tout Espagnol, que chez Philippe V, qui se plaisait à être tout Français, voyant le grand crédit de la reine qui est Portugaise, et le ministère tout portugais, les Anglais se sont flattés de parvenir à leur but par le canal de Lisbonne où ils dominent. Or, pour suivre un objet avec persévérance, il faut au moins n'y rien faire de contraire. L'attaque du royaume de Naples eût bientôt dégoûté de les écouter en Espagne, la haine se fût renouvelée, et la négociation commencée se fût rompue nettement : ainsi l'Angleterre a exigé de la reine de Hongrie de ne point songer au royaume de Naples. Elle avait assez de répugnance à y souscrire; elle sentait la facilité et surtout l'utilité de cette conquête, et combien était hérissée d'épines l'attaque de la Provence et du Dauphiné; elle n'y travaillait pas pour elle, mais pour le roi de Sardaigne et pour servir les desseins nationaux de l'Angleterre. J'ai déjà remarqué que la guerre présente a aujourd'hui totalement changé d'objet : ci-devant les puissances maritimes étaient auxiliaires de la reine de Hongrie, aujourd'hui c'est le contraire; ainsi les troupes autrichiennes sont stipendiaires, il faut bien qu'elles marchent là où on les paye et où leur maîtresse reçoit de si gros subsides; le roi de Sardaigne est dans le même cas depuis qu'il possède Final et Savone. Ces deux puissances ont donc obéi, mais sans succès et avec une grande perte de troupes. La reine de Hongrie fut consolée de Naples par le riche butin qu'elle fit à Gênes, et cette ville s'étant soulevée et ayant chassé honteusement le général Botta, la passion de hauteur et de vengeance a animé la reine de Hongrie à s'acharner contre la République. Ainsi ce soulèvement a véritablement conservé Naples, il nous donne un pied en Italie, nous nous y fortifions, nos détachements commencent à faire des courses dans le Montferrat, dans le Milanais, et même jusque dans le Parmesan.

Il a même été question, pendant l'été de 1747, d'envoyer des troupes napolitaines dans la partie orientale de Gênes; on n'en a fait que le semblant, et il n'est pas parti un seul homme. Il y aurait eu autant d'extravagance à l'exécuter, qu'il y a aujourd'hui d'impossibilité à la reine de Hongrie de marcher à la conquête de Naples. Dieu veuille que cette bonace dure encore en 1748! Si nos ennemis faisaient un pont d'or à la république de Gênes, la réconciliation serait la perte indubitable de Naples.

Article IV.

Suite des affaires avec la cour d'Espagne depuis la mort de Philippe V.

Philippe V mourut de chagrin et d'un appesantissement de corps qu'il avait contracté en donnant trop à ses appétits plus réguliers que modérés. Il était laborieux sans rien faire d'utile; jamais homme n'a montré plus que lui l'abus du mariage, se laissant gouverner par sa femme qui le gouvernait mal. Il gémissait quelquefois de son esclavage, mais la religion et la nature l'y retenaient violemment. La reine l'avait contraint à ruiner l'Espagne d'hommes et d'argent pour lui conquérir des domaines en Italie, et Dieu avait décrété qu'elle n'en jouirait jamais. Le traité de Turin de décembre 1745 avait excité sa colère, mais, quand Philippe V vit le désastre de ses armées, les regrets de n'avoir pas accepté le traité à temps le mirent au tombeau.

Ferdinand VI n'est pas moins *uxorius*: également gouverné, il l'est mieux par sa Portugaise[1] laide, mais bien faite, douce et spirituelle; c'est l'honneur même que ces deux époux; la religion préside à leurs actions, et l'amour de leurs peuples fait le sujet de leurs entretiens ordinaires, leur félicité serait de les rendre heureux; leurs moyens en seront-ils actifs et ingénieux? c'est ce que le temps nous apprendra.

1. Marie-Madeleine-Thérèse Barbe, fille du roi de Portugal Jean V de Bragance.

Le roi m'apprit lui-même la mort subite de son oncle Philippe V par le billet que voici, du 16 juillet 1746 :

« Je vous envoie une nouvelle bien étrange dans les circonstances présentes : n'en dites mot jusqu'à ce que je sache quand et comment on le dira à Madame la Dauphine. M. Campo, qui est venu m'en faire part, m'a dit que le nouveau roi persistait et soutiendrait tous les engagements du feu roi son père. Le courrier est parti le jour même de la mort du roi d'Espagne ; ainsi il ne peut pas avoir apporté grand'chose. Apparemment que nous en aurons cette nuit ou demain de l'évêque de Rennes. Faites traduire sur-le-champ la lettre du nouveau roi et envoyez-la-moi, car je ne l'entends pas et elle peut être de conséquence. »

Le roi m'ayant demandé un projet de lettre rempli d'affection et de bons conseils pour répondre de sa main au nouveau roi, je lui donnai ce projet qui a été à peu près suivi :

« Monsieur mon frère et cousin..., la perte que vous avez faite nous est commune ; je ressens toute votre affliction, et je partage les inquiétudes et les soins dont vous allez être chargé. Dieu qui vous ôte un père vous réserve pour être celui de vos peuples. Ma tendresse pour vous, qui ne se démentira jamais, est ranimée, s'il est possible, dans une occasion si funeste. Les liens du sang, les intérêts de nos couronnes, vos sentiments et les miens me font espérer que notre amitié et notre intelligence contribueront à la félicité des nations que Dieu a commises à votre gouvernement. Ce devoir sacré, qui sera toujours présent à vos yeux comme aux miens, resserrera encore des

nœuds qui me sont si chers. Votre consolation présente, la félicité de votre règne et le bonheur public
sont des objets précieux que mon cœur ne saurait séparer; je me flatte que la perte que Votre Majesté a
faite sera la seule épreuve où Dieu mettra votre constance. Le caractère de Votre Majesté et sa sagesse me
font concevoir les espérances les plus heureuses dans
l'événement le plus triste, et, comme je retrouve dans
le fils tout ce que j'ai perdu dans le père, vous trouverez aussi en moi les tendres sentiments qui m'atta-
chaient à sa personne et que vous redoublez dans mon
cœur. »

Le nouveau roi commença par la conduite la plus
courageuse et la plus évangélique en rendant le bien
pour le mal à la reine douairière. Il est innombrable
ce qu'il en a reçu de maux presque depuis sa naissance : il était relégué dans son département; quiconque le voyait était proscrit. On ne peut excepter
que le poison de ses maléfices; encore prétend-on que
de jeunesse il avait été maltraité par les chirurgiens
de cette marâtre et rendu incapable d'avoir postérité.
C'est elle qui a fait répandre que la reine aujourd'hui
régnante aimait l'eunuque Farinelli, célèbre chanteur
italien; la reine est grande musicienne; sa considération pour le talent de Farinelli et quelques privautés
particulières ont donné cours à cette horrible calom-
nie. Elle est Portugaise de naissance et d'inclination;
voilà le Portugal bien à couvert d'invasion de la part
de l'Espagne tant que durera ce règne-ci. Si le roi de
Portugal n'était pas dans l'état où il est présentement,
et s'il ne préférait pas les intérêts de son Église patriarcale exclusivement à toute occupation politique,

on prétend qu'il gouvernerait l'Espagne par sa fille;
mais, à son défaut, ses ministres y songent et y in-
fluent : on commença par y envoyer le comte de Pontelima[1] qui y joue un grand rôle; l'évêque de Rennes
s'est étroitement lié avec lui, et j'ai beaucoup contribué à cette liaison par les amis que j'ai en Portugal.
Je ne perdis pas un moment à me servir de la cour de
Portugal, au lieu de la traverser comme quelques-uns
du conseil le voulaient.

Le maréchal de Noailles ne cessa de dire que nous
avions infiniment perdu à la mort de Philippe V, et il
a continué ses liaisons avec le parti de la reine douairière; il prétend que les seigneurs espagnols sont pro-
fonds, qu'ils considèrent dans la reine douairière la
mère de leurs maîtres futurs et celle qui a mis en
place les ministres actuels, et la dépositaire de tou-
les secrets de l'État. Je m'éloignais beaucoup de cette
considération sophistiquée : le roi Ferdinand est jeune,
la reine douairière sera vraisemblablement fort vieille,
si elle survit à son beau-fils, quand l'un de ses fils
succédera à Ferdinand; si c'est le roi de Naples, qui
est-ce qui répond qu'elle le gouvernera? L'on sait déjà
que la reine de Naples l'a soustrait à ce joug autant
qu'elle a pu; une mère ne gouverne pas ses enfants
comme un mari, surtout quand elle a fait preuve de
la dureté de son empire.

Il faut que la reine douairière ait abusé de cette
même opinion qu'avait le maréchal de Noailles et dont
des flatteurs l'auront infatuée. Ç'a été l'affaire de peu
de jours de tirer d'elle ce qu'elle savait des derniers

1. Ou plutôt le marquis de Ponte-de-Lima.

errements des affaires; les ministres y ont mis au fait mieux qu'elle. On a congédié Villarias[1] sur la fin de janvier, et l'Espagne a eu bientôt un premier ministre qui est fort contraire à la reine douairière. Il y a eu ensuite quelques disputes de choix d'officiers et de prérogatives; M. de Montijo, qui prétendait au ministère, étant resté chef de sa maison, l'a excitée à quelques fausses démarches : j'ignore le reste; mais nous avons appris (en juillet 1747) qu'elle avait eu un ordre de sortir dans trois jours de Madrid pour se retirer à Saint-Ildefonse, et de là dans une ville d'Espagne éloignée de Madrid dont on lui a laissé le choix.

Je me proposai d'abord de tenir avec le nouveau roi une conduite toute différente qu'avec le précédent. Cette conduite devait être de ne lui rien cacher et de lui dire tout. Qu'il est doux de se laisser aller à l'amour de la sincérité, quand elle est la bonne route des affaires ! Avec la reine douairière, il fallait lui tout promettre dans ses fougues, encenser ses passions pour ne pas aliéner l'Espagne, et conclure la paix sans elle, si nous voulions jamais l'obtenir et sauver les deux couronnes. A peine s'était-on excusé d'une négociation commencée sans elle et manquée par quelque accident, qu'il fallait en tenter une nouvelle avec mêmes conditions.

Je voyais au contraire dans Ferdinand un amour impatient de la paix et du bonheur de ses peuples, son cœur flétri par la vue des misères de l'Espagne, ne soutenant la guerre commencée que par honneur

1. D. Sébastien de la Quadra, marquis de Villarias, chef du ministère depuis 1739.

et pour en sortir par une porte supportable. Il commença par révoquer des ordres durs donnés peu avant son avénement pour le soutien de la guerre; mais il fut contraint de les rétablir peu après par nécessité, et l'on vit en cela à découvert son bon cœur et la force de sa raison sur ses volontés. Qui n'aimerait pas un gouvernement que je présume si bien fondé pour la justice ? J'avoue que je m'y livrais avec plaisir; je n'ai pas eu le temps de m'y faire connaître moi-même ni d'en reconnaître les défauts; le remariage de M. le Dauphin m'y a fait déplaire, et j'ai été trop mal secondé pour m'attirer toute la confiance que je méritais; mais rien ne me coûtait moins que de porter les deux couronnes à une parfaite union ; je n'ai pas laissé d'obtenir plusieurs effets considérables de ma bonne foi, et j'ai laissé les choses dans un très-bon état; je crois qu'il dure encore, malgré les bruits qui courent actuellement d'une paix particulière de l'Espagne avec l'Angleterre.

J'entendais dire perpétuellement que Ferdinand était tout Espagnol; c'était là, disais-je, ce que nous devions souhaiter le plus; cela ne l'excluait pas d'être Français, dès que nous voulions bien vivre avec l'Espagne et même lui rendre de bons services. Les intérêts d'Espagne sont aujourd'hui de s'occuper à améliorer le dedans, à réparer les brèches que lui a faites l'ambition vaine des conquêtes au dehors, de garder bien ses colonies, d'étendre son commerce. Nous profiterons de ses profits, à choses égales; nous sommes ses plus proches voisins, nous y pouvons commercer plus facilement que les Anglais, nous sommes plus fidèles, nous ne sommes point avides et arabes comme eux dans le commerce. La reconnaissance n'est point anéantie dans le cœur des Espagnols; nous avons soutenu leur monarchie depuis quarante-sept ans; leurs rois sont de la Maison de France : avec ces conditions, *être bon Espagnol, c'est être bon Français*, et l'être autant qu'il faut. Ne cherchons point de ces prédilections indiscrètes et passionnées qui, ne subsistant que chez les chefs prévenus, révoltent le corps de la nation, ne le soutiennent au dedans que par tyrannie, et excitent des querelles de jalousie au dehors.

Ferdinand, ayant pris pour principe de se montrer tout Espagnol, démit d'abord des emplois ceux qui ne l'étaient pas; ce fut la cause ou le prétexte de deux changements qui nous regardent. M. de Campo-Florido fut révoqué de l'ambassade de France, et le comte de Gages du généralat d'Italie. Nous gagnâmes au premier troc; nous perdîmes au second. A la place de Campo, Sa Majesté Catholique envoya ici le duc d'Huescar qui avait assez réussi personnellement à son ambassade extraordinaire de l'hiver précédent; c'est un homme vif et franc, fort ignorant et de peu de travail, capable de s'entêter d'une petite sphère d'idées et d'en revenir avec difficulté, aimant la dépense et l'obscurité. Il fit choix ici d'abord de quelques amis qui lui donnèrent de mauvais conseils de conduite et des fréquentations dangereuses; au demeurant, il échoua dans la grande affaire de cette seconde ambassade, comme dans l'objet de la première. A celle-ci, il s'agissait de changer le partage d'Italie, à la seconde, de persuader de remarier M. le Dauphin à la sœur de sa première femme.

M. de Campo-Florido fut frappé de sa révocation;

jamais coup n'a été plus inattendu : il fit cent mille sin-
geries en partant d'ici, il fit de petits présents à toute
la cour, il fit pleurer tout le monde ; il me semble que
je m'attendris aussi du spectacle ; il n'y eut plus qu'un
mot à la cour pour dire *que c'était un si bon homme !*
Il emportait cependant des richesses immenses. Il se
vanta d'aller en ambassade à Naples ; on sut peu après
qu'il n'en était rien, mais qu'il y était exilé avec une
pension ; en y arrivant, il a perdu sa femme et s'est fait
jésuite.

Le changement du comte de Gages pour M. de la
Mina fut d'une autre espèce et eut en tragique ce que
le précédent avait eu de comique. M. de Gages avait
l'estime et la confiance des deux armées, et avait une
grande réputation par toute l'Europe. Le maréchal de
Maillebois prétend cependant que c'était une réputation escroquée, que ce général était peu de chose par
lui-même, qu'on avait pris sa lenteur et son flegme
pour profondeur, et quelque inaction heureuse pour
des traits de grande habileté ; que c'était un assez bon
officier d'infanterie, et c'est tout.

M. de la Mina, au contraire, était indocile aux remontrances et à la raison, grand Espagnol par sa
haine pour la France, ne doutant de rien et refusant
tout. Il vint relever M. de Gages avec l'instruction
secrète de ménager extrêmement ses troupes et de ne
les exposer à rien ; on peut dire que, depuis qu'il a pris
possession du généralat, les troupes espagnoles n'ont
pas plus servi à la cause commune que si elles avaient
été de carton. Le conseil de Madrid a dit : « Il ne reste
plus qu'une vingtaine de mille hommes de toutes les
forces de la monarchie de Castille, les provinces sont

dépeuplées, gardons-nous bien de les perdre, voyons
ce que nous produiront les promesses des Français
pour l'établissement de D. Philippe, mais ne mettons
plus rien au hasard. »

Le roi fut très-mécontent de ce changement de général sur lequel nous n'avions pas été consultés. Gages
avait vécu en bonne intelligence avec Maillebois, lui
déférait en tout, et de cette déférence venait une intelligence rare et salutaire dans des armées combinées.
La Mina, au contraire, avait été révoqué de l'ambassade de France à la demande de notre ministère[1], et
du commandement de la même armée à la fin de 1744,
à cause de ses brouilleries avec M. le prince de Conti :
ainsi c'était notre ennemi. La cour d'Espagne affecta
de faux prétextes pour s'excuser : on dit à l'évêque de
Rennes qu'on le croyait mal avec M. de Maillebois, ce
qui était faux et affecté; que d'ailleurs il n'était pas
Espagnol, ce qui ne suffisait pas assurément pour déplacer un général de réputation et lui en substituer un
qui était haï généralement dans les deux armées.

Après les éloges que j'ai faits du caractère du roi
Ferdinand et de la reine sa femme, je dois dire les
défauts de son gouvernement qui ont paru jusqu'à
présent. Le roi s'est d'abord livré au travail jusqu'à
nuire à sa santé; mais ce travail n'était que sur les
petits détails et les moins salutaires à son État; sur
les grands intérêts de la monarchie, nulle aptitude,
nulle décision. A cela s'est joint la lenteur ordinaire du
conseil d'Espagne, qui place l'habileté aux délais, qui
fatigue ses amis par la temporisation, et décide plus

1. Voy. t. II, p. 318 et suivantes.

mal, après bien du temps, qu'on n'exécute ailleurs
par la plus grande précipitation. L'évêque de Rennes
m'a écrit que, sur les moyens de la paix, on ne pensait
rien en Espagne et qu'on y attendait que nous fissions
penser les Espagnols.

Après avoir tiré des anciens ministres les éclaircissements nécessaires, Ferdinand a établi son gouvernement tel qu'il est aujourd'hui, il a remercié Villarias
et a pris un premier ministre. M. de Carvajal[1] est Portugais d'origine et d'une maison titrée; il était né pauvre, il s'appliqua aux affaires de bonne heure et fut
revêtu d'une magistrature peu considérable dans une
ville d'Espagne; il fut à Francfort avec M. de Montijo
à l'élection de l'empereur Charles VII; il se brouilla
avec lui et revint en Espagne. M. de la Ensenada[2], qui
étend au loin le nombre de ses amis et de ses créatures, lui servit de conseil, et, pour se retrouver à
lui-même des appuis à la mort de Philippe V, il con-
seilla à Carvajal de s'attacher au prince des Asturies.
Carvajal a instruit le prince dans ce qu'il savait et dans
tout ce qu'il avait remarqué, ce qui va moins à la politique extérieure du royaume qu'aux améliorations du
dedans, des plantations, des manufactures, des règle-
ments, et l'on prétend même qu'il a plus embrassé
ces objets en petit et avec pédanterie qu'en grand et
en principes; plus semblable à son maître qu'aux
fameux ministres qui ont gouverné l'Espagne, sa
faveur en promet plus de solidité et de durée. Peu

1. Don José de Caravajal ou de Carvajal y Lancaster. Lafuente
le fait descendre des Lancastre d'Angleterre.

2. Don Cenan de Somodevilla, marquis de la Ensenada, ministre
de la marine et de la guerre.

après, on lui a donné le détail des affaires étrangères. Je me sentais beaucoup d'inclination pour ce ministre, que l'on dit être un parfaitement honnête homme; je lui écrivis de ma main un compliment auquel il a répondu de même.

Quand on sut ma disgrâce en Espagne, M. de la Ensenada écrivit une lettre à Mme O'Brien à Paris, où il lui marquait que le roi d'Espagne croyait y avoir perdu. Je reviens aux affaires d'Italie.

A peine le maréchal de Maillebois fut-il sorti des contradictions de M. de Castelar, qu'il retomba dans l'humeur hautaine et dans les desseins cachés du marquis de la Mina. Il n'y concevait rien; le nouveau général désapprouvait tout, il disait que l'état des deux armées ne demandait pas autre chose que la retraite, il applaudissait cependant d'abord aux plans de défense; le lendemain il y trouvait des difficultés, et, le troisième jour, il ordonnait de marcher en arrière : c'est ainsi qu'en peu de semaines nous évacuâmes toute l'Italie. Le général espagnol n'avait pas absolument ordonné seul de fuir, le général français n'avait pas absolument conseillé ni insisté pour qu'on gardât les postes; ainsi chacun pouvait se rejeter ses fautes. Les deux généraux étaient en fait contraires; chacun envoyait des courriers à la cour pour se vanter de son désir de résistance, et pour accuser son collègue du parti honteux de rétrograder. Le bruit fut grand, en Italie et par toute l'Europe, que l'Espagne avait fait sa paix particulière, à notre exclusion, avec les cours de Vienne et de Londres, par le canal de celle de Lisbonne; les accusations et les démarches dans la rivière de Gênes confirmèrent ce bruit. J'envoyai courriers sur courriers à Madrid pour savoir la raison de cette défection; l'abandon de Gênes principalement fut criant; bientôt les Autrichiens ruinèrent Gênes, on criait contre nous; nous rejetions ces malheurs sur l'Espagne, et, en Espagne, on nous accusait principalement de la même chose sur les lettres qu'on y recevait du marquis de la Mina.

Le maréchal de Maillebois fut à la vérité très-mal servi par l'évêque de Rennes, qui le haïssait, à cause des impressions que lui donnait Mme de Fuenclara, sœur de M. de Castelar, qu'aimait ce prélat. Madame Infante ne le desservait pas moins dans ses lettres au roi, inspirée par le maréchal de Noailles, qui porte aussi une grande haine au maréchal de Maillebois. Celui-ci mit trop de dureté dans ses idées; il ne faut jamais écrire aux rois si affirmativement sur des soupçons, ni donner tant de foi à ses propres imaginations qu'il en donnait. On croyait le tenir en Espagne par la grandesse dont il n'avait pas encore le diplôme; il s'était déjà attiré une mauvaise affaire en demandant justice du dessein prétendu qu'avaient eu les Espagnols, à Milan, d'y arrêter les Français; il ne le disait que sur une lettre de M. de Puyguyon; l'Espagne avait démenti ce bruit et demandé justice de la croyance qu'y avait donnée le maréchal. On l'accusait de ne tramer que la brouillerie des deux nations; le comte de Maillebois s'était emparé de l'esprit de l'Infant, qui est facile à gouverner; il lui faisait écrire des lettres au roi qui ne tendaient qu'à se mettre sous la protection de Sa Majesté et à se défier du roi son frère. Le maréchal et son fils avaient mandé affirmativement que M. de la Mina avait ordre de traiter avec le roi de Sardaigne; on démentait cette nouvelle en Espagne; enfin le maréchal commandait la plus faible armée qui ait été jamais chargée de grande entreprise: elle n'était pas de douze mille fantassins effectifs; ni lui ni moi n'avions pas le crédit de la faire augmenter; il manquait de tout. N'ayant plus d'armée, il fallut cependant répondre de tous les mauvais succès de ce côté-là. On s'en prit à lui de ce que les ennemis entrèrent tout de suite en Provence, et il fallut reculer jusqu'à Toulon.

Il n'y eut donc point à s'étonner que le roi voulût changer de général en Italie : cela dut m'annoncer ma propre disgrâce. On révoqua le maréchal de Maillebois avec grande dureté, ne lui donnant aucune récompense après les bons services qu'il avait rendus, tant dans les affaires heureuses que dans leur adversité. Le maréchal de Bellisle fut nommé pour le relever, et l'on voulut que MM. de Maillebois n'en apprissent rien que par le chevalier de Bellisle qui arriva pour le déposséder, comme premier lieutenant général, en attendant l'arrivée du maréchal de Bellisle. Celui-ci obtint un renfort de quarante-deux bataillons et tout le secours nécessaire des autres dépenses pour défendre la Provence.

Comme on y disposait toutes choses, le marquis de la Mina signifia que ses ordres étaient de nous quitter et d'aller hiverner avec ses Espagnols en Savoie. On ne douta plus alors que les Espagnols n'eussent fait leur paix; je fis un mémoire que le roi lut en particulier sur le bien et le mal de cet abandon. Mon frère me dit que je me perdais par tout ce qui arrivait de la part de l'Espagne; je demandais ce qui était de ma faute en tout cela, et si cela ne venait pas plutôt d'avoir laissé le maréchal de Maillebois sans armée.

Ainsi j'aurais donc dû rentrer en grande faveur quand le roi d'Espagne changea totalement cette résolution. Ce fut l'affaire de quinze jours; je fis si grande honte à la cour d'Espagne de ses manœuvres et de ses réticences, l'évêque de Rennes fit si bien valoir mes nouvelles instructions, que je reçus plusieurs déclarations à la fois qui nous constituaient plus alliés de l'Espagne que du temps de Philippe V. Il n'y a jamais eu de négociation plus brillante que celle de notre ambassadeur jusqu'à ma retraite du ministère; je donnais des mémoires et on les répondait comme si j'avais dicté la réponse, et je puis dire que les deux couronnes n'ont jamais paru plus unies que quand j'ai quitté le ministère.

M. de la Mina eut ordre positif de rebrousser chemin et de se joindre à nos troupes pour la défense de la Provence; on donna de nouveaux ordres dans toutes les provinces d'Espagne pour augmenter promptement les troupes, et il fut ordonné à tous les ministres d'Espagne dans les cours de faire des déclarations publiques de cette nouvelle résolution.

Sur les bruits qui couraient que l'Espagne traitait la paix sans nous avec les Anglais, le roi d'Espagne déclara « qu'il n'y avait rien eu jusqu'à présent qui eût pu donner lieu à ce bruit. »

Le marquis de Taburnega avait été ci-devant banni du royaume d'Espagne pour avoir soutenu que la couronne d'Espagne appartenait au prince des Asturies depuis l'abdication de Louis Ier, les frères héritant des frères et non les pères suivant les lois, et qu'ainsi Philippe était un usurpateur. Ce Taburnega d'ailleurs était une mauvaise tête, fol et ignorant comme sont les plus brillants des seigneurs espagnols; il alla en Portugal et de là en Angleterre; il s'y était fait ami de milord Carteret, et, dans l'espérance de revenir dans sa patrie, il y négociait la paix. Il fut écouté par la reine d'Espagne dans des moments de colère contre la France, et cette négociation a été suivie sans aucun fruit pendant plusieurs années. Le marquis de Saint-Gilles, ambassadeur d'Espagne à la Haye, en était l'entrepôt de correspondance et de direction.

Quand Ferdinand VI fut sur le trône, le moment semblait venu d'écouter plus que jamais Taburnega dont la disgrâce venait de son attachement à ce prince; il passa en Portugal avec des propositions. Cependant, sur mes remontrances, Taburnega eut défense expresse d'avancer en Espagne où il s'acheminait, et il fut déclaré qu'il n'y rentrerait jamais sans la permission du roi.

Il est vrai que, pendant que j'ai manié les affaires étrangères, je n'ai jamais vu l'Espagne sans quelques négociations secrètes pour une paix particulière. Ce n'est point Ferdinand qui en a commencé aucune, mais il n'a pas rompu celles qu'il a trouvées liées par sa belle-mère. J'ai parlé, à l'article de l'ambassade du maréchal de Noailles, de la négociation de l'abbé Grimaldi à Vienne; il y a eu depuis l'envoi du sieur Alvès, frère du secrétaire du duc d'Huescar. Il a été d'abord à Dresde où le comte de Brubl lui a promis à son ordinaire les plus belles choses du monde sans effet; on avait dépêché des exprès à Vienne; cette intrigue, qui n'a abouti à rien, durait encore lors de ma retraite.

On ne doutait point que cela ne fût plus sérieux du côté de Lisbonne, quoique l'évêque de Rennes eût toujours mandé qu'il n'y avait pas la moindre chose. Il nous dépeignait la cour d'Espagne si simple, si inactive, si occupée de minuties et si peu portée à trancher sur les grandes choses qu'il n'y avait jamais que quelque grand mécontentement contre nous qui ferait sortir Ferdinand de cette léthargie; mais l'ascendant du roi et de la reine de Portugal sur leur fille, les privautés continuelles qu'on accordait au vicomte de Pontelima à Aranjuez et tous les bruits redoublés de paix particulière nous donnaient de l'inquiétude. Je crus bien faire de nous rapprocher du Portugal plus que jamais; je confiai à don Louis d'Acunha nos désirs de paix; je ne m'éloignai pas de laisser la médiation à sa cour, si celle d'Espagne le voulait; cela fut agréable en Espagne, cela prévint tout ce qu'on aurait fait à Lisbonne sans nous ou contre nous.

Depuis ma retraite, il a couru de nouveaux bruits d'un accommodement particulier d'Espagne et d'Angleterre : on a dit que cela venait par la cour de Turin, et les indices ont été terribles. Véritablement les Espagnols ont ralenti leurs recrues; ils ont rembarqué leur artillerie sous l'escorte de leurs galères à Marseille (en septembre 1747); ils ont payé et congédié les commis des vivres, et M. de la Mina a continué de ne se prêter à aucun service périlleux. On ne sait que dire sur la vérité, quand l'on voit tant de vraisemblances. Pour moi, je ne puis croire une défection coupable de la part de Ferdinand; certainement les Anglais lui font voir les cieux ouverts, au lieu des enfers, s'il consent à nous laisser dans les horreurs de la guerre. Sa Ma-

jesté Catholique nous a déjà déclaré qu'elle se conten-
terait d'un médiocre établissement pour D. Philippe,
mais qu'elle en voulait un : l'Angleterre peut le lui procurer, assurer le royaume de Naples, rétablir les Génois
et le duc de Modène comme ils étaient avant la guerre,
et exécuter le traité du Pardo du mois de janvier 1739.
Cela peut tenter infiniment, mais je ne puis croire
qu'on l'accepte sans pourvoir à notre pacification.

Il est une autre défection que j'appréhende davantage; elle consiste dans une défaillance totale, laissant
aller la guerre sans y mettre que très-peu au jeu. Sa
Majesté Catholique s'est déjà accommodée avec quelques marchands d'Angleterre pour fournir de nègres
les colonies espagnoles; les Anglais laisseront échapper
le peu de vaisseaux espagnols qu'ils trouveront en mer,
les gallions passeront comme si c'était par fortune; les
ministres et non le roi conduiront ces connivences mystérieuses, et par là nous supporterons seuls le poids de
la guerre par mer et par terre; nous mettrons bien
l'Espagne dans nos fastes comme alliée, mais nous ne
l'avons déjà plus parmi nos défenseurs.

J'ai dit, à l'article de nos affaires avec la Hollande,
comment la France se conduisit avec l'Espagne sur la
négociation pour la paix et à l'assemblée de Bréda. Autant je dissimulai tout du temps de Philippe V, autant
je communiquai jusques à la moindre pensée sous Ferdinand VI. Cette confiance, poussée jusqu'au scrupule,
m'attira la sienne et valut à la France la continuation
de l'alliance; je crois qu'on a suivi mes errements. Je
sais que, depuis ma retraite, ce pauvre petit duc d'Huescar a été séduit par M. de Maurepas, et qu'il a suivi en
cela les traces de M. de Campo-Florido. Les affaires du

commerce en sont la base, mais l'intrigue dans les deux cours en est le véritable objet et les moyens : on flatte l'ambassadeur par le personnel, on lui jette des défiances, on le menace de disgrâce, et ces adroits ouvriers de cour mènent un ministre peu ferme et peu profond là où ils veulent le conduire.

Le roi Ferdinand et son premier ministre Carvajal m'estimaient de telle façon qu'ils m'en donnèrent la preuve qui suit, peu avant ma disgrâce. Le duc d'Huescar vint un soir exprès de Paris me dire pour moi seul et pour le roi (si je jugeais en devoir parler à Sa Majesté) qu'il se passait à sa cour *des intrigues infernales* pour exiger ma dépossession et que Sa Majesté Catholique en était *dans la dernière indignation*. Il me fit entendre que le maréchal de Noailles y avait grande part par sa correspondance avec Madame Infante et avec les dames qui la gouvernaient ; c'était le sujet du courrier que je savais avoir été envoyé de Fontainebleau aux frais du maréchal de Noailles et de la cabale ; il était chargé d'un mémoire de la composition du sieur de Bussy, mon commis, qui avait ramassé tout ce qu'on croyait devoir toucher l'Espagne contre moi. Depuis cela, le duc d'Huescar ne me parlait jamais d'aucune affaire secrète qu'il me priât de la cacher au conseil où tout n'était, disait-il, que cabale et intérêts particuliers. Je montai le soir chez le roi, où j'exposai à Sa Majesté la commission du duc d'Huescar ; le roi m'écouta bien et ne dit mot ; je lui répétai cependant deux fois le mot d'*indignation* où était tombé le roi d'Espagne.

M. le Dauphin étant devenu veuf, il fut bientôt question de le remarier ; les mouvements que la cour d'Es-

pagne se donna pour faire préférer l'infante Antonia,
sœur de feu Madame la dauphine, furent plutôt une
grande affaire de cabale de cour qu'une négociation
politique et qui influât sur les affaires; c'est de quoi
l'événement nous a convaincus. Je ferai un article séparé de ce mariage; je ne dirai ici que ce qui regarde
l'Espagne.

On nous manda d'abord de plusieurs endroits que
le nouveau roi d'Espagne portait une grande amitié
au roi de Sardaigne, son oncle, et qu'il était par conséquent enclin à la réconciliation; il fit part au roi d'une
lettre de Sa Majesté Sarde que lui avait apportée un
gentilhomme savoyard qui avait en Espagne des intérêts particuliers. On lui donna des conseils pour suivre
cette espèce d'agacerie, mais cela n'aboutit à rien; et
j'attribue le grand éloignement qui en parut ensuite à
la jalousie du mariage de M. le Dauphin: on ne douta
point en Espagne que M. le Dauphin n'épousât en secondes noces la princesse de Savoie, on m'en attribua
le conseil. Ceux de nos courtisans qui mandent en
Espagne tout ce qui y marque leur zèle faux et coupable ne cessèrent d'écrire sur ce pied-là; on en donnait pour motif mon premier traité avec la cour de
Turin et les intrigues de M. de Carignan; on ne cessa
de nous soupçonner d'être en négociation avec les
Piémontais et d'y sacrifier les intérêts d'Espagne. Il a
fallu toute la vérité et l'événement pour dissiper ce
soupçon qui ne discontinua pas de me persécuter. Le
roi écrivit au roi d'Espagne ce qu'il pensait du mariage de son fils, quand il jeta les yeux sur la princesse
de Savoie, quand il cessa d'y penser; les causes ne s'en
tiraient que des seuls intérêts de l'infant D. Philippe,

le jour n'était pas plus pur que le fond du cœur du monarque. D'un autre côté, le roi de Sardaigne n'était retenu indissolublement dans la ligue ennemie que par les forces de la reine de Hongrie : cette position était évidente ; mais les soupçons inspirés avaient fait monter la jalousie au comble, et tout mariage pour M. le Dauphin sembla bon au roi catholique hors celui de Savoie.

A peine Madame la Dauphine d'Espagne eut-elle les yeux fermés qu'il fut question de la seconde femme qu'il épouserait, et le roi s'en ouvrit dans les conversations particulières avec ses ministres. On ne perdit point de temps à insinuer qu'il pourrait épouser l'infante Antonia, sœur de la défunte, moyennant une dispense du pape que Sa Sainteté ne refuserait pas pour une alliance si importante à la catholicité. On parlait bien de l'utilité de cette alliance, mais on ne pouvait en démontrer la nécessité. Épouser la sœur d'une femme dont on a des enfants, est une chose absolument contraire à nos mœurs ; il n'y en a pas même d'exemple dans notre histoire ; il y a grand danger pour les suites d'une telle irrégularité. Le roi saisit ces objections de lui-même quand il nous en parla ; MM. de Noailles et de Maurepas, les plus grands partisans d'Espagne à Versailles, n'en disconvinrent pas avec Sa Majesté ; mais, après avoir été surpris par cet aveu, ils revinrent sur eux et travaillèrent sous terre à faire réussir l'affaire. Je ne parlerai pas d'autres reproches que l'on faisait sur l'infante Antonia : elle est de quelques lignes plus petite que n'était feue Madame la Dauphine ; elle est aussi noire que sa sœur était rousse ; elle a tout le caractère de sa mère, et aurait voulu se mêler de tout en France.

Cependant nos Français pensionnés d'Espagne écrivirent à la cour de Madrid qu'il fallait pousser la proposition, menacer et embarrasser le roi, et qu'on en viendrait à bout. On gagna d'abord l'évêque de Rennes, et on lui promit le chapeau de cardinal; il écrivit des lettres foudroyantes pour engager à ce mariage; il poussa son impudence jusqu'à m'écrire que ce refus de l'infante Antonia, si le roi y persévérait, révolterait plus l'Espagne que le renvoi de l'Infante en 1724. On nous produisit des consultations théologiques; mais tout cela ne prouvait pas que cela fût dans les mœurs françaises où l'irrégularité des mariages choque les indifférents sur la religion autant que les plus religieux. Quand nous paraissions douter de l'effet des dispenses contre la réclamation publique, on disait que nous étions des schismatiques. On gagna M. le Dauphin; on persuada la reine que ce mariage était le plus à propos; ainsi l'intrigue de cour, une cabale affreuse et qui ne s'adressait pas moins qu'au roi et à la race royale firent tout le danger de cette grande affaire.

Elle échoua dès que le roi eut pris son parti.

Le roi Ferdinand n'en paraissait entêté que sur la grande facilité qu'y montrèrent nos courtisans; on le fit passer de la simple proposition à une espèce de violence où il fut compromis très-mal à propos, et je ne doute pas qu'il n'en ait su mauvais gré à ceux qui le lui ont conseillé.

Le roi voulut bien suivre mes conseils du commencement jusqu'à la fin de cette affaire; j'ai plusieurs lettres qu'il m'écrivit de Choisy à ce sujet, je projetai les lettres que Sa Majesté écrivit au roi d'Espagne, et qui auraient dû le persuader par la raison.

Jamais refus n'a été plus clair et plus honnête ; on le tempéra en lui faisant part, comme s'il avait été l'aîné de la maison, des diverses délibérations qui conduisaient à marier M. le Dauphin à tout autre parti qu'à l'infante Antonia. J'employai le P. Pérusseau, confesseur du roi, pour en écrire au P. Lefèvre, confesseur du roi catholique, et rien de tout cela ne persuada de cesser les instances et la persécution qui redoublaient.

Enfin le roi voulut bien remarquer, sur une observation que je lui fis que l'opiniâtreté augmentait à mesure de ses refus, qu'on allait en faire une affaire d'État fort sérieuse, et que, si les délais étaient souvent utiles aux grandes affaires, ils étaient pernicieux en celle-ci. Comme on était sûr du mariage de Saxe, et que la princesse convenait fort personnellement, le roi se détermina en un moment et m'ordonna de faire partir un courrier pour Dresde.

Il n'en a rien été de mal du côté d'Espagne, la persécution cessa, et le refus décidé ne produisit rien de fâcheux. Je démêlais assez bien les causes de tout ceci ; l'insolence du courtisan est une satire continuelle de la fermeté du maître ; qu'il se montre ferme et décisif, chacun se cache et désavoue ce qu'il a poursuivi avec le plus de hauteur et de menaces.

Article V.

Affaires avec le Portugal. Négociation de la cour d'Espagne par Lisbonne pour une paix particulière avec les Anglais.

On ne saurait aujourd'hui parler de l'influence que le Portugal a sur les affaires générales, ou seulement sur celles d'Espagne, que comme d'un lieu où se traitent quelques affaires de plus que ci-devant : ainsi a été autrefois la cour de Rome, ainsi est la Haye ordinairement. Mais que peut-on attendre d'une cour dont le roi n'a jamais eu à cœur que la hiérarchie et les vaines cérémonies ecclésiastiques, affligé de fréquentes attaques d'épilepsie, dont les singularités sont augmentées, qui ne voit aucun ambassadeur, que n'a pas vu depuis plus de deux ans son premier ministre, le cardinal d'Amolha? Souvent le nom d'un roi fait tout; il faut cependant que sa volonté soit présumée : on ne le saurait quand il la refuse. Le royaume de Portugal est aujourd'hui dans une espèce de régence, la reine de Portugal en a le titre sans le pouvoir, le conseil ne s'assemble jamais, les lois gouvernent ce qu'elles ont ci-devant réglé, les tribunaux jugent, les ministres répondent aux ambassadeurs par les liens communs du bon sens et sans aucune décision sur les affaires politiques; tout ce que veut absolument le roi sur cette matière est de ne rien vouloir, mais il est plus

agité que jamais des honneurs de la *patriarcale*[1] et
de son église de Mafflé[2].

On ne parle cependant que du congrès de Lisbonne
pour la paix particulière de l'Espagne avec l'Angleterre. M. de Puisieux était persuadé de sa réalité
quand il partit pour les conférences de Bréda ; y étant,
il le crut encore davantage, il en faisait mention dans
toutes ses dépêches, il data même le traité de cette
paix secrète ; ses intrigues et ses espions le servaient
mieux à la cour de France qu'à celle de la Haye et
de Lisbonne. Les Anglais ont effectivement agi sans
relâche pour nous débaucher le roi catholique ; j'ai
traité de cette matière dans d'autres chapitres.

Je savais cependant qu'il fallait prendre le roi de
Portugal par la vanité, et perdre plutôt ses démarches
que d'être jamais la dupe d'aucunes de ses faiblesses.
Il pouvait s'entêter de l'honneur de la médiation,
servir nos ennemis, et leur livrer davantage son riche
commerce. Son abstention de toute affaire politique
ne m'a jamais été si démontrée que je ne crusse qu'il
pouvait y donner quelques moments. Je voyais la
reine sa fille prendre de l'ascendant en Espagne, le
vicomte de Pontelima y augmenter de considération
et recevoir de plus en plus un traitement distingué
et des faveurs particulières ; ainsi je proposai au roi
de donner plus d'attention à la cour de Lisbonne
qu'on n'en avait donné jusque-là. Sa Majesté m'ap-
prouva, mais le conseil apporta ses contradictions

1. Jean V avait rêvé une espèce de papauté portugaise, sous le
titre de Patriarcat de Lisbonne.

2. D'Argenson veut dire Mafra, ville de l'Estramadure, où
Jean V avait fondé un palais et un couvent.

ordinaires aux moyens que j'en proposais. Je me mis
donc à traiter en secret avec D. Louis d'Acunha et
M. de la Cerda. Je fis quelques voyages à Paris exprès
pour lui, car ce vieux ministre sortait rarement de
chez lui.

Je fis offrir au roi de Portugal de traiter de la paix
générale, même d'y paraître comme médiateur, si le
roi d'Espagne y consentait; je lui demandai principalement ses bons offices auprès du roi d'Angleterre,
puisqu'il avait assez de mérite auprès des Anglais, par
les faveurs de commerce qu'il leur accordait, pour
obtenir de Sa Majesté Britannique des arrangements
qui satisfissent l'Espagne, arrangements qui seuls sus-
pendaient la paix.

Ainsi tout était pour l'Espagne, rien n'était que pour
elle, et je ne demandais qu'à être découvert par Sa
Majesté Catholique dans le cours d'une démarche que
je faisais alors à son insu.

Il était d'une grande importance de gagner de la
main les menées de l'Angleterre à Lisbonne et de prévenir les mouvements de la vanité portugaise et les
influences de la nouvelle reine d'Espagne.

Cet innocent artifice a produit tout l'effet que je
m'en étais promis. M. de Chavigny ni l'évêque de
Rennes n'en surent rien. D. Louis d'Acunha en fit
un grand mystère et dépêcha un courrier à Lisbonne;
le roi de Portugal sortit de sa léthargie pour un moment, à ce que m'a écrit D. Louis, et sut tout le gré
possible à la France de lui remettre ses intérêts entre
les mains. Le roi d'Espagne en fut presque jaloux : ce
fut la matière d'un des mémoires que le duc d'Huescar me remit au mois de décembre 1746. Je lui ré-

pondis par un autre mémoire où l'apologie de notre conduite était bien facile : elle était fondée sur les premières démarches qu'avait avouées l'Espagne elle-même de ce côté-là. J'avais donné pour première condition de notre offre de médiation le bon plaisir et le désir de l'Espagne; ces intérêts en étaient l'unique objet; il est vrai que nous nous jetions dans une intrigue qui n'avait subsisté jusqu'alors qu'entre l'Espagne, le Portugal et l'Angleterre seules.

La réplique du roi d'Espagne fut comme je l'avais dictée, qu'il nous en était obligé et qu'il requerrait volontiers la médiation du roi de Portugal à la paix générale, si les autres parties belligérantes ou auxiliaires venaient à l'agréer. Il ne pouvait répondre autrement.

Mon successeur a dû suivre cette affaire; mon dessein était d'en envoyer une instruction à MM. de Rennes et de Chavigny. J'ai su indirectement que M. de Maurepas, qui administra mon département pendant la maladie de M. de Puisieux, s'étant fait apporter mes derniers papiers, avait pris connaissance de cette affaire secrète, et qu'il avait été obligé de dire que j'avais fait un coup de maître.

M. de Chavigny continua d'écrire qu'il se donnait de grands mouvements pour éclairer la conduite de la cour de Lisbonne pour la paix d'Espagne et d'Angleterre, et qu'il ne voyait pas que l'Espagne y répondît. L'évêque de Rennes manda toujours que la cour de Madrid ne faisait rien, ne pensait rien, et qu'elle attendait de nous des idées pour faire la paix.

Je cessai d'importuner l'Espagne pour finir l'affaire du Sacramento; véritablement la cour de Lisbonne

nous fit entendre qu'elle était aujourd'hui en état de
faire ses affaires par elle-même avec la cour de Madrid. Rien n'est plus bas que les soins superflus qu'on
affecte de se donner entre des gens qui s'entendent
mieux que leurs médiateurs officieux.

Le traité d'amitié et de commerce me parut également hors d'œuvre dans cette conjoncture; l'Espagne
en eût été jalouse et l'eût facilement empêché. Notre
commerce allait bien de fait; il n'y avait qu'à continuer de l'avancer, et la paix y donnera un nouvel es-
sor. Soyons bien avec cette puissance, favorisons ses
intérêts; ne lui donnons aucun ombrage sur rien, nos
marchands n'essuieront point d'avanie; leur économie et leur fidélité feront le reste.

Article VI.

Diète de Pologne de 1746.—Cour de Dresde.—Traité de subside avec la Saxe.

Le roi de Pologne revint de sa fuite en Bohême[1]
sitôt après la signature de son traité de paix et le
commencement de son exécution, qui a été assez cher.
On prit terme pour le payement du reste de la somme
exigée par le vainqueur pour frais de la guerre; il a
fallu donner des sûretés, des assignations et (ce qui
ne s'était jamais fait) pour les intérêts, qui ont couru

1. Auguste III, qui était en même temps électeur de Saxe,
avait été forcé de fuir de ce dernier pays envahi par le roi de
Prusse, et les Polonais avaient mal accueilli leur prince fugitif.

d'un jour précis. Qui dirait que c'est la France qui,
par l'événement, a payé ce restant de subsides?

Le comte de Bruhl a ce talent d'habileté d'exécution soudaine et d'expédients : il recruta les troupes
saxonnes en peu de temps, les remit sur un bon pied,
fit montre d'une belle armée, et dit alors : « Je ven-
drai ces troupes à quiconque en aura besoin en Europe; je ne crains rien pour la Saxe; je ne veux plus
attaquer la Prusse. Ma paix est récente, je suis sous la
protection de l'empire d'Allemagne et de celui de
Russie; il serait plus naturel que je vendisse les troupes saxonnes aux ennemis de la France qu'à la France;
ainsi celle-ci me craindra : rançonnons-la pour ne
point fournir de troupes contre elle; mes nécessités
d'argent me font la loi; je ne respecterai ni l'amitié
ni les obligations.

Nous le crûmes, nous craignîmes ce coup. Le comte
de Bruhl nous connaissait bien; nous étions en train
de cette politique de payer des subsides à toute puissance qui pouvait vendre des troupes contre nous. Le
plus ou le moins d'argent à donner devint une intrigue de cour où je fus contraint de céder, à mon ordinaire.

Le maréchal de Saxe craignait, plus que tout autre,
d'avoir à combattre, dans l'armée des alliés, les Saxons
ses compatriotes et la fleur de l'infanterie du roi son
frère. Les ministres du conseil voulurent bien mériter
d'un général en si grande faveur; celui-ci se montra
pour que le roi son frère lui eût obligation dans sa
nécessité pressante d'argent. Ainsi les intérêts du trésor
royal furent sacrifiés à ces considérations personnelles : on accorda à la Saxe deux millions de subsides

annuellement pour trois ans. Je représentai plusieurs fois au roi que, si Sa Majesté m'en avait fait le maître, je me serais fait fort de finir cette affaire à cinq ou six cent mille livres.

Dans mon avis, je pesais davantage qu'on ne le fit au conseil le pour et le contre de la menace du roi de Pologne de vendre ses troupes à nos ennemis ou de nous promettre de les garder. Dans le premier parti, il envoyait hors de chez lui un corps de quinze à vingt mille hommes, il se dépouillait de toutes ses forces, il aurait eu à les recruter tous les ans de quatre à cinq mille hommes: c'était autant de pères et de familles dont il dépouillait son état déjà mal peuplé par les pertes qu'il venait d'essuyer. Il avait à craindre quelque nouveau caprice du roi de Prusse, son mauvais voisin; il perdait de sa considération en se privant de ses troupes. On lui aurait fait la loi de plus en plus dans tout incident; il perdait pour toujours notre amitié et notre appui qui pouvaient lui être utiles dans mille choses importantes, et il donnait un exemple honteux d'ingratitude et de bassesse. Pour moi, j'étais persuadé qu'il ne s'y serait jamais porté, quelque menace qu'il nous en fît et quelques offres que lui fissent nos ennemis; c'était du moins un danger à braver encore pendant quelques mois; qui n'en brave aucun en politique comme en guerre ne réussit à rien de louable. La mode a prévalu d'y marcher toujours à la sape, la bourse à la main. Les Anglais, auteurs de cette méthode, ne donnent point en dupes comme nous; telles furent mes raisons.

Mais le roi ayant fixé jusqu'à deux millions, comme je l'ai dit, le subside où Sa Majesté voulait bien aller,

on me donna à le marchander; il n'était plus temps;
le maréchal de Saxe le sut d'abord, et je trouvai le
comte de Loss, envoyé de Saxe, déjà instruit de la
quotité. Il me fit la loi en toutes choses, et se moquait
de mes difficultés mystérieuses.

De plus, le roi de Pologne demanda que désormais
le roi le traitât de Majesté, ce qui ne s'était jamais fait
pour des rois électifs: on voulut le lui accorder; ce que
je pus faire fut de faire souvenir qu'on avait refusé la
première visite de la part du premier ministre à M. de
Saint-Séverin, ambassadeur de France; et cela contre
l'usage le plus ancien et le plus récent. J'obtins qu'on
tiendrait bon pour régler cet incident, et cela fut accordé par la cour de Dresde.

Le roi de Pologne demandait que l'Espagne payât
aussi un million de subside pour lui faire trois millions dont il avait besoin. M. de Campo-Florido joua
son personnage ordinaire de courtisan et de fripon;
personne ne poussa plus que lui à nous faire donner
les deux millions, personne ne fut plus contre moi
pour forcer ma résistance. Il se faisait fort de la cour
d'Espagne; mais, quand ce fut à signer un traité pour
son compte, les pouvoirs lui manquèrent; il avait
beau écrire, il n'en venait point; on répondait, disait-il, à tous les articles de ses dépêches, hors à celui-là. Le comte de Loss prétendait, de son côté, qu'il
ne pouvait signer avec la France sans l'Espagne. Cependant il passa outre, moyennant un traité signé du
seul ambassadeur d'Espagne non autorisé spécialement, mais sur ses instructions générales. Par ce
traité, l'Espagne ne promettait que huit cent mille
livres; il n'en a jamais été autre chose. On voulait

seulement nous engager; la cour d'Espagne n'a plus
répondu à Campo ni à d'Huescar, qui l'a remplacé
sur ce traité en l'air; ainsi il n'en a rien été payé.

Une partie de notre subside a été payée d'avance,
et le reste à la plus juste échéance. MM. Pâris ne demandent pas mieux que de payer avec l'argent du roi,
et ils sont toujours les plus ardents solliciteurs des
subsides que nous prodiguons si libéralement. Que
l'on considère donc l'événement bizarre de toutes ces
choses: le roi de Pologne refuse la couronne impériale et l'honneur de pacifier l'Europe en vue de partager les dépouilles du roi de Prusse; c'est lui qui est
dépouillé de ses États, il fait des pertes inestimables,
on lui rend ses États moyennant un tribut, et c'est
nous qui en payons les frais, nous qui l'avions secouru, soutenu, qui voulions l'agrandir aux dépens
de la succession d'Autriche, nous qui, dans notre
guerre, étions alors victorieux et conquérants de
toutes parts: voilà certainement de quoi bien blâmer
notre politique; j'en ai expliqué les ressorts.

Avec tout cela, l'argent que nous dépensions en cette
occasion ne nous assurait de rien, sans les autres
avantages que nous avons faits au roi de Pologne qui
nous l'ont assuré plus solidement. Je vais en parler
dans un moment; sans eux, cette puissance pouvait
nous échapper d'un moment à l'autre par de plus
amples promesses d'Angleterre et par les menaces des
cours de Vienne et de Pétersbourg. Le comte de
Bruhl n'a ni foi ni principe; sa politique est précisément les manœuvres d'une courtisane jointes aux
ressources d'un chevalier d'industrie; le roi son maître est endormi et enveloppé d'épaisses ténèbres; sa

volonté d'être honnête homme cédera toujours aux
subtilités déguisées de son jésuite et de son favori.

Notre traité de subside nous donnait quelques assurances de plus que nous n'avions, que l'électeur de
Saxe écarterait la déclaration de guerre d'empire ; cependant il n'y promettait rien de positif, ou s'y réser-
vait même la liberté d'obéir aux délibérations de la
diète de Ratisbonne. Il était question de savoir comment les ministres de Saxe agiraient et voteraient dans
les cours d'Allemagne et à la diète ; nous n'y avons
vu que de grands Autrichiens craintifs, zélés pour la
reine de Hongrie, ne la contredisant jamais ; rien de
mâle, rien qui sentît pour nous la bonne volonté que
nous avions achetée si cher et que méritaient nos services précédents.

M. de Vaulgrenant étant revenu ici au commencement de l'année 1746, son secrétaire, le sieur Durand d'Aubigny, fut chargé des affaires pendant six
mois ; il eut l'honneur de signer le traité de subside
et d'amitié, et il a cru avoir jeté les premiers fonde-
ments du mariage de M. le Dauphin. La vérité est
qu'il n'y a guère plus contribué que le courrier que
je dépêchai quand le roi eut résolu ce mariage ; il n'a
pas laissé de fonder sur cela de grandes espérances
de fortune ; il s'est fait fête de ces deux grandes
affaires, mais il s'est trop pressé de se vanter, et le
roi n'a pas été content de ces manœuvres contraires
pour le faire recommander par les étrangers. Au reste
c'est un garçon d'esprit ; ses vues en politique sont
plus étendues que justes ; ses dépêches étaient des volumes ; il rencontrait quelquefois le vrai, et il serait
capable, si on le plaçait là où il convient. Je l'avais

donné à M. de Vaulgrenant; il m'avait été recommandé par M. le duc d'Orléans.

A l'approche de la diète de Pologne, il fallut nommer un ambassadeur de France. Je proposai au roi pour cette place M. le marquis des Issarts, homme de qualité du comtat d'Avignon : il est né en Provence et aussi délié qu'il paraît épais dans sa grosse figure; je lui trouvai de la sagesse et des talents d'insinuation dans une cour. M. le prince de Conti me l'avait produit, M. et Mme la duchesse de Chartres l'avaient pris en grande affection. Je fus fort aise que ces illustres recommandations devinssent heureuses, mais je puis bien assurer qu'elles n'allèrent qu'en second dans les motifs d'un choix libre; il me parut le moins mauvais de ceux qui se présentaient alors pour les emplois étrangers. La cour fit des raisonnements à l'infini sur sa nomination; le crédit de M. le prince de Conti en rehaussa, le mien baissait, disait-on; je n'appris cependant à ce prince l'élévation de des Issarts que quand il s'y attendait le moins. Je laissai dire : des Issarts fit très-bien; il fut heureux, il obtint des grâces, il fut comblé de présents, il se conduisit avec adresse, la fortune couronna sa prudence, l'envie le flétrit autant qu'elle put. Je ne l'ai éprouvé ni ingrat ni méchant, mais fort éveillé sur ses intérêts particuliers; j'ignore ce qu'il a fait depuis ma disgrâce.

Sitôt après son départ, j'appris que M. le prince de Conti songeait sérieusement à la couronne de Pologne; je n'avais encore rien vu de si surprenant et de si absurde. Il me vint prôner un soir à Versailles avec beaucoup de mystère un M. Blandowski, gentilhomme polonais. Cet homme-là avait été employé à

la dernière élection du roi Stanislas. Le cardinal de
Fleury en faisait cas; on le disait tout Français. Voilà
ce qu'il me conta, et même ce qu'il me prouva par des
lettres. M. le comte de Saint-Séverin travaillait depuis
son retour avec M. le prince de Conti pour préparer
toutes choses à la future élection du roi de Pologne :
le roi Auguste III ne pouvait aller loin; il commençait
à avoir les jambes ouvertes, comme feu son père dans
la maladie dont il est mort. Le roi avait, disait-on, à
cœur de faire élire M. le prince de Conti; on y préparait toutes choses, et Blandowski voyait bien que M. le
prince de Conti ne m'aimait pas et se cachait de moi.
M. de Saint-Séverin, par son ordre, l'avait mandé; on
lui avait assez mal payé les frais de son voyage; le
prince l'avait caché à l'Isle-Adam, où il avait eu plusieurs conférences avec lui. Il me donna copie de tous
les mémoires et instructions qu'il avait donnés; il
avait trouvé dans ce prince quelques qualités éblouis-
santes, mais il lui en avait remarqué d'autres qui ne
devaient pas réussir en Pologne s'il y était jamais appelé; il ajoutait que la condition la plus essentielle
pour faire réussir son élection devait être que M. le
prince de Conti épousât une de Mesdames de France.

On me demandera la raison pour laquelle cet
homme que je ne connaissais pas venait tout à coup
me faire de telles confidences et divulguer son secret
à la personne de France à qui on lui avait le plus
recommandé de le cacher. Aussi les raisons qu'il m'en
dit étaient qu'il avait fait de longues réflexions sur le
personnage qu'il venait faire en France, sur l'affaire
pour laquelle on l'avait mandé et sur les suites qu'elle
pouvait avoir : « Quand il était parti de Pologne, il ne

v   4

savait pas que ce devait être pour conférer à l'insu du
ministre. » Cette circonstance lui semblait périlleuse ;
il s'était informé de moi et il me connaissait déjà de
réputation dans son pays ; rien ne lui démontrait, disait-il, que ma disgrâce fût prochaine, et l'affaire dont
il s'agissait la supposait cependant, si elle s'exécutait
sans moi. Il trouvait au contraire dans M. le prince
de Conti tant de présomption et si peu de fond, tant
de paroles et si peu de suite, qu'il ne pouvait s'embarquer sur ses promesses. Ce prince, disait-il, ne lui
parlait que de sa faveur auprès du roi, que d'opérer
tout sans le ministère ; il ne lui montrait aucune
preuve de sa mission et de son indépendance : il voulait donc, disait-il, ne point partir sans avoir rendu
l'hommage qu'il devait de cette grande affaire au ministre qu'elle regardait, afin qu'il en parlât à Sa Majesté, et il ne devait se croire suffisamment autorisé
que quand je lui aurais dit que le roi l'approuvait.

Je consultai mon frère ; il étudia bien ce qu'il avait
à me répondre, il répondit profondément, et il m'a-
voua enfin qu'il y avait bien quelque chose de tout
cela dans l'esprit du roi, que je prisse garde à ce que
j'en dirais à Sa Majesté, et que l'affaire était délicate.

Je fis un extrait de ma conversation avec Blandowski, j'en retranchai ce qui roulait sur la personne
de Sa Majesté, je ne fis paraître aucune défiance de
mystère entre le roi et M. le prince de Conti que l'on
me cachât, je parus n'y entendre aucune finesse et
j'exposai le fait tout simplement. Quand je l'eus rendu
ainsi, je raisonnai sur la future élection de M. le
prince de Conti, et je démontrai tout le pernicieux
de ce projet, et que, comme la couronne de Pologne

ne vaquait point et que le roi au reste se porte bien,
il n'y avait point d'autre ordre à prendre pour le
présent.

Je revis Blandowski; il ne venait que de nuit, il
m'envoyait à sa place un de ses parents qui a de l'esprit et qui écrit bien; il me demanda une pension sur
l'État des grâces que le roi fait en Pologne, j'en parlai au roi; Sa Majesté m'ordonna de consulter la reine
sur le caractère et les mérites de Blandowski; la reine
en rendit assez bon témoignage, et la pension fut accordée.

On éventa quelque chose dans le monde de l'ambition de M. le prince de Conti; car l'envoi de M. des
Issarts en Pologne fut regardé comme un moyen de
travailler à son élection. Cet ambassadeur passait pour
sa créature; les étrangers glosèrent sur ce texte; le
comte de Loss m'en parla, je l'assurai, avec la plus
exacte vérité, que je n'y avais seulement pas pensé
quand je l'avais proposé au roi. Véritablement toutes
ces circonstances combinées cadrent assez; c'est cependant un pur hasard si M. des Issarts a été envoyé
en Pologne plutôt qu'ailleurs; mon choix fut très-
libre quand je le présentai au roi. J'ignore absolument si Sa Majesté goûte le projet de porter M. le
prince de Conti au trône de Pologne, ou à quel point
elle l'a à cœur, mais je sais bien ce qu'on peut en espérer ou en craindre pour le bien de l'État. J'ai vu à
la vérité quantité d'autres circonstances qui ne concou-
rent que trop à le réaliser. M. le prince de Conti travaille souvent avec le roi et porte un portefeuille, sans
que l'on comprenne ce qu'il y a à dire, depuis qu'il n'y
a plus d'armée à commander. Il s'informe à nos mi-

nistres du Nord de tout ce qui s'y passe. Quelques-
uns, comme Daillon, m'ont envoyé copie des belles
relations qu'ils lui envoient, et son travail long et réglé
avec Saint-Séverin, le concours de plusieurs des ministres pour faire un personnage de ce prince pour
s'en appuyer, son refus de se marier, ce qui peut
marquer qu'il vise à une de Mesdames, tout cela peut
confirmer les soupçons. Enfin, je fus averti par M. de
Richelieu de me défier de M. Parisot, maître des requêtes. Ce magistrat est intrigant de profession et fort
attaché à l'hôtel de Conti; il vint me demander un
passe-port pour aller à Dresde au mariage de Mme la
Dauphine; il me donnait les plus ridicules prétextes :
il voulait, disait-il, voyager et commencer ses voyages
par cette cour, quoique son âge, la saison et le pays
par où il voulait aller d'abord satisfaire sa curiosité
cadrassent mal avec la vraisemblance; de plus, il faisait extérieurement grand mystère de son voyage.
Pour moi, je lui procurai la permission qu'il demandait; quand j'en parlai au roi, Sa Majesté m'en fit l'é-
loge. M. de Richelieu, l'ayant appris, devint furieux
et se chargea d'en parler de nouveau au roi pour
rompre le voyage de Parisot; véritablement le comte
de Loss entrait en ombrage de tout ceci et demanda
très-sérieusement que Parisot n'allât point en Saxe.

Les instructions que j'ai données au marquis des
Issarts pour la diète de Pologne sont bien contraires
aux vues de M. le prince de Conti; le roi les a ap-
prouvées, le conseil ne les a contredites que par la
difficulté qu'il y croyait dans l'exécution; mais elles
ont réussi parfaitement, et l'ambassadeur y a trouvé
facilité et grand honneur.

Quand je les donnai, nous venions de signer le traité de subside avec la Saxe. Le maréchal de Saxe était plus en faveur que jamais, et l'on soupçonnait que M. le Dauphin pouvait épouser une Saxonne; ainsi le conseil osa moins qu'en autre temps contredire à un système tout à fait favorable à la Maison de Saxe que je proposais d'adopter. Je le fondais sur ce raisonnement-ci : Serons-nous amis de Saxe à Dresde et son ennemi en Pologne? Dépenserons-nous, d'un côté, deux millions par an en amitié, et plusieurs millions en opposition et en destruction de son pouvoir en Pologne? Quelle contradiction! Soyons-lui amis partout, ou ennemis en tous lieux; d'ailleurs, que faisons-nous par nos vaines tentatives en Pologne? Nous y dépensons beaucoup d'argent et nous échouons à nos entreprises. Les élections de feu M. le prince de Conti et du roi Stanislas nous ont fait mépriser dans le Nord, et ébranlant à chaque diète comme à chaque élection l'autorité de la maison de Saxe, c'est nous qui l'avons réduite à recourir aux Moscovites qui la tyrannisent. Cessons de l'attaquer, conservons nos amis en Pologne, augmentons-les, mais appliquons notre parti à favoriser la Maison de Saxe, nous diminuerons et nous éteindrons enfin le parti moscovite. On hait la tyrannie, on n'y recourt que par crainte de pire : ainsi les Polonais et les Saxons secoueront le joug moscovite, dès que nous ne le rendrons plus nécessaire.

C'est à quoi je suis parvenu dans cette diète; je suis l'auteur de ce système tout nouveau dans notre politique moderne; il augmentera notre considération dans le Nord, il nous épargnera bien des maux et et bien des dépenses, s'il est suivi après moi; il désespère la Russie et la cour de Vienne.

Le roi de Prusse avait le même intérêt de détruire le parti moscovite en Pologne; il craignait, a cette diète ainsi qu'à la précédente, qu'elle n'augmentât l'armée par une levée de trente mille hommes que ses ennemis auraient pu tourner contre lui. Tous les mauvais projets ont échoué et ceux qu'il désirait ont réussi; il a fait remercier M. des Issarts des bons services qu'il lui a rendus. Tout a été satisfait : Prusse, Saxe et Pologne; nous y avons répandu des grâces, nos amis y ont augmenté, et la Russie est à la veille d'y perdre son crédit, si nous continuons avec de sages ménagements à soutenir le parti saxon autant qu'il travaillera au bonheur de la Pologne, et que la royauté même, demeurant héréditaire de fait, sera exempte de tyrannie, en restant amie et appuyée de la France. On jugera par la suite si j'ai eu raison autant qu'il a paru à cette diète.

Ce fut à la diète même que le mariage de M. le Dauphin fut déclaré; rien ne vint plus à propos pour le système dont je viens de parler : les amis de la France en triomphèrent. On ne songea plus qu'à cet événement, et les autres intérêts du royaume s'oublièrent. La Pologne crut que ce mariage ne se concluait que pour nous l'attacher davantage; on ne vit plus qu'une princesse de Pologne dans la princesse de Saxe. Certainement le roi de Pologne est comblé aujourd'hui de reconnaissance et d'amour pour la France; voilà ce que je disais qui a consolidé l'objet de notre subside plus que le subside même, et c'est là aussi où j'en suis venu avec la cour de Dresde en deux années,

partant du traité de Varsovie, où les mauvaises mesures de notre ministère l'avaient laissée aliénée de
nous, au point de se ranger au nombre de nos ennemis.

ARTICLE VII.

Second mariage de M. le Dauphin avec la princesse de Saxe.

J'ai déjà traité, à l'article d'Espagne, des embarras
où nous jeta cette cour en voulant donner à M. le Dauphin pour seconde femme l'infante Antonia, sœur de
celle qu'il venait de perdre. Ces mariages irréguliers
scandalisent le public; l'inceste choque plus en
France qu'ailleurs; on le regarde comme offensant la
nature; nous la respectons plus que tous les autres
peuples. Nous donnons encore dans quelques super-
stitions des bons et mauvais augures; nous attribuons
à certaines infractions la nécessité de porter malheur
et d'attirer la colère du ciel. De plus, on a répandu,
depuis Calvin, bien des doutes sur le pouvoir absolu
des clefs; c'est un malheur; mais ces doutes ont cependant leur utilité en bien des choses : ainsi une
dispense de Rome, pour se marier au premier degré,
ne mettra jamais les consciences en sûreté. Pourquoi
donc exposer la France royale à ces dangers sans nécessité? Les partisans d'Espagne prétendaient qu'elle
y était, puisque cela affermissait l'union des deux couronnes. On répondait d'abord que cette intime union
était plus nuisible qu'utile au bien général; mais de

plus qu'elle ne tenait à cela que par fantaisie; en effet, le mariage incestueux ne s'est point fait, et la liaison n'en a pas moins subsisté.

C'est en cette occasion où le roi m'a donné la plus grande preuve de confiance qu'il eût encore accordée à aucun de ses ministres depuis la mort du cardinal de Fleury. La brigue et l'adresse infernale de cour s'étaient donné carrière sur cette affaire; chaque jour elle augmentait ses menaces et ses progrès en faveur du mariage d'Espagne. On rendit M. le Dauphin amoureux de l'Infante, sans savoir pourquoi la reine y était parvenue à un entêtement sans mesure; on allait partout le salaire et la menace à la main; on effrayait le roi de tout ce qui pouvait l'intimider. Les Noailles, les Maurepas, qui composent toute la cour femelle, toutes les harpies, les fausses dévotes, les commodes, les catins, tout était en mouvement; Madame Infante écrivait au roi les lettres les plus longues et les plus tendres sur cette matière : l'évêque de Rennes avait le département des menaces, et je ne doute pas que l'impiété avec laquelle il a pris ce rôle contre son roi et sa patrie ne lui ait valu d'être désormais mieux soutenu par Madame Infante et par la cour d'Espagne. Il nous menaçait des plus affreux malheurs en politique, si on ne prenait pas l'infante Antonia.

Mais le roi avait commencé par se déclarer à ses ministres sur ce refus et sur les craintes d'un scandale général devant son peuple; ainsi aucun de ses ministres n'osait insister directement; ils ne se servaient que de moyens détournés et de l'organe des autres.

Enfin le roi me donna occasion de lui parler plus ouvertement sur cette affaire; il me montra une lettre de Madame Infante qu'il me donna en entrant à la tribune de la chapelle, et je fus obligé de la lire dans mon chapeau pendant la messe. Au retour, j'entretins Sa Majesté avec effusion de cœur de tout l'artifice que l'on employait pour lui nuire (plût à Dieu que j'eusse osé plus souvent renouveler cette conversation!); je lui démontrai le progrès de cette cabale, et par quels degrés on était parvenu à séduire la reine, le Dauphin, Mesdames et toute la cour; que bientôt on lui arracherait peut-être l'obéissance qui lui était due dans sa famille, et que, quelques pas de plus, le Dauphin résisterait peut-être au mariage que Sa Majesté voudrait lui faire faire; qu'elle devait observer comme ceci avait cheminé; que le roi d'Espagne lui-même avait été séduit, et qu'on lui avait dit sans doute qu'il fallait intimider la France pour obtenir; que Sa Majesté Catholique avait donc présenté d'abord sa disposition à accorder l'infante Antonia, si le roi la demandait; que cette disposition était devenue une proposition, de là une instance, et qu'enfin aujourd'hui c'était une menace; que je ne doutais pas que demain on ne passât de la menace aux effets, et qu'il faudrait peut-être une guerre pour marier M. le Dauphin à la volonté du roi. Le passé prouvait l'avenir.

Le roi se rendit : il écrivit à Sa Majesté Catholique les lettres les plus touchantes, les plus raisonnables, pour lui représenter les raisons qui excluaient ce mariage; mais Ferdinand, prince fort sot, n'y répondait ou n'y faisait répondre que des misères, et la brigue de cour allait toujours en augmentant d'activité, comme pour y forcer le roi.

Je rapporterai ici des copies de trois de ces lettres,

à la composition desquelles j'eus grande part; elles
étaient mêlées d'affaires militaires.

A la première était joint ce billet, touchant les cor-
rections que Sa Majesté y faisait :

A Choisy, ce 27 septembre 1746.

« Quand j'ai reçu votre paquet, je travaillais au
projet de la réponse ci-jointe; communiquez-la à votre
frère pour ce qui est du militaire, et dites-m'en vos
avis. Elle n'est pas tout à fait conforme à la vôtre,
mais il ne faut pas sabrer le roi d'Espagne. »

Projet de lettre du roi au roi catholique :

« M......, c'est dans la plus grande vérité que j'ai
dit à Votre Majesté que je n'avais de sentiments que
ceux du clergé de mon royaume, de ma cour et de
mon peuple sur le mariage de mon fils avec la sœur
de feu sa femme. Ici, comme en Espagne, l'on convient
du pouvoir du souverain pontife; mais l'on regarde
ces sortes de mariages comme malheureux, et les
exemples ne nous en manquent pas, quoique je n'en
sache pas de faits en France où il y ait de témoins
vivants de la consommation, et où il n'ait fallu mentir
sur cela pour pouvoir obtenir dispense du pape. Du
reste, je ne suis point théologien et je ne puis que
suivre la façon de penser de mon Église, de mon
royaume. Je suis bien persuadé que Votre Majesté
entre dans toute ma peine et ma délicatesse sur ce
point, et je ne puis croire, après toutes les assurances qu'elle m'a données et fait donner, qu'elle en
puisse être blessée, ni que notre union en puisse être
altérée en la plus petite chose du monde; je cherche-

rai d'ailleurs toutes les occasions d'en resserrer les liens, quoique assurément je n'en aie pas besoin. Mais nos vrais ennemis sont ceux qui, sous le prétexte d'une pareille circonstance d'où dépendent mon repos et celui de tout mon royaume, voudraient les affaiblir par leurs secrètes investigations, et mener par là Votre Majesté à s'unir avec les Anglais, les plus grands ennemis de notre Maison, et pour la détruire insensiblement, sentant bien qu'ils ne peuvent pas faire autrement.

« Je n'ai pas vu avec moins de peine ni de douleur que Votre Majesté elle-même les derniers malheurs arrivés en Italie. J'ignore les relations qui lui en auront été faites; ce que je puis bien dire, c'est que, le maréchal de Maillebois étant soumis entièrement aux volontés de l'Infant, s'il a donné des avis, il faut bien que ce prince ait senti qu'on ne pouvait faire autrement; car, s'il n'avait pas pensé de même, il fallait bien que le maréchal obéît, ou il eût encouru une disgrâce, puisqu'il aurait manqué à mes ordres, qui étaient bien différents de ceux qu'il a suivis.

« Je ne prétends convaincre Votre Majesté de la résolution invariable où je suis de suivre les engagements pris avec le feu roi père de Votre Majesté, et de soutenir les intérêts de ses deux frères, qu'elle aime si tendrement et auxquels je ne m'intéresse pas moins, que par les mesures que je prends pour rétablir les troupes de mon armée d'Italie, conjurant Votre Majesté d'en faire autant pour les siennes, et par l'emplacement que je ferai prendre aux autres dans leurs quartiers d'hiver, pour pouvoir les augmenter si le besoin le requiert et me le permet, et ensuite faire un bon projet pour la campagne prochaine. »

Autre lettre sur les deux mêmes sujets que la précédente :

Du 2 octobre 1746.

Celle-ci annonça au roi d'Espagne la résolution
prise de marier M. le Dauphin avec la princesse de
Saxe.

Le roi m'envoyant ce projet m'écrivit ce billet :

« Voilà mon brouillon de lettre pour le roi d'Espagne ; il faut finir et asséner le coup de pistolet.
Mandez-moi ce que vous en pensez et agissez en cou-
séquence. Renvoyez-le moi le plus tôt possible, pour
ne pas retarder davantage le départ du courrier.

« M......, personne ne reconnaît plus que moi le
pouvoir du souverain pontife ; Votre Majesté sait présentement nos raisons de ne pas adhérer à ses désirs
sur le mariage de mon fils avec la sœur de feu sa
femme, laquelle je regretterai toute ma vie, surtout
en ce moment-ci. Je serais bien fâché de les lui répéter, et ce dont je puis l'assurer, c'est qu'il faut
qu'elles soient insurmontables, puisque je ne puis me
rendre à ce que, dans toute autre occasion, je ne ba-
lancerais pas un instant de conclure. Je la supplie
donc de tout oublier sur cela et de n'écouter en ce
moment que son cœur et le double sang qui coule dans
nos veines, dans un moment où je sens redoubler en
moi l'amitié et l'estime pour sa personne. Dans cette
situation, je ne puis faire mieux que de m'allier dans
une Maison où le feu roi votre père a mis un de vos
frères. J'en demande le secret à Votre Majesté, ainsi
que la continuation de la tendresse de laquelle je ne
me départirai jamais. »

Le reste de la lettre était sur des affaires purement militaires de la guerre d'Italie.

J'avais persuadé le roi de repousser le mariage d'Espagne, mais je fis plus : je l'assurai que, s'il voulait déclarer demain qu'il mariait le Dauphin à toute autre qu'à l'Infante, il ne serait rien de toutes ces grandes menaces, que personne ne soufflerait plus, et que l'Espagne n'en serait que mieux avec nous.

Ce fut ce point-là sans doute que j'eus le plus de peine à persuader; tout ce qui environnait le roi ne lui prêchait que *ma prétendue incapacité ;* lui seul pouvait juger par lui-même de ce qui en était par ce qu'il m'avait déjà vu faire depuis deux ans et par ce que je lui avais annoncé de juste et de justifié par l'événement. Ce fut l'affaire de vingt-quatre heures que de se fier en moi sur ceci; il est vrai que Sa Majeté reçut encore le lendemain une nouvelle lettre de Madame Infante qui augmentait encore en prières et en menaces; il dit : *En voilà trop !* Il m'envoya chercher de grand matin et m'ordonna de faire partir sur-le-champ un courrier, et de lui faire signer les lettres que je tenais toutes prêtes pour demander la princesse de Saxe; j'y ajoutai les tempéraments d'adoucissement que je crus convenables pour le roi catholique, et il n'en a été que bien de tout cela.

Sans ce moment heureux de persuasion que je saisis, je crois que M. le Dauphin ne serait pas encore marié. Le roi aurait-il cédé à un mariage qui aurait eu des suites funestes? Sa résistance est quelquefois constante et ferme, mais il faut que quelqu'un la lui fasse remarquer. Ainsi je ne voyais que du silence timide et respectueux dans ceux qui désapprouvaient intérieurement le mariage d'Espagne, et une grande violence dans tous les autres pour y porter. J'admirai en cette occasion ce que la volonté du maître, assisté d'un seul conseiller isolé, mais fidèle, peut détruire en un moment d'ouvrage de cabale le plus soigneusement et le plus artificieusement préparé.

On prétend qu'il eût été à désirer que la main de M. le Dauphin fût longtemps à donner, et qu'on n'en disposât qu'à la paix. Mais qui osait conseiller de ne pas remarier promptement un fils unique dont les jours sont si précieux et auxquels tiennent peut-être tant de maux et tant de biens? La disposition d'un si grand parti, qui rend une princesse étrangère dauphine et un jour reine de France, tente sans doute beaucoup des rois qui ont des filles à marier; mais je demande si l'histoire moderne nous fournit beaucoup d'exemples que cette faveur nous acquière si indissolublement ces mêmes pères qui l'ont recherchée avec empressement? Cela lie dans le moment, mais la politique l'emporte souvent sur les désirs du père de famille; ces liaisons s'oublient au bout de quelques années, puis s'effacent entièrement au premier événement, pour brouiller les princes par intérêts. Le feu roi fit la guerre au roi d'Espagne son beau-père peu après son mariage; le roi Guillaume n'eût pas détrôné le roi Jacques II s'il n'eût été son gendre; le feu roi de Sardaigne trahit le roi son gendre et trompa la trame qui venait de faire sa fille duchesse de Bourgogne. A peine ce double lien était-il achevé, qu'il se tourna en inimitié et en parjure. Il est vrai qu'un mariage sied bien à une paix : on est accoutumé à cette convenance; elle est d'usage, elle réjouit les peuples;

mais, en examinant bien ces sortes d'événements, on trouvera toujours qu'ils n'ont guère eu d'autre rang dans la politique que celui de cérémonie extérieure à la célébration d'une paix générale.

Le second mariage de M. le Dauphin était donc fort pressé et fort important à décider : il lui fallait une princesse saine, féconde. Ses qualités personnelles intéressaient plus que les conditions politiques de son alliance, et, s'il s'en trouvait d'avantageuses à nos desseins, elles ne marchaient qu'en second ordre. Je puis dire que le roi prit ce louable système, et que ce fut plus en père qu'en roi qu'il examina avec moi les partis qui convenaient à son fils, après avoir écarté celui d'Espagne : j'en eus plusieurs conversations avec Sa Majesté.

J'ai parlé du mariage avec une princesse de Modène : il y en avait deux à choisir[1], toutes deux belles et bien faites, douces et bien élevées, élevées surtout dans le malheur, ce qui les eût rendues meilleures sur le trône. Le caractère de Mme de Penthièvre[2] présente ici un effet de ce que peuvent être ses sœurs, mais ce fut par Mme de Penthièvre que le refus se décida ; d'abord il n'y avait pas moyen, disait-on, que *Mme la Dauphine fût dans notre cour la cadette d'une sœur légitimée*.

Il y avait une princesse de Danemark dont il fut

1. Fortunée-Marie et Mathilde d'Este, filles du duc et de la duchesse de Modène dont il a été parlé ci-dessus, p. 2. La première épousa, le 16 janvier 1759, L. F. J. de Bourbon-Conti, comte de la Marche.

2. Marie-Thérèse-Félicité d'Este, mariée le 29 décembre 1744 au duc de Penthièvre.

fait quelques avances par M. de Bernstorf, et une de
Prusse que proposa Maupertuis de lui-même, à ce
qu'il me disait; mais leur religion y était obstacle, et
je ne crus devoir amuser personne de vaines espérances. Il fallait en cette occasion, pour ainsi dire, conclure l'affaire avant que de la négocier, car le changement de religion à leur proposer était un engagement
de notre part, et, après avoir eu la promesse de leur
en faire changer, c'eût été une grande offense d'hésiter encore au mariage. On ne décide pas les choses aujourd'hui assez nettement dans notre gouvernement
pour embarquer une telle affaire. Nous n'aurions pas
eu par là les rois de Prusse et de Danemark plus que
nous ne les avions. Il ne s'agissait que de leurs sœurs,
ce qui diminue encore l'intérêt; nous n'avions à demander au roi de Danemark que de ne pas donner de
troupes contre nous; la sublime politique du roi de
Prusse le condamnait à ne pas sortir des limites qu'il
observe aujourd'hui. Il fit un coup d'habileté: quand
il dit que le mariage avec la princesse de Saxe allait
se conclure, il en fit solliciter le roi expressément; je
fis bien valoir ce bon office en Saxe et en Pologne.

Le tout se réduisit donc bientôt à deux seuls partis, la princesse de Savoie et celle de Saxe, toutes
deux catholiques, toutes deux aimables et bien élevées,
toutes deux pouvant contribuer au bien de nos affaires par l'affection de leurs pères. Le roi envoya
des émissaires dans les deux cours où elles étaient;
ce furent des gens de commerce et très-fidèles; le
sieur de Montmartel[1] fut chargé de les diriger. Je ne

1. Pâris de Montmartel, frère cadet de Pâris-Duverney.

trouvais que partialité à tous autres que j'interro-
geais, Français ou étrangers. D'abord la tête leur
tournait, ils fondaient leur fortune sur leur témoignage favorable ; ainsi ils se jetaient dans des éloges
outrés qui semblaient cacher la vérité. Les émissaires
secrets de Montmartel rapportèrent le pour et le
contre, des portraits croqués, des mesures de taille,
des détails de santé ; ces rapports furent avantageux, et les deux partis convenaient presque également. Cependant la princesse de Saxe promettait plus
de santé par celle de ses père et mère ; la fécondité
est l'apanage de cette famille ; la reine sa mère a eu
quantité d'enfants, la reine de Naples sa sœur accou-
che tous les neuf mois. Le roi de Pologne est meilleur
homme, et lui et la reine sa femme ont élevé bour-
geoisement leurs enfants : ainsi tout promettait du
bonheur dans la Maison royale par cette alliance.

Il est vrai cependant que le roi de Pologne n'a
obtenu la préférence sur le roi de Sardaigne que par
les fautes de celui-ci et par la conjoncture des affaires.
Le roi penchait plus au mariage de Sardaigne ; sa parenté, la crainte de l'éloignement de la reine du mariage de Saxe, quelques espérances flatteuses de regagner à nous la cour de Turin l'emportaient. Les sieurs
Pâris aussi ont un certain attachement de naissance
au roi de Sardaigne, étant originaires de Dauphiné ; ils
y poussaient par la marquise de Pompadour. Je fus
sur cela dans une vive correspondance avec Montmartel ; je le chargeai de négocier à Paris avec M. de Mongardin ; la princesse de Carignan me voyait souvent à
ce sujet. Enfin l'affaire avança beaucoup ; on alla jusqu'à dire que l'on pouvait passer outre au mariage,

v   5

pourvu que le roi de Sardaigne ne fît rien de pire que ce qu'il avait fait contre nous depuis quelques mois, laissant le reste à démêler à la reine de Hongrie; ce mariage devait toujours le rendre suspect à ses alliés. Je liai enfin une nouvelle négociation directement avec Mongardin; je voulais que le roi de Sardaigne offrît la paix aux deux couronnes à des conditions fort modérées de notre part; mais ce devait être lui à offrir, afin que, ces offres passant sur-le-champ à Madrid, nous ne parussions pas avoir même négocié à l'insu d'Espagne.

Mais tout changea de face par notre entière évacuation de l'Italie et la conquête de l'État de Gênes. Alors le roi de Sardaigne a voulu non-seulement avoir Final, mais aussi Savone et peut-être davantage. Il faut croire qu'il a préféré cette espérance au brillant établissement de sa fille, quoiqu'il ait affecté depuis de se plaindre de moi, comme si je l'avais amusé et si j'avais rétracté mes premières avances, emporté par quelques brigues de cour. A la retraite du maréchal de Maillebois, quelques détachements piémontais tirèrent sur nos troupes : le roi en parla au conseil, disant qu'on ne pouvait plus parler du mariage avec une princesse de Savoie dans les circonstances présentes, puisqu'il faudrait un passe-port pour la marier, et tout le monde en convint. J'annonçai à Mme de Carignan la rupture de notre négociation de mariage. Je lui dis qu'on ne recevait nos fleurettes qu'à grands coups de de fusil. Je tins toute une soirée le sieur de Mongardin dans le jardin du Luxembourg; je lui dis de son maître tout ce que j'en pensais depuis la rupture du traité de décembre 1745. Je le lui donnai pour le plus malhabile prince de l'Europe; il avait tout perdu en rompant le traité, il ne lui était arrivé depuis cela que des dépenses et des dommages, au lieu du Milanais qu'il aurait eu s'il avait attendu huit jours de plus le consentement d'Espagne. Il donnait aujourd'hui un des plus grands traits de malhabileté en perdant l'occasion du mariage de M. le Dauphin. Les Piémontais ont grand tort s'ils disent, comme il m'est revenu, que je les ai amusés et que je leur ai manqué de parole, car je ne leur ai rien caché et je leur ai tout dit.

Ainsi la princesse de Saxe demeura la seule destinée à ce grand mariage; il ne restait plus à vaincre que l'importunité d'Espagne pour son infante Antonia, ce qui arriva, comme je l'ai dit. Il n'y a rien de si heureux que la princesse Josèphe, aujourd'hui Dauphine; ce sort devait naturellement aller à sa sœur aînée, qui avait trois années de plus qu'elle et qui paraissait par là plus assurée. Elle est grande et bien faite, on la dit d'un blond suspect, comme était feu Mme la Dauphine d'Espagne; sa grande douceur vient, dit-on, de médiocrité d'esprit. Son étoile voulut que, le jour même de la mort de Mme la dauphine d'Espagne, le mariage de cette princesse fût déclaré à la cour de Dresde avec l'Électeur de Bavière. Quelle différence de destinée entre ces deux sœurs! La cadette a encore passé avant l'aînée, celle-ci n'ayant accompli son mariage qu'au mois de mai suivant; elle a soutenu le grand spectacle du bonheur et de la grandeur de sa cadette avec un courage héroïque et dont les femmes sont rarement capables.

Dès que mon courrier fut expédié pour Varsovie (où était alors la cour de Saxe) pour y annoncer l'agréable nouvelle du choix du roi, j'eus ordre de travailler au contrat, au cérémonial et aux préparatifs, en sorte que le mariage pût être consommé avant le carême. Je puis dire que peu de pareils ordres ont été mieux et plus promptement exécutés en aussi peu de temps. Je ne détaillerai pas ici les articles, ni tout ce qui appartient à cette illustre affaire. J'obtins de la cour de Dresde tout ce que je voulus, il n'y eut pas pour ainsi dire une cadence de perdue, ni un point avantageux de cérémonial qui fût omis. Je me conformai principalement sur le mariage de la dauphine de Bavière; j'y joignis celui de la reine de Naples et le cérémonial du mariage de M. le Dauphin avec l'infante d'Espagne. Je trouvai qu'à celui-ci tout avait été négligé par le sieur du Theil, qui conduisait alors les affaires étrangères. Je m'enfermai bien des après-midi à Fontainebleau avec deux commis, avec qui nous fîmes tous les dépouillements et dressâmes tous les ordres nécessaires à ce travail immense, surtout quand on est pressé par le temps. Il est vrai que le roi ne me refusait jamais les heures extraordinaires que j'allais lui demander pour des décisions, et que Sa Majesté m'encourageait par l'approbation qu'elle donnait à ma diligence et à mon exactitude.

De plus cette affaire-là était secrète; la devinait qui pouvait, mais on n'en convenait devant personne que ceux qui y étaient absolument nécessaires. Le roi n'en dit pas un mot à son conseil. M. de Maurepas questionna vingt fois Sa Majesté pour en tirer l'aveu; enfin cela ne lui fut dit que quand il fallut graver la vaisselle de la Dauphine et donner les ordres juste pour le départ de la Maison, ce qui est de son dépar-

tement. Tout passa par moi seul depuis le commencement de la détermination jusqu'à la fin de l'exécution,
et tout se passa sans la moindre méprise. Qui eût dit
que les mesures d'une cabale de cour étaient si bien
prises que je devais avoir mon congé justement le jour
même où le mariage se célébrait à Dresde ! C'est cependant ce qui est arrivé. On me trouvait trop grand
par l'honneur de cette affaire ; j'y avais joué le premier
rôle et plutôt celui de premier ministre que de simple
secrétaire d'État. Les courtisans envient surtout l'avantage de tenir aux princesses, et par elles aux cours
étrangères ; ils fondent toujours sur cela des plans à
perte de vue, et ils considèrent la grandeur à venir
qu'on tire par l'intrigue plus grande que toute réalité
où les ministres peuvent parvenir. Mes amis me conseillaient de m'attacher au Dauphin ; pour moi, je
m'en éloignai encore davantage ; je dis que Dieu me
préserverait d'avoir jamais à travailler avec d'autre
prince qu'avec le roi, qui a quinze ans moins que moi
et qui se porte bien. Je pouvais prévoir que M. le Dauphin aimerait mieux sa femme dans la suite qu'il ne
l'aimait avant de la connaître, car il allait de mauvais
cœur à cet hyménée. J'ai parlé ci-dessus de ses pré-
ventions pour l'Espagne ; la reine le gouvernait absolument dans ce temps-là. Quand je lui portai les pro-
curations à signer, je vis bien de l'humeur dans sa
façon d'y procéder ; c'était un pur trait d'enfant et de
prévention qui passa bien vite. Il aime aujourd'hui
(octobre 1747) beaucoup la Dauphine : elle ne le gouverne pas comme l'autre, elle s'est repliée entièrement
à son humeur ; le roi et Mesdames l'aiment tendrement ; elle a vaincu la mauvaise humeur de la reine,

qui a affecté longtemps de haïr en elle l'heureux rival du roi son père. On attend avec impatience les fruits de sa fécondité.

Le roi de Pologne sut parfaitement les obligations qu'il m'avait : voici la lettre qu'il m'écrivit[1]. Mon fils alla à Dresde avec M. de Richelieu; il y eut tous les agréments auxquels il devait s'attendre. Cette cour fut attristée de ma disgrâce; on avait résolu de me faire un présent considérable; j'avais procuré au comte de Bruhl une magnifique tapisserie des Gobelins, que je lui envoyai de la part du roi. On m'offrit l'ordre de l'Aigle noire; je le refusai, n'approuvant point que les ministres portent d'autre ordre que ceux du roi. J'ai eu un présent de porcelaine de Saxe, qui vaut plus de vingt mille écus. On l'avait commandé exprès, pour qu'il fût plus distingué et les pièces plus parfaites; il n'arriva ici que trois mois après ma disgrâce. Comme il m'avait été annoncé pendant que j'étais encore en place, je suppliai alors le roi de l'accepter pour le placer dans quelques-unes de ses maisons de campagne, et je ne fus pas tout à fait refusé. Lorsqu'il arriva, je renouvelai les mêmes instances; mon frère s'en chargea et m'a dit de la part du roi que Sa Majesté voulait que je le reçusse. Mon fils, qui se trouva à la célébration du mariage à Dresde, eut aussi un présent de dix mille livres, consistant en une tabatière garnie de diamants.

1. Cette phrase est suivie, dans le texte, de la formule *fiat insertio*. Mais nous n'avons pas trouvé la lettre dont il est ici question.

JOURNAL ET MÉMOIRES

DU

MARQUIS D'ARGENSON.

JOURNAL ET MÉMOIRES

DU

MARQUIS D'ARGENSON.

1747 [1].

26 *février*. — La famille royale commence à se conjurer contre Mme de Pompadour : à la dernière chasse, cette dame était dans la calèche de M. et Mme la Dauphine et Mesdames ; il était convenu entre eux de ne lui rien dire, quelque chose qu'elle dît. Elle enrageait, elle rugissait.

Ainsi voilà l'orage qui commence à grossir ; on prendra le roi par les incommodités qu'il y a à posséder une maîtresse de si bas lieu, et peu à peu à le conduire au dégoût par la honte ; ainsi M. le Dauphin a-t-il voulu que Mme la Dauphine n'allât pas à la comédie des cabinets, et l'a-t-il obligée à contrefaire la malade. La reine conduit sa famille avec quelques conseils qu'elle a pris ; M. de Maurepas lui souffle ce projet, et, par là, elle prend consistance à la cour, au lieu que le roi n'a aucun conseil, confiance en personne,

1. C'est ici, comme nous l'avons dit, t. IV, p. 121, que l'auteur reprend la forme du journal.

pas même en sa maîtresse. Dans quels dangers, je le vois de tous côtés ! J'ai prétendu à être son ami, je m'y suis présenté par la vérité la plus pure et la plus détachée de l'ambition, on lui a dit que je n'avais pas l'air de la cour, il l'a cru et m'a congédié. J'étais le seul qui l'eût bien conduit.

Les gens de la cour du parlement sont en fureur de l'humiliation que le roi vient de leur départir[1] pour l'amour de cette ancienne Constitution qui était oubliée. Ils se voient déshonorés par ceux qu'ils avaient voulu réprimer jusques à cette heure; les évêques, les ultramontains les ont fait traiter comme on traite rarement les moindres des bailliages. On verra demain lundi quel parti ils prendront, et il y a apparence que ce sera celui de quitter absolument le Palais, et l'on verra le grand conseil devenir le parlement de France.

Les trois cercles des quatre antérieurs se sont associés au cercle d'Autriche, il ne reste plus que celui de Souabe qui ne pourra résister. Le duc de Wurtemberg a ici un nouveau ministre (**M. Keller**) qui crie et fait crier **M.** Chambrier, ministre de Prusse, qu'il ne pourra résister, si on ne lui rend justice sur l'affaire des neuf seigneuries, ou sur les grosses sommes qui lui sont dues pour quartiers d'hiver, que tout tient à cela. On croit qu'on ne nous mène que par la peur de l'esprit, car peut-être les choses en sont-elles au point aujourd'hui que, quand on lui accorderait ce qu'il demande, il serait encore emporté.

1. Il s'agit d'une mercuriale que le roi avait faite à Versailles aux magistrats du parlement, le mercredi 22, à propos des affaires de la Constitution. Voy. le *Journal de Barbier*, t. IV, p. 227 et suivantes.

Les quatre cercles étant emportés à l'adhésion à celui
d'Autriche, bientôt le décret de sécurité d'empire
passera à la diète de Ratisbonne; dans deux mois, ils
auront quarante mille hommes sur le Rhin, les hus-
sards d'Autriche camperont parmi eux et viendront à
tous moments nous insulter en Lorraine et en Alsace.

M. le prince de Conti dédaignera de commander une
si petite armée; il se range au nombre des mécontents,
et je crains qu'il n'y ait aujourd'hui bien des matières
combustibles et propres à faire naître des troubles. Le
roi a beau être absolu de fait et de droit, de caractère
et de pratique, il faut que des conseils de suite diri-
gent les affaires, autrement les plus absolus trouvent
des embarras qu'ils ne surmontent pas et qui augmentent.

Le traité avec la Suède est manqué, la Russie y a
apporté les plus grands obstacles, elle fait marcher des
régiments en Finlande, tout se déchaîne contre notre
traité, le comte de Tessin n'a osé prendre la place du
comte de Gyllenborg, l'ambassade russe à Stockholm
a été soutenue; le roi de Prusse n'a osé se lier avec
nous et encore moins le paraître, la diète de Suède va
finir et avec elle les espérances de cette liaison, et tout
a manqué par le défaut de confiance du roi de Prusse
dans notre ministère.

28 *février*. — Gens qui voient bien et désirés à la
cour certifient que Mme de Pompadour sera bientôt
congédiée; la cause en sera la honte que l'on fait au roi
de ses fers, et de sa tendresse si mal placée en si bas
lieu. M. le prince de Conti, en quittant la cour, a donné
une furieuse atteinte aux Pâris. Ce sera la famille royale

qui sera l'instrument de cette expulsion ; déjà le Dauphin et Mesdames, sous les ordres de la reine, commencent à l'attaquer en lui marquant du mépris et ne lui parlant presque plus ; on propose au roi un arrangement d'amusement : il vivra dans sa famille qu'il aime fort et où il se plaît, il y jouera, il y soupera. Il aime fort la nouvelle Dauphine qui l'égaye. La botte secrète la plus sûre pour prendre le roi est par le bon air ; ainsi il y a bien à prendre par là sa maîtresse et la compagnie qu'elle lui amène.

On lui procurera quelque dame de la cour que Sa Majesté verra en bonne fortune : le mystère est un ragoût. On assure qu'ayant commencé de bonne heure à être homme, cela perd à l'user ; ainsi il lui faut peu de femmes aujourd'hui, et on estime cela à deux fois par semaine, quoiqu'il n'ait que trente-sept ans.

13 mars. — M. le Dauphin augmente en grossièreté, en apathie et en haine contre la maîtresse du roi son père ; dès qu'il la voit, l'humeur redouble. La reine attise cette disposition. Il vient d'y avoir quelque chaleur pour le régiment Dauphin vacant par la mort de M. de Volvire. Mme de Pompadour le demandait pour un de ses amis ; elle a envoyé chercher le ministre de la guerre à son ordinaire, il lui a exposé que M. le Dauphin le demandait avec vivacité pour M. de Marbeuf, neveu de l'abbé de Marbeuf son lecteur. Mme de Pompadour s'est fâchée et a demandé de quoi se mêlait M. le Dauphin ; contestation, plaintes, aigreurs ; enfin il a fallu céder à M. le Dauphin, mais on a condamné M. de Marbeuf à payer quatre-vingt mille livres pour le régiment.

20 *mars*. — On parle toujours de paix sans savoir pourquoi ; les conférences de Bréda cheminent avec lenteur, la reine de Hongrie nous amuse par la cour de Saxe. Remarquons que depuis deux mois nos ennemis, plus contents de leur sort, cachent leur feu et leur satis-faction pour les faire éclater davantage au milieu de la campagne ; son commencement pourra être brillant, mais je crains la fin. Soyons entamés en Flandre, rien ne tiendrait plus, et on ne saurait dire jusqu'à quel point l'on nous ramènerait : le Français va si vite dans son découragement ! Les Autrichiens préparent toutes choses pour une attaque terrible de Gênes, nos secours n'y sont pas encore passés, on l'a ébruité six semaines devant pour qu'on pût l'exécuter, tant le secret est divulgué au conseil du roi ! On forme avec diligence un camp à Sedan sous les ordres de Son Altesse M. le comte de Clermont, on conjecture que ce sera pour le siége de Luxembourg, et que nous y serons prêts d'assez bonne heure pour l'avancer avant que les ennemis soient en état de donner bataille ; on veut encore risquer un second Fontenoy.

Mme la Dauphine est grosse ; elle a dégoût et maux de cœur continuels. M. le Dauphin s'est déclaré ne la pas aimer tant que celle qui l'a précédée, qui avait l'esprit plus avancé, et a fait aussi bien par le pro-grès de son intelligence et de sa raison que par celui de son âge. Celle-ci n'est qu'un joli enfant qui a des grâces et de la vivacité ; elle parle peu, parlant mal français et ne s'adonnant guère aux réflexions, à quoi il faut joindre qu'en Saxe on a moins d'esprit qu'en Espagne.

On vient de créer deux nouvelles places de dames

de compagnie à Mesdames; cela grossit les appointements et les dépenses. M. de Puisieux a eu trente mille livres de pension pour le consoler de ses douleurs pendant la maladie qu'il vient d'avoir; on a donné deux mille livres à chacun des auteurs pour les paroles et pour la musique d'un mauvais ballet qui s'est donné à la louange de la marquise de Pompadour; on a donné deux mille écus à Deshayes, acteur italien qui fait les ballets des petites comédies du roi à Versailles[1]. On crie de tout cela, et avouons que les dépenses ne sont guères en proportion avec les conjonctures du temps présent.

Avril. — Si le roi de Sardaigne avait été plus éclairé et plus hardi, on eût pu traiter avec lui la paix sur le pied de quatre traités à conserver seulement: celui de 1738 qui est la paix générale, celui du Pardo par où l'Angleterre et l'Espagne s'accommodaient ensemble, celui de Worms par où le roi de Sardaigne a obtenu des cessions en Italie, et celui de Dresde par lequel la Silésie est cédée au roi de Prusse.

Le roi de Sardaigne aurait pu faire sa fille Dauphine avec cette offre, mais il y fallait de la sincérité; la finesse fera toujours tort aux véritables intérêts, et l'on ne craint rien tant dans une négociation que de s'avancer d'abord jusques à la vérité.

Il fallait aussi, de notre part, assez de force pour passer par-dessus l'établissement de l'infant D. Phi-

1. On trouvera des détails sur ces *spectacles* des *petits cabinets dans les Mémoires de Mme de Hausset,* qui les a tirées des *OEuvres de Laujon,* et surtout dans les *Mémoires de Luynes,* t. VIII, *passim.*

lippe et déclarer au roi d'Espagne qu'il n'en est plus temps, que nos avantages en sont passés. Il faut, comme disait du Theil, n'opérer que quelques articles de réformation à un chapitre général et en remettre d'autres au chapitre qui se tiendra dans cinq ans.

C'est beaucoup de conserver D. Carlos établi à Naples; il est en péril aujourd'hui; il s'agit donc de le remettre en sûreté, de délivrer d'esclavage Gênes et Modène.

Il est utile au roi de Sardaigne de conserver D. Carlos à Naples; il contre-balance en Italie le pouvoir trop grand de la reine de Hongrie. Au royaume de Naples, François est une pierre d'attente pour chasser les Allemands d'Italie quand on voudra, en donnant le Milanais au roi de Sardaigne, pourvu que les cours de Versailles, Madrid et Turin s'entendent bien ensemble. L'Italie sera toujours en trouble si l'on ne revient au partage signé avec Sa Majesté Sarde, le 26 décembre 1747.

30 *avril*. — On assure de toutes parts que la marquise de Pompadour ne tardera pas à être renvoyée, et toutes les mêmes apparences y sont qu'à ce qui précéda le renvoi de Mme de Mailly. Il y a plusieurs mois que le roi n'y touche plus; elle tombe dans l'abattement, maigrit et change à vue d'œil; enfin elle devient odieuse. Elle profite du temps qui lui reste pour tirer toutes les grâces qu'elle peut pour elle et pour sa famille et amis, et l'on voit sur cela des choses fort indécentes.

Tournehem qui a l'intendance des bâtiments n'a ni goût ni économie; on dépense des sommes immenses

à cette partie. Il a dit à un de mes amis que l'année
1746 irait pour les bâtiments à dix-neuf millions cinq
cent mille livres. Comment les finances pourront-elles
y suffire?

27 mai. — On m'a assuré à Versailles que le roi
prenait grand dégoût de Mme de Pompadour, que
son sein, sa fraîcheur, sa poitrine demandaient qu'elle
s'abstînt de faire l'amour et d'y prétendre, qu'elle devenait insupportable au roi, et qu'il était beaucoup
question de Mme de Périgord[1]. Mme de Rohan, fille
de Mme la princesse de Montauban, se montre aussi
beaucoup, et avec toute la beauté dont elle est pour-
vue. Sur ces entrefaites, le roi part pour son armée.

Le duc d'Ayen a été absolument chassé de la cour
du Dauphin et de la présence de ce prince, qui lui a
signifié de ne plus paraître devant lui. Le duc d'Ayen
a manqué de respect en parlant trop fortement d'un
propos qu'avait tenu M. le Dauphin sur la comtesse
de la Marck sa sœur. De dire que ces scènes soient ni
spirituelles ni éloquentes, c'est autre chose; j'ai chagrin de voir notre cour tombée en si grande pauvreté
d'esprit.

Le Dauphin a cité le duc d'Ayen comme lui ayant
dit en bon français que M. de Meuse n'aimait que les
bardaches. Sur cela, le chevalier de Montaigu[2] a dit
que c'était mauvaise compagnie et des gens indignes
de la cour que ceux qui tenaient de tels propos à M. le
Dauphin. M. le Dauphin vit arriver le duc d'Ayen et

1. Dame du palais de la reine.
2. Menin du Dauphin.

s'écria : « Voilà celui qui me l'a dit. » Montaigu a
répliqué bravement devant lui : « Je ne m'en dédis
pas; » et il n'en a été que cela.

Le Dauphin et Mesdames deviennent atrabilaires et
se livrent à leur goût particulier sans aucune contrainte; ils aiment à ne voir personne et ne disent
mot à personne; ils aiment à parler de mort et de
catafalques; dans leur antichambre noire, ils se plaisent à jouer à quadrille à la lueur d'une bougie jaune,
et ils se disent avec délices : « Nous sommes morts. »

10 *juin*[1]. — L'escadre de la Jonquière, qui accom-
pagnait quatre gros vaisseaux de la Compagnie des
Indes et quantité d'autres navires marchands, a donné
dans la flotte de l'amiral Anson de seize navires et a
été battue à plate couture : sept vaisseaux pris, la
Jonquière blessé et prisonnier.

Voilà le dernier soupir des restes malheureux de
notre marine, et nous allons être sans aucuns vaisseaux de guerre comme l'Espagne. Avec cela, le beau
jeu qu'a l'Angleterre pour rester maîtresse du commerce et pour nous enlever nos colonies! Le Canada
sera conquis le premier; Saint-Dominique et la Martinique se défendront par la force des habitants; les
autres petites îles seront enlevées, si on les en juge
dignes; la Cayenne n'en vaut pas la peine et sera pro-
tégée par les Espagnols; nos établissements de la Compagnie des Indes en Asie et en Afrique auront bientôt

1. Peut-être faut-il ici 10 *juillet*, car le combat du Finistère
qu'on y mentionne est du 14 juin. Voy., pour les détails, Voltaire,
Siècle de Louis XIV, ch. xxviii.

le même sort pour peu que la guerre dure encore deux campagnes.

Si l'Espagne persévère aussi dans notre alliance et en guerre contre nous, on lui montrera de nouveau les enfers ouverts, on retournera sur Carthagène et Portobello, on enlèvera le royaume de Naples en Europe.

Cependant M. de Maurepas augmente de faveur auprès du roi, et j'ai été disgracié dans mon ministère lorsque, montrant avec sincérité la nécessité de la paix (quelle qu'elle fût), j'en avançais les moyens et que les autres rétrogradaient. Je formais au roi un grand parti en Allemagne dès à présent et pour après la paix ; j'adoucissais ses ennemis, je conservais et animais ses amis, surtout je montrais par ma conduite qu'il fallait prendre confiance en notre foi.

Ce ministre est inexcusable d'avoir laissé perdre notre marine ; les lésineries de feu M. le cardinal et même celles qu'on lui oppose depuis ne sont pas excuses valables : un homme zélé et intelligent ménage le peu qu'il a pour en faire le plus qu'il peut. Le voit-on jamais proposer de faire des voyages aux ports ? Il préfère la vie oisive et intrigante à Paris à tout ce que le devoir pressant lui suggérerait pour un ministère si essentiel.

On fait un plaisant conte dans le public, que le roi a rêvé une nuit de chats, qu'il voyait quatre chats qui se battaient : un maigre, un gras, un borgne et l'autre aveugle. Un valet fidèle lui a expliqué son rêve ainsi : « Le chat maigre est votre peuple, le chat gras est le corps des financiers, le chat borgne est votre conseil, l'aveugle est Votre Majesté qui ne veut rien voir. »

23 *juillet.* — Les différents partis de la cour se sont réunis en deux. A la tête de l'un est placé M. le prince de Conti et sa mère. M. de Maurepas en est l'âme à la cour, et cela avec beaucoup de secret. Le moindre des districts de ce ministre est celui de la marine dont il s'acquitte si mal; mais la véritable charge qu'il s'est faite, et dont il s'acquitte avec une habileté de génie et de grand homme, est de gouverner la cour en la brouillant, d'y gouverner les femmes et de tourner la famille royale contre le roi. Il a excité la reine à la jalousie, Madame l'aînée à haïr le roi son père, M. le Dauphin à déclarer la guerre à la maîtresse du roi. Mon frère s'est mis de ce malheureux parti, ayant pensé qu'il n'était rien tel à la cour que d'y avoir un prince du sang. Un prince tient à tant de choses et pèse tant par lui-même! Ainsi M. Chauvelin se crut-il sauvé en se donnant feu M. le Duc pour soutien; mais il n'en tomba pas moins. Mon frère a à satisfaire la prépondérance du maréchal de Saxe sur lui et le crédit des Pâris, tous les courtisans jaloux et intéressés, ce qu'on appelle à l'armée les talons rouges, tous les petits-maîtres et les femmes.

De l'autre côté sont les Pâris, le maréchal de Saxe, Mme de Pompadour et M. de Puisieux. Celui-ci cependant est doux et ami de tout le monde; le fond de ses sentiments est caché sous un voile de finesse et d'accointise à tous; les Pâris ne veulent que des valets dans le ministère : au prix de peu de travail et de succès, ils atteignent leur but, qui est la continuation de la guerre, d'y gagner beaucoup et de maîtriser l'État. Je n'étais pas leur homme; ils le reconnurent au bout de peu de temps; je manquais de complaisance pour

leurs viles créatures. Comme Chavigny, je soutins des
thèses contre eux, je me mis à dos tout le courtisan
en ne m'attachant qu'au roi et à l'État.

Ainsi il y a à la cour des gens qui sont à tout le monde,
comme Puisieux, d'autres qui ne sont à rien, comme moi.

Mon frère mène avec grand secret ses liaisons avec
le Maurepas. Il a concouru à me sacrifier pour se faire
de grands mérites près des courtisans irrités, et s'est
cru plus fort, n'ayant point à soutenir extérieurement
un frère qu'il ne pouvait désavouer, mais qui lui était
à charge.

Les Noailles ne sont que du nombre des petits-
maîtres de cour, ne décident de rien, mais font nombre
sans poids.

Le grand objet, et le plus coupable de tous, a été
de faire échouer le maréchal de Saxe dans cette cam-
pagne-ci, pour le faire retirer du généralat, soit par
violence, soit de lui-même. Pour cet effet, on a fait
partir le roi plus tôt qu'il ne le devait, et, arrivé à
l'armée, on lui a fait éviter le maréchal, pour l'honneur du roi à opérer, à faire des choses dignes de la
majesté royale, à faire des siéges, à donner des ba-
tailles. On l'a forcé à donner la bataille de Lawfeldt,
où il y a eu tant de tuerie. Venant recevoir les remer-
cîments de Sa Majesté, il a dit : « Voilà, sire, ce que
c'est que de forcer les généraux. » Depuis cela, il écrit
comme dégoûté et voulant se retirer du généralat et
de la cour ; il ne s'en cache pas. On vient aussi d'engager M. de Lowendal à faire le siége de Berg-op-Zoom
devant l'armée de M. d'Hilburghausen, dont il pourra
nous arriver malheur ; mais on veut perdre Lowendal,
la créature du maréchal de Saxe.

Le but que l'on se propose est de donner le généralat à M. le prince de Conti. Telles sont les horreurs
de la cour.

Ceci anime tout le parti contraire à disgracier mon
frère du ministère de la guerre et à lui donner pour
successeur M. de Brézé, fils de M. de Dreux, l'homme
des Pâris et du maréchal de Saxe, grand pédant,
homme négatif et qui figurera bien avec M. de Puisieux : les Pâris ne veulent dans les places que des
valets.

Ils cherchent aussi à faire tomber dans tous les panneaux qu'ils peuvent le contrôleur général Machault;
ils lui corrigent son thème ensuite, et le font se rétracter; ils se donnent par là pour bienfaiteurs du peuple
et pour restaurateurs du crédit; ils veulent lui substituer le sieur Boullogne, qui devait l'être au lieu de
Machault.

Qui l'emportera donc, des Pâris ou du parti de
M. le prince de Conti? Je pense que la menace de
quitter du maréchal de Saxe sera un furieux tonnerre
dans l'esprit du roi; le maréchal de Saxe a des façons
de parler naturelles au roi qui emportent bien des
choses; je l'ai vu; il est soutenu par le plus fort parti.

Le maréchal de Bellisle est aujourd'hui de la sec-
tion des Pâris; il cherche cependant à soutenir mon
frère, dont il reçoit beaucoup de grâces dans son
armée. Je ne savais pourquoi le maréchal de Belle-Isle
me recherchait tant depuis quelque temps : c'était
pour me faire dire sur cela bien des choses obli-
geantes à mon frère; je m'en suis acquitté, soit qu'il
y ait vérité ou mensonge; tant mieux pour le maréchal, s'il est aussi honnête homme qu'il le prétend.

4 août. — M. de Maurepas et mon frère s'excusent du mal qu'ils font à l'État en traitant le tout en beaux esprits qui se moquent des sots; ils trouvent le gouvernement composé de si grands sots, disent-ils, qu'ils font leur divertissement de s'en moquer, comme ils feraient de provinciaux : les sots sont faits pour divertir en ce monde les plus spirituels[1], comme les petits chats pour nous amuser. Cette sagacité alerte qui découvre le ridicule, qui le saisit, qui exprime légèrement sa critique, est le génie et la supériorité du temps.

24 août. — On avance beaucoup au projet de perdre le comte de Saxe dans l'esprit du roi. Ainsi le courtisan chemine à son but pour placer à la tête de la grande armée de Brabant M. le prince de Conti.

J'ai vu des lettres d'un courtisan qui mande à Paris que les affaires de M. le comte d'Argenson vont bien, le roi commençant à connaître *le peu que c'est que le maréchal de Saxe.*

On s'en prend à lui, et l'on ne veut pas voir que c'est qu'on lui a gâté sa besogne à plaisir, en le faisant tomber dans des entreprises qu'il ne voulait pas et qu'il faut cependant exécuter quand elles sont commencées. Son Lowendal, envié de toute l'armée, est absolument décrédité aujourd'hui par les petits-maîtres à talons rouges, et l'effet répond au dessein.

Je me suis vu aussi bien avec le roi dans mon district que le comte de Saxe l'est depuis trois ans dans son généralat. Sa Majesté ne voulait voir que par

1.   « Les sots sont ici-bas pour nos menus plaisirs. »
                                                    Le Méchant.

moi, m'approuvait sur tout et me laissait faire; tout allait bien, mais la malignité peu à peu a fait son trou.

Ainsi le maréchal va-t-il tomber en disgrâce et se retirer cet hiver.

30 août. — M. de Richelieu vient de passer par Paris, allant remplacer M. le duc de Boufflers à Gênes. Le roi l'en a requis; il y vole avec joie et fierté, il y entrevoit de grandes choses pour son élévation.

Né avec des talents, il a poussé loin ceux du monde; mais il s'est arrêté trop longtemps à ceux de jeunesse; il a plus emporté de femmes qu'il n'en a séduit; entreprenant avec elles et doué de grâces et de réputation à leurs yeux, le rire agréable, éloquent et vigoureux, riche et dépensier, que d'attraits pour obtenir les faveurs de ces êtres faibles et frivoles!

Il est homme très-franc et disant tout haut avec ses amis ce qu'il sent, même souvent ce qu'il pense; sa vivacité étant dans un continuel mouvement, même avec violence; il se réserve cependant quelques coups de maître en finesse, qui lui viennent d'habitude du monde et des affaires. Son caractère est à la française sur cela, et le cardinal de Richelieu devait être dans ce goût-là.

Il n'est point méchant, ni vindicatif; cela s'appelle un bonhomme dans le siècle où nous sommes; cependant il n'est point aimant, le libertinage seul et le moment de sensibilité ont produit ses amours et ses amitiés : homme plus fait pour la femme que pour aucune amitié dans son sexe; j'ai vu mon père de cette trempe humaine et l'ayant poussée plus loin encore.

Il a plus d'élévation que de justesse dans l'esprit; il

voudrait des choses magnifiques pour la couronne et pour lui-même, et il place cette magnificence à l'extérieur sonnant plutôt que pondérant. Sujet à la mode, tenant au siècle, vieux papillon, il est resté amateur des curieuses bagatelles et n'y admet point de philosophie. Il ne rappellera rien de l'antique honneur ni des mœurs anciennes, parce qu'il n'a pas le même courage dans l'esprit que dans le cœur. L'orgueil l'a rendu brave avec distinction, il méprise la mort comme un joueur méprise la ruine, aimant les hasards et se confiant à la fortune.

Cependant ce total fait un homme fort distingué dans le siècle où nous sommes, où l'élévation est si rare. Ses talents, sa physionomie, son éloquence, sa hardiesse à parler, le brillant de ses desseins ont ébloui ses contemporains, et je conviens avec plaisir qu'il mérite de la réputation et grande distinction.

29 *septembre*. — M. le comte d'Argenson vient de procurer au maréchal de Saxe une grosse récompense, quoique ce général ait été hautement déclaré contre lui pendant toute la campagne. On a dit à cela que Machiavel enseigne le pardon des ennemis aussi bien que l'Évangile.

Or mon frère a les plus grandes vues; il attend la mort du chancelier pour devenir premier ministre; il n'a point voulu louer de maison pour son ministère, comptant sur l'hôtel de la chancellerie; il y prépare une bibliothèque pour en remplir le cabinet; il prépare sa maison de Neuilly pour ce temps-là; il m'a fait ôter du conseil comme obstacle à cela, y devenant le doyen; il a pour lui les jésuites et le parti de la Constitution, qu'il a attiré contre moi, me donnant pour janséniste; il faut que la guerre dure, pour lui continuer sa faveur près du roi.

Si le roi devient dévot en devenant impuissant, il se ménage Mme de Mailly, ancienne maîtresse de Sa Majesté, et que l'on prétend qui conduira le prince dans les voies de ce salut. Il a fait chasser M. Orry par les Pâris, et a placé aux finances M. de Machault, sa petite créature.

Il voit de haut et de loin toutes ces affaires de cour et les conduit *per fas et nefas.*

Nous n'aurons la paix que quand il se verra assuré des sceaux; autrement son crédit tomberait à rien, et il serait exposé à ses ennemis qui sont en grand nombre. Duverney est l'âme du parti contraire, et n'a pas sa justesse ni son génie. Mon frère est un grand génie pour la perversité de cour. Devenu chancelier, que de grandes choses il fera pour se faire valoir, combien il relèvera la persécution dans l'Église! etc., et étant du conseil d'État avec un faible ministère comme est Puisieux, il y régentera et conduira tout au trouble et à sa grandeur.

Octobre. — C'est une question à éclaircir si les Anglais gagnent plus à nous continuer la guerre, dans les termes où nous en sommes, qu'à la cesser; de là nous jugerons de nos espérances pour la paix ou de notre juste désespoir.

La nation anglaise est philosophe, elle est composée de gens qui pensent beaucoup et continuellement, nous le voyons par leurs livres; ainsi leurs délibérations majeures doivent contenir beaucoup de sens. Ne nous pre-

nons pas à ce qui nous étonne; nous ne voyons le sens
des choses bien pensées que par ce qui en résulte.
Ainsi nous voyons les Anglais avares et frondeurs
contre leur gouvernement, cependant dupés par un roi
qui déforme leur constitution en corrompant les députés du gouvernement. Attendons à conclure après
l'examen. Leur avarice est une avidité qui les porte à
de grands profits sur les étrangers et à peu sur leurs citoyens ; au lieu que notre avidité des gens riches en
France ne les porte qu'à profiter citoyens sur citoyens,
le roi sur le peuple, les rentiers et les pensionnaires sur
le roi, les courtisans sur la règle et l'ordre. L'ordre
des financiers est en France ce qu'est celui des commerçants en Angleterre, et ces maltôtiers ne sont que
des sangsues du peuple. Cela n'est point ainsi en Angleterre, ou cela l'est peu. *Conductores victigalium publi-
corum* sont peu connus pour très-riches. Voilà donc le
bien du commerce, c'est d'être sangsue de l'étranger
au lieu de l'être de ses citoyens.

Quant à l'autre point : *les Anglais paraissent dupés
par un roi qui les corrompt.*

Je trouve qu'ils ont conservé l'essence de leur gouvernement; on maintient chez eux les anciennes lois,
les nouvelles sont utiles, on stipule pour le public, on
le défend, ce qui n'est jamais en France; leurs frondeurs, leurs papiers de nouvelles s'élèvent contre le
ministère; on en culbute souvent.

La disgrâce de milord Carteret avait pour objet son
excès d'hanovrianisme, trop de fougue, trop peu de
circonspection ; il se montrait trop peu fin vers les
objets de paix ou de guerre. Le ministère anglais, le
conseil, qui est nombreux et qui gouverne tout, vou-

lait qu'on jouât la pacification en continuant cependant la guerre, il fallait prendre les Hollandais à ce piége; voilà à quoi Carteret n'était pas propre et ce que l'on voulait cependant; de plus il était envié; les Anglais veulent de temps en temps des changements de ministère, pour avoir part à l'enrichissement que cela procure.

Qu'on se désabuse de croire que la liberté dépérit en Angleterre; elle augmente au contraire sous un roi aussi plat, aussi grossier de conduite qu'est celui-ci. Nous voyons la guerre devenue nationale anglaise depuis qu'elle n'est plus germanique et hanovrienne, et nous la voyons conduite suivant ces principes.

Calculons si les Anglais gagnent ou perdent à la guerre, ce qu'ils doivent y attendre et s'en promettre pour la suite, et nous trouverons quand ils voudront la cesser. J'ai déjà trouvé qu'ils y gagnent, non le fisc à la vérité, mais le capital de la nation, et cela par leur commerce général et par l'affaiblissement de la France et du commerce français.

Ils travaillent à engager la Hollande à une déclaration de guerre contre la France, et ils y gagneront encore.

Une grande objection que je me suis faite est que Robert Walpole était pour la continuation de la paix, et s'est opposé à la guerre jusqu'à en souffrir disgrâce. Cependant Walpole était un grand ministre, et sous lequel le commerce et l'enrichissement de cette nation a le plus fait de progrès. Je réponds que, quand il s'y est opposé, il ne voyait pas encore de possibilité à ce que la France s'enferrât, comme elle a fait, et donnât dans les panneaux où elle a donné. Il serait trop long de les déduire ici ; mais en peu de mots, la France et l'Espagne n'ont plus de marine ni bientôt d'armateurs, nous avons tourné contre nous ceux qui devaient être nos alliés, comme le roi de Sardaigne; nous sommes prêts à perdre l'Espagne, nous avons irrité les Hollandais, nous avons manqué deux fois le coup du Prétendant, nous nous ruinons par des conquêtes, au lieu de nous enrichir.

Ainsi voilà, contre l'opinion de Walpole, l'Angleterre devenue, sans embarras, maîtresse de continuer la guerre avec grand enrichissement, maîtresse de tout le commerce, nous ayant conquis le cap Breton, à la veille de nous conquérir d'autres établissements; elle dépense seulement une trentaine de millions (de notre monnaie) en subsides étrangers, ce qui lui procure des troupes à meilleur marché que les nôtres ; elle voit notre prodigalité dans les dépenses militaires. L'Angleterre voudra continuer cette situation.

12 *octobre.* — *** arrivé depuis peu de l'armée m'a conté ce qui suit :

Mon frère a à craindre sa disgrâce plus que jamais. Les Pâris gouvernent tout, principalement Duverney. M. de Puisieux n'est que son commis ou prête-nom ; il s'était placé à l'armée à son gré près de ce munitionnaire, d'où il lui dictait tout ce qui devait se faire. L'abbé de la Ville lui était suspect comme trop ami de mon frère et de Garnier. C'est le sieur Ticquet, l'ancien secrétaire et ami de confiance de M. de Puisieux, qui faisait le travail ; ainsi tout l'ouvrage politique comme le militaire est celui du sieur Duverney. C'est lui qui a poussé continuellement le maréchal de Saxe à

pousser mon frère et à se plaindre avec indécence.
Revenu à Paris, Duverney va se servir de nouveaux
relais pour chasser mon frère, tels seront Mme de
Pompadour et Montmartel. L'ascendant des Pâris sur
les déterminations du roi est au plus grand, et bientôt
on en souffrira encore plus. On a étonné l'esprit de
Sa Majesté par tout ce qui tient aux frères Pâris : l'argent, le crédit, mille ressources faciles pour trouver de
l'argent à l'infini et tant qu'il conviendra de faire la
guerre. On flatte les passions du roi par une guerre hautaine et de supériorité ; ainsi on a beaucoup contredit
mon système d'adoucir l'aigreur pour endormir la discorde, des armistices de fait comme il est arrivé en
Allemagne. Au lieu de cela, je vois Duverney disant :
Laissez-moi faire, tombons sur les Hollandais, nous serons bientôt au milieu d'Amsterdam, où nous dicterons
la paix, comme le roi de Prusse l'a dictée à Dresde.

Avec ces belles promesses, on m'a chassé comme
nuisible à cette paix glorieuse que Duverney devait
donner dans peu. Puisieux n'a pas sourcillé et a exécuté tout ce que dictait Duverney. Mon frère en
a profité, la guerre faisant son empire. Mais le roi
n'ouvrira-t-il pas enfin les yeux sur la fausseté d'esprit et la folie du sieur Duverney? C'est un fanatique
courageux qui veut toujours plutôt rompre que plier ;
il perdra l'État avec lui.

Cet homme de beaucoup d'imagination, de hardiesse et d'expérience du monde a gouverné despotiquement sous M. le Duc ; il sait les détails et les
détours du sérail, il a commandé, il a gouverné un
Bourbon.

Du reste, il s'est bien gardé de paraître à décou-

vert; il a placé devant lui un aussi bon homme en
apparence que Montmartel, son organe, inspiré par
son éloquence et rempli de ses idées. A cela il a joint
une maîtresse de sa main et tout ce qu'une favorite
entraîne après elle de serviteurs bien dévoués. On a
montré au roi la finance intéressée à soutenir les Pâris,
tout écroulé s'ils manquaient, tout facile par leur art
financier et par leurs calculs à l'anglaise, une politique hautaine. Tous nos princes de la Maison de
Bourbon aiment l'argent avec passion; ainsi ce ressort
a rendu les Pâris très-chers et très-estimables à notre
maître. L'amour de la gloire, un caractère de mutinerie, plus de tendresse que de justice, ont porté le roi
à cette espèce d'honneur qui poursuit les desseins
inspirés.

L'on peut donc dire que le roi a passé de la verge
du cardinal à celle des Pâris. Ces messieurs ont, avec
cela, beaucoup d'argent pour gagner et pour séduire
une cour nécessiteuse et de poussière comme celle-ci.
Le Français si brave, si généreux à la guerre, vend ici
son honneur et sa foi pour fournir à des babioles.

Cependant le tuf se sent bientôt. M. de Puisieux,
mis en place, commence à se montrer aux étrangers
comme très-ignorant et de peu d'esprit; après leur
avoir étalé quelques petites phrases, on a bientôt reconnu combien il était court d'idées, et à quel point
était son ignorance. Ils le méprisent, c'est le soliveau,
et du mépris ils passeront à l'abandon.

La conduite de nos finances a du bon par le grand
ordre des comptes et par le crédit. Les Pâris, banquiers de métier, ont excellé dans ces deux articles;
mais ils épuisent les provinces, les conduisant comme

l'on fait le recouvrement des contributions aux ennemis. Tout se dépeuple, tout se ruine dans les provinces; Pâris a encore de l'argent pour le prêter au
roi. Toutes les affaires que l'on fait aujourd'hui sont
des emprunts forcés et d'escroquerie; la nouvelle loterie n'est qu'un emprunt de trente millions qu'il faudra rendre; on compte que les étrangers la rempli-
ront : donc la France devra bientôt trente millions à
l'étranger.

4 novembre. — Une personne qui vient de la cour
m'en a fait cette peinture : tout y est gai, tout y est
satisfait. Le succès de la loterie de trente millions, les
suites qu'elle promet pour mettre sur la place des billets de plus gros emprunts, la demande d'un congrès
par les ennemis, le peu d'empressement que nous y
marquons, tout cela fait croire au roi qu'il a le plus
grand ministère comme la plus jolie maîtresse. M. de
Puisieux engraisse, ainsi que son principal commis qui
est le sieur Ticquet; les plus mauvaises santés sont
devenues les meilleures dans ces trois heureux personnages. M. de Puisieux paraît fort ami du roi; il est
fort d'accord avec les autres ministres et les courtisans.

La loterie et ses crédits achèvent de ruiner le
royaume; tout l'argent des provinces vient à Paris et
se dissipe follement aux dépenses royales ; les provinces périssent : nulle agriculture, nul commerce,
nulle peuplade. Le commerce maritime et extérieur
est absolument détruit par les Anglais, perdant chaque
jour, ne gagnant rien. Qu'est-ce que cela deviendra
dans quelques années? qu'est-ce que cela est déjà?

Une grande indifférence chez chacun de ceux qui
ont part au gouvernement est le caractère principal
de l'administration. Cette indifférence tombe sur la
chose publique; on recueille bien quelque gloire de
ces vues par-dessus le marché, si l'occasion s'en présente, mais ce qu'on en tire c'est un moyen pour se
maintenir et s'accréditer; tout ce qui pense autrement
est hérétique à la cour et y ressemble à ceux qui croient
aux esprits.

Les ministres ont donc mis tout leur esprit à l'intrigue et nul à leurs charges; les inconvénients les
portent aux expédients, et ils rencontrent quelquefois
avec bonheur; le hasard fait leur habileté, la fortune
les a sauvés et leur a fait quelques mérites dans le
monde.

Ce gouvernement-ci ressemble véritablement en
quelque chose à celui du feu roi, mais c'est en pire:
calqué sur les proportions, il n'en a que les défauts.
Le roi personnellement entend l'autorité et la despo-
ticité; il ne la laissera point avilir, il la relève par des
coups fermes et est capable de la plus grande violence
pour la rétablir; sa douceur ordinaire répond à autant de vigueur s'il y avait lieu, si on le mettait en colère; en dernier lieu il a réprimé le Parlement comme
aurait fait Louis XIV, si on l'avait fâché; quand il se
fâche, il n'y fait pas bon: malheur à qui s'y exposera!
Cette opinion soumet tout à l'autorité, les ministres
n'ont à craindre que pour eux-mêmes, mais leurs
coups seront bien soutenus; avec cela le royaume deviendra ce qu'il pourra.

17 novembre. — La défaite et la prise de l'escadre

de M. de l'Étenduère[1], et celle sans doute des deux
cent cinquante navires marchands allant en Amérique
sont un événement qui confond toutes nos mesures
politiques (si mesures il y avait). De quelle hauteur
vont devenir les puissances maritimes! Un homme
d'État, ancien ambassadeur, m'en ayant parlé hier,
voici à peu près mon discours :

Nous avons perdu le seul suffrage sincère que nous
avions pour nous procurer la paix, savoir : le parti pacifique de la Hollande. Il était, sur la fin de mon ministère, comme trois est à un; aujourd'hui il est comme
un est à mille. Je regardais la république de Hollande
comme un excellent ambassadeur de France auprès de
l'Angleterre, ambassadeur vivement intéressé à la paix,
et qui pouvait parler avec un ton et une efficacité que
n'ont pas les ambassadeurs ordinaires, pouvant ralentir
ou accélérer les mesures de guerre. J'avais attiré ici le
Grand Pensionnaire pour traiter de la paix; j'avais
assemblé un congrès; mais, au lieu de le suivre et
d'y remplir mes vues, M. de Puisieux, que j'y avais
nommé comme mon ami, n'y a songé qu'à me renier
et à fonder sa fortune pour me supplanter.

Le ministère qui m'a suivi a prétendu que j'avais
trop ménagé les Hollandais; oui, je les ménageais autant qu'il me fallait pour conserver ce suffrage; au lieu
de cela, on les a poussés à bout; on les a fait passer des
alarmes et des douleurs de la guerre à la mutinerie et
au désespoir; on a cassé les vitres. Est-ce la peine de
manier les affaires d'État quand on a le tact aussi peu

1. Il s'agit d'un second échec maritime subi par nous, le
14 octobre. Nous avions sept vaisseaux et les Anglais quatorze.
Les navires marchands purent s'échapper.

v

fin ? Avec quelle grossièreté de conduite on a agi ! on n'a suivi que des conseils de bouchers et de brutaux.

Les Hollandais n'étaient-ils pas suffisamment poussés à un désir vif de la paix par les maux qu'ils enduraient, sans les pousser jusqu'à la crainte de leur destruction ? On a vu bientôt l'établissement du stathoudérat et aujourd'hui celui de la monarchie, ce stathoudérat étant devenu héréditaire. Les voilà livrés aux Anglais sans réserve ; la paix devient impossible, sinon honteuse.

17 *novembre*. — Mme ***, au fait des secrets de la Maison de Stuart, m'a conté ce qui suit : Le cardinal de Tencin, M. et Mme O'Brien ont reçu une très-grosse somme d'Angleterre pour déterminer le prince Henri Stuart à se faire cardinal. C'était ce que l'Angleterre désirait le plus au monde : voilà ce prince exclu pour toujours du trône de ses pères, et cela influe beaucoup sur son frère aîné et sur sa race, quand il en aura. Il fallait à ces princes précisément le contraire ; il fallait s'éloigner de Rome et de tout air de catholicité, pousser même cet éloignement à l'affectation ; ainsi, ça été un coup de partie pour l'Angleterre et pour la branche de Hanovre que de le persuader ainsi.

O'Brien, qui se montre plus riche qu'il n'était ci-devant, lui et sa femme, a eu aussi une grosse somme pour le même effet. Ce sont eux qui ont persuadé le roi Jacques, chevalier de Saint-George ou Prétendant, d'une chose si contraire à son honneur, à ses intérêts. On a pris le père et le fils par la religion, en leur montrant que, si jamais le duc d'York parvenait au trône d'Angleterre, au défaut de son aîné, ce ne serait qu'en dissimulant la foi catholique, et qu'il tomberait dans le cas si abhorré par Éléazar, de faire semblant seulement de toucher aux viandes sacrifiées aux idoles. On a été au père par le fils; celui-ci est tout Italien, fourbe et superstitieux, avare, aimant ses aises, et, de plus, jaloux et haïssant son frère.

Il s'évada de Paris ce printemps avec une insigne fourberie contre son frère: il le pria à souper, sa maison était illuminée et tous ses gens prêts; pour lui, il était déjà en fuite depuis cinq heures par l'aide des gens du cardinal de Tencin; le chevalier Grœme, son gouverneur, n'en savait rien. Le prince Édouard l'attendit jusqu'à minuit et en fut dans une peine mortelle; il crut que les traits d'assassinat et d'enlèvement qu'on lui préparait avaient pu être adressés à son cadet; enfin, au bout de trois jours, il reçut une lettre de lui, où il lui expliquait son fatal dessein. Ce prince est résolu à ne retourner jamais à Rome et à se retirer plutôt dans quelque trou de rocher. Le roi l'a fort bien reçu, à son retour de l'armée. Sa Majesté lui demanda, entre autres choses, s'il avait vu le cardinal de Tencin; le prince lui répondit que *non, assurément;* le roi regarda le duc de Bouillon, qui dit que M. de Puisieux en savait sur cela plus que personne; on haussa les épaules, et cette scène muette fut bien une preuve de la trahison dont est accusé le cardinal. Ce prince ne veut plus croire ni cette Éminence ni les O'Brien. On vient, pour récompense, de faire O'Brien pair d'Angleterre par la création du Prétendant.

24 novembre. — La défaite de l'escadre de M. de l'Étenduère n'a marqué d'aucun noir la cour à Fon-

tainebleau : on ne saurait croire que c'est comédie ;
qu'est-ce donc ? M. de Maurepas a été plus fêté du
roi que jamais ; lui-même a été plus gentil, plus jovial,
plus gai, plus favori que jamais. Le roi vient de lui
acheter son château de Pontchartrain[1] pour en faire
un hôtel des ambassadeurs extraordinaires.

M. de Puisieux ne travaille pas une demi-heure par
jour aux affaires. De sa chasse, il a été régulièrement
à toutes les chasses de Fontainebleau, et toutes les
fois que le roi l'y voyait arriver, Sa Majesté lui disait :
« Que venez-vous faire ici ? »

Les courriers de M. de Puisieux arrivant à Paris
chaque jour portent à Duverney tous les paquets des
affaires étrangères ; il est vrai que le paquet est sous
le nom de Montmartel, mais celui-ci l'envoie bientôt
à son frère. Ainsi, le sieur Duverney gouverne absolument trois départements du royaume : la finance, la
guerre et les affaires étrangères.

Pendant la campagne, M. de Machault, contrôleur
général, a échappé absolument à mon frère, qui l'avait
mis en place ; il est devenu aussi commis des Pâris que
l'est M. de Puisieux ; il n'a bougé de Choisy, de Crécy,
de Pontchartrain et de Plaisance ; il ne fait œuvre de
ses doigts ; il travaille encore moins que Puisieux.
Mon frère cache cette ingratitude, mais s'en inquiète
au fond.

Voilà une nouvelle attaque qui va lui tomber sur
les bras : le maréchal de Saxe arrive le 11 décembre

1. Construit par Levau, rue Neuve-des-Petits-Champs, au coin
de la rue Sainte-Anne, pour Hugues de Lionne, cet hôtel fut payé
à M. de Maurepas 450 000 livres, et devint plus tard l'hôtel du
Contrôle général.

à Paris et a préparé, dit-on, une quantité de nouveaux traits contre le ministère de la guerre. Tout doit être décoché à la fois contre lui. Ici les Pâris ont réuni leurs armes : ils ont celles de la finance, qui sont terribles, puisqu'elles tiennent tout ; ce sont eux cependant qui perpétuent la guerre, en faisant tout facile au monarque : ils ont toujours, disent-ils, l'argent prêt à chaque chose. Cette facilité, la crainte de tout perdre en la discréditant, les flatteries et les amusements de sa maîtresse sont des armes bien opiniâtres chez un prince comme le nôtre. Il ne peut y avoir qu'un fol comme Duverney, qu'un homme de rien qui pousse les entreprises de guerre là où nous sommes. Ce qu'il y a de plus dangereux est que rien ne passe directement de Duverney au roi ; tout s'y transmet par l'organe de Montmartel qui, avec peu d'esprit, disciple aveugle de son frère, donne l'air de la plus grande sagesse aux plus grandes folies qu'il débite et qu'il persuade dans le cabinet

Une dame bien instruite de la conduite du maréchal de Saxe m'a assuré que c'était le maréchal de Lowendal qui soufflait le feu, il cherche à dégoter son rival pour rester seul et premier général en France. Il lui a apporté M. de Sourdis comme son aide de camp, et c'est lui qui se répand avec le plus d'indécence contre mon frère. Le comte de Frise, neveu du maréchal de Saxe, est porté pour la conciliation avec mon frère, et y fait de son mieux ; il a pensé se battre deux ou trois fois avec Sourdis. M. de Lowendal vint, il y a deux jours, dans la chambre de mon fils, lui annoncer la nouvelle attaque de M. de Saxe, disant qu'il abhorrait ces manœuvres ; que, pour lui, il allait à sa terre de la Ferté, pour être à l'écart, puisque les affaires finies, il retournerait aux Pays-Bas. On prétend que tout cela n'est qu'une protestation du mal qu'on prépare à mon frère, et qu'il prépare lui-même, pour dire qu'il n'y a aucune part, quoique, peut-être, il en ait beaucoup.

Les soupers des cabinets, que le roi donne à Mme de Pompadour et à ses favoris, sont devenus une véritable pétaudière ; on y est aujourd'hui vingt-quatre au lieu de dix-huit. Chacun y parle, chacun y glose, on s'y moque du roi à sa barbe ; quelle insolence !

Je dis ceci : tant mieux que cela soit extrême, cela durera moins.

M. le Dauphin fume douze pipes tous les matins.

30 novembre. — On a dit que la cause de tous nos mauvais succès, en politique comme en guerre, malgré tout ce que déploie la valeur française dans la présente guerre, vient de ce que la politique y a toujours été subordonnée à la guerre, au lieu que, dans la guerre de 1733, la guerre fut subordonnée à la politique, et nous réussîmes.

C'est comme si la maréchaussée commandait au présidial, et non la justice à la force.

Malheur aux royaumes dont les rois sont séduits par quelque ministère qui n'embrasse pas le système général du gouvernement ! Ainsi le ministère de la guerre, ainsi les frères Pâris, munitionnaires, ont-ils séduit en tout point par leurs grâces, par leur éloquence, par leur faux attachement à la personne du roi et par leur pernicieuse habileté, l'aimable prince qui nous gouverne.

3 *décembre*. — La déclaration des Hollandais paraît : c'est la réponse aux deux lettres de l'abbé de la Ville.

Assurément, le Hollandais a mieux écrit que le ministre français, il n'y a point de fanfaronnade comme chez nous. J'aurais voulu cependant, à la place de ce gouvernement, y retrancher deux ou trois sophismes et quelques faux énoncés qui s'y trouvent : on ne plaide bien une cause qu'en négligeant les faux arguments, et ne tirant la force que des vérités incontestables.

On nous y déclare la guerre dans le mot de courre, et sans saisir les effets des Français qui sont en Hollande ; c'est une déclaration de défensive seulement ; on y dit que ce que nous ferons pour attaquer, ils le feront pour défendre, et qu'ils iront jusques aux sources de nos richesses pour les tarir : cela veut dire qu'ils vont attaquer principalement notre commerce et nos colonies.

Quelle misère se prépare en France ! tout le commerce allant manquer à la fois de tous côtés, l'argent disparaît, les finances du roi ne se soutiennent plus que par un crédit factice qui peut manquer tout à coup. En Espagne, la pénurie est extrême. Je juge qu'on y a eu besoin d'employer toutes les cajoleries pour y soutenir l'alliance avec nous, puisque l'on vient d'y faire usage si publiquement de la médiation du Portugal, qui flatte la reine d'Espagne, à quoi je voyais ci-devant de l'éloignement en notre conseil.

Je vois par les dernières gazettes que la Suède arme dix mille hommes pour nous, et arme des vaisseaux et des galères. Quelles sommes immenses cela ne doit-il

pas nous coûter, et combien nous allons être près de
nos pièces! Quelle politique dépensière et dupe nous
pratiquons par les influences du seul Duverney!

Les Autrichiens se sont emparés violemment de
Cologne : voilà, dit-on, un commencement de vigueur
de la reine de Hongrie envers les puissances d'Allemagne qu'elle sait si bien n'être bonnes que battues,
dont on ne tire du feu que comme de la pierre à fusil
en les frappant. Elle sent qu'il est temps aujourd'hui
de les battre, donc elle se sent plus appuyée.

L'Angleterre et la cour de Vienne ont voulu, avant
toutes choses, rendre la république de Hollande monarchie absolue, héréditaire et dépendante d'elles.
Voilà le dernier coup donné à cet ouvrage par l'acte
de stathoudérat héréditaire; après cela, ils vont aller
tout de suite à leurs manœuvres offensives contre nous,
en soulevant contre nous l'empire, et en leurrant cependant les pauvres peuples de la paix par le congrès
d'Aix-la-Chapelle.

Pouvons-nous imaginer qu'il fût question, dans le
Nord, par le roi de Prusse et la Suède, de quelque grand
mouvement qui donnât de grandes affaires aux Moscovites? c'est trop présumer. Le roi de Prusse ne se
fiera jamais en nous pour de telles entreprises; en
tout cas, lui et la Suède nous mèneront bien loin
pour les dépenses; le roi de Prusse en veut à notre
bourse, il envie nos prétendues richesses, que je voulais, au contraire, tant épargner.

J'ai ouï parler à M. le maréchal de Bellisle, comme
par la figure de rhétorique qu'on nomme prétermission,
d'un projet pour culbuter toute la puissance russe
dans la mer, et cela de mon cabinet. Ce M. de Bel-

lisle est un maître d'hôtel qui prêche toujours la dépense, et qui taille dans le grand, mais de bonne foi,
propre à ruiner tout jeune maître à qui il fait honte de
la lésine et qu'il veut former à la générosité. Cet
homme est fort dangereux avec le feu qu'il a dans la
tête, ainsi que le sieur Duverney. Ce projet se propose peut-être aujourd'hui, et l'occurrence s'en présentant, les Pâris promettront tout l'argent qu'on
voudra pour abolir la puissance russe, ainsi qu'ils ont
voulu anéantir la puissance autrichienne, puis l'anglaise, puis la hollandaise, et, à l'exécution, l'esprit lé-
sinant du feu cardinal, qui décide toujours, prendra
les ciseaux comme Atropos, et coupera avec faiblesse
le fil de tous ces desseins. Serait-il possible que, de
mon temps, l'on verrait la fin de l'empire français?

7 *décembre*. — La loterie royale languit, l'ardeur du
gain qu'on y envisageait tombe, depuis que l'on publie
qu'elle ne va qu'à rembourser les sieurs Pâris de leurs
avances. Il s'en manque encore sept millions qu'elle
se remplisse, et ce n'est pas bagatelle.

La harangue du roi d'Angleterre ne promet pas
une paix prochaine, quoiqu'il assure qu'il va faire
travailler au congrès; mais c'est là le refrain ordinaire
de ceux qui veulent continuer la guerre et qui veulent rassurer les peuples. Sa Majesté Britannique dit
une chose qui fâchera bientôt notre ministère, savoir :
« que la France lui a fait la première des ouvertures
de paix, mais que les propositions n'en étaient pas
acceptables. » Si M. de Puisieux se piquait de quelque chose, c'est de ne se pas jeter à la tête, et au
contraire d'attendre la paix avec hauteur. Comme il

ne se presse pas de nommer des plénipotentiaires pour le congrès, voilà qu'on nous fait jouer précisément le rôle contraire, et que, dans cette harangue, nous paraissons quémander la paix et être refusés sur nos propositions.

Sa Majesté Britannique nous y apprend aussi que les Hollandais ont donné ordre d'agir hostilement contre tous les sujets du roi très-chrétien. Ainsi, l'on doit s'attendre à des armateurs, à des corsaires hollandais dans nos mers; il est vrai qu'il n'y avait, dans la déclaration des Hollandais en réponse à la nôtre, autre chose, sinon : « qu'ils en useraient avec nous comme nous en usions avec eux. » Véritablement, l'application n'en est pas douteuse, et nous leur faisions la guerre d'assez bonne grâce pour que ce soit *casus declarationis* sans ultérieure explication.

8 *décembre*. — Il y a eu à Versailles, depuis quelques jours, de longs et fréquents comités chez le cardinal de Tencin, et l'on prétend qu'il s'agissait de préparer et de limer un projet de déclaration de guerre aux Hollandais. On a trouvé leur dernière déclaration trop hautaine pour ne pas parler de notre côté plus clairement encore qu'eux-mêmes en leur déclarant la guerre dans les formes.

Le roi d'Angleterre s'est vanté, par sa dernière harangue, que la France lui avait fait faire des ouvertures de paix, mais que les conditions n'en étaient pas acceptables. Cela aura donné un furieux chagrin à nos ministres, qui se piquent tant de finesse et de hauteur. M. de Puisieux et son premier commis, M. Ticquet, font grand cas de la petite finesse jésuitique et

ne placent rien au-dessus. Voilà cependant quels en
sont les effets que nous voyons : la défiance des étrangers, la perte de l'État.

Comment a-t-on pu persuader le roi de renouveler
les comités? J'en avais vu Sa Majesté si éloignée!

Il n'y aura jamais eu en France de si mauvais ministère que celui d'aujourd'hui; on a bien vu des favoris
corrompre les princes; mais que ce soit le ministère,
c'est ce qui fait horreur; le nôtre (et à l'envi) travaille à qui se rendra plus hautain, plus injuste, plus
indécis, plus dur; on excite ses passions contre des
ennemis que l'on croit faibles et sur lesquels l'on lui
fait entendre qu'il y aura de grands avantages; on le
rend insensible aux maux des peuples, ou en dé-
tourne ses yeux. Cependant la nature résiste chez le
roi à ses penchants; mais malheureusement il est
enfant, et, comme tel, il se pique encore de préférer
les gens de réputation d'esprit, et de faire cas de la
petite finesse qu'on donne si fort pour esprit, que,
sans cela, on lui fait accroire qu'il n'y a que stupidité
et ridicule. Les voies simples et justes, la franchise
sont décriées à ses yeux royaux par ces détestables
conseillers qui perdront l'État.

Il arrive des derniers événements de mer que l'on
va remettre de plus gros fonds à M. de Maurepas pour
la marine; ainsi, il gaspillera davantage, et voilà tout
ce qu'il demandait, et tout le ministère sera alors
également content.

Mais où prendra-t-on ces fonds? L'argent manquera
à la fois. Déjà le crédit des Pâris allait manquer sans
l'invention et les premiers succès de la loterie; mais
elle se décrie aujourd'hui où l'on n'en est encore

qu'aux deux tiers, et personne n'y porte plus. Je sais
secrètement qu'il n'y avait pas dernièrement 12 000 livres dans la caisse du sieur de Villette, trésorier général de l'extraordinaire des guerres. Voilà où conduit
le manque de direction générale dans un État : chacun
tire de son côté, obtient ce qu'il peut aux dépens de
l'autre, et personne n'y préside.

9 *décembre*. — On assure que les fermiers généraux
se chargent de payer pendant douze ans les lots de la
loterie royale, primes et rente au public, ce qui va
à 3 600 000 livres. Cette somme est une augmentation
de leur ferme qu'ils donnent au roi, moyennant quoi
Sa Majesté leur prolonge leur bail par anticipation, et ce
jusqu'à douze ans entiers, ce qui sera un bien pour les
deux parties, car d'un côté le roi y gagne cette augmentation, et dans quel temps? quand la guerre se prolonge
davantage (par la malhabileté de notre politique).
Ainsi, Sa Majesté aura emprunté du public une si
grosse somme que trente millions, et ses fermiers se
chargeront de la lui rendre d'un autre côté. Aussi les
fermiers généraux ont à prévoir qu'à la paix on augmenterait leur bail de plus de millions que ne porte
cette augmentation, et que l'on pourrait changer la
compagnie.

Certes, les sieurs Pâris mènent bien la finance ;
mais, pour la politique, eux et leur valet Puisieux la
conduisent avec grande stupidité ; car je suis sûr
qu'ils visent au bien et qu'ils ne pèchent point par
intention.

Des gens de finance me disaient hier que la raison
pour laquelle les baux de ferme accrus et haussés

considérablement ne laissaient pas de se soutenir et
d'enrichir leurs adjudicataires, était que les directeurs, contrôleurs et autres employés travaillaient
mieux, plus habilement et même plus fidèlement
qu'autrefois.

On peut remarquer sur cela que le siècle augmente
en vertu, si les agents deviennent plus fidèles; et,
puisque les soldats sont certes augmentés en valeur et
en mépris de la mort, l'on doit cela à l'accroissement
et aux progrès de la philosophie, et au rejet de la superstition; mais il nous manque bien l'économie et la
peuplade.

Quant à l'économie, je trouve cependant que l'on
vient chaque jour davantage à des breloques simples
et à bon marché, comme les robes de femme fermées,
les berlines allemandes, les tabatières de carton, les
porcelaines fabriquées en Europe, au lieu de celles du
Japon ou la belle vaisselle d'argent qu'on rejettera
avec le temps. Un seul article me fait le plus de peine :
c'est qu'on préfère tant la soie à la laine; on n'aura
que des vers au lieu de moutons, mais les moutons
servaient au laitage et à manger.

On assure qu'il se présente deux compagnies pour
avoir des corsaires et des vaisseaux de guerre; mais
elles demandent beaucoup d'argent.

En attendant, l'Angleterre et la Hollande arment,
augmentent leur marine, l'étendent de tous côtés et
nous primeront en tout. La Gazette de Hollande disait hier que le Parlement britannique allait demander
à son roi de lui communiquer les ouvertures et propositions de la France pour la paix. Certes leur dessein, en les rendant publiques, est de cimenter le refus

de nos propositions de la façon la plus authentique, afin de les rejeter bien loin, surtout les deux articles de la restitution de Louisbourg et de l'établissement de D. Philippe.

Que ferons-nous, que dirons-nous à un refus si net et si authentique confirmé par une nation en corps? Dirons-nous qu'il faudra nous battre jusqu'à extinction? Trois autres nations confirmeront la britannique dans ce refus hautain et formel, ce sera la hongroise, la piémontaise et la hollandaise. Nous allons voir nos secrets, nos confidences, les petites finesses de notre petit ministère divulguées au grand jour, et sa prétendue hauteur dans la négociation de paix convertie en bassesse publique. Cependant la prérogative royale en Angleterre est de traiter seul de la paix et de la guerre, mais, outre que ce roi-ci George est fort subjugué par sa nation, il est de son intérêt de faire ainsi aujourd'hui et sans tirer à conséquence pour le bien des desseins nationaux, et il est de toute apparence que c'est son conseil qui souffle ces questions au Parlement pour les raisons susdites.

Notre Opéra va tomber avant Pâques par la banqueroute qu'y a faite le sieur Berger en mourant; c'était l'homme de M. de Maurepas; on ne saurait dire lequel de ces deux articles ce ministre a conduit le plus mal, ou la marine ou l'Opéra.

Les courriers vont vivement et fréquemment entre Paris et Madrid; les conférences de l'évêque de Rennes avec le ministre d'Espagne sont d'une fréquence prodigieuse. D'où tout cela vient-il? où tout cela va-t-il? ce ne peut être que pour la paix, car ce n'est pas ici le temps de machiner si vivement

les futures opérations de guerre pour la campagne
prochaine.

La reine de Hongrie s'est emparée de la ville de Cologne avec neuf bataillons qu'elle augmente encore, et
elle tire journellement des sommes considérables de
cette ville. On prétend qu'il y a eu quelque connivence
avec les magistrats. On doit conjecturer de cet événe
ment que la reine de Hongrie va commencer à en user
militairement et hautainement avec les puissances
d'Allemagne qui ne seront pas de son parti; elle sait
que l'électeur de Cologne reçoit subside de nous,
elle va l'intimider par ses sujets, ce qui n'est pas difficile. Autant en a-t-elle fait de l'électeur palatin. La
survenance des Moscovites dans l'empire va lui redonner de nouvelles forces pour amener l'empire à
son point; elle commence sa conduite hautaine comme
il y a deux ans.

10 *décembre.* — C'est d'une voix dans le public
que court le décri de M. de Puisieux, mon successeur.
J'étais malvoulu dans la cour à cause que je n'étais
point courtisan; ici on est haï et méprisé du public et
de la ville parce qu'on n'est pas citoyen; mon frère
n'a jamais eu d'autre mérite pour sa place que celui
de parfait courtisan. Il voulait parfois me donner des
avis, mais quels avis, bon Dieu! combien ils étaient
loin de la vérité et de la conscience! Je lui disais :
Donnez-moi des avis que je doive suivre; vous em-
ploieriez beaucoup moins de temps à me *siffler* qu'à
me *persifler*.

Les Hollandais avaient devant Bordeaux une douzaine de vaisseaux marchands ou de frégates; elles

viennent d'avoir ordre de se retirer, et pareils ordres sont donnés partout à la marine hollandaise, ce qui nous prépare à quelque coup de théâtre subit et fâcheux du côté de la marine. Les Anglais interprètent la déclaration des Hollandais et leurs ordres donnés en conséquence comme une déclaration de guerre offensive ; en effet, il s'y lit le mot *d'aller jusqu'aux sources de nos moyens d'attaque* contre eux, ce qui signifie tout.

On parle d'une nouvelle loterie royale, mais la première n'est pas encore remplie et il s'y est mis depuis quinze jours un terrible ralentissement.

11 décembre. — On dit qu'il est beaucoup question d'un changement de maîtresse : le roi est las de la marquise de Pompadour, qui devient maigre par le mauvais état de sa poitrine. *Contraria contrariis curantur*, il veut passer à l'autre excès, et on l'excite à tâter de la grosse comtesse de la Mark[1]. Il est vrai que cette sultane est mangée d'hémorroïdes et qu'elle a été à tout le monde. On le rend amoureux à force d'instigation et d'insinuation, il y déjà longtemps qu'on l'en tente. Le duc d'Ayen, l'ennemi déclaré de la marquise de Pompadour, produit sa sœur.

Déjà on a forcé la marquise à recevoir Mme de la Mark comme actrice dans la troupe des petits appartements[1], ensuite on vient de lui donner un apparte-

1. Marie-Anne-Françoise de Noailles, fille du maréchal Adrien-Maurice, mariée en avril 1744 à Louis-Engilbert, comte de la Mark, lieutenant général des armées du roi.

2. Elle était très-bonne musicienne, comme on le voit dans les *Mémoires de Luynes*.

ment plus proche des cabinets, c'est celui de Mme de Rupelmonde et celle-ci a été envoyée à un autre logement plus éloigné.

Tout de suite le duc d'Ayen a eu une pension de 10 000 fr. sur la cassette du roi, alléguant qu'il n'a pas de quoi vivre. Les biens du maréchal de Noailles viennent d'être mis en direction; il les abandonne à ses créanciers, ce qui fait la scène du monde la plus ridicule, car jamais homme de la cour n'a été plus riche, plus avide et plus avare : c'est donc grande hypocrisie, c'est aussi grande malhabileté et faux dans l'esprit. Il prend beaucoup d'argent à rente viagère; il a donné déjà de grands traits du faux de son esprit dans les affaires de l'État, surtout dans celles de finance, comme dans les siennes propres, en faisant un bâtiment immense pour l'agriculture en Vésinet, dans le terrain le plus aride d'autour de Paris, et à la terre de la Motte qui lui vient de sa femme. Il détient le bien de ses enfants et ne veut pas leur en rendre compte.

Quel malheur donc pour l'État, si ces Noailles vont devenir plus favoris par une femelle qui enjolerait notre monarque! Tout sera au pillage.

Le roi a fait retarder le retour du maréchal de Saxe, qui voulait revenir ici en novembre; il n'arrivera enfin que le 16 à Paris. On a annoncé qu'il se prépare à une attaque de fureur contre mon frère : la grande affaire est de ce qu'il n'a pas, dans son nouveau gouvernement, le même pouvoir qu'y a eu le prince Eugène. Quoi! dit-il, je n'aurai pas le pouvoir de changer un échevin à Bruxelles! D'un autre côté, si on lui donne ce grand pouvoir, les princes du sang, jaloux déjà de ce personnage, se préparent à demander collectivement le même pouvoir, chacun dans leur gouvernement, ce qui ferait retomber le royaume dans la même faiblesse, dans la même anarchie que pendant les faibles minorités de François II, de Louis XIII et de Louis XIV.

Ainsi mon frère s'accole à cette union des princes du sang, et même la fomente; par là, il se fait un grand soutien, et se donne au roi comme le seul défenseur, attaqué seulement pour le bien de son autorité et pour les conseils de sagesse qu'il dit donner en tout. D'un autre côté, le roi est timide en politique, il craint que le comte de Saxe ne le quitte et n'aille commander contre lui dans le service étranger.

Le maréchal de Lowendal est décrié dans le militaire et n'excite point la confiance qu'il faudrait pour remplacer le maréchal de Saxe; d'ailleurs c'est un grand trigaud et un grand fripon.

On m'assure que foncièrement le roi hait beaucoup le maréchal de Saxe, qui en a usé pendant la dernière campagne avec grand manque de respect à l'égard de Sa Majesté. Ce général négligeait d'accompagner Sa Majesté aux promenades et le barrait à tout point. Sa déclaration de guerre à mon frère a achevé de le perdre dans l'esprit du roi; enfin les choses sont au point que les Pâris ni la maîtresse n'osent plus parler pour lui : ainsi il perd cet appui, et eux aussi perdent ce grand coryphée.

12 décembre. — Le crédit des sieurs Pâris tombe sensiblement, et par la maigreur et les infirmités de la maîtresse, et par la déplaisance où est tombé le maré-

chal de Saxe personnellement au roi. Je sais de leurs amis à qui Duverney a répondu : Nous ne sommes plus assez forts pour cela. Le ministère bien réuni l'emporte à la longue, mais réuni à son tour et triomphant sur l'attaque qui l'aurait accablé, il se désunira pour s'exposer et se perdre. Le petit Puisieux est bien fidèle aux Pâris et à la maîtresse, mais il veut rester en place, il a sa partie qui le soutient auprès de la clique des ministres, des princes et des talons rouges, il ne se laissera pas succomber.

Un homme qui vient de Nantes dit qu'il n'y a pas un sou dans toute cette ville, si commerçante et si riche pendant l'autre guerre, à cause des dangers de la Manche. On n'y trouve pas non plus un homme pour en faire son domestique, tant tout est absorbé pour les levées d'hommes et de milice. Comment vouloir soutenir la guerre encore quelque temps? Et quelle guerre, à frais insupportables et extravagants!

On augmente cette dépense chaque jour par les idées artificieuses et gigantesques des Pâris et de nos ministres : voilà que M. de Maurepas a obtenu de gros fonds pour la marine; nos pertes sur mer, qui devraient faire sa disgrâce, n'opèrent que sa faveur et son triomphe. De là il fait voir combien on a trop épargné pour la marine. Le baron de Scheffer, ministre de Suède, avait raison de souhaiter ma retraite : il y a gagné ce qu'il voulait, des prodigalités de duperie où nous donnons et nous allons donner. La Gazette dit que la France a remis en Suède cinq cent mille marcs d'argent. Les Suédois prétendent nous prêter une marine et s'opposer à la marche des Russes; mais quelles sommes énormes cela va nous coûter, et combien ne sommes-nous pas près de succomber à ces dépenses!

13 *décembre*. — Les bruits se renouvellent et se fortifient que le maréchal de Bellisle ira plénipotentiaire au congrès pour la paix générale. Si cela est, on veut la paix véritablement, et certes on en a besoin.

Le ministère anglais joue toujours le désireux de la paix, pour rassurer le bas peuple et les alliés, mais il vise à la plus longue continuation de la guerre. L'Angleterre vient de perdre à Turin le général Wentworth qui y avait recueilli la plus haute réputation d'habileté et de probité, de sorte que jamais étranger n'a été plus aimé parce qu'on l'estimait, ni plus regretté parce qu'il était utile; cependant il prêchait grandement la guerre avec la plus grande violence; qu'on entende donc si même les Piémontais veulent ou non la paix.

Le roi de Sardaigne veut avoir Final et Savone; ce ne sera que la continuation de la guerre et quelque échec que nous aurions qui les lui procureraient. Dans la situation actuelle, il n'aurait pas ces deux places pour la paix. Que les Génois prient donc instamment le ciel pour que nous continuions nos grands succès de Flandre; leur sort en dépend plus encore que de ceux d'Italie; ils en sentiraient bientôt le contre-coup.

Guymont, notre envoyé à Gênes, est arrivé; il assure qu'un accommodement des Génois avec la reine de Hongrie est devenu impossible, une république ne fait pas de ces coups fourrés comme une cour : il n'y a qu'à voir la république de Hollande, comme, ayant la tête fourrée dans un sac, elle n'en sort plus et s'y précipite tout le corps de plus en plus, pour peu qu'elle soit poussée.

Ce serait une vue à avoir désormais que de cultiver les Génois, comme l'Angleterre a cultivé la Hollande. Pour cet effet, il ne faudrait plus y envoyer que des grands seigneurs et les plus habiles, rendre cette république toute française, etc. Les Anglais ont trouvé des obstacles de commerce à leur liaison avec les Hollandais, mais ils les ont surmontés, et, quand leur liaison a été bien formée, ils en ont usé cavalièrement pour ces intérêts de commerce et y ont été à coups de sabre quand il a fallu.

14 *décembre*. — On assure que le ministère de la finance va nous donner les quatre sols pour livre sur la capitation. Cela ira donc sur la campagne comme sur la ville; à la fin les peuples marqueront leur sensibilité à tant de ruine. Je sais que l'ordre du Trésor royal et l'économie de tout l'État veulent que l'on ne se laisse pas arriérer ni prévenir par le besoin, mais la question est toujours de savoir si la source de ces besoins, si les affaires générales demandent la continuation de la guerre, et, tout considéré, l'on trouvera que le vice du gouvernement consiste dans la direction des affaires étrangères.

Ces malheureuses affaires auxquelles j'ai présidé pendant deux ans et où je me suis vu tant traversé, de façon qu'il n'y eut de succès qu'aux choses que je conduisais par moi seul et malgré les contradictions, et où tout allait à destruction quand j'étais contrarié, chacun veut les faire, chacun y mettre la main, comme me disait M. de Torcy. La guerre y préside, y force tout; les vivres, la banque, la maltôte arrachent les détails et emportent la décision du roi; nuls principes, nuls plans sages et décisifs.

J'y vois d'ailleurs des intérêts particuliers de charges et de personnes. Le ministère de la guerre veut prolonger son crédit et s'acquitter de ses promesses envers M. le prince de Conti pour lui donner le généralat de Flandre, si l'on parvient à dégoûter le comte de Saxe et à discréditer les sieurs Pâris. M. de Maurepas se voit en train d'obtenir de gros fonds pour la marine; tous deux nourrissent leur intrigue de cour des intérêts des princes du sang et surtout de ceux de l'hôtel de Conti, mère et fils. Tous deux ne vont pas grossièrement au mal de l'État, ne croient peut-être pas y aller, mais y tendent par ces intérêts personnels.

On parle en effet d'affecter ces quatre sols pour livre à la marine, désormais ét jusqu'à son parfait rétablissement, ce qui ira bien loin.

Il vient de se tenir à Versailles des conseils fort longs et qui se sont prolongés jusqu'à la nuit avancée.

M. de Puisieux m'a dit qu'il n'assemblerait point de congrès sans préliminaires, les congrès étant inutiles sans cela, ce qui est le principe que j'ai vu soutenir aux Hollandais en 1745; ainsi, nous jouons alternativement le rôle de soutenir cette thèse pour ou contre.

Le bruit est grand que le maréchal de Bellisle va être nommé et partir tout de suite pour le congrès d'Aix-la-Chapelle. Ce choix est fort désirable, comme je l'ai dit ci-dessus; il hait la guerre, surtout depuis qu'on le charge d'un généralat si difficile en Italie et qu'il y a perdu son frère; c'est lui qui a commencé

la guerre : il croira de son honneur de la finir absolument.

> Les maux que fait l'amour, il sait les réparer.

Il est puissant en moyens et en activité; il parlera
au conseil comme à de vils esclaves qu'il faut subju-
guer et comme je devais leur parler; il parviendra par
là à être ministre, et même premier ministre; il fait
estime de moi et conférera avec moi; il m'attirera à
lui pour servir de nouveau la patrie.

Mais, dit-on, les ministres, par toutes ces raisons,
s'opposeront à son choix. Oui certes, mais les Pâris
ont encore assez de pouvoir pour le faire décider, et
cela devient pour eux un coup de partie. Ce sont eux
qui l'ont appelé aux affaires sur les ruines du maréchal
de Maillebois; c'est le seul homme à opposer aujour-
d'hui au triomphe des ministres et de l'hôtel de Conti
qui l'emportent; Mme de Pompadour ne voit plus
d'asile que dans la paix.

Le comte de Saxe va arriver dégoûté et furieux
contre le ministère; son arrivée fera ici un grand coup
de théâtre et causera plusieurs disgrâces ou la sienne
propre : cela décidera du sort des Pâris.

Dans les Pâris consiste aujourd'hui tout le crédit des
finances : le roi a grande considération pour la finance.
Que deviendrait, en effet, la machine de l'État sans
la machine illusoire de ce crédit, tel qu'il est aujour-
d'hui ?

Ah! grande économie! Tout le sort de l'État, tout
son bien-être consiste en cela. Les grands ministères
ne seront que les plus grands économes. Que M. de
Sully était un grand homme! Tout le grand de Henri IV

ne vient que de l'esprit économique de Sully. Qu'il a
bien intitulé ses Mémoires : *Économies royales!*

Mme de Pompadour vient de procurer à M. le duc
de Chartres un moyen de payer en partie ses créanciers : on lui accorde un brevet de retenue de
900 000 livres sur son gouvernement de Dauphiné, et,
avec cela, Montmartel entreprend de payer la meilleure
partie de ses dettes ; mais il en fera de nouvelles,
mal dirigé comme il l'est par sa femme et par des
conseils d'une fausse noblesse et d'une prétendue générosité de mauvais goût. Mme la princesse de Conti
ne songe qu'à faire éclipser la grandeur des autres
princes du sang, pour que son fils en soit le premier ;
malheureusement elle a furieusement de moyens et
d'activité.

La Suède et son ministre Scheffer parviennent de
plus en plus à nous duper, à nous attraper notre
argent; on n'entend parler, dans les gazettes, que des
améliorations que cette couronne exécute chez elle,
et cela avec notre argent. Elle nous promet des vaisseaux et dix mille hommes de troupes; mais à quel
prix, et quelles sommes vont sortir du royaume pour
aller si loin et pour n'en revenir jamais ! Je connais ces
manœuvres de la Suède; je les ai sues dès le temps du
cardinal et du temps de Gedda, envoyé de Suède en
France. Pecquet l'avait si bien démasqué, et cela lui a
valu sa disgrâce. Scheffer est élevé dans les mêmes principes et a été instruit par le comte de Tessin, grand
dissipateur. Ledran m'a dit cent fois à quel point nous
avions été dupés par la Suède, dans la guerre finie si
honteusement par le traité d'Abo. Jamais les Suédois
n'ont eu douze mille hommes ensemble. Je démasquai

d'abord aussi les menées de Scheffer pour attraper
notre argent, et je lui dis tout franchement qu'il n'aurait rien : de là il me décria autant qu'il fut en lui.

J'ai vu, aux huit cents Suédois destinés à l'Écosse,
quelle était cette illusion et ces promesses gasconnes,
combien il nous en a coûté pour rien. Il poursuit, il
nous escroque; nous allons y dépenser des sommes
immenses pour ne rien avoir; les sieurs Pâris ne demandent pas mieux que de remettre beaucoup d'argent
de France aux étrangers : ils y gagnent.

Oh! économie, économie! Quelle ruine nous menace et nous assiége déjà! Les impôts, les emprunts
ruinent l'État; les peuples n'obéiront et ne donneront
point dans la révolte que par leur extrême faiblesse.

Les Hollandais se préparent de tous côtés à nous
faire la guerre par mer; ils retirent peu à peu leurs
marchandises de France et de nos ports et de nos
villes, ils arment par mer, ils se combineront partout
avec les Anglais sur cet élément, et ces forces, déjà si
supérieures, vont bientôt devenir d'une supériorité à
l'infini. Notre conduite est fatalement plus ingénieuse
qu'on ne l'eût pu imaginer pour animer toute l'Europe
contre nous, sans augmenter nos forces résistibles,
mais au contraire en les diminuant.

Le sieur Guymont, envoyé de France qui arrive de
Génes pour passer quelques semaines à Paris, m'a
longtemps entretenu des affaires de ce pays; il dit
que toute la ressource de nos affaires de ce côté est le
siége de Savone, et que M. de Richelieu l'espérait
après l'hiver; mais que de difficultés sans nombre,
que de dépenses surtout! et comment y subvenir? Il
résume que la paix ne se fera jamais que par l'Italie;

il y a bien quelque vérité à cela, mais elle n'est pas absolue.

Le maréchal de Noailles est fort cassé, est devenu fort sourd et a un gros rhume de poitrine : voilà en perspective la plus petite perte, si ce n'est le plus grand gain qu'on puisse faire pour le bien des affaires.

16 *décembre*. — Il y a eu quelques relâchements de plus pour les trois exilés pour l'honneur de Mme de Châteauroux, MM. de la Rochefoucauld, duc de Châtillon et évêque de Soissons : ils ont permission de venir à Paris et d'y rester tant qu'ils voudront, mais, pour la cour, elle leur est toujours fermée; quant à l'évêque de Soissons[1], le roi lui avait fait dire seulement que sa présence lui était incommode. Malheur à qui a déplu, bien plus qu'à qui a fait faute dans le gouvernement! Combien M. Chauvelin ne gouvernerait-il pas mieux que M. de Puisieux! mais il avait déplu.

17 *décembre*. — La loterie royale languit, on en est resté toujours aux sept millions qui lui manquent,

---

1. Voy. t. IV, p. 111 et suivantes. Quatre ans plus tard, M. de Fitzjames, évêque de Soissons, profitait d'un séjour du roi à Compiègne, ville de son diocèse, pour lui faire remettre par M. de Saint-Florentin une lettre dans laquelle il renouvelait les protestations les plus énergiques contre le scandale des maîtresses. « Quoyque la dépravation des mœurs et l'irréligion, y était-il dit, soit venue à un point excessif dans notre siècle, cependant les idées du vice et de la vertu n'y sont pas tellement confondues, qu'excepté quelques petits-maîtres et quelques femmes abandonnées que le reste du monde méprise, on n'y ait encore horreur de l'adultère et surtout de l'adultère public. Si un particulier de mon diocèse se trouvait dans le cas où est Votre Majesté, je serais

et les billets livrés perdent 1 ou 1 et 1/2 sur la place, car plusieurs, qui y avaient placé des billets au lieu d'argent, ne pouvant les fondre en argent, se défont de leurs billets de loterie, et, si cela continue, la loterie se décréditera totalement, ainsi que les actions de la Compagnie des Indes le sont, et les rentes viagères si avantageuses qu'on avait créées, mais dont on n'a pris que les classes du denier dix et au-dessus, mais non celles au-dessous de ce denier, sur quoi cependant la finance comptait de se dédommager des autres.

Ainsi les opérations de finance de MM. Pâris, sous le nom du contrôleur général, commencent à échouer, et bientôt ils se trouveront sans expédients pour continuer la guerre et pour fournir à ces subsides étrangers qui sont si onéreux. A cela on n'oppose que la tranquillité, l'indifférence et l'embonpoint.

Considérons quels changements se sont faits dans les plans de la cour depuis trois ans, ce qu'a fait l'intrigue et quels choix visiblement mauvais ont mis en place l'incapacité au lieu de l'expérience : je devrais m'en taire puisqu'il est question de moi *in capite libri*, mais mon expérience, mes études et ma portée sont si visi-

obligé de le reprendre publiquement et d'employer les censures ecclésiastiques pour le corriger.» Puis, rappelant au roi les scènes de Metz, il ajoutait : « A quel degré, sire, le scandale n'est-il pas monté depuis? Vous avez enlevé la femme de votre prochain. Vous l'avez obligé luy, contre son gré, de se séparer d'elle en justice. Par un bouleversement de l'ordre qui doit régler les rangs et les conditions parmi les hommes, tous les ordres de l'État rampent devant cette idole. On voit à la cour, au premier rang, une personne du plus bas étage, et qui n'a d'autre titre pour y être que la débauche, etc. » Voy. *Catalogue d'une collection de lettres autographes;* Laverdet, 24 avril 1862, n° 463.

blement connus pour être supérieurs à M. de Puisieux
que je n'avancerai rien de hasardé en disant qu'on ne
devait pas me renvoyer pour me faire succéder par un
homme d'aussi peu de mérite et qui y fait si peu de
choses.

Auparavant on congédia M. Orry pour y mettre
M. de Machault, sans expérience, sans goût et sans
portée d'esprit pour la finance. Depuis moi, j'ai vu
renvoyer de la place importante de la police de Paris M. de Marville pour y mettre M. Berryer, qui ne
sait par où s'y prendre.

La finance, conduite arbitrairement par les Pâris,
est au bout de ses expédients : demandes sur demandes
au clergé, impôts sur la consommation des denrées
à Paris qui y augmentent chaque jour et y rendent
la vie insupportable, augmentation du dixième, avances des financiers, emprunts, rentes, rentes viagères,
tontines, opérations manquées, tout est employé et
usé, rien ne va; le Trésor royal, gouffre insatiable,
va être à sec, les recouvrements ne peuvent aller.
Il y a famine cette année dans la moitié de la France.

Il y a eu à Toulouse des révoltes considérables
pour le pain et qui ont fait tout craindre; dans d'autres lieux du royaume, en Guyenne, il y en a à chaque marché ; à Paris on est fort inquiété, et le lieutenant de police ne sait plus quel remède y apporter.

Nous avons vu souvent de ces dangereuses famines
à Paris depuis le commencement de ce siècle; mais
j'y ai vu deux remèdes qui manquent totalement
aujourd'hui : l'un, des millions qu'on mit en achats
de blés, et en avons-nous aujourd'hui avec la guerre
d'efforts que nous avons sur les bras? l'autre, la fa-

cilité de la mer pour tirer des blés du Nord, de Barbarie ou de Sicile. Doute-t-on que les Hollandais ne se joignent bientôt aux Anglais pour nous boucher absolument le chemin des mers, dès qu'ils y trouveront leur avantage et nos nécessités?

On prétend que, tout cet été, Mme de Pompadour a vendu beaucoup de passe-ports pour faire sortir des blés. Plus cette denrée devient rare, plus le prix de ces passe-ports fait des offres magnifiques et tentantes.

Cependant chacun se plaint de la lenteur à assembler le congrès offert à Aix-la-Chapelle; on calcule que voilà trois mois des plus précieux de perdus pour travailler à la paix : octobre, novembre et décembre; nous voici bientôt en janvier. On ignore encore quel sera notre plénipotentiaire ; M. de Saint-Séverin se défend toujours de l'être, mais nous verrons, au jour de l'an, s'il est nommé chevalier de l'ordre; ce sera la preuve de cette destination, dit-on; nous nous tenons sur notre fier, nous voulons des préliminaires avant le congrès. A ce métier, l'on gagne le mois de mars, il n'y a plus que deux mois, et alors les préparatifs de guerre tentent tous les guerriers et les princes fougueux de commencer une campagne où chacun se promet de grands succès. Jamais on ne traite bien la paix (je l'ai observé) qu'à la fin de la campagne, à la fin de septembre et au commencement d'octobre, où chacun, fatigué, ennuyé, désespéré, voudrait envisager un repos durable à la suite du quartier d'hiver qu'il va commencer; mais quand on est reposé, on brûle de rentrer en lice.

Déjà, en Europe, on nous accuse sur notre mor-

gue d'apporter toute lenteur au congrès et de n'y
mettre que des obstacles, tandis que les ennemis en
montrent de tous côtés leur facilité. Vaines démons-
trations, rodomontades, air de force, crainte exces-
sive de faire soupçonner nos besoins si connus d'ailleurs, ah! que vous êtes bien le propre de notre
très-petit ministère qui n'y sait que cela et qui en
abuse! Il est parlé d'un empereur qui *ponebat rumores
ante salutem.*

Jamais on n'a si bien vu l'extrême inconstance
française qu'à l'occasion de cette loterie royale :
quand elle a paru, on s'y tuait, mais, aux deux tiers,
le bruit a couru que les Pâris ne la faisaient que
pour se rembourser; depuis cela, les buralistes se
tiennent tout le jour à leur bureau sans seulement
étrenner d'un billet; cependant il en résulte que tout
l'argent commerçable et de finance, tout bijou, toute
vaisselle y ont été employés.

18 *décembre*. — Le duc de Châtillon, ci-devant
gouverneur du Dauphin, n'est pas en état qu'on lui
fasse l'opération de la fistule; son sang est corrompu,
la fistule devient chancre, étend ses rameaux en fusées. Il faut périr quand l'effet de la corruption du
sang a fait un tel dépôt que cet effet soit lui-même
une cause intarissable de maux. Que de sujets il y
a eu à la corruption de ce sang !

Comme compensation au salaire de l'éducation du
Dauphin, on assure que l'abbé de Marbeuf, son lec-
teur, va être conseiller d'État à la place de l'abbé de
Ravannes.

La haine du roi contre M. Chauvelin, ci-devant

garde des sceaux, s'est manifestée après son retour à
Paris ; les Pâris y allèrent beaucoup, se jetèrent beaucoup à sa tête, mais bientôt ils s'en sont retirés absolument, et l'on conjecture que Mme de Pompadour
leur en intima l'ordre, sans doute de la part du
maître.

19 *décembre*. — Il y a un tel malheur attaché à tout
ce qui est du département de M. de Maurepas que
tout y va de plus en plus mal, et, à force de remarquer ceci comme fatalité, il faut bien y attribuer
cause misérable et nécessaire. Il s'établit dans notre
Académie des belles-lettres une tyrannie qu'on n'y
connaissait pas et qui détruit les compagnies de gens
de lettres. Cinq ou six sujets attachés à M. de Maurepas prétendent y tout gouverner, élever les favoris
et humilier ce qui ne leur est pas attaché ; ils veulent
écraser le sieur Racine, fils du grand Racine, qui est
ennemi de quelques-uns d'eux et dont le père avait
autrefois fait des vers contre le feu duc de Nevers, le
duc de Nivernais étant aujourd'hui président de l'Académie. Fréret, homme très-savant, mais peu propre à
toutes fonctions de règle et d'impartialité, a été malheureusement pris pour secrétaire perpétuel de l'A-
cadémie, au lieu de M. de Boze qui y avait toutes les
qualités nécessaires ; il y met le désordre, il ne travaille
plus aux Mémoires, et, depuis sept ans, on n'en voit
plus. Ainsi l'Académie va se relâcher de son travail.
Les gens de lettres sont faits pour être encouragés,
mais non troublés par la tyrannie et par la brigue ; ils
faut qu'ils vivent paisiblement dans leur cabinet, qu'ils
n'en sortent que pour communiquer le fruit de leurs

travaux; on les effarouche par le bruit comme une volière d'oiseaux mélodieux.

La marquise de Pompadour ayant été dimanche à l'Opéra, dès que la toile fut baissée, on lui battit des mains comme à une bonne actrice, et on ne cessa que quand elle fut retirée : applaudissement familier et méprisable qu'on ne ferait pas à une femme de qualité qui occuperait la même place qu'elle.

Nous tirons cet hiver de furieuses contributions de la Flandre hollandaise et du Brabant hollandais; le prétexte en est la subsistance de notre armée. Par ces exactions, nous augmentons la rage dans le cœur des Hollandais, et cela pour bien des années; le sac cruel de Berg-op-Zoom nous y fait regarder comme des barbares inhumains[1]. A quoi ne pousse-t-on pas le peuple par des images si sensibles! On peut le voir par le stathoudérat héréditaire et par tous les efforts qu'ils préparent.

Cependant nous craignons sans doute pour nos conquêtes : on ravitaille toutes les places de nos anciennes et de nos nouvelles acquisitions; on a coupé les plus beaux arbres dans la forêt de Soignes. Nous faisons des magasins et une place d'armes à Namur; cela veut-il dire la seule défensive? serait-il question du siége de Luxembourg?

Les ennemis font une diligence incroyable pour se mettre de très-bonne heure en campagne. Les gazetiers assurent que toutes les négociations des Hollan-

1. Berg-op-Zoom avait été pris d'assaut le 16 septembre. Nos troupes, exaspérées par la résistance, s'y étaient livrées à des violences sur lesquelles on trouve des détails dans le *Journal de Barbier*, t. IV, p. 259.

lais dans l'Empire réussiront pour obtenir des troupes chez les principales puissances de l'Empire. Les Hollandais ont déjà armé une escadre qui a pris une de nos frégates qui a été réclamée si inutilement par une lettre si haute de l'abbé de la Ville. Celle-là, et une seconde plus nombreuse qu'on prépare, doit croiser de tous côtés sur nos côtes.

Notre misérable marine, notre commerce ruiné avaient-ils besoin de ce renfort d'assauts? La flotte de Warren sera formidable, on en ignore la destination. Une autre escadre anglaise considérable est allée au-devant du retour de M. de la Bourdonnais; l'Angleterre est extrêmement piquée au jeu contre les succès de M. de la Bourdonnais et jalouse de ravoir *spolia opima* qu'il rapporte de Madras; cependant le bruit courait dans Paris qu'il était déjà arrivé à la Corogne; mais trop d'espions, trop de croisières le guettent à son passage pour qu'il se fût échappé et joliment par le détroit de Gibraltar[1].

Jamais puissance n'a été en plus grand danger que la nôtre par les affaires de la marine et du commerce : l'Angleterre et la Hollande étant aussi puissantes en colonies et en commerce, la destruction de ce que nous avons de l'un et de l'autre, après y avoir monté jusqu'à leur faire tant de jalousie, est presque la destruction du royaume, car nos dépouilles, accroissant des puissances déjà formidables, les élèvent et nous anéantissent. Si encore nous étions aussi entiers et

---

1. Le brave et malheureux la Bourdonnais fut en effet pris par les Anglais, qui le laissèrent revenir en France sur parole. On sait l'injuste persécution qui l'y attendait.

v   9

aussi peuplés que sous Henri IV, nous résisterions pa
les forces naturelles; mais tant s'en faut, nous ne por
tons ici, quant à ces forces naturelles, que les reste
misérables de forces artificielles (argent, commerce
colonies), qui ont fort diminué les naturelles, comm
il arrive toujours. Ainsi ce sera tout argent d'un côté
nul argent, nulle peuplade, nulle agriculture de l'autre

Il paraît que la séance actuelle du Parlement d'An
gleterre sera fort courte. Des subsides immenses e
indéfinis sont accordés, satisfaction plénière dans l:
nation, voilà un gouvernement sans querelle avec so
chef, il est donc gouverné nationalement; sa marin
triomphe, la nôtre se détruit.

Observez que le Parlement, après avoir dit (le
Communes) qu'il voudrait savoir à quelles conditions l:
France propose la paix, n'en parle plus aujourd'hu
et ne songe plus qu'à mettre fin à ses séances, marqu
de confiance aveugle et générale; et observez encor
que c'est un nouveau Parlement qu'on n'a pas eu en
core le temps de gagner.

On dit que le roi d'Angleterre se mettra cette anné
à la tête de son armée aux Pays-Bas : c'est de quo
excuser les disgrâces de son fils le duc de Cumberland
c'est qu'il compte sur de très-grands succès et il le
trouvera dans la diversion qu'il doit faire sur le Rhir
et sur la Moselle par la survenance des trente-cinq mille
Russes; avec cela, il est heureux : c'est lui qui gagna
la bataille de Dettingen par les fautes du maréchal de
Noailles et par notre malheur d'avoir de si mauvais
chefs.

La *Gazette de Cologne* a parlé depuis peu d'un projet d'établissement pour D. Philippe, que j'approuve-

rais, avec quelque modification cependant. Ce serait
de lui donner les deux Navarres, non assurément pour
les posséder en toute souveraineté, je n'y voudrais
qu'un vicariat héréditaire (j'avais déjà avisé cela pour
le prince Édouard), et on déclarerait que cet Infant
régnerait à Naples quand son frère D. Carlos succé-
derait à Ferdinand en Espagne; mais, par les mêmes
gazettes, l'on voit que le roi catholique est encore fort
éloigné de souscrire à cette idée par petitesse et par
personnalité.

Nous n'avons pas encore nommé nos plénipotentiaires; on dit ici que ce seront MM. de Noailles, Saint-
Séverin et l'abbé de la Ville : cela n'est que trop
apparent, et certes on ne pouvait faire de plus mauvais choix, de plus grands fols, de plus grands fripons,
plus propres à éloigner la confiance des étrangers au
lieu de l'attirer.

Le roi de Portugal commence à être effrayé et ennuyé de la médiation pour la paix que nous lui avons
offerte; il voit que cela n'aboutira à rien, que nous
reculons au lieu d'avancer, et que tout cela n'est fait
que pour le distraire de son autrichianisme, il y revient
et s'intéresse pour nos ennemis.

21 *décembre*. — On achète à la marquise de Pompadour une jolie guinguette entre Paris et Versailles :
l'on dit que ce sera la maison du sieur Dupin à Montretout, près de Saint-Cloud[1], ce qui donnera lieu d'un

1. Elle s'en dégoûta bientôt, car on lit dans une lettre d'elle,
du 4 mars 1748 : « J'ai abandonné *Tretou* (Montretout), et j'ai
acheté à la place la Celle. »

côté, à des allusions ridicules sur le nom, de l'autre à des clameurs publiques sur ces dépenses.

On joue la comédie dans les cabinets, et le roi se met de plus en plus dans l'habitude des spectacles, mais sans goût, car, de toutes les représentations, c'est aux Italiens où Sa Majesté assiste le plus régulièrement.

On apprend les rôles de la comédie du *Méchant*, par le sieur Gresset; plus je revois cette pièce à notre théâtre, plus j'y trouve des études faites d'après nature. *Cléon* ou *le Méchant* est composé du caractère de trois personnages que j'y ai bien reconnus : M. de Maurepas pour les tirades et les jugements précipités tant des hommes que des ouvrages d'esprit, le duc d'Ayen pour la médisance et le dedans de tous, et mon frère pour le fond de l'âme, les plaisirs et les allures.

Géronte et Valère couvrent des noms trop respectables pour les articuler ici; ce sont des âmes bonnes et simples que séduit la méchante compagnie qui les entoure. Ariste est partout, ou doit être dans les honnêtes gens qui raisonnent bien, Florise dans quantité de femmes trompées. Pasquin est le président Henault, bonne caillette, quoique avec l'esprit des belles-lettres, etc. Ainsi l'on doit dire : *Mutato nomine de te fabula narratur.*

Mme la marquise du Châtelet et Voltaire ont été chassés de la cour de Sceaux à cause des invitations qu'ils faisaient à leurs pièces; il y a cinq cents billets d'invitation où Voltaire offrait à ses amis, pour plus agréable engagement, qu'on ne verrait pas Mme la duchesse du Maine[1].

1. Le duc de Luynes, qui donne quelques détails sur ces représentations de Sceaux, t. VIII, p. 352, dit simplement que « la

Le duc d'Ayen a 10 000 livres de pension sur les aumônes, sur le fonds des 100 000 livres dont dispose le grand aumônier de France, fonds destiné à quantité de veuves et d'orphelins; la princesse de Carignan avait déjà 20 000 livres sur le même fonds.

C'est la famille du maréchal de Noailles qui lui a représenté qu'il se ruinait par sa mauvaise administration, sans cependant rien dépenser et vivant comme le plus grand vilain qu'il est. On l'a obligé à mettre ses biens en direction et on l'a réduit à la pension. Voilà quels sont les gens qui nous veulent gouverner et qui nous gouvernent.

24 *décembre*. — Je viens de lire l'année 1747, jusques en septembre, de la légation de l'abbé Aunillon; il a été rappelé audit mois. Cela m'a instruit des affaires traitées en cette cour depuis ma retraite du ministère.

On y voit sa disgrâce, sans en bien comprendre la cause, sinon l'envie de se défaire des ouvriers essentiellement bons et véridiques, parce qu'ils étaient mes créatures, et le dessein d'en placer de nouvelles, comme M. le président de Guébriand. C'est justement quand

duchesse du Maine fut dégoûtée par le monde affreux qui s'y porta. » Un des billets d'invitation, qu'il nous a conservé, respire un certain sans gêne qui put déplaire, mais ne contient rien de personnel sur la duchesse; le voici :

« *De nouveaux acteurs représenteront vendredi, 15 décembre, sur le théâtre de Sceaux, une comédie nouvelle en vers et en cinq actes.*

« *Entre qui veut, sans aucune cérémonie. Il faut y être à six heures précises et donner ordre que son carrosse soit dans la cour à sept heures et demie, huit heures. Passé six heures, la porte ne s'ouvre à personne.* »

l'abbé Aunillon faisait le mieux où on l'a renvoyé : il venait d'engager l'électeur à faire une protestation contre la résolution du cercle de Franconie ; l'électeur avait accepté nos subsides, l'abbé Aunillon l'y avait disposé, et le comte de Piosasque, ministre palatin, a recueilli ces dispositions préparées. La cour palatine, qui est finaude, a eu jalousie de la faveur de l'abbé Aunillon et a commencé par lui procurer ce dégoût qu'il ne sût rien du subside très-secret que l'électeur de Cologne recevait de nous. L'électeur montrait à l'abbé Aunillon la meilleure volonté et le plus d'amitié; il ne voulait pas que cet abbé le quittât d'un pas.

Au lieu de la permission qu'il venait demander de le suivre en Westphalie, l'abbé Aunillon reçoit ordre de rester, et, peu après, la cour lui écrit que le roi ne veut plus entretenir de ministre à Cologne et que Sa Majesté le rappelle ici; mais il apprend en chemin qu'on lui a nommé pour successeur le président de Guébriand [1] avec beaucoup plus d'appointements que lui, tant l'on doit payer les gens à la mode et de peu de mérite.

Les mensonges ne coûtent rien au ministère, et des mensonges grossièrement découverts au bout de peu de semaines. Pourquoi dire que le roi ne veut plus entretenir de ministre à Cologne, quand, au lieu de cette épargne, on en nomme un à appointements bien plus forts au bout de huit jours?

Mais voici une autre menterie qui m'a fait vomir.

1. L'*Almanach royal* lui donne le titre d'abbé de Guébriand, que d'Argenson lui restitue plus tard.

Le subside que nous payons à l'électeur de Cologne a passé par les Palatins, ils en ont exigé le secret à l'égard de l'abbé Aunillon : je lui en confiai quelque chose par un billet énigmatique et bien chiffré. Il est arrivé que cela l'a avili aux yeux de Metternich[1], grand maître, qui depuis cela l'a brusqué, voyant qu'il n'était bon à rien.

L'abbé Aunillon, dans une de ses dépêches à M. de Puisieux, se plaint du traitement qu'il reçoit de Metternich (car pour l'électeur, il en est mieux traité que jamais). M. de Puisieux, qui ne demandait qu'occasion de le rappeler, lui fait sur cela de grandes leçons et qui sentent le prochain rappel, et il lui dit que Metternich est un homme vertueux; l'abbé Aunillon relève bien cette vertu et fait un caractère parlant du Metternich.

Quant au subside, l'abbé Aunillon expose qu'il est grand bruit d'un subside que nous payons à l'électeur et dit qu'on lui a souvent fait des questions. M. de Puisieux répond en jurant, pour ainsi dire, chrême et baptême[2], que nous ne lui en donnons point; il fait plus, il invente un roman pour dire qu'il est bien vrai qu'on nous en a fait quelques propositions, mais que ce n'était que pour faire enrichir nos ennemis, etc. Je demande pourquoi tant dépenser en feintise et en simulations pour tromper un pauvre diable d'envoyé de France qui fait bien nos affaires.

1. De la famille Wolf-Metternich de Grach, attachée à la cour de l'électeur de Cologne, et non de celle de Metternich-Winneburg, comme le fameux homme d'État de notre temps.

2. On dit proverbialement : *Renier chrême et baptême.* Voy. le *Dictionnaire de l'Académie.*

Nos ennemis nous mettent en demeure pour assembler le congrès d'Aix-la-Chapelle; ils instruisent leurs plénipotentiaires, ils les équipent, ils avancent, et nous reculons : nous n'avons pas encore nommé ceux qui doivent l'être. On veut gagner l'ouverture de la campagne, et on la gagnera; dans six semaines d'ici, chacun ayant fait ses préparatifs à gros frais, en espérera trop pour en démordre, et le parti pacifique en chaque cour succombera davantage au parti guerrier et intéressé à la guerre.

Cependant nos ennemis profitent mieux de l'hiver contre nous que nous contre eux; ils se forment des alliances étrangères qui nous accableront quelque jour, comme celle de Russie et de plusieurs cours d'Allemagne. Nous n'opposons à cela que des impôts et des levées d'hommes, comme on vient de mettre les quatre sols pour livre sur la capitation, au lieu des deux sols.

26 *décembre*. — J'ai su hier, par une voie très-secrète, qu'un abbé de la Marche s'est adressé au ministre de la guerre, pour lui proposer, de la part de la reine de Hongrie, de traiter de la paix, disant que cette reine en avait véritablement envie. Le ministre de la guerre a envoyé à cet abbé un homme de confiance pour lui répondre seulement et verbalement que cela n'était pas de son département; et, comme l'envoyé voulait ajouter qu'il fallait s'adresser à M. de Puisieux, on lui a répliqué qu'il se gardât bien d'ajouter cette phrase à son discours. Qu'est-ce que cela veut dire, sinon qu'on craint bien la paix au département de la guerre?

Nos ennemis, et surtout en Allemagne, mettent cette année une prodigieuse diligence pour la commencer de bonne heure. Cela veut dire, sans doute, qu'ils veulent nous porter quelque coup imprévu, comme une attaque sur la Moselle et une déclaration de guerre d'empire; en sorte que, surpris du coup, nous n'aurons pas eu le temps de nous y prémunir.

On prétend que, depuis le stathoudérat et la déclaration de guerre des Hollandais, l'affaire de la diète générale va changer de face, puisque les puissances d'Allemagne vont voir que cette république tient bien à présent au parti de la cour de Vienne et à celui de Londres. Ils se trouveront plus assurés d'être soutenus dans leur entreprise et de se venger contre la France.

Ce sont nos inutiles liaisons avec la Suède, et l'argent que nous lui donnons par le traité de mai dernier, qui nous attirent la Russie contre nous avec tant de fureur, que l'on dit que la czarine est sortie de sa léthargie et qu'elle est d'une vivacité contre la France qu'on ne lui connaissait pas. Eh! que pourra faire cette Suède que nous nous donnons? quelle misère! quelle impuissance! une armée de quinze mille Russes en Finlande suffira pour rendre toute leur attaque inutile.

Pour le roi de Prusse, il joue toujours un rôle de circonspection, et il lui en est bien force : sitôt que l'Empire sera déclaré, qu'y pourra-t-il faire? neutralité, prudence, impuissance d'agir; mais peut-être sera-t-il contraint à accepter les offres des puissances maritimes et à se tourner contre nous.

27 *décembre*. — Si l'on sent à la cour le danger

de l'État, on le cache avec grand soin, tout y paraît joyeux et surtout fort tranquille. On a beaucoup félicité le roi de l'aventure singulière d'un régiment de cavalerie, lequel, vers Terneuse, a investi un vaisseau qui avait échoué et l'a pris[1]. Ce vaisseau était de vingt-quatre pièces de canon : on l'a menacé de le brûler, il a capitulé.

La fureur des Hollandais augmente à chaque pas ; ils se confient au stathouder et aux Moscovites : dès qu'ils les verront en chemin, ils ne voudront plus entendre parler de la paix, ils ne crieront que vengeance, vengeance !

Depuis les six millions sterling, faisant cent vingt-quatre millions de notre monnaie et remplis en deux heures en Angleterre, ils ont encore mis trois autres millions de souscriptions sur la place, et cela a été rempli en une demi-heure par cinq ou six marchands. Quel crédit ! quelles richesses ! Le reste de notre loterie est resté là, et le trésor royal commence à trembler. C'est avec grande douleur que je n'écris chaque jour que des vérités si tristes et des vues si noires ; mais tout y porte, *consilium et effectus*. Dans quelles mains sommes-nous et que résulte-t-il de leur imprudence ? Toutes leurs vues sont fausses et le manque d'accord est de toutes parts. Malheureusement c'est la besogne de maître, celle de roi par où manque l'action davantage ; cependant ce roi bien-aimé de ses sujets les forcera bientôt à la plainte. On l'endort dans sa cour aux plaisirs ; il aime sa maîtresse de plus

1. On sait que le même fait s'est renouvelé à peu près dans le même lieu, lors des guerres de la République.

en plus, il en est plus affolé que jamais; elle l'amuse de tout et ne le laisse pas un moment sans occupation délicieuse et agréable : on joue la comédie, des ballets, on fait des ragoûts, des déguisements; mais où on excelle le plus, c'est à le remplir d'espérance sur les affaires. Les ministres sont tous grands amis de la marquise, surtout le premier d'eux, qui est M. de Puisieux. On endort ainsi qui devrait être en sollicitude continuelle.

Il y a de nouveaux édits bursaux portés au parlement; j'en ignore le contenu. On parle de mettre les six sols pour livre du dixième, au lieu des deux sols, et plusieurs autres choses encore. Cependant la loterie est remplie, à un million près, et l'on prétend que les étrennes vont l'achever, attendu que quantité de personnes trouvent qu'il est plus galant de donner un billet de loterie (qui contient peut-être 100 000 livres) que de donner vingt louis.

Pour nous consoler, on présentera un projet pour rétablir la marine; mais encore, avec quelle mauvaise économie sera-t-elle menée! Ainsi M. de Maurepas aura aussi part aux fonds et à la ruine de l'État.

On vient de donner sans nécessité 3000 livres de pension au petit Bernard, poëte[1], qui avait déjà 12 000 livres de rente comme secrétaire du corps des dragons; on l'a fait bibliothécaire de Choisy.

Raisonnant avec un Allemand, il m'a dit que nous avions fait tout le contraire de ce qu'il fallait pour y avoir du crédit. Nous devions, depuis la mort de l'empereur Charles VI, n'y paraître que comme justes ven-

1. Gentil-Bernard.

geurs de la liberté et des lois germaniques : au lieu de
cela, notre partialité, notre personnalité s'y est déve-
loppée de plus en plus; et comment veut-on que les
puissances de l'Empire se montrent de notre parti,
quand nous nous sommes montrés si injustes ? Nous
avons fini notre séjour en Allemagne par deux choses
egalement contraires aux bonnes vues qui nous y auraient accrédités : 1° par des quartiers d'hiver exigés
avec avarice et ruinant plusieurs cercles, et cela en vue
de soutenir notre parti en Allemagne, tandis que nous
ne fîmes rien pour les soutenir contre les Autrichiens
dès qu'ils marchèrent; 2° en ôtant à M. le prince de
Conti vingt mille hommes, pour les porter à notre
guerre conquérante des Pays-Bas : en suite de quoi
ce prince fut obligé de repasser honteusement le
Rhin et de laisser élire le grand-duc pour empereur,
ce qui montra aux Allemands combien nous nous
soucions peu de leur liberté et de les délivrer de la
tyrannie.

Depuis cela, nous avons beaucoup tergiversé sur
notre union avec le roi de Prusse, et ce prince a su
combien nous avions été prêts à le sacrifier; mais il a
trouvé le bon dans nous et il l'a suivi autant que cela
lui était utile. Ce bon a été de payer chèrement les
Suédois, moyennant quoi les voilà ligués avec lui contre les Moscovites, service sans doute assez grand,
mais qui ne lui est pas essentiel autant que le serait
ce que nous aurions fait pour la liberté germanique, si
nous nous étions mieux conduits. On nous tire beaucoup d'argent, on nous ruine : voilà peut-être ce que
le roi de Prusse désirait davantage.

Le cardinal de Richelieu se conduisit sur bien d'au-

tres principes pour laisser les affaires d'Allemagne
dans le branle qui produisit le traité de Westphalie.

Il se montra impartial, juste, secourable, désintéressé, généreux, ménagea les princes et nous fit ainsi
un grand parti en Allemagne : voilà ce qui y détruisit la
tyrannie autrichienne et ce qui nous y fit un si grand
parti ; mais les hauteurs de Louis XIV, qui survinrent,
replongèrent notre réputation dans l'envie et la crainte
que fomenta aisément la cour de Vienne ; cela produisit des ligues d'Augsbourg, etc.

J'avais conduit nos affaires sur le principe du cardinal de Richelieu, en tout ce qui a dépendu de moi,
comme à l'égard de Saxe et du Palatin. J'ai ménagé le
roi de Prusse qui s'est si fort accru en dépouillant la
cour de Vienne de la Silésie, et certes c'est un poids
nouveau qu'on ne connaissait pas du temps du cardinal de Richelieu ; mais la reine de Hongrie sera toujours attentive à le reprendre et elle en trouvera les
voies, vu notre peu d'habileté à le soutenir ; la Suède
est faible et y sera peu, les seules puissances maritimes
y influeront, et le roi de Prusse, étant une fois pressé,
ne nous y sacrifiera-t-il pas comme nous avons voulu
le sacrifier à quelques apparences de paix avantageuse
pendant l'ambassade de M. de Vaulgrenant ?

Les Suédois ont été braves et le sont autant que jamais ; c'est une noblesse généreuse, leste, mais qui, par
orgueil, dépense follement, et, étant ainsi tombée dans
la pauvreté, son habileté s'est réduite à tirer habilement de l'argent de qui en veut donner : telle fut cette
nation après la mort de Gustave-Adolphe, à la bataille
de Lutzen, et jusques à la paix de Westphalie, telle
est-elle aujourd'hui depuis la mort de Charles XII,

et depuis qu'elle a trouvé jour à tirer de notre plat ministère.

Le Français est brave et se le montre de plus en plus. On l'épuise d'hommes et d'argent, la nation devient à rien par une guerre insensée et par des dépenses de duperie, qu'arrivera-t-il de tout ceci? Voyons ce que sont devenus les Suédois : une nation dépeuplée, pauvre, mais toujours brave; elle vendra son suffrage et peut-être ses soldats pour avoir de l'argent.

Que deviendra à son tour la France pauvre et déserte? Certainement la valeur française l'empêchera d'être subjuguée avec honte, mais on pourra lui enlever plusieurs de ses provinces frontières, afin de la mettre en crainte de tous côtés et de lui ôter le goût d'inquiéter ses voisins, comme elle fait, et de se livrer à une politique parjure et fourbe. Considérons que nos peuples sont aujourd'hui peu attachés à leurs princes; par défaut d'estime, les sentiments naturels ont cédé à l'opinion.

Quelqu'un osera-t-il proposer d'avancer quelques pas vers le gouvernement républicain? Je n'y vois aucune aptitude dans les peuples : la noblesse, les seigneurs, les tribunaux accoutumés à la servitude n'y ont jamais tourné leurs pensées, et leur esprit en est fort éloigné; cependant ces idées viennent, et l'habitude chemine promptement chez les Français.

30 *décembre*. — M. le prince de Conti a porté chez le roi un gros portefeuille et a fait un long travail avec Sa Majesté; voilà deux fois que cela lui arrive depuis le retour de Fontainebleau. On assure que ce sont diverses idées sur les affaires, sur la paix que lui porte ce

prince, et que toutes ces idées sont plus belles les unes que les autres. Le roi, qui, dit-on, l'a formé, aime à voir les fruits de son éducation; mais que résulte-t-il de tout cela, et qu'en voyons-nous?

Mme la princesse de Conti, qui est en même temps la plus habile, la plus ambitieuse femme du monde, et celle qui va le plus à ses objets par quelque moyen que ce soit, appauvrit chaque jour la branche d'Orléans, l'anéantit et la rendra dépendante de celle de Conti. M. le duc de Chartres, honnête homme, mais doux et de peu d'esprit, se laisse aller à une ruine totale par des dépenses mal entendues et immenses qu'aucune considération ne ralentit.

On ne parle plus à Paris que de misère, tout y enchérit, et les revenus diminuent par la rareté d'argent, la fuite du commerce et les impôts qui surviennent à grande hâte. On donne cependant des bals, mais on en a retranché le souper. Les vivres sont doublés de prix, on ne sait plus comment l'on fera carême.

Le maréchal de Saxe va peu à la cour et vit délicieusement ou plutôt voluptueusement à Paris avec des courtisanes; il a bien mis dans leurs meubles les plus favorites. Il observe avec le ministre de la guerre une grande et honnête circonspection digne d'un homme sage, et l'on prétend qu'en cela il ne lui en est que plus dangereux par les coups qu'il peut lui porter à propos et qui ne paraîtront plus ouvrages de passion, mais dictés par la sagesse.

Le marquis de Puisieux, mon successeur en la charge de secrétaire d'État des affaires étrangères, est un homme aussi vain que borné : pour connaître sa présomption, il n'y a qu'à voir qu'il se croit un très-hon-

nête homme et d'une franchise de la vieille roche, sans
être rien de tout cela; il est adorateur de ses pères qui
ont commencé à paraître sous Henri IV et que les mémoires du temps disent avoir été de petits hommes
comme lui et de grands fourbes, surtout le chancelier
de Sillery. Il est d'ailleurs d'une ignorance singulière,
n'ayant jamais rien lu : il a dit à *** qu'à trente-cinq
ans il ne savait pas si Henri IV était fils de Henri III.

Mais il a un petit air de finesse qui séduit les têtes
bornées ou les cœurs faux et fourbes qui veulent à
plaisir que l'État soit mal servi. Il place toute l'habileté
à une petite finesse qui est pire que la fourberie, il se
ressent de l'éducation des jésuites, et le vernis de valet
qu'on prend à la cour sur cela a rendu son caractère
propre à toute tromperie, en l'éloignant de toute franchise comme d'un vice intolérable.

Mais ce qui nous importe le plus, c'est le caractère
de son esprit et sa portée pour les affaires. La présomption borne encore davantage les esprits bornés,
s'il est possible : c'est l'art qui est ajouté à la nature. Il
me semble le voir raisonner avec moi politique, ce qui
m'est arrivé tant de fois, ne s'élevant jamais aux idées
grandes et simples, mais croyant faire un raisonnement profond, allant à peine aux conjectures où vont
les nouvellistes les plus ordinaires, et, y étant parvenu,
il sue de fatigue, c'est ce qu'on dit aux petits enfants
qui veulent danser : *Bon! il a sauté haut comme la poitrine d'un rat;* le petit du Moulin, danseur de l'Opéra,
âgé de soixante-dix ans, fait encore des entrechats de
cette espèce. Ainsi mon pauvre petit Puisieux abonde
dans son sens pour ne voir que de petites choses.

Avec cela il est cacochyme, chagrin, malin, triste;

il a toujours eu un soin particulier de sa santé, il a peu aimé les femmes, assez le vin, quelque mutinerie de jeunesse, des habits et des équipages de goût, savant dans les détails, minutieux dans son ménage, tatillon, cruel avec les domestiques, vindicatif en petit, adroit, bien pris dans sa petite taille. Voilà comme notre État se perd et se perdra.

31 *décembre*. — Les Hollandais viennent de donner un nouveau placard par lequel ils promettent une récompense tarifée aux armateurs qui prendront des vaisseaux français; il est vrai qu'il n'y est pas dit s'ils courront sur nos simples marchands et sur d'autres que nos vaisseaux de guerre et nos corsaires, mais on en verra bientôt l'interprétation par les faits. Le préambule de ce placard est toujours injurieux, parlant de notre injustice et de notre agression sans préalable déclaration de guerre. J'ai conseillé à mon frère de proposer cette déclaration formelle de guerre, et cependant il m'a assuré qu'on avait décrété le contraire au conseil. Pourquoi, ai-je dit, cette inégalité? nous faisons des déclarations d'une hauteur déplacée, nous pillons leurs terres, nous saccageons leurs villes; on nous riposte par de véritables déclarations de guerre, on nous y traite d'injustes, et nous ne suivrons pas cette hauteur en déclarant nous-mêmes la guerre!

Mon frère soutient toujours le système de n'obtenir la paix qu'en effrayant les Hollandais et en les maltraitant. Je lui ai cité ce que nous avions fait pour obtenir la paix avec l'Allemagne, et que c'était au contraire en éloignant cette attaque et écartant tout danger de cette partie; il m'a répliqué que la différence en était que le

v   10

centre de la guerre était en Angleterre et qu'on ne pouvait attaquer les Anglais qu'en Hollande. J'ai répondu que la question était donc s'il y avait identité entre les Hollandais et les Anglais, et que véritablement on avait résolu la question par là puisqu'on y avait augmenté cette même *identité*, ce qui était un grand malheur; mais que du reste les Anglais se souciaient peu du mal qu'on pouvait faire aux Hollandais, que d'ailleurs ce mal n'était jamais décisif et ne le serait point, que la queue était le plus difficile à écorcher, et que nous devions compter qu'à chaque ville prise, à chaque succès, le feu de la guerre augmenterait et les moyens de résistance encore davantage, et qu'à la première victoire, on pouvait compter ici sur la guerre d'Empire.

Tout le monde sent à la cour le peu de fonds du marquis de Puisieux, mais sa politesse de cour, les amis qu'il s'y ménage empêchent d'éclater ce cri public; il y faut encore du temps, les événements ne décèlent que trop combien notre vaisseau est sans pilote. Puisieux est l'homme des Pâris et de la maîtresse, etc. Ceci est le discours d'un homme de la cour tenu sous confidence à un de mes amis, et cet homme-là est l'un de ceux qui voient le mieux.

1748.

1er *janvier*. — Le sieur Durand d'Aubigny, qui a été chargé des affaires de mon temps à Dresde, m'a dit que la France avait renouvelé au mois de septembre dernier, et ce par anticipation, le traité avec Saxe pour lui payer subsides, et ce pour trois nouvelles an-

nées. Quelle folie que ce renouvellement de subsides!
qui est-ce qui y oblige? quelle terreur panique! comment a-t-on pu, du côté de Saxe, nous contraindre à tant
de peur que de nous faire accroire que les Saxons donneraient leurs troupes à nos ennemis à l'expiration du
traité qui devait durer encore seize mois? Comment
ne brave-t-on pas de telles menaces si odieuses, si déraisonnables et si injurieuses? comment s'arrange-t-on
pour faire durer si longtemps la guerre? Comment
prodigue-t-on ainsi l'argent de la France, qui en a si
peu et qui en aura moins encore dans la suite?

Le comte de Bruhl aura fait accroire, avec sa petite
finesse ordinaire, que les Anglais le persécutent pour
leur donner ces excellentes troupes saxonnes, soit à
l'expiration du traité, soit en leur remboursant ce que
nous avons encore à payer du traité pendant seize
mois, et nous l'aurons cru.

Il est vrai que les Anglais, au lieu de donner une si
grosse somme qu'ils donnent à la Russie, auraient pu
plus facilement réaliser les susdites menaces, et mettre
l'enchère sur nous, soit en Saxe, ou en Suède, ou en
Danemark : cette nation est riche et bien gouvernée,
je conclus donc de leur conduite en cette occurrence
qu'ils ne veulent pas rendre la guerre décisive par
terre, qu'ils veulent la faire durer même en balançant
les succès avec finesse, ainsi que Robert Walpole balançait au Parlement la supériorité des suffrages royaux
pour que tout ne s'emportât pas grossièrement, et,
faisant ainsi durer la guerre par terre, avoir chaque
année de plus grands avantages par mer. Ainsi amu-
sent-ils les Hollandais et la reine de Hongrie; ils laissent la France dépenser beaucoup d'argent et s'acqué-

rir les cours qu'elle veut quand cela n'a pour objet que d'empêcher de donner des troupes; cela mène à leur double objet, qui est *d'amuser la guerre* et de nous ruiner.

De notre côté, les banquiers et les guerriers qui veulent la continuation de la guerre accréditent avec hauteur auprès du roi cette opinion qu'au congrès l'on ne ferait que nous amuser avec indécence, et qu'il n'y a d'expédient que de dévorer la Hollande avec la plus grande fureur. On fait accroire au roi que l'on fait en cela tout ce qu'on peut faire, qu'on conduit finement et dextrement les affaires.

2 janvier. — Le roi a fait aujourd'hui six cordons bleus. Le comte de Saint-Séverin l'est, ce qui marque, dit-on, que ce sera lui qui ira plénipotentiaire au congrès d'Aix-la-Chapelle; très-mauvais choix et le plus dangereux que l'on puisse faire, cet étranger ayant cependant de l'esprit naturel, mais sans étude, et d'ailleurs méchant, fourbe, bilieux, emporté, et incompatible avec tous ceux avec qui il a à traiter d'affaires. Il a escroqué ici la réputation du plus capable de nos négociateurs, tandis qu'il n'a jamais fait que de l'ouvrage de montre et qu'on le doit tenir capable d'échouer à tout : l'événement ne le prouvera que trop.

Le duc de Luynes est cordon bleu, aux ardentes prières de la reine, à qui le roi et Mme la marquise cherchent à donner toutes sortes de satisfactions pour achever de la tirer de ses infirmités. Le duc de Luynes, sans aucun mérite comme ceux de sa race, se mourait de chagrin de n'avoir pas cette décoration.

Je n'avais pas vu M. de la Porte depuis son inten-

dance de l'armée d'Italie ; il m'a conté quantité d'anec-
dotes de l'affaire d'Asti qui a fait manquer mon traité
de Turin, entre autres que l'on avait donné à payer
sur les contributions cinquante mille écus à M. de
Montal pour fortifier Asti, quoique M. de Montal ait
dit depuis qu'il n'était pas en état de tenir vingt-quatre
heures, comme effectivement il capitula au bout de
douze heures.

Je suis certain que, quand la France voudra achever
d'arranger les affaires d'Italie, ce qui consiste à en
chasser les Autrichiens, cela lui sera fort facile par
deux moyens. 1° En nous conservant les Génois à nous
et y augmentant notre crédit, prenant pour modèle la
conduite des Anglais en Hollande, y tenant toujours
un homme de qualité pour résident de France, et que
cet homme de condition y soit d'un caractère propre
à la conciliation ; passer aux Génois quantité de petits
articles de commerce et de marine sur lesquels le secrétaire d'État de la marine les chiffonne mal à propos.

Le but doit être de conserver aux Génois le comté de
Nice et tous ports sur la Méditerranée, et leur procurer
Oneille, en donnant le Milanais au roi de Sardaigne.

2° Nous passant de l'Espagne pour nous lier avec le
roi de Sardaigne, et conjointement avec lui, sur le
moindre prétexte, attaquer les Autrichiens en Italie
pour les en chasser.

Mais, pour cela, il faudrait commencer aujourd'hui
par faire la paix à quelque prix que ce soit.

7 janvier. — La cour n'est occupée que de plaisirs :
le retranchement des grands ballets-opéras n'est point
un signe de deuil pour ce carnaval ; le roi ne vaquant

qu'à regret à tout ce qui est public, mais chérissant au contraire les plaisirs privés. On ne songe qu'aux comédies des cabinets où la marquise de Pompadour déploie ses talents et ses grâces pour le théâtre. On n'y voit chacun occupé que d'apprendre ses rôles ou de répéter des ballets avec les demoiselles Gaussin et Dumesnil et avec le sieur Deshayes, de la Comédie italienne. On prétend que Pétrone ne peignait pas autrement la cour où il vivait que l'on voit la nôtre, si occupée de ces délices, tandis que les affaires politiques demandent le plus grand sérieux et même des craintes qui paraissent sans doute plus fondées aux spectateurs qu'aux acteurs.

Je rabats quelque chose de ce que disent les gazetiers hollandais, mais en voilà beaucoup trop d'une partie de ce qui reste pour nous occuper tristement. Quel gouffre surtout de dépense, et quelle consommation affreuse de finance ! Un homme qui est dans le secret en haussait les épaules hier et disait que la France était ruinée par cette dilapidation de fonds. La Suède et Gênes, la réparation de la marine, dix-huit vaisseaux ou frégates sur le chantier, les armées d'Italie et des Pays-Bas, une troisième armée en Alsace, des levées de soixante-deux mille hommes pendant cet hiver, quel État dépouillé de commerce peut-il résister à tout cela ?

Un homme attaché à M. le Dauphin m'a dit que ce prince et la reine revenaient beaucoup sur le compte de M. le comte de Maurepas, qu'il lui avait dit que ce n'était qu'un ministre de cour et qu'il prenait le faux dans toute affaire de ministère et de raisonnement, qu'il ourdissait à merveille les intrigues de cour, que l'hôtel de Duras le gouvernait, et que tout ce qui sortait de ses mains allait de mal en pis.

Il m'a vanté le caractère de ce prince comme devant se développer davantage un jour ; il m'a assuré qu'il préférait le bon au beau, et le simple au composé, qu'à la vérité il avait été jusques ici plus porté à la critique qu'à l'approbation, qu'il précipiterait moins les jugements sur les hommes qu'il connaissait peu, qu'il haïssait les méchants quoiqu'il n'aimât pas encore les bons autant qu'il devrait, qu'il aimerait l'économie, et que son règne s'en ressentirait lorsqu'il lui adviendrait ; qu'il remarquait de reste tous les mauvais exemples de la cour présente pour s'en corriger d'avance profondément, que les brigues de la cour lui répugnaient, et que la reine elle-même en détestait les intruments dont elle avait le plus aimé quelques-uns par leur esprit du monde et les bons mots.

Mon frère m'a dit, en poussant un long soupir, que nos affaires politiques allaient très-mal, qu'il y avait certitude qu'il nous faudrait avoir une armée par la Moselle et qu'on y travaillait.

Nous avons, pour le sûr, deux hommes en Angleterre qui négocient avec le ministère anglais pour la paix, l'un est Espagnol, l'autre Français ; mais qu'opéreront-ils dans cette cour si intéressée à la continuation de la guerre ? rien ; au contraire, ils animeront davantage par leur présence à nous insulter.

10 *janvier.*—*Songe*[1].—Je me suis imaginé que le roi

1. Ce rêve d'ambition naïve préoccupait beaucoup d'Argenson vers cette époque. Il y est revenu deux fois : l'une dans son

m'envoyait chercher, qu'il me disait : « Tout le monde
me trompe, il n'y a que vous qui m'ayez dit vrai. Mes
affaires vont au pire, on m'engage dans un labyrinthe
de guerre et de dépense dont je ne sortirai plus, et
peut-être y périrai-je avec mon État. »

Je lui répondais : « Laissez-moi le maître de tout, je
vous en rendrai bon compte, laissez-moi faire, je serai
attaquable dans l'apparence des moyens, mais cela
finira par un entier succès. Ainsi, sans être ambitieux,
je me propose pour premier ministre. Que Votre Majesté me fasse garde des sceaux sans ôter les sceaux à
M. le chancelier ni aucune de ses fonctions; que j'aie
la survivance, et, quand je lui succéderai, ce sera pour
me faire remplacer par un garde des sceaux qui gérera
aussi la totalité des fonctions. Par le rang que me donnera cette dignité, je primerai les autres ministres, qui
viendront travailler chez moi, et j'assisterai toujours à
tout leur travail devant Votre Majesté.

Il faut ôter de place M. de Maurepas et l'exiler à
Pontchartrain.

Défendre la cour au maréchal de Noailles et lui
laisser seulement la liberté d'être à Paris, ne l'exilant
qu'à quatre lieues de Versailles, et lui ôtant l'assis-
tance aux conseils.

On peut garder mon frère jusques à ce que la place
de garde des sceaux lui puisse aller, comme j'ai dit, et,
même alors, il faudra le contenir sur les affaires de
l'Église et sur les autres chefs d'intrigue. En attendant,

Journal, et l'autre dans ses *Pensées sur la réformation de l'État*,
n° 697, à peu près dans les mêmes termes, mais avec certaines
variantes caractéristiques que nous aurons soin d'indiquer.

et dans le département de la guerre qu'il remplit spirituellement, mais peu fidèlement, amateur et habile artiste dans l'intrigue de cour, il faut l'observer, et mon travail contiendrait les détails dangereux[1].

J'en dis de même du contrôleur général, peu habile, fort indifférent dans les affaires de finance, on peut le regarder comme une cire molle de qui on tirerait quelques services de bon esprit en le faisant bien seconder.

Remplacer M. de Maurepas par M. Lenain, intendant de Languedoc, et M. de Noailles au conseil par le cardinal de la Rochefoucauld, gens de bien et de religion qui donneraient bonne réputation aux affaires.

Laisser M. de Puisieux en place avec les bons commis qu'il a.

Réduire les Pâris à leur métier de financier et de banquier, bien loin de hasarder leur crédit, augmentons-le par des maniements de leur métier et qui les fassent paraître plus solides; ôtons au public la crainte que l'homme d'État n'emporte chez eux l'homme de finance par une disgrâce fort apparente.

---

1. Dans son premier rêve ministériel, qui est antérieur et du mois de septembre 1747, d'Argenson était plus sévère pour son frère, car voici ce qu'on y lisait :

« Je répondais au roi : « 1° Qu'il fallait renvoyer mon frère dès le soir même et l'envoyer aux Ormes, à cause de son intrigue, et mettre à sa place le sieur Mégret de Sérilly, intendant de Franche-Comté.

2° Que je ne devais être déclaré premier ministre qu'après cette opération, non que j'en désavouasse le conseil, mais pour *l'honnêteté publique*, pour qu'elle ne se fît pas sous mes ordres. »

MM. de Puisieux et Machault n'étaient pas nommés, et leur maintien au pouvoir ne résultait que d'une mention générale.

Nommer le duc de Nivernais à l'ambassade de Rome.

Exiler l'abbé de la Ville et le remplacer par Pecquet.

Votre Majesté ne peut s'en tenir aux embrassements de la reine; qu'elle change de maîtresse, qu'elle en prenne plus jolie et plus saine que la marquise de Pompadour et qu'elle en mène une vie plus convenable; prenez une fille libre et non une femme mariée, que cette sultane se tienne dans une jolie maison de Versailles et qu'elle vienne les soirs seulement souper avec Votre Majesté dans les cabinets, ou après le souper les jours de grand concert; que là Votre Majesté fasse choix d'une société de cinq ou six courtisans des plus honnêtes hommes de la cour surtout, et qu'elle s'y borne, au lieu de ce tumulte indécent d'aujourd'hui, où l'on parle d'affaires politiques comme de calomnies de ville, toutes choses qui mettent mal Votre Majesté à la cour et à la ville; que le reste du jour s'emploie à des amusements plus spirituels et plus dignes d'elle.

Quant à ce qui me regarde, il ne me faudrait pas d'autres appointements que mes pensions, et si, pour quelques dépenses extraordinaires, pour avancer l'acquittement de mes dettes, pour achever mon bâtiment d'Argenson, pour récompense de mon travail, je prétendais quelque chose, ce serait quelquefois une ordonnance de 25 à 30 000 livres de loin à loin.

J'aurais un appartement au château, proche du roi; je n'y tiendrais jamais que six couverts à dîner et de mes meilleurs amis avec qui je serais libre. Je garderais ma maison actuelle de Paris; j'y viendrais peu; je me tiendrais toujours à Versailles; j'y aurais dans la ville une maison avec un jardin où seraient mes écuries. J'y coucherais, j'en arriverais le matin à huit heures, et j'y reviendrais le soir à huit heures, ne restant ainsi que douze heures dans mon appartement du château.

Je débuterais avec les gens de la cour par ne leur marquer ni amitié ni colère, déclarant avoir moins que jamais d'engagement avec eux, surtout pendant ma disgrâce où ils m'ont marqué tant d'abandon, excepté deux ou trois personnes tout au plus.

Je serais tout entier au roi, livré à ses seuls intérêts, à son bonheur, à sa gloire et au bien de la patrie.

J'exigerais de Sa Majesté, pour le succès des affaires, qu'elle me promît deux choses : l'une, de n'écouter personne que moi, ou moi présent, sur les affaires; l'autre, de n'écouter aucun courtisan qui lui parlât de moi, et de tourner le dos à quiconque ouvrirait la bouche sur ces deux articles, et de lui ordonner de se taire.

Je serais accessible à toute heure pour tout ministre et homme de détail qui aurait besoin de décision, et j'abrégerais matière avec tout autre. Je leur laisserais souvent des mémoires, récapitulations, instructions et plans sur chaque affaire, et ils travailleraient ce détail; il me faudrait peu de commis.

Je donnerais bientôt la paix au royaume, et j'y ferais économies et améliorations. J'en établirais la réputation de grande bonne foi. J'épargnerais au roi du travail et bien des embarras, et surtout ces maudites intrigues de cour, ces cabales iniques dans sa famille qui le feront périr de chagrin et le royaume de misère.

Je serais assidu au travail des ministres avec le roi, et j'aurais peu à dire à Sa Majesté en particulier, ce qui m'arriverait seulement quand ils seraient partis, après leur travail.

Je bannirais, je romprais ce qu'on appelle *le cabinet* à la poste, je me contenterais de bien faire et l'on manderait à ses amis ce qu'on en voudrait. Rien n'est si dangereux que de confier le secret de l'État à ces décacheteurs de lettres. »

11 janvier. — On a eu nouvelle que le sieur de la Bourdonnais, après avoir déposé sa flotte de la Compagnie des Indes à la Martinique, s'était sauvé dans une petite nacelle et avait traversé les mers pour gagner la Hollande, où il était déjà très-heureusement arrivé. Il avait ci-devant fait sauver sa femme et sa famille à Lisbonne, et ses richesses ont certainement passé devant. Dieu sait s'il dira bien à nos ennemis les secrets et les faibles de notre Compagnie des Indes et de nos établissements d'Asie et d'Afrique! C'est certes un dangereux transfuge; on pourra s'en prendre à M. de Fulvy, son protecteur, et le soupçonner de connivence dans toute cette conduite.

13 janvier. — Le roi de Prusse a fait une déclaration aux puissances maritimes, marquant qu'il ne veut pas que ses vaisseaux soient visités sous prétexte qu'ils contiendraient des marchandises françaises, même prohibées et de contrebande, *id est* pour la guerre, et qu'en un mot il ne voulait pas que son pavillon fût visité.

Certes cette volonté absolue est singulière, avec une marine naissante et aussi médiocre que la sienne, devant des puissances aussi formidables par mer que celles à qui il ose faire des menaces.

Mais d'ailleurs il a de terribles forces de terre, puisqu'il a cent quarante mille hommes bien payés, bien
équipés, bien disciplinés : ainsi c'est l'art des mâchi-
coulis où le haut défend le bas.

Il faut donc voir jusqu'où peut aller l'effet de la
menace contenue dans cette déclaration : le roi de
Prusse renouvellerait-il une guerre d'agression et à
outrance contre tous les ennemis de la France? car il
n'attaquerait point les Hollandais qu'il n'eût bientôt
à faire à la reine de Hongrie, à la Saxe et à la Russie.

Il est vrai qu'il pourrait donner un coup de collier
bien prompt sur la Hollande, s'emparer de la Gueldre
et autres pays, tandis que la France, si avancée qu'elle
l'est, entrerait aussi d'abord en Hollande et irait jusqu'à Rotterdam. La République serait détruite avant
qu'on y eût regardé; d'un autre côté, la Suède fourni-
rait aussi hommes et vaisseaux : voilà le beau.

Mais voici le contraire. Tout cela ne peut se faire
qu'avec l'argent de France; c'est nouvelle réintégra-
tion de guerre, et, si j'y crois quelque chose de réel,
c'est que le roi de Prusse ne le fait que pour nous con-
stituer en nouvelle ruine d'argent. Le roi de Prusse en
veut surtout à notre argent, je le sais; il y a longtemps,
et même étant simple prince héréditaire, il disait que
la France était trop puissante. Où était donc cet
excès de puissance? dans ses richesses, ses habitants
valeureux et spirituels attirant tout le goût de l'Europe, et réunis avec l'Espagne, il ne nous manquait
qu'une marine pour absorber toutes richesses et toute
puissance.

Or on s'y prend, dans cette guerre, de la façon la plus
habile et la plus séduisante pour nous appauvrir et

même pour nous anéantir par la pauvreté, car, les arts une fois dissipés et allés ailleurs, que deviendrons-nous?

Une des plus fortes raisons qui ont déterminé au choix du comte de Saint-Séverin, pour être le premier plénipotentiaire au congrès d'Aix-la-Chapelle, a été sa bonne intelligence avec la cour de Vienne, né sujet de la reine de Hongrie à Parme, y ayant des biens, ancien ami de bouteille avec le marquis de Stainville, Lorrain aussi faux que l'Italien Saint-Séverin, ayant donné des preuves à Francfort de son affection pour le grand-duc à son élection, puisqu'il déclara être d'avis que nous le reconnussions comme empereur.

Peut-être a-t-on pensé qu'un tel personnage était plus propre qu'un autre à moyenner la paix générale par un rapprochement entre les cours de Versailles et de Vienne, et véritablement c'est mon système aujourd'hui que nous y parviendrons plutôt par lui que par la cour de Londres.

Mais, pour cela, il faut un véritable Français, un Romain de caractère, un homme vertueux et impartial, et M. de Saint-Séverin est tout le contraire par les raisons que j'ai déduites.

16 *janvier.* — Avant-hier il y eut un grand souper chez Montmartel, où l'on parla beaucoup et tout haut de la paix comme prochaine. On se fie au travail d'un ou deux négociateurs secrets que le roi d'Espagne et nous tenons à Londres, et qui y tracassent avec les seigneurs du parti pacifique, et avec le gouvernement; mais gare que ces manouvriers ne déplaisent et ne se brouillent avec les maîtres des affaires, en ménageant

trop ceux qui sont opposés à la cour! C'est ce que j'ai vu arriver souvent, et Chavigny est celui qui a poussé le plus loin cet art diabolique, en finissant par y culbuter. Je ne doute pas que M. de Saint-Séverin ne préside à cette œuvre secrète.

Je vois aussi par là qu'on a pris la conduite que je prescrivais à l'égard de l'Espagne, qui est de la charger elle-même de conduire la négociation de paix, pour que la renonciation à l'établissement de D. Philippe, si nécessaire, fût son ouvrage et non le nôtre.

Remarquons bien sur cela que le roi d'Angleterre, dans sa harangue au Parlement, a déclaré que la France lui faisait faire des propositions de paix, et que nous ne lui en avons pas donné le démenti; on le dit encore depuis, et nous n'en désavouons rien. Cependant, sous cette espérance, l'assemblée du congrès d'Aix-la-Chapelle n'avance point du tout; nous n'y avons encore nommé publiquement personne, on attend les préliminaires préalablement, comme m'a dit M. de Puisieux, et, pendant ce temps-là, les affaires pour l'ouverture de la campagne avancent beaucoup au désir des sieurs Pâris, et de mon frère.

La finance est prête à culbuter; le sieur de Montmartel a dit à quelques amis que les assurances de fonds prêts pour la campagne n'étaient que fanfaronnade, et véritablement on ne reçoit des provinces que les nouvelles les plus horribles de misère et de dénûment de toutes choses. Les milices à tirer y font un bruit affreux et y rencontrent de grandes difficultés; nous manquons de blé, on en tire d'Allemagne. L'argent, l'argent sort de tous côtés et rien ne rentre.

17 *janvier*. — On a suspendu le payement des
jetons des académies depuis le 1ᵉʳ janvier présent :
cela fait crier tous nos savants, et cette bagatelle
commencera à décréditer les finances dans la ville de
Paris plus que cela ne vaut. On va voir de là où en
seront bientôt les rentes sur la ville et le reste. Cependant Boullogne n'a qu'un mot à dire à ses audiences,
que tout sera bien payé cette année comme les autres,
mais c'est fanfaronnade.

On parle d'impôts nouveaux, plusieurs édits sont
au Parlement, quatre sols pour livre sur quantité de
choses comme sur bougies, suifs, etc.

Le maréchal de Saxe vient d'avoir sa patente,
comme il souhaitait, de maréchal-général et vicaire
du pays conquis aux Pays-Bas; on rendra la justice
en son nom dans ces belles provinces, en un mot
comme l'avait le prince Eugène, et sans doute on a
pris des mesures du côté de nos princes du sang qui
voulaient se liguer pour l'empêcher, en en demandant
autant dans leurs gouvernements. On a aussi fait un
règlement préalable pour empêcher plusieurs abus
dans cette patente.

Ainsi le roi a cédé sur ce qu'il ne voulait pas,
ainsi que le ministre de la guerre : voilà un grand
trait de faiblesse, voilà ce qu'engendrent les cabinets
où l'on raisonne de tout, où le maître est accessible
à tous ainsi qu'aux étrangers, et y entend parler
d'affaires devant la maîtresse qui dirige tout avec
le conseil des sieurs Pâris, et surtout de ce fol de
Duverney, homme d'aussi grande folie que de grande
médiocrité de sens. Moyennant ceci, dit-on, le maréchal de Saxe va être fort intéressé à la continuation

de la guerre, pour faire durer la jouissance de la conquête.

On parle effectivement du siége de Luxembourg, et le maréchal de Saxe en a grande envie; il y a un camp à prendre, pour l'assiéger, d'où l'on ne peut être attaqué. Les ennemis nous passent, sans s'en douter, nos préparatifs de guerre sur la Moselle, croyant qu'il ne s'agit que de parer à l'armée russe qui s'achemine de ce côté-là, ainsi qu'à l'attaque des Autrichiens. Si cela est, ce sera pour entrer de bonne heure en campagne après avoir fait quantité de mines d'attaquer la Zélande.

Le comte de Saint-Séverin a reçu sa nomination de chevalier de l'ordre comme une grâce presque au - dessous de lui; quelques jours auparavant, il parlait de quitter la cour et de l'ingratitude de la France à qui il s'était donné, lui faisant trop d'honneur. Cependant (à sa naissance près, qu'on dit bonne en Italie) j'ai connu son père petit ministre d'un trèspetit prince, le duc de Parme, très-humble et trèspauvre à Cambrai. Mais on a conseillé à celui-ci de se faire valoir, comme il fait, et cela lui réussit, grâce à notre faiblesse de gouvernement, ce qui doit affliger tout le monde.

Les édits bursaux qui sont actuellement au parlement pour être examinés contiennent quantité d'impôts sur les choses les plus d'usage, comme suif, cire, tabac, etc. Cela y souffre grandes difficultés; le parlement est fort mal prévenu contre son chef le premier président Maupeou; on cherche à y secouer le joug de ce chef si plat, et, s'ils s'accoutument à aller sans lui, on prétend que les remontrances seront terribles.

et que le peuple pourrait prendre parti sur les misères auxquelles le royaume se trouve aujourd'hui exposé par un aussi mauvais gouvernement.

Cependant les impôts arrivent à grands pas, et la misère du dedans commence à effrayer : la famine s'accroît dans les provinces; dans celles par delà la Loire, communément le pain vaut 3 sols; les milices qu'on lève excitent de grands murmures, et toutes les matières combustibles ne peuvent tenir qu'à une étincelle pour s'allumer; un ministre sournois, un roi prompt et absolu dans ce qu'il veut font toute la force de l'autorité.

19 *janvier*. — Nous avons riposté à l'instant d'une ordonnance de représailles contre la marine hollandaise; elle est contenue dans une lettre du roi à M. l'amiral, où Sa Majesté déclare qu'elle donnera aussi des récompenses tarifées à ceux de nos armateurs qui prendront des vaisseaux hollandais de telle grosseur, et qu'on pourra leur faire grâce des droits de l'amiral, mais ce n'est là qu'une riposte, et il manque assurément à notre dignité de déclarer la guerre à une petite république qui a répondu si fièrement à nos déclarations, et par des choses même plus fortes que n'aurait été de leur part une déclaration de guerre.

Les Dunkerquois arment trois gros corsaires, et l'on assure que Saint-Malo va en armer encore un plus grand nombre.

Le premier jour où le roi et la cour se sont établis à Marly, on y gelait et tout y était en fumée par les mauvais soins de M. de Tournehem, directeur général des bâtiments; les poêles des antichambres étaient à la bourgeoise et on ne saurait plus petits.

Il y a quatre mois que l'évêque de Mirepoix a pensé encore tomber en disgrâce; l'archevêque de Sens lui marche sur les talons, et ce par la faveur de Mme de Pompadour qui depuis longtemps a juré la perte de M. de Mirepoix, autant qu'Hérodias celle de saint Jean-Baptiste. Il se soutient cependant par M. de Maurepas qui, l'ayant entrepris, joue tous les ressorts possibles, de peur d'avoir pis, opposant famille à famille, prêtres à prêtres; par là, M. de Maurepas et mon frère ont beau jeu pour obtenir des bénéfices pour les amis, mais de tout cela la religion et l'État sont trahis.

20 janvier. — M. le duc de Richelieu a emporté un poste considérable à deux lieues de Savone où il a fait prisonnier 400 Piémontais. L'affaire a été bien conduite, mais il est à craindre qu'il ne faille bientôt l'abandonner, dès qu'on ne saurait faire le siége de Savone; cela relève toujours les espérances et la confiance des Génois et retarde l'audace des Austro-Sardes.

J'ai appris, par un homme qui a été à moi et qui vient d'être envoyé en course à Madrid, que nous nous y défions beaucoup de l'interception des lettres, car on vient de prendre ces mesures, que l'évêque de Rennes envoie un de ses gens à Bayonne chaque ordinaire où l'on met les lettres à la poste, et elles nous arrivent ici par la poste : ainsi, la curiosité des Espagnols est trompée sur ce que nous écrivons, et cependant l'avarice de l'évêque de Rennes est satisfaite sur l'envoi des courriers, car si, d'un côté, ses gens ne viennent jamais en course jusqu'à Paris, de l'autre, envoyant en course à Bayonne chaque semaine, cela doit leur valoir beaucoup, et, de ses profits, il en paye les gages de ses domestiques pour le moins. C'est le plus avaricieux prêtre que j'aie connu; il a amassé beaucoup d'argent, il crie misère à épouvanter. L'homme dont je parle a été envoyé, étant parti la veille de Noël, pour faire part à Sa Majesté Catholique des dernières déclarations des Hollandais et l'exciter à leur déclarer la guerre, ou du moins concerter avec ce prince quel parti il y avait à prendre.

Tout le monde est malade à Marly des rhumes qu'on y a contractés par le froid et par la fumée des chambres, ainsi c'est un grand ennui et qui coûte fort cher.

21 *janvier*. — L'on sait le jugement rendu contre les prétendus prince et princesse de Montbéliard : ceux-ci sont déclarés bâtards, ainsi nul droit d'hériter; le rapporteur seul a été d'avis de reconnaître la légitimité de la naissance du baron de l'Espérance, il a persisté dans cet avis, tant au bureau que devant le roi, et a jugé suivant sa conscience. On l'en a raillé, le roi a dit à *** après le conseil qu'il avait sans doute été bien avec la Montbéliard l'Espérance qui est jolie; on a répondu à Sa Majesté que M. de Beaumont, ce rapporteur, n'aurait pas été (comme on sait bien) plus en état de profiter de ses bontés que M. le comte de Maurepas.

Le roi s'est adjugé à lui-même les neuf seigneuries contentieuses, comme vacantes par droit d'aubaine; en même temps, on a dépéché un courrier au roi de

Prusse pour offrir au duc de Wurtemberg le domaine utile de ces mêmes terres.

L'ambassadeur de Venise, Trono, avec qui j'ai eu aujourd'hui conversation en maison tierce, m'a dit que la reine de Hongrie n'attaque point Gênes, comme le disaient tant les gazettes; que c'étaient de faux bruits que les efforts qu'elle devait tant faire en Italie; qu'elle s'en garderait bien, qu'elle nous empêcherait seulement d'y pousser plus loin nos conquêtes, mais que ses efforts, elle les porterait sur le Rhin et sur la Moselle, et que la paix était encore bien éloignée.

Il est certain que nous travaillons à former une armée pour M. le prince de Conti sur la Moselle, il se promet de faire le siége de Luxembourg, tandis que le maréchal de Saxe fera celui de Maëstricht, etc. Que de folies, que de ruine!

On vient de faire cesser les représentations de la tragédie nouvelle de *Coriolan*[1] qui n'était pas bonne, et dont on faisait des applications au maréchal de Saxe. On y voit un étranger dont tout le monde se défie et qui se défie de la nation qu'il sert, un roi fort stupide qui augmente son pouvoir à mesure qu'il a sujet de se défier de lui.

22 *janvier*.—M. de Séchelles, intendant de Flandre, qui arrive de Bruxelles, m'a conté bien des choses sur les affaires. Il assure que nous ne garderons pas Berg-

---

1. Cette pièce fut jouée pour la première fois le 10 janvier, et arrêtée après la cinquième représentation. L'auteur, qui était un sieur Mauger, la fit imprimer en 1751.

op-Zoom tout cet hiver, que c'est une place en avant qui n'est bonne à rien, et une véritable folie de l'avoir assiégée; il est d'avis qu'on la fasse sauter le plus tôt qu'on pourra, et, si cela est, notre campagne dernière se trouvera n'avoir servi à rien : ce qui va rejeter un grand blâme sur la réputation d'habileté de M. de Saxe. Je vois que le ministre jaloux va se joindre à cette représentation.

En attendant, on ne peut subsister à Berg-op-Zoom; tous nos convois sont attaqués, les ennemis y ont poussé des têtes de 1000 hommes, de 2000, dernièrement de 4000 et bientôt de 6000; ils battent et prennent nos convois et nous tuent bien du monde.

Il dit que le siége de Maëstricht était très-faisable immédiatement après la victoire de Lawfeldt, et que cela eût été décisif.

Il raconte à quel point le pays conquis est ruiné, assommé impitoyablement, malgré l'ancienne politique de Louis XIV et de M. de Louvois, de ménager beaucoup les nouvelles conquêtes. On en tire quinze millions clairement chaque année avec une dureté horrible, et les représentations de ceux qu'il faut contraindre sont écoutées fort mal. Ce qu'on en tire en fourrage, en chariots et en fournitures en nature est inexprimable.

Il croit que le siége de Luxembourg est impossible, et qu'il n'en sera pas question, qu'il y aura seulement quelques corps de troupes sur la Moselle.

On parle de six édits bursaux qui sont, dit-on, au Parlement pour les examiner :

1° 1 sol sur la chandelle;

2° 4 sols sur la bougie;

3° 5 sols sur le tabac. Pour celui-là, l'on dit que

les fermiers généraux l'ont fait retirer, vu le tort que ce droit ferait à la consommation;

4° Les rentes sur la ville achetées et celles où on a besoin d'immatriculation, étant censées avoir été achetées, seront réduites à moitié, tant pour intérêt que pour principal;

5° Les successions en ligne directe payeront le 100e denier pour les immeubles seulement, et, en collatérale, tant pour meubles que pour immeubles, comme elles le payaient ci-devant pour les derniers, ce qui obligera tout le monde à faire inventaire; même les traitants y obligeront quand on ne le voudrait pas;

6° Payeront le 100e denier tous ceux qui rembourseront quelques sommes dues par contrat.

Voilà à quels maux oblige la guerre qu'on s'est attirée par mauvaise foi et que l'on continue par la méchanceté des ministres.

23 *janvier*. — On est toujours étonné de l'immixtion de M. le prince de Conti dans les affaires de l'État, M. le comte de Saint-Séverin ne bouge de son cabinet où ils travaillent dès quatre et cinq heures. Ce prince porte souvent de gros portefeuilles chez le roi et travaille longtemps avec Sa Majesté; il s'enferme aussi longtemps avec le ministre de la guerre.

Est-ce un généralat sur la Moselle? la position de cette armée serait dans le commandement du maréchal de Saxe avec qui Sa Majesté a incompatibilité; il n'y a que la marche des Russes qui pourrait faire préparer cette armée et cette menace n'est pas encore prête d'éclore. Pour moi, je crois que c'est de la politique en vue de la paix dont il s'agit dans ces inutiles conférences, babillage, rabâchage, vues confuses, embrouillement: voilà ce qui remplit l'esprit de ce pauvre prince enfariné d'affaires, sans y apporter autre chose que de la petitesse et du pédantisme.

La lettre du roi à M. le duc de Penthièvre, touchant les vaisseaux hollandais à prendre ou à ne pas prendre, est une des plus ridicules pièces publiques qu'on ait vues encore depuis que je ne suis plus dans le ministère. On y étale les services que le roi a rendus à la république, même depuis le commencement de cette guerre-ci, et cela pour étaler l'ingratitude des Hollandais. Quelle illusion veut-on faire? n'attaquons-nous pas leur barrière, ne la démolissons-nous pas, ne les battons-nous pas, ne les détenons-nous pas prisonniers? que pouvons-nous leur faire que nous ne leur faisions pas, et que répondons-nous à cela? nous leur avons offert le sequestre de Dunkerque, mais nous savions bien qu'ils ne l'accepteraient pas.

Ainsi, nous les voyons nous déclarer la guerre en détail, et nous hésitons à la leur déclarer, avec cette subtilité jésuitique dont on fait tant de cas et qui impatiente tout homme d'honneur, tout homme franc. Le roi dit dans cette lettre qu'il protégera leur commerce dans ses ports, et qu'il accablera leur marine de guerre et leurs corsaires, qu'il récompensera, comme eux, les prises faites par les armateurs. On voit bien que c'est l'abbé de la Ville, ancien jésuite, qui mène tout ceci.

25 *janvier*. — L'un des deux infortunés princes de Montbéliard, déclarés bâtards par le dernier arrêt du conseil, a dit que M. de Maurepas s'était comporté, dans

toute cette affaire, comme le diable tentateur qui sédui-
sait, menaçait les commissaires de sorte que l'on entendait son glapissement de l'antichambre; il a ainsi
gagné chaque commissaire l'un après l'autre, et les
suffrages n'ont pas été libres. M. Gilbert voulut proposer un interlocutoire; le roi l'interrompit et lui déclara qu'il voulait qu'on jugeât l'affaire telle qu'elle
était, et qu'on la décidât. Les voix ont été néanmoins
fort partagées. Cependant le baron de Keller, ministre
de Wurtemberg, crie comme un aigle de ce que le
jugement ne va pas plus loin, il menace même.

27 janvier. — On prétend que les passe-ports sont
arrivés pour nos plénipotentiaires au congrès d'Aix-la-
Chapelle et qu'ils vont partir. L'on ne connaît encore
que M. de Saint-Séverin, comme destiné à y aller et à
y représenter la France et tout ce qui la touche; ma
malheureuse patrie est réduite à un méchant escroc
d'Italien pour tout négociateur principal de ses plus
grands intérêts. Il a rendez-vous samedi à Marly,
pour travailler avec le roi et son ministre des affaires
étrangères.

Ainsi prétend-on que la paix se fabriquera en deux
mois de temps; je le souhaite bien plus que je ne
l'espère.

L'on prétend aussi que les ennemis appréhendent
la rentrée des armées en campagne, je tiens tout cela
de la même source.

On nous dit encore que les Polonais, d'eux-mêmes
et sans le roi, veulent s'opposer au passage des 36 000
Russes par la Pologne, et que la négociation y a été
conduite de façon qu'il se fait une confédération, et

que la Pospolite[1] doit monter à cheval pour s'opposer
à leur passage, disant que les Polonais n'ont déjà pas
assez de subsistance chez eux pour se nourrir, sans en
donner à 36 000 barbares à leur passage, et ce pour
aller faire du mal à leurs bons amis les Français. Mais
peut-on se refuser de croire que l'on n'ait pas pris
toutes mesures suffisantes pour préparer et assurer ce
passage, avant de le destiner comme on l'a fait depuis
quatre mois?

C'est avec ces discours pleins d'espérance qu'on
charme et qu'on endort le roi dans un calme si trom-
peur et qui peut-être nous assure de si grands malheurs pour cette campagne.

29 *janvier*. — M. Amelot se meurt, il perd tout
son sang par le derrière; les médecins ne conçoivent
rien à sa maladie et ne peuvent ordonner de remèdes
à un mal dont ils ignorent la cause. Le peuple dit
que, comme il présidait aux affaires qui ont commencé la guerre en manquant de foi aux traités, il est
juste qu'il périsse par la perte de son sang, et cela par
une partie aussi ignoble. Ainsi a péri, il y a quelques
mois, M. Orry, vilain ministre, dur de cœur et auteur
de mauvais conseils, flatteur aux puissances de qui il
dépendait; il est mort d'hémorroïdes et de pourriture.

M. de Machault, nouveau contrôleur général, se
chagrine de l'état de son ministère; les affaires de
crédit et de circulation dépendaient à la vérité des
sieurs Pâris et Boullogne, mais certaines choses capitales dépendent de lui, et l'on s'en prend à lui : tels
sont les nouveaux impôts que l'on veut mettre sur le

1. Levée générale de la noblesse.

peuple pour soutenir la guerre, et qui rencontrent de grandes difficultés à l'enregistrement au parlement.

J'ai parlé ci-dessus de plusieurs de ces impôts; on en a retiré quelques-uns et on y en a substitué d'autres, comme le rachat presque forcé du droit d'échange dans les terres (ceux qui ne l'achèteront pas verront dans leurs seigneuries de vils acquéreurs des droits partager avec eux les honneurs des paroisses), le rachat des boues et lanternes, le centième denier sur quantité de choses qui n'en payaient pas, etc.

On doit assembler les chambres du parlement demain mardi; il est à craindre quelque tumulte. Le parlement a un terrible fond de mécontentement des traitements qu'il essuya l'année dernière de la cour sur des affaires de Constitution; il est possible qu'à l'assemblée il s'élève de grands débats entre les volontés de la cour et les sentiments républicains d'un corps dont on a cru pouvoir se passer, et auquel il faut toujours cependant revenir, quand on a épuisé le crédit des emprunts. Les membres méprisent le chef (M. de Maupeou) et tous ceux dont celui-ci se sert, comme l'abbé de Salaberry, sont suspects à la compagnie.

Voilà ce qui fait le chagrin de M. de Machault, qui change beaucoup, en continuant de manger ce qu'il y a de meilleur dans la nouvelle cuisine.

Il est grandement brouillé avec mon frère, son premier bienfaiteur; se plaignant beaucoup des dépenses excessives de la guerre, il s'est lié pendant la campagne avec Mme de Pompadour et les frères Pâris, et voilà un nouvel orage qui se prépare contre mon frère, si habile d'ailleurs à les parer.

M. de Saint-Séverin est mandé pour aujourd'hui à Marly ; on dit que c'est pour le nommer publiquement seul plénipotentiaire au congrès d'Aix-la-Chapelle, où il traitera nos voisins avec toute la hauteur et la folie dont est capable cet Italien atrabilaire.

30 *janvier*. — On a joué à Marly un jeu épouvantable ; le roi a beaucoup perdu : son étoile au jeu diminue ses miracles ; mais les princesses ont beaucoup gagné, Mme la Dauphine surtout. La marquise de Pompadour a gagné quelques mille louis.

On ne voyait au salon que dorure, que guipure ; tout reluisait comme au palais du soleil : le roi de très-bonne humeur, le ministre de la finance un peu changé ; il commence à être sensible aux maux que cause sa charge et aux embarras qui en dépendent.

On fait venir à la cour Mme Victoire de Fontevrault, dépense nouvelle et qui sera suivie d'autres. On lui donne pour dame du palais une Mlle de Charleval qui, ci-devant, tenait compagnie au duc de Brancas et menait pisser ce bonhomme sourd et aveugle ; elle est d'une bonne famille du parlement de Rouen ; cela sera suivi d'autres nominations de dames et de la suite de cette princesse.

1ᵉʳ *février*. — M. de Saint-Séverin vient d'être déclaré seul plénipotentiaire au congrès d'Aix-la-Chapelle ; il n'a voulu ni supérieur, ni inférieur : il prend seulement avec lui, comme secrétaire du congrès, le sieur de Bussy, petit fripon que j'avais chassé des bureaux.

HISTOIRE DE M. DE SAINT-SÉVERIN.

Il vient d'une bonne maison du royaume de Naples; son père était pauvre, établi dans l'État de Parme. Je l'ai vu au congrès de Cambray, plénipotentiaire du duc de Parme, humble et modeste; son fils, fol comme un jeune braque, tapageur et furieux. Cette séve s'est tournée à quelque esprit, facilité de parler et d'écrire, plus d'esprit que de sens, présomptueux et sans principe, souple cependant quand il faut, enfin se ressentant de toutes les qualités des Italiens. Voilà quel homme M. Chauvelin crut devoir donner à la France à la mort du duc de Parme. Saint-Séverin le fils perdit son père et lui succéda dans le ministère de Parme; il fut en Angleterre implorer l'appui de cette cour; il faisait assidûment la cour à Mme Chauvelin, il lui faisait venir de la pommade de Rome. Il s'insinua chez M. de Villemur, fermier général; il coucha avec sa fille, Mme d'Houpetot, jeune veuve; il l'épousa. M. le garde des sceaux Chauvelin aimait à cajoler les gens à argent, les financiers, et à leur faire faire des mariages. Il arrangea celui-ci; on persuada au cardinal que c'était faire une grande acquisition pour la France qu'un Italien spirituel et déjà expérimenté dans les affaires; on lui donna 10 000 livres de pension, puis une part dans la ferme générale de son beau-frère Villemur; il s'agissait de le placer bientôt dans les ambassades.

M. de Castéja a été un des grands ambassadeurs que nous ayons eus en Suède; il y remua toute la nation il changea le ministère, et, quand tout fut prêt, on le révoqua. Alors M. Chauvelin fut disgracié; M. de

Castéja lui était attaché; on allégua qu'il était mal avec le roi de Suède (eh! comment y être bien, puisque nous voulions lui ôter toute autorité?). M. de Saint-Séverin fut nommé son successeur; il arriva *ad epulas paratas;* en quinze jours de temps, le ministère suédois fut changé et un traité de subside fait avec nous. Saint-Séverin ne demanda ensuite qu'à revenir en France.

Quelle apparence y a-t-il qu'en si peu de jours on eût fait tant de choses, s'il n'eût pas trouvé la moisson d'un autre prête à cueillir? Le pauvre Castéja fut ici sans récompense et méprisé du gouvernement, tandis que Saint-Séverin fut donné avec affectation par ses amis pour le plus grand ambassadeur de l'Europe. Voilà tout ce qu'il a fait et ce qui lui a fondé une si grande réputation. Depuis cela, il tira encore des grâces de la cour. J'ai oublié de dire que, pendant sa courte ambassade de Suède, par ses calomnies, il fut cause de la disgrâce du sieur Pecquet, premier commis des affaires étrangères : il manda faussement, par un chiffre secret, que M. de Castéja avait des amis en Suède qui lui mandaient tout ce que Pecquet, ami de Mlle de Castéja, lui communiquait, que celle-ci le disait à son frère et que M. de Castéja traversait sa négociation, ce qui était absolument faux. Sur cette délation vengeresse, et agréable par là à notre ministère, le pauvre Pecquet fut mis pour dix-huit mois à Vincennes et toujours exilé depuis.

Le maréchal de Noailles devint maître des affaires après la disgrâce de M. Amelot; alors il ne fut occupé que de placer quelque part M. de Saint-Séverin, disant que c'était le seul négociateur que nous eussions

alors. *Circuit quærens quem devoret* : on cherchait
une place.

M. Desalleurs faisait merveille à Dresde, et par là il
déplaisait au comte de Bruhl, qui voulait lier sa cour
avec Londres et Vienne. Desalleurs épousa la fille d'un
palatin; cela lui aurait donné grand crédit à la future
diète de Pologne, et cela augmentait davantage la
crainte du comte de Bruhl; on en prit prétexte de
révoquer, comme un laquais, M. Desalleurs, et de
nommer en sa place ambassadeur M. de Saint-Séverin.
Cela nous valut l'aliénation totale de la Saxe, que j'ai
eu bien de la peine à nous regagner; car, depuis que
M. Desalleurs sut son sort, il ne fit plus rien, ou fit
mal à plaisir; il laissa en sa place un misérable secrétaire, et pendant l'interstice, fut fait le traité de Varsovie, où le roi de Pologne se ligua avec les cours de
Vienne et de Londres.

Saint-Séverin se fit beaucoup acheter ici; on lui
donna en argent tout ce qu'il voulut; il se fit détester
des Saxons et les haïssait avec usure; il devint d'une
mauvaise santé à force de boire; il devint atrabilaire
et furieux. Il fit toute son ambassade en robe de
chambre, ne dépensa rien, et se fit refuser la première
visite pour ne point prendre caractère. On tint la
diète de Pologne; elle se rompit d'elle-même par les
choses même qu'on y proposait; il sut, dans les
dépêches, se faire passer pour l'auteur de cette prétendue victoire.

Revenant de cette ambassade, le roi voulut qu'il fût
choisi pour plénipotentiaire à la diète d'élection de
Francfort. Il fit tout de travers, et se vanta beaucoup.
Il y conçut le beau dessein de nous engager à recon-

naître l'élection de l'empereur, dès qu'elle serait faite ;
il inspira la terreur d'une guerre d'empire, terreur
vraiment panique, et qui ne flatta que M. le prince de
Conti, pour avoir une armée à commander sur le Rhin.
Aussi il cultiva beaucoup l'amitié de ce prince ; il
m'envoya un misérable fripon de maître des requêtes
pour me persuader cette reconnaissance. Il ne se con-
tenta pas de le mander à la cour de France ; il com-
muniqua cette idée à plusieurs de ses amis ; cela revint
au roi de Prusse, qui nous en demanda raison. On eut
beau le lui nier avec vérité : « Comment, disait-il, se
peut-il faire que le principal ministre de France ait
lâché une telle proposition à plusieurs personnes à tort,
sans en avoir autorité, et cela, tandis que moi et l'électeur palatin protestons contre l'élection du grand-duc ?
A quoi m'exposé-je avec un tel allié que la France ? »
Rien ne contribua plus à lui faire faire sa paix particulière ; il la fit peu après.

Depuis cela, M. de Saint-Séverin a frondé sur la paix
de Paris et a déclamé contre le gouvernement, à commencer par le roi tout le premier.

On lui a fait une opération horrible au foie, où il
avait mal faute de boire ; mais le malheureux destin du
royaume a voulu qu'il revînt de trépas à vie.

Les émissaires ses protecteurs, la marquise de Pompadour, les Pâris, M. de Puisieux, M. le prince de
Conti, le maréchal de Noailles, ont toujours crié qu'il
n'y avait que lui d'ambassadeur pour faire la paix.

On livre les principaux intérêts du royaume à un
étranger, à un traître d'Italien qui est sujet de la reine
de Hongrie, et qui a sa famille dans les États autrichiens
d'Italie. On veut se perdre, on se perdra.

5 *février*. — Le contrôleur général Machault baisse chaque jour davantage; il devient plus pensif et moins pensant; sa médiocrité pour toutes les autres affaires que celles de palais se montre davantage; il se pique de haine et de mépris pour les financiers, ne voyant pas que c'est là où gît le crédit et les véritables finances tant que durera la guerre. Car, étant question aujourd'hui d'impôts pour soutenir les emprunts et leur donner des assignats, on tombe de plus en plus dans les difficultés insurmontables; il faut recourir au parlement, et le parlement se cabre intérieurement contre toutes ces incommodités.

La politique du gouvernement est aussi douce aujourd'hui que méchante et frauduleuse; plumer la poule, en prévenant même tous cris, est sa devise. Mon frère y influe beaucoup; il n'y a jamais eu de fripon plus doux; il pleure lui-même avec les malheureux qu'il proscrit. Le chancelier est fort doux et fort mol.

Le grand Pâris Duverney baisse à vue d'œil, de tête comme de corps; il ne dit plus que des choses très-communes avec emphase : c'est Gilles sur le trépied de la Pythie.

M. de Machault tombe dans une gourmandise affreuse, et périra par le foie; on lui compte un sérail de maîtresses : l'oisiveté est la mère des vices; car son indifférence pour les maux de l'État l'a constitué dans cet état d'oisiveté. Il y a brouillerie interne entre lui et mon frère; il se sera sans doute plaint de l'excès des dépenses de la guerre; il s'est appuyé des sieurs Pâris et de la marquise, et a discontinué l'appui de son premier créateur.

Le sieur Gaudion, garde du trésor royal en exercice,

v   12

m'a dit que, de l'argent porté au trésor royal le matin, il n'en restait jamais un écu à trois heures, et que tout commençait à l'effrayer; que les notaires ne faisaient plus pour un sol d'affaires; que nul emprunt n'avait plus lieu sur les meilleurs priviléges; que lui-même était fort pressé actuellement pour 300 000 livres qu'il devait sur sa charge, et que M. le duc de Biron, héritier de feu de Montigny, les lui redemandait avec des politesses vives et exigeantes; qu'il ne savait comment faire, et ne trouvait rien. Qu'est-ce donc que le reste, si une charge de garde du Trésor royal ne peut trouver sur un premier privilége? A cet emploi se joint la force des contrats les plus favorables de la société, avec la contrainte qu'on peut exercer faute de payement contre un principal financier que l'on peut décréditer en pareil cas, et le crédit est aux financiers ce que des yeux sont à une beauté.

M. de Montmartel montre partout une lettre du roi *proprio pugno*, par où il est dit *que c'est à lui seul* que Sa Majesté accorde l'agrément de la charge de commandant général de la cavalerie, ou même de mestre de camp pour son beau-frère Béthune.

La Maison de Béthune n'est pas trop contente de ce triomphe d'un financier, où sa noblesse n'entre pour rien. Oh! grande puissance de l'orviétan! argent et belles dames font mouvoir tout!

J'ai vu hier le marquis de Tonnerre, qui a grande envie que ce soit Béthune qui ait la préférence sur le Bissy, à cause du comptant dont sera payée sa charge par Montmartel. Celui-ci la donne comme une épingle à son beau-frère. Quel scandale que de tels dons, dans un temps comme celui-ci!

L'abbé de Pomponne et M. de Torcy ont signé une requête qu'ils présentent au parlement pour demander que le P. Pichon, jésuite, fasse réparation de ce qu'il a avancé dans son livre : *De la fréquente communion*[1], contre la mémoire de M. Arnauld, le docteur ; heureusement, il n'a pas été conseillé de remettre cette requête à quelque conseiller au parlement à tête chaude, lequel n'eût pas manqué de se commettre lui-même, et de donner un *soit montré* au procureur général, ce qui eût engagé l'affaire ; mais l'ayant remise à M. de Maupeou, premier président, celui-ci, grand courtisan, va tourner l'affaire en négociation ; il va faire des remontrances à l'abbé de Pomponne, va y employer M. le chancelier, et l'abbé de Pomponne se désistera, comme il a fait autrefois de son appel au futur Concile.

Le bruit est général que l'Espagne a signé son traité de paix particulier avec l'Angleterre et la Sardaigne, et qu'il se contracte des mariages entre la Savoie et l'Espagne. Le sieur Wall[2], négociateur espagnol, grand ennemi de la France, vient de repasser d'Angleterre en Espagne, et a conféré légèrement avec M. de Puisieux à Versailles.

6 *février*. — Ce qui a le plus fait courir le bruit à Paris que notre paix était signée et qu'il y avait un mariage qui en serait le nœud, est l'arrivée de Madame Victoire, troisième fille[3] du roi, qu'on fait revenir de

---

1. *L'Esprit de Jésus-Christ et de l'Église sur la fréquente communion*, Paris, 1745, in-12.
2. C'était un Irlandais qui avait servi en Espagne.
3. Elle était la quatrième fille vivante, mais probablement d'Argenson ne compte pas celle qui était mariée en Espagne.

Fontevrault *in fiocchi;* on lui donne un cortége qui ne sent guère l'économie. Ce cortége est plus nombreux, plus somptueux que celui qui alla chercher Mme la Dauphine. Quelle dépense cela ne coûte-t-il pas! et pourquoi? On fait raccommoder les chemins dans la province à grands frais et par de pauvres peuples déjà si fatigués.

On bâtit actuellement à la Muette, à Fontainebleau, à Choisy, à Versailles et à Crécy [1]. L'aile neuve de Fontainebleau, construite il y a seulement quelques années, tombe de toutes parts et ne sera pas habitable l'année prochaine. L'appartement nouveau de M. le Dauphin coûte 1 800 000 livres. Ce prince était bien là où il logeait pendant son précédent mariage : qui obligeait de l'en changer?

Le sieur Mesnard, premier commis de M. de Maurepas, dit qu'il ne peut suffire à expédier toutes les ordonnances extraordinaires qu'il faut pour la maison; ce qui coûtait sept millions du temps du feu roi en coûte dix-huit aujourd'hui.

Délabrement partout, dépenses de toutes parts, l'illumination est augmentée chez la reine, tout va à enrichir le subalterne.

Mme de Pompadour veut plaire dans la famille royale et est cause de cette dépense ridicule que l'on fait pour Madame Victoire.

M. de Puisieux vient de tomber dans une grande maladie, pendant même la cérémonie pour la réception en l'ordre du Saint-Esprit; il a eu un grand mal

1. Château près de Dreux, démoli pendant la révolution. Mme de Pompadour l'avait acheté, en 1746, 650 000 livres; elle y dépensa 2 903 267 livres. Voy. Leroy, *Dépenses de Mme de Pompadour.*

de gorge et la fièvre; son manquement pendant cette
maladie ne paraîtra pas beaucoup aux affaires, M. de
Maurepas à son ordinaire suppléera à tout en ne faisant rien. Mais si, par un juste châtiment de Dieu,
M. de Puisieux allait succomber à une maladie où l'on
dit qu'il y a danger, alors la brigue de cour serait
fort embarrassée. Qui proposer pour son successeur
qui convînt et à la brigue et aux affaires? Je ne doute
pas que le parti séducteur des pensées du souverain
ne propose M. de Courteille, tout bœuf que le croit
le roi, mais j'ai remarqué qu'on s'efforce depuis quelque temps à le faire valoir[1]; certes c'est celui qui
conviendrait le mieux à ce parti dominant pour perdre le royaume sous leurs ordres.

L'abbé de Pomponne a tourné sa requête contre le
P. Pichon, et pour la défense de la mémoire de son
oncle Arnauld, il l'a tournée, dis-je, en négociation,
comme nous avions bien prévu; chacun l'a caressé,
jusqu'au roi même qui lui a dit, et qui a dit aux
courtisans, devant lui, qu'il l'aimait et l'estimait. On
a senti l'importance de cette requête à lâcher ou à
retenir son cours : tous les Jansénistes auraient pris
feu sur cette affaire et saisi l'occasion avec vivacité.
Le chancelier l'a harangué; M. de la Grandville, qui
a un frère jésuite, y a fait de grands mouvements et
négociations en qualité d'ami prétendu de l'abbé de
Pomponne. Enfin on lui donna, à ce qu'il m'a dit,
tout ce qu'il pouvait obtenir par arrêt. Vendredi prochain, selon lui, les trois recteurs des trois maisons

1. Il venait d'être nommé conseiller d'État, et il avait même été
question de lui au moment où il s'était agi de remplacer d'Argenson aux affaires étrangères.

de Jésuites de Paris doivent aller lui faire des excuses pour les fautes du P. Pichon, et l'assurer de leur estime pour le docteur Arnauld; il y fera trouver toute sa famille, hommes et femmes, et surtout un notaire qui dressera acte de leurs satisfactions. Je lui ai conseillé de s'en taire davantage pour que l'exécution en soit plus pleine, et c'est avec raison qu'il dit que voilà la satisfaction la plus glorieuse qu'un particulier ait encore pu obtenir contre un corps depuis longtemps.

Le roi va à Choisy, de là à la Muette, pendant le carnaval, d'où Sa Majesté doit aller au bal de l'Opéra trois ou quatre fois pendant les jours gras. Le public apprendrait ces joies avec plus de plaisir si son sort était meilleur et plus heureux.

7 *février*. — On a joué, dans les cabinets, la comédie du *Méchant* avec grand applaudissement, mais, je crois, avec peu de fruit : je crains que les peintures spirituelles des vices du temps n'aient plus réjoui que converti à la vertu.

8 *février*. — Le roi est allé aujourd'hui faire un dîner-souper à la Muette avec la marquise de Pompadour et sa compagnie. C'est un nouvel établissement que la Muette, depuis qu'on y a travaillé, raccommodé, rétabli et fait beaucoup de dépenses pour peu de beautés[1].

L'argent devient de plus en plus rare à Paris, les

1. On avait refait successivement tout le château, d'abord du côté du jardin, puis, en 1747, du côté de la cour.

notaires ne font rien, on s'arrange entre particuliers
par quelques billets et contrats de crédit, mais l'argent physique et monnayé ne roule plus, la loterie
royale a absorbé le peu d'épargnes qui restaient dans
les coffres de quelques garçons.

On dit que les impôts et édits bursaux proposés au
parlement n'auront plus lieu, qu'on y a trouvé trop
de difficultés à l'égard du public; au lieu de cela, l'on
vient de crier dans les rues un nouvel édit portant
création de rentes viagères, ce qui pompera encore
le peu d'épargnes des célibataires. La guerre, les subsides, la cour, sont trois gouffres sans fond.

10 *février*. — Un courtisan des cabinets m'a dit
que Mme de Pompadour était plus maîtresse que
jamais de toute autorité, et que si, du temps du cardinal de Fleury, il y avait eu quelques moyens de
faire passer au roi des mémoires et avis, aujourd'hui
tous étaient absolument anéantis, parce qu'elle était
maîtresse de tous les valets quelconques, que tous
tremblaient devant elle ou étaient gagnés, tant l'argent des Pâris, les grâces, les caresses, l'obsession
étaient terribles! Que, de plus, l'on pouvait compter
que M. de Puisieux était totalement à cette dame, à
quelque autre côté qu'il semblât tenir encore; qu'il
était bien vrai que, du côté de la finance, on avait
bien pu donner quelques mémoires contre M. de
Machault, mais que c'était le seul département où
Mme de Pompadour et les Pâris avaient donné accès
par jalousie.

11 *février*. — Un homme attaché à M. le prince

de Conti m'a entretenu longtemps ce matin. Je vois un plaidoyer qui s'établit universellement à la cour et à la ville aujourd'hui, pour prouver que M. le comte de Saxe est un traître à la patrie, qu'aux trois dernières campagnes il s'est comporté en homme qui ne voulait pas finir la guerre, et que d'ailleurs il n'y entend rien. De là on infère qu'il faut mettre au plus vite à la tête de l'armée du roi aux Pays-Bas un Français, et surtout un prince du sang, à cause de l'intérêt qu'ils auraient de finir la guerre.

On suppose par là toujours qu'il n'y a de moyen pour finir la guerre que d'aller bien en avant chez les Hollandais, qu'on ne vaincra les Romains que dans Rome. Pour moi, j'ai une opinion toute contraire : cette guerre à outrance ne fera qu'augmenter nos ennemis ; nous sommes aujourd'hui peu en état de satisfaire à ce projet par l'état de nos finances et de nos hommes. Ce serait la quiétude et le radoucissement avec nos ennemis, en gardant bien ce que nous avons, qui nous donnerait la paix, montrant que les Anglais ne continuent la guerre que par ambition tyrannique du commerce.

On suppose encore que M. le prince de Conti est véritablement général, et qu'il en a toutes les parties, quoique avec quelques défauts que ses partisans disent bien connaître.

Mme de Pompadour joue M. le prince de Conti ; on lui procure de temps en temps un travail long avec le roi pour y discuter tous ses projets et ses vagues idées. Il s'est conservé toujours en grande relation d'affaires avec le comte de Saint-Séverin, et c'est de là où il prend aussi ses idées vagues de politique.

La marquise de Pompadour a tenu ce discours imprudent, qu'il fallait que la guerre durât pour sa propre conservation dans ce qu'elle appelle sa place; que, si la paix se faisait, elle ne tiendrait pas un an en place, qu'il fallait ce temps de la campagne pour aiguillonner le goût du roi pour elle; que, pendant l'hiver, elle s'épuisait en amusements pour cette Majesté ennuyée (qu'elle aime si peu), que le roi bâillait à tout, concerts, soupers, comédies, ballets, etc., qu'elle ne savait bientôt plus qu'y faire, tant elle était ennuyée elle-même; que, si le roi la quittait, une petite dévotion le saisirait et qu'il prendrait peut-être quelque autre maîtresse pour s'ennuyer encore davantage, mais qu'elle se vengerait, etc., car elle est méchante. Le changement qu'elle a fait dans les bâtiments du roi, en chassant de Cotte, a été pour mettre par cascade un autre homme au contrôle des dehors de Versailles, de sorte qu'elle dispose de toutes les entrées et issues des appartements. Ainsi elle est la maîtresse des détours du sérail comme des valets qui le gardent; on prétend que par là elle fait entrer des favoris qui satisfont ses passions mal satisfaites par le maître.

J'ai eu ce soir grande conversation avec le maréchal de Bellisle; il m'a confirmé les mêmes choses que je savais, que M. Wall était resté à Londres et y négociait ouvertement la paix d'Espagne, et que le secrétaire de bureau pour la rédaction d'articles lui était parvenu par mer de Madrid à Londres; que lui, maréchal, restait l'hiver à Paris et ne savait quand il partirait, les affaires étant en si grande incertitude. Mais, dans ses principes, et supposant cette paix d'Espagne,

il prétend impossible que le roi de Sardaigne reste
de nos ennemis, comme auxiliaire de la reine de Hongrie et des Anglais. On suppose tous les droits et demandes réglés en Italie, je dis que le roi de Sardaigne
bien stipendié par l'Angleterre continuerait la guerre
contre nous et nous attaquerait (mollement à la vérité) sur nos frontières de Provence et de Dauphiné.
On répond à cela qu'il n'aurait garde d'y prêter son
territoire, parce qu'il *mettrait la nappe*, sans avoir
aucunes vues ultérieures d'agrandissement. On dé-
molit aujourd'hui la citadelle de Parme, ce qui marque qu'on veut céder le Parmesan ou à l'Infant ou au
roi de Sardaigne.

M. de Bellisle m'a dit qu'il avait reçu des lettres
d'amis qu'il a à Berne, où on lui mandait que notre
ambassadeur en Suisse ne faisait rien pour empêcher
la négociation des Hollandais qui leur procurait cependant dix mille hommes de plus, que, malgré notre
négligence, la résolution n'avait passé de 96 voix à 110,
qu'ayant porté cette lettre à M. de Puisieux pour qu'il
la lût au conseil du roi, M. de Puisieux s'en était
moqué, qu'il lui avait témoigné sa surprise de ce que
M. de Courteille venait passer cet hiver dans ces circonstances, que le ministre lui avait répondu l'avoir
promis à M. de Machault, ami de M. de Courteille,
mais que cependant il avait bien fallu faire retourner
celui-ci; mais c'est après la mort le médecin; qu'enfin
il n'avait jamais vu de négligence et d'indifférence
semblables à celles qu'on apporte aujourd'hui dans le
ministère pour les affaires du roi.

12 *février*. — Mme Adélaïde a la petite-vérole dé-

claree, tout est en remue-ménage à Versailles; on
dit que la reine s'enfermera avec elle, le roi n'avait
pas encore pris son parti d'aller ou bien de rester.
Cependant la santé de M. le Dauphin est bien précieuse; quelle tête, bon Dieu!

Les bruits augmentent de la paix particulière d'Espagne, toutes les nouvelles d'Angleterre le confirment;
cela donne lieu, dit-on, à quantité de conseils et de
comités à Versailles. Certainement on fera ce qu'on
pourra pour lier notre paix avec cette réconciliation;
mais l'Angleterre jouera si bien enfin qu'elle s'arrê-
tera avec l'Espagne dès qu'il sera question de nous,
de façon qu'elle ne conclura que quand la cour de
Madrid aura consenti à signer sans nous pour nous
laisser dans la nôtre, peut-être l'Espagne y sera-t-elle,
même Gênes et Modène, surtout Gênes, ce qui serait
véritablement très-flétrissant.

13 *février.* — Le roi, en bon père, comme la reine
en bonne mère, restent à Versailles pour y savoir mieux
des nouvelles de Mme Adélaïde; on a mis de bonnes
barrières entre son appartement et celui de M. et
Mme la Dauphine; voilà ce qui fait trembler, c'est le
danger d'une tête aussi précieuse que M. le Dauphin;
mais enfin la Vierge protége la France.

Nous avons pris depuis peu cinq vaisseaux hollandais, dont un avait passe-port de M. l'amiral; mais il
est prouvé au procès qu'il avait tiré le premier sur
l'armateur français.

Nous commençons à ménager davantage les Hollandais à l'extérieur; on a donné du temps à leurs
vaisseaux pour se pourvoir de passe-ports de notre

amiral. D'où viennent ces ménagements? c'est que les
Hollandais montrent les dents et ont fait des déclarations vigoureuses. Oh funeste politique qui fait baisser le ton à un État quand l'adversaire cesse de se
montrer faible!

Ainsi nos généraux aux Pays-Bas ne font rien, et
tout paraît retarder l'ouverture de la campagne; on se
prépare, à la vérité, au siége de Maëstricht, mais j'en
doute toujours. Je viens de vérifier que Louis XIV le
fit au mois de juin, et non en mars, comme on m'a-
vait dit l'autre jour en frondant mal à propos contre le
comte de Saxe.

L'on travaille à force, dans nos ports, pour préparer
deux malheureuses escadres dont la destination est
ignorée, mais dont le sort sera indubitablement d'être
la proie des Anglais et Hollandais; ceux-ci, au contraire,
ont déjà une flotte prête de vingt gros vaisseaux et en
préparent encore une seconde; les Anglais arment
tout ce qu'ils ont; voilà de quoi faire trembler encore
et nos côtes et nos colonies.

14 *février*. — On a nouvelle d'Angleterre que le duc
de Newcastle, secrétaire d'État, a assemblé les principaux commerçants anglais et leur a demandé si
Louisbourg était fort nécessaire à leur commerce, sur
quoi ils ont adressé et signé un mémoire pour certifier
à la nation que ce port conquis leur était plus à charge
qu'utile ou nécessaire.

On augure de ceci de grandes choses pour la paix.
Une dame qui est dans les secrets de M. d'Huescar,
ambassadeur d'Espagne, m'a assuré hier que M. Wall
ne négociait point à Londres à l'insu de la France,

mais qu'au contraire les Espagnols juraient que tout
se faisait de concert avec elle, et que cela ne pouvait être autrement, vu les sentiments de Ferdinand VI.

Ceux qui reviennent de la cour disent qu'on y
parle beaucoup de paix, et qu'on l'espère grandement; que les Anglais commencent à se lasser d'être
les seuls boute-feux de la guerre en Europe, que leurs
peuples en grande partie, la reine de Hongrie et surtout le peuple hollandais sollicitent vivement la paix,
si elle est possible avec dignité et suivant les conditions que l'Espagne offrira pour la France.

Le roi est entré chez Mme Adélaïde, depuis qu'elle
a la petite-vérole volante. On en rejette la cause sur
le médecin Bouillac; Mme de Pompadour crie hautement contre ce petit médecin, disant qu'il a caché
cette maladie, jouant à ce jeu de faire périr le roi, le
Dauphin et toute la famille royale.

L'évêque de Mirepoix se maintient contre de nouvelles attaques, le roi connaissant la médiocrité de ce
pauvre moine; mais il se fait appuyer par quelques
ministres devant qui il est souple comme un gant,
leur déférant les bénéfices qu'ils demandent; rien
n'est si facile que de se soutenir à la cour, quand on
revient à cette souplesse, et quand l'intégrité n'est pas
complète.

15 *février*. — Enfin les gazettes d'hier disent positivement, à l'article de Berlin du 15 janvier, qu'on
venait d'y avoir avis que les Russes étaient arrivés en
colonne sur la frontière de Lithuanie, et que cela
marchait grand train.

M. Daillon, notre ministre de France à Pétersbourg, y a été traité comme un nègre à son départ. Ayant été incommodé, il n'a pu profiter du jour qui lui avait été assigné pour avoir audience de congé de la czarine; sur cela, on lui a déclaré qu'il n'en aurait pas, et qu'il remettrait seulement sa lettre au chancelier, par qui il recevrait le présent ordinaire; on a visité ses ballots, on a saisi tout ce qui était de contrebande, ses gens ayant visiblement abusé du privilége et des immunités du droit des gens, de quoi il sera vivement tancé en arrivant ici.

16 *février*. — On n'a pas porté encore un sol aux bureaux qui sont ouverts pour la création de rentes perpétuelles et tournantes sur le dixième; on se regarde, personne n'y va.

M. le contrôleur général a commencé à payer les entrepreneurs des vivres avec ces effets royaux, dont personne ne veut. Cela produit un grand discrédit sur la place, tant pour lesdits effets créés que pour le crédit des entrepreneurs et de tout emprunteur. Ainsi la finance va de plus en plus mal, et fait courir grand risque au royaume.

On a engagé l'abbé de Pomponne à retirer sa requête contre les Jésuites en réparation des injures dites contre le feu docteur Arnauld dans le livre du P. Pichon. On lui avait promis réparation authentique; mais, dès qu'il a eu de lui ce qu'il souhaitait, le chancelier a eu avis de rétracter l'ordre aux Jésuites de faire cette réparation, et l'on s'est moqué de lui. Voilà les finesses politiques de notre cour, et comme les simples sont dupes; c'est surtout M. de Fresnes, fils du chancelier, grand fripon et homme très-plat, qui a conduit cette coquinerie.

17 *février*. — Voici comme s'est passée l'affaire de l'abbé de Pomponne : on a feint d'ordonner aux Jésuites de lui faire satisfaction sur ce que le P. Pichon a dit de cruel contre le docteur Arnauld ; mais les Jésuites ont été à M. l'ancien évêque de Mirepoix, et lui ont représenté qu'il faudrait donc que l'on obligeât toute la Sorbonne, ancienne et nouvelle, à faire la même réparation à la famille Arnauld, car il n'y avait pas de thèse où on n'en parlât comme d'un hérétique ou d'un schismatique séparé de l'Église. On a ajouté que vingt évêques se préparaient dans le royaume à s'élever contre cette espèce de canonisation du docteur Arnauld, et qu'on allait voir un terrible feu ; sur quoi M. le chancelier a député à l'abbé de Pomponne son fils de Fresnes, le plus grand fripon du conseil, pour lui persuader que ce désagrément était un agrément. Il est vrai que M. le chancelier craint son retour à Fresnes, et l'a toujours devant les yeux.

Le pauvre abbé de Pomponne a retiré sa requête, sur la connaissance qu'en a prise le roi et sur les belles promesses qu'on lui a faites ; il n'y a plus moyen d'en redonner une nouvelle : ainsi voilà les promesses trompées et illusoires ; on lui a donné un guidon de gendarmerie pour l'un de ses neveux. *O vieillesse ennemie !*

Les fonds vont très-mal au trésor royal ; on les retranche à tout.

On avait fort à cœur la grande route de Tours à Bordeaux ; M. Trudaine, qui a grand crédit en finance, voulait laisser ce monument de sa direction des ponts et chaussées; cependant l'on vient d'en suspendre les fonds par nécessité.

On parle sourdement de mettre sur la place du papier forcé et de circulation; on réveille un édit de 1723, peu avant la mort du Régent, par lequel on mettrait 200 millions de papier sur la place. Quels cris, quelles clameurs cela causera! que de discrédit chez les étrangers, qui verront bien qu'ils nous tiennent, et que bientôt nous leur demanderons la paix à genoux!

M. de Machault a donné un ordre secret aux intendants pour qu'ils engageassent les hôtels de ville à racheter les deux sols pour livre de la capitation : cela achèvera de ruiner ces misérables fonds municipaux, qui avaient à servir à bien de meilleures choses pour le public; les échevins trahiront leur devoir en se rachetant par là eux-mêmes, chacun en particulier, d'une nouvelle imposition.

Un intendant de province, avec qui j'ai eu conversation ce matin sur ces détails de finance, m'a dit que le Machault perdait la tête, et que le peu qu'il avait de lumières s'éclipsait; qu'il ne paraissait qu'un robin placé à toute autre chose qu'à ce qu'il avait appris jusqu'à quarante ans; que Sérilly, intendant de l'armée d'Italie, montrait peu de sens en tout ce qu'il faisait et conduisait, et qu'il avait eu, comme toute sa famille, quelque attaque sourde d'apoplexie, qui le rendait incapable de suivre une affaire, quand une fois il y avait été interrompu.

Le contrôleur général Machault est détesté des gens d'affaires et se pique de l'être, ce qui écarte le crédit;

deux ou trois opérations manquées encore, comme les dernières, achèveront de décréditer totalement les finances de France[1].

18 *février.* — M. de la Grandville[2], conseiller d'État, ci-devant dans les plus grandes intendances du royaume, tant de frontières que des armées, jadis du conseil de marine, homme de considération et de grande morgue, s'étant fait dévot, faisant des retraites au noviciat des Jésuites, ce grand magistrat enfin, vient d'être renvoyé du Palais royal par M. le duc d'Orléans, comme un laquais l'aurait été. Le prince a dit à son chancelier qu'il lui déplaisait, et le chancelier lui a rapporté les sceaux; la Grandville dit qu'il se tait sur les causes, et ce par respect pour Mme la duchesse d'Orléans mère. Le prince a déclaré qu'il n'avait plus de chancelier, et qu'il en ferait les fonctions lui-même.

Je considère cependant que M. le duc d'Orléans se trouve aujourd'hui abandonné à lui-même, brouillé avec sa mère, avec son fils et sa belle-fille, avec Mme la princesse de Conti; il est premier prince du sang, appelé au trône immédiatement après M. le Dauphin, qui n'a point encore d'enfants; dévot, studieux, bien de l'esprit quoiqu'on dise, encore que ce ne soit pas l'esprit des grandes affaires, courageux naturellement, quelques bizarreries que donnent la retraite, la vivacité et la médiocrité du génie, tel est cet homme, qui va rester seul, sans conseil, au milieu de grandes affaires

1. Il faut remarquer que M. de Machault n'avait pas encore tenté sa grande réforme financière dont un des premiers actes fut l'édit de mai 1749.

2. Voy. t. III, p. 61.

patrimoniales et d'une si grande maison; Mme la princesse de Conti ne cherche que les moyens de le faire interdire et de le déclarer fou. Que d'embûches! comment y résistera-t-il, surtout faisant par foi des choses qui ne font pas bien à sa réputation de décence et de sagesse dans le monde, comme de ne plus voir le roi?

19 *février*. — Mme de Pompadour vient d'acheter au sieur Bachelier, valet de chambre, la maison de la Celle, entre Saint-Cloud et Versailles[1]. On compte que le roi s'y retirera souvent et y passera bien des journées absorbé dans les seuls favoris et la société de la marquise. Cela fait grande peine et ombrage à nos ministres favoris, qui voient le triomphe d'une cour opposée à leur faveur et à leur prétendu travail. Dans quelle mollesse et dans quelle perte de réputation cela ne va-t-il pas jeter ce prince!

L'on voit dans les gazettes que toutes les nations stipendiaires de la France donnent des fêtes et des bals, tandis que le roi donne aujourd'hui à peine quelques comédies dans les entresols. Cela sent-il la paix?

La marquise s'est bien gardée de permettre les bals à Sa Majesté, à Versailles; elle y craint trop des rivales.

20 *février*. — J'ai remarqué hier, en diverses compagnies de Paris, combien les amis de Mme de Pompadour cherchent à décrier M. le duc d'Orléans sur ce qu'il a renvoyé M. de la Grandville, pour gouverner ses affaires par lui-même; combien on redouble l'accusation de folie contre lui, quoique cependant l'on

1. Elle la paya 260 000 livres, et y dépensa 68 114 livres, suivant l'*État des dépenses* déjà cité.

va voir par sa conduite qu'il en est tout autrement;
il arrangera, il économisera, et, pendant ce temps-là,
M. le duc de Chartres se donne en spectacle à Saint-
Cloud, jouant la comédie avec Mme la duchesse de
Chartres devant tout Paris, qui accourt à ce spectacle
indifférent. Au bout de la comédie, il y a deux tables
de cinquante couverts chacune, et tout cela se fait sans
argent, avec une magnificence recherchée et plus que
royale. Qu'on dise qui vaut mieux, de la sagesse de M. le
duc de Chartres, ou de la folie de M. le duc d'Orléans !

21 *février*. — On a pris à la cour le renvoi de M. de
la Grandville comme un trait de folie de M. le duc
d'Orléans; toute la cour s'est efforcée de le faire passer pour tel auprès du roi. A l'instant où cela fut su, M. le
duc de Chartres eut ordre de sa femme et de sa belle-
mère d'aller le conter au roi avec cette qualification,
et j'ai vu, par quelques traits de gens de la cour, combien on tendait à la même chose par le parti de Mme la
princesse Conti, qui est si chaud et si ardent à faire
injustice. On cherche à faire interdire ce pauvre prince
pour mettre la main sur ses richesses et pour les dépenser follement; déjà on les dévore des yeux. Cela
fait grande pitié! Si cependant M. le duc d'Orléans
était attaqué sérieusement sur cela, je ne doute pas
qu'il ne trouvât asile au parlement, et qu'y présentant
sa requête, cela ne fît quelque soulèvement dans Paris.

22 *février*. — On est venu me donner avis que la
fureur des Pâris contre mon frère augmentait, que
Montmartel avait tenu sur cela des discours qui sen-
taient la rage, à l'occasion d'un chevalier de Beauvoir,

à qui il a été refusé une certaine grâce injustement demandée; que Montmartel, poussé aussi par son frère Duverney, avait eu trois jours de suite travail avec le roi, et que M. le maréchal de Saxe avait passé ces trois jours à Choisy; que la disgrâce de mondit frère se préparait, et qu'on mettrait en sa place un militaire, créature des sieurs Pâris.

Un commerçant de Cadix m'a dit qu'il avait nouvelle que tous les commerçants d'Angleterre avaient demandé tumultuairement, par une requête signée, que le commerce fût rétabli avec l'Espagne, sans quoi ils ne pouvaient soutenir leurs engagements. Le même commerçant m'a dit qu'actuellement toutes les escadres d'Angleterre venaient d'être mises en mer, ce qui certainement regarde la France seule à qui on en veut tant.

Le maréchal de Bellisle m'est venu voir et a eu très-longue conversation avec moi. Il m'a dit qu'il n'avait aucun ordre de partir, parce qu'il y avait deux mois que notre cour n'avait aucune sorte de réponse de la cour de Madrid, touchant les opérations de campagne prochaine à arranger pour l'Italie, qu'on avait beau demander cette réponse par interrogation itérative, qu'il n'en venait point;

Que les recrues espagnoles de l'année dernière n'avaient pas été au quart effectif de ce qu'ils avaient promis, qu'ils avaient actuellement environ 16,000 hommes au complet, voilà tout; qu'il n'y avait pas d'apparence qu'elles fussent plus fortes cette année-ci.

Il doute que les ennemis puissent prendre les trois ports de Corse qu'ils veulent attaquer; il ajoute que M. de Richelieu vient d'y envoyer des renforts suffisants en hommes et en munitions; que, si les ennemis jettent seulement du monde dans l'île, tant que nous aurons les ports à nous, nous serons toujours maîtres de faire passer nos convois avec la même commodité que jusqu'à cette heure; que leur entreprise sur la rivière de Gênes au levant n'est pas facile, que M. de Richelieu l'empêchera bien, et qu'on lui envoie des forces à fur et mesure en toute quantité suffisante; que les ennemis n'ont pas assez de forces pour y réussir.

Il prétend que le ministère anglais pousse à la paix véritablement, et dès le temps qu'il était en Angleterre; mais il convient qu'il peut y avoir des boute-feux secrets qui poussent le roi d'Angleterre à la guerre, et que véritablement l'intérêt national l'y excite, ainsi que celui de la vengeance. Il dit que leur crédit public va au plus mal, que leurs nouveaux emprunts perdent deux ou trois pour cent sur la place. Mais, lui ai-je dit, songez-vous ce qu'il y a à riposter sur les nôtres, et à quel point nos finances vont mal? Il est convenu que cela était tout au pire, et cent fois plus mal que les finances anglaises, qu'aujourd'hui M. de Machault disait tout haut qu'il n'y avait plus de fonds, et le disait bien plus publiquement que feu M. Orry, quoique cela l'eût fait chasser; qu'on ne payait plus ses entrepreneurs qu'en effets de créations de rentes, et qu'il ne pouvait obtenir de fonds pour son théâtre de guerre qui était fort coûteux.

Nous avons parlé des affaires de Suède et de Russie; il m'a dit qu'on en avait trop fait pour la Suède, et trop peu, et ce que lui avait dit Chambrier, qu'il fallait mettre la Suède en état d'opposer 30 000 hommes de guerre à la Russie, et n'en pas rester là; que nous n'en avions fait que ce qu'il fallait pour aiguiser

les épées moscovites contre nous; que le roi de Prusse
ne pouvait se fier à nous et ne s'y fierait jamais, après
ce que nous lui avions fait en 1745; qu'il avait aujour-
d'hui une très-méchante opinion du gouvernement et
du ministère français, qu'il avait refusé de s'opposer
à la marche des Russes, quelque chose qu'on lui eût dit,
et qu'après cela, l'on ne pouvait douter qu'ils ne mar-
chassent jusqu'au Rhin tranquillement.

Nous avons aussi parlé du comte de Saint-Séverin et
du futur congrès de la Chapelle; nous pensons de
même sur le personnage qu'on envoie à ce congrès; il
n'en espère rien, il le trouve paresseux et étroit de
cerveau. Je lui ai dit combien j'avais souhaité sincère-
ment pour le bien de la patrie que ce fût lui qui eût
eu cette commission; j'en ai dit dans les temps toutes
mes raisons qui ne sont pas des compliments; il en
est flatté comme de raison. Il m'a dit que cela s'était
fait par des souterrains de cabinet, et enfin qu'il souhaitait beaucoup de fortune à Mme de Pompadour et
à ses amis, mais qu'il en doutait.

23 février. — Le maréchal de Bellisle m'a dit encore que le maréchal de Noailles avait tant insisté qu'il
avait obtenu qu'on ajouterait, dans les conditions
d'ultimatum données à M. de Saint-Séverin, que le
roi garderait Furnes et le Furnambach[1], avec les places
démantelées de Bavière que nous avons démolies; cela
nous fera le profit de cette guerre. Le maréchal de Bellisle, au contraire, ayant déclaré hautement, pendant
son ambassade, que le roi ne garderait rien des conquê-

1. Pour *Furner Ambacht*, Châtellenie de Furnes.

tes que nous avions faites dans cette guerre, il voudrait
que, pour l'honneur de la couronne, on tînt exactement
parole, et combien il a raison! *Proh superi!* Mais ces
petites réserves vont devenir anicroches, suspensions à
toutes conclusions, et, au lieu de la paix, il nous sur-
viendra quelque échec qui amènera notre destruction.

Le confident, ou plutôt le conducteur d'un de nos
ministres a dit hier à Mme *** que tout allait de pire en
pire et que son maître désespérait de la république.
Finances, affaires étrangères, tout allait au détriment
de l'État; que mon frère essuyait un nouvel orage de
la part de la marquise, des Pâris et du marechal de
Saxe, et que l'on croyait qu'il y succomberait; qu'on
le prenait aujourd'hui par la dilapidation de la Flandre
conquise; que cependant M. de Machault était son
ami secret, qu'ils étaient convenus de jouer ensemble
les indifférents et même les brouillés, mais qu'ils se
sauvaient bien des choses l'un à l'autre;

Que la finance était sans ressource, et qu'on ne
savait si des billets de crédit pourraient remettre
quelque aisance au trésor royal où tout allait écrou-
ler, et que bientôt on y afficherait la banqueroute;

Que cependant le roi était d'une tranquillité, d'une
sécurité qu'on ne pouvait imaginer, qu'il ne voyait
rien que par les yeux de sa maîtresse et des amis de
cette dame, et qu'il croyait que tout allait bien;

Que le marquis de Puisieux avait senti avant les
autres son insuffisance pour les affaires dont il était
chargé et qu'il avait assez d'envie de se retirer;

Que néanmoins personne n'osait encore parler de
moi à la cour hautement, que quelques honnêtes gens
se le disaient seulement dans le tuyau de l'oreille, et

convenaient qu'on avait rejeté le bon et le solide,
pour y substituer le frivole et le pernicieux ; qu'à
peine osait-on produire cette pensée à ses plus confidents, tant j'avais peu d'amis à la cour, et tant j'y étais
toujours desservi par force majeure !

Mon fils, qui a le détail de la correspondance d'Italie, sous les ordres de son oncle, m'a vanté un trait
de finesse du maréchal de Bellisle, qui avait eu de
grands applaudissements de mon frère. Vis-à-vis la
cour d'Espagne, le projet de campagne du maréchal
était extravagant, fanfaron, d'un vrai chevalier er-
rant : il voulait qu'une grande partie de notre armée,
combinée avec les Espagnols, perçât entre les places
de la côte de Gênes, occupées par l'ennemi, et
les places du Piémont. M. de la Mina a réfuté ce
projet par les meilleurs arguments et les plus solides. Notre général l'a bien reconnu, mais, à cause
de cela, il a insisté pour son projet audacieux, se
donnant ainsi l'honneur, vis-à-vis l'Espagne, de vouloir
le grand et le magnifique pour les intérêts de l'Espagne, en offrant tous les moyens et toutes les forces,
tandis que c'était l'Espagne qui raccourcissait nos
vues, et qui voulait les moindres projets.

Je lui ai dit : Voilà une grande leçon de l'abus de
la finesse, malgré les grands applaudissements qu'on
y donne aujourd'hui ; voyez en cette occasion-ci, plus
qu'en toute autre, combien l'esprit est l'ennemi du
bon sens. Je ne m'y prenais pas comme cela depuis la
mort de Philippe V ; je communiquais à l'Espagne et à
M. d'Huescar copie de toutes mes correspondances
sur la paix et de toutes les dépêches que je recevais ou
que j'écrivais ailleurs quand il le souhaitait, j'allais

sur cela jusqu'à l'importunité, et véritablement je retenais l'Espagne dans nos liens par cette méthode jusqu'à ma disgrâce; depuis cela, on a vécu quelque temps de cette même bonne foi et de ses fruits, jusqu'à ce qu'on y ait voulu mettre de la subtilité, comme je vois que l'on fait aujourd'hui.

Le bruit est que le roi a ordonné à M. le duc d'Orléans de prendre un chancelier de l'apanage, y étant obligé, dit-on. Le bruit est aussi que ce prince m'a demandé pour revenir à cette place, de quoi je n'ai point encore entendu parler, et ce qui est impossible, vu le caractère de ministre que j'ai toujours.

24 *février*. — Voici les subsides et les dépenses que nous faisons au dehors pour les affaires étrangères, à peu près :

A Suède.	1 800 000[liv.]	
A Danemark	1 800 000	
A Saxe	2 000 000	
A Palatin	600 000	
A Bavière	800 000	
A Cologne	600 000	
A Gênes	5 000 000	
		12 800 000
Pensions au Prétendant, à ses fils, à Rome, en Suisse, etc.		1 800 000
Appointements de nos ministres en pays étrangers, frais de courriers, etc.		1 200 000
Autres pensions en France à l'occasion des affaires étrangères et dans le département		600 000
Seize millions quatre cent mille livres.		16 400 000

On épargnerait sur cela quatorze millions, et on réduirait le tout à deux millions quatre cent mille livres, en traitant mieux les ambassadeurs qu'ils ne le sont, si l'État était gouverné avec le bon sens, la justice et la dignité dont je l'aurais conduit, restant en place avec le crédit que j'y eusse mérité pendant ma vie.

L'on voit que toutes les cours étrangères où nous donnons des subsides ont fait bombance pendant ce carnaval et ont donné les plus belles fêtes, tandis que nous avons vécu dans le deuil, réduits à quelques fêtes particulières et souterraines.

Dans le peuple, on ne voit que consternation et nulle joie pendant ce carnaval : les jours gras ressemblent à ceux de carême.

25 *février*. — Je suis à la campagne avec quantité de Gascons qui déplorent l'état de leur province de Guyenne ; voilà, depuis quinze jours, huit grosses banqueroutes à Bordeaux, dont la moindre est de 500 000 livres. Toute cette province est perdue, dit-on ; il n'y a bientôt plus ni argent, ni blé, ni hommes.

Lyon va toujours, mais Marseille a cessé son commerce au Levant.

D'un autre côté, il arrive que M. de Machault est détesté des gens d'affaires ; se piquant de les trop mépriser, il a perdu toute la confiance des gens à argent. Il y a encore, dit-on, quelque argent, mais il ne sortira plus, ainsi toutes les opérations de finance manquent absolument.

Bientôt le trésor royal sera absolument à sec, et les armées ne pourront commencer la campagne.

29 *février*. — Quoique nous disions partout que
notre commerce du Levant va à merveille, que tout
échappe aux Anglais, que nous envoyons à Gênes
tous les secours qu'il nous plaît, tant en hommes
qu'en munitions, cependant il est vrai que nos ennemis les Anglais font des prises continuelles de ces
deux objets; ils ont des vaisseaux de guerre qui croisent à l'entrée de l'Archipel, et qui viennent de faire
deux captures considérables sur le commerce de Marseille. Ils amènent continuellement à Livourne des
munitions destinées à Gênes et les y vendent, suivant
les états que j'en ai vus.

L'abbé Grossa-Testa, envoyé de Modène, ne se
cache plus à Londres, et y a de fréquentes audiences
du duc de Newcastle. Son prétexte n'est que de demander faveur pour le duc son maître au prochain
congrès d'Aix-la-Chapelle, mais l'on sait d'ailleurs
qu'il y négocie un subside pour ledit duc; alors, qui
le blâmera de nous avoir tourné casaque? Il est vrai
qu'il ne pourra céder que ce que nos ennemis possè-
dent déjà; mais quel mauvais air cela ne donnera-t-il
pas à notre cause! Tout nous quitte; ce parti si victorieux en Flandre, mais si faible partout ailleurs, est
abandonné de tout le monde, tout se réfugie sous
l'aile et la puissance de l'Angleterre, et s'unit contre
nous. Quel indigne traitement n'essuie pas le duc de
Modène de notre part et de celle d'Espagne! Depuis
qu'il est avec nous, j'y ai vu mépris, outrage, indifférence à ses malheurs.

La cour de Naples est résolue à ne fournir pas plus
de troupes à notre armée d'Italie cette campagne
prochaine que la précédente; il y a à inférer de là

combien nos ennemis ménagent l'Espagne, pour pouvoir tomber mieux sur la France. Naples ne se joint point à nous, on la laisse en repos; l'Espagne fournit peu de contingent, on la ménagera de même.

Les dernières lettres de Turin, que j'ai vues secrètement, portent qu'il venait d'y arriver une grande nouvelle, et la lettre porte en apostille que cette nouvelle est très-sûre et très-secrète, savoir que le général piémontais venait de signer à Vienne un nouveau traité avec la reine de Hongrie, par lequel on donne davantage au roi de Sardaigne que par le traité de Worms, et cela aux dépens des Génois, de sorte qu'on allait travailler avec la plus grande vivacité au siége de Gênes. Il n'est pas douteux que Savone ne soit cédée à S. M. sarde et quelques autres places encore. La marche des ennemis sera de s'emparer de quelques ports du nord de la Corse, et, par là, d'empêcher tous nos secours d'arriver désormais à Gênes; ensuite ils iront à la rivière du levant, d'où ils nous resserreront de très-près, et Gênes sera alors en un prochain danger d'être prise ou de nous être débauchée ou enlevée par la négociation malheureuse de la république.

Le sieur de la Bourdonnais est arrivé en France, à Paris, et sur-le-champ a paru à Versailles, lorsqu'on l'attendait le moins : il vient se laver d'accusations qui semblent si justes contre lui. On a dit d'abord qu'avec ses richesses, et sachant graisser la patte aux puissances, il se montrerait blanc comme neige, et même méritant beaucoup de l'État. Certes, son coup est hardi. On prétend qu'il inculpera M. de Fulvy et que celui-ci sera bientôt à la Bastille.

Les nouvelles d'Angleterre portent que la première

escadre envoyée à Pondichéry s'est trouvée trop faible pour y rien entreprendre, mais que la nouvelle, plus forte et mieux armée, qui va au-devant de son retour, va la mettre en état d'entreprendre à coups certains, et que tous les desseins de la marine anglaise iront cette année à détruire notre Compagnie des Indes entièrement, ce qui est déjà bien avancé.

Les ordres viennent d'être avancés ici pour le départ et l'assemblée de notre armée aux Pays-Bas. Le régiment des gardes partira le 1er avril, et la Maison du roi a ordre d'être assemblée le 1er mai à Bruxelles.

Le duc de Cumberland est attendu actuellement à la Haye pour commencer la campagne de bonne heure. Les Hollandais ont montré sur le papier qu'ils auraient cette année 80 000 hommes, tous de leurs troupes.

On assurait hier de fâcheuses nouvelles d'Angleterre : le comte de Chesterfield[1] y a été disgrâcié, et le comte de Sandwich mis à sa place avec une espèce de titre de premier ministre. Le disgrâcié aimait la France, était ami et élève de feu Walpole, et était fort porté pour la paix. Sandwich, au contraire, est élève et créature de Carteret; il a été envoyé à Bréda pour y contrecarrer la paix; il était opposé à M. de Puisieux, et ainsi le petit congrès de Bréda aura fait la fortune de ces deux messieurs, et cette fortune se devra à la ruine de la paix déguisée en feinte de l'aimer.

1er mars. — Le roi de Sardaigne demande à la cour

---

1. Philip Dormer Stanhope, comte de Chesterfield, connu par ses ouvrages, fut principal secrétaire d'État d'avril 1746 à janvier 1748. Avant de se retirer, il présenta au roi un Mémoire fortement motivé en faveur de la paix.

de Vienne que l'on fasse la conquête de la Corse pour
lui. C'est peut-être là l'objet du traité que l'on mande
de Turin avoir été signé récemment.

Les Anglais viennent de nous prendre cinq vaisseaux
venant du levant, ce qui jette grande alarme dans les
villes de Lyon et de Marseille.

Rien n'étonne plus que le spectacle que donne ici
le sieur de la Bourdonnais : il a été reçu à merveille à
la cour; c'est aujourd'hui qu'il a été à la Compagnie
des Indes rendre compte de ses hautes prouesses.
Chacun est étonné et le regarde. M. d'Auteuil, son
beau-père, a dit froidement à quelqu'un qui lui en
parlait qu'il était venu ici rendre compte d'une gestion
si glorieuse que la sienne; que, dès qu'il se serait
acquitté de ce devoir, il irait par terre à Lisbonne chercher sa femme et ses enfants pour les ramener ici.

Il rapporte des richesses immenses, et, entre autres,
un gros sac de pierreries. Il a donné gros à la cour. On
prétend que bientôt nous le verrons chef d'escadre,
comme on fit de Duguay-Trouin, et chevalier de Saint-
Louis.

La marquise de Pompadour vend tout, et jusqu'à
des régiments. Le maître tombe de plus en plus dans
la facilité à se laisser gouverner par cette femme et par
ceux dont les qualités flatteuses plutôt qu'estimables
le séduisent, ce qui ne fait pas le compte de l'État.

On vient d'imprimer un recueil fort ridicule des
divertissements du théâtre des cabinets [1] ou petits ap-

1. Les *Divertissemens du Théâtre des Petits appartements pendant l'hiver*, parurent de 1747 à 1750. Ils renferment des livrets
ayant chacun une pagination séparée, et formant 3 ou 6 volumes
in-8.

partements de Sa Majesté, ouvrages lyriques misérables et flatteurs; on y lit les acteurs dansants et
chantants, des officiers généraux et des baladins, de
grandes dames de la cour et des filles de théâtre. En
effet, le roi passe ses journées aujourd'hui à voir exercer la marquise et les autres personnages par tous ces
histrions de profession qui se familiarisent avec le monarque d'une façon sacrilége et impie.

Le discours des partisans de M. le prince de Conti,
soufflés par le ministère, consiste à dire qu'il n'y a
que la prise de Maëstricht qui donnerait la paix au
royaume, que tout y devrait tendre et qu'on n'y songe
point; que le comte de Saxe trahit le roi en voulant
faire durer la guerre; que ce siége n'est possible, suivant tous les vieux militaires, qu'en s'y prenant dès le
mois de mars; que, plus tard, il faudra donner une bataille, battre les ennemis à plate couture, les pour-
suivre (ce qui ne nous arrive jamais); que cependant
on voit bien que le maréchal de Saxe ne commencera
la campagne qu'au mois de mai au plus tôt, qu'il ne
veut point avancer, qu'actuellement les ennemis ne
sont point prêts et ne le seront pas de six semaines à
deux mois.

La cour s'aigrit et se partage sur cette dispute. Les
ministres soutiennent et poussent M. le prince de
Conti à attaquer ainsi la besogne du maréchal de
Saxe, qui est soutenu par la maîtresse et par les Pâris.
Un prince de sang ose tout dire, quand il est appuyé
par le ministère. L'habileté de mon frère consiste en
ceci, après quoi tout est dit : il y a une scène d'Arlequin où il porte une grosse malle, conjointement avec
son camarade Scapin; Arlequin décline peu à peu

des épaules et fait porter toute la malle, tout le fardeau à Scapin. Voilà l'habileté, la finesse; rien ne roule sur lui, il se montre affable, affairé, flatteur au maître, il prend sur lui la gloire du bon air et de quelques succès; mais aucun des mauvais succès, rien de toute la dilapidation ne roule sur lui; voilà tout son art, toute sa réussite.

2 *mars*. — La nouvelle est bien confirmée de la disgrâce ou retraite de Chesterfield : une dame[1] d'ici

1. Cette dame, correspondante du comte de Chesterfield, est évidemment la marquise de Monconseil, fille de Mme de Cursay (voy. t. III, p. 325), dame d'atours de la reine de Pologne, et dont la fille épousa le prince d'Hénin. C'était une femme d'esprit, de qui on a un *Portrait du maréchal de Richelieu* parmi ceux de Sénac de Meilhan; voy. l'édition qu'en a donnée M. de Lescure, p. 366. Voici un passage de la lettre que lui écrivait Chesterfield : elle se trouve t. III, p. 341, de *Letters of Philip Dormer Stanhope, earl of Chesterfield, edited by lord Mahon*, Londres, 1845, 4 vol. in-8.

« Il y a à cette heure douze jours que j'ai quitté mon poste de secrétaire d'État; vous l'aurez certainement su par les nouvelles publiques, mais vous n'en aurez certainement pas su les véritables raisons, que le public sait rarement et n'allègue jamais : d'ailleurs, elles sont trop simples pour être crues; elles ne sont donc véritablement que l'amour du repos, et le soin de ma santé qui en exigeait, etc. »

Il est permis de s'étonner que, tandis qu'on a traduit et réimprimé chez nous à satiété les *Lettres de Chesterfield à son fils*, si fades et si monotones, aucun de nos éditeurs n'ait eu l'idée de reproduire sa *Correspondance politique et mêlée*, publiée en Angleterre par le docteur Maty dès 1777, et qui renferme des lettres, la plupart en français et en excellent français, soit de l'auteur lui-même, soit de ses correspondants en France, parmi lesquels on compte, outre la marquise de Monconseil, Mmes de Tencin et Du Boccage, Voltaire, Crébillon le fils, etc.

en a reçu lettre de lui. On n'est pas encore sûr si c'est Sandwich qui lui succède; ce déplacement s'est fait le 16 février. On mande d'Angleterre qu'il avait résolu de tout porter à la paix, et sa principale vue, ainsi que de ceux de son parti, était de déposséder Carteret de son grand et secret crédit près de Sa Majesté britannique. Cela est toujours sur le même pied : Carteret, apôtre de la guerre contre la France, prophète de notre destruction, ayant gagné le cœur de ce médiocre roi Georges par son avarice et par ses passions de ressentiment contre la France qui l'a insulté deux fois gratuitement, l'une en le contraignant à un traité honteux à Hanovre, l'autre en soutenant le Prétendant en Écosse.

Avec cela, qu'y a-t-il à s'étonner si Carteret gouverne toujours le cœur et l'esprit de Sa Majesté britannique, selon que le parti qui le hait, qui l'envie, prenant plus ou moins la paix à cœur, recule ou avance? Car ces gens-là voient bien que quelques succès en négociation ou en guerre augmentent sensiblement le grand crédit de Carteret, non-seulement chez le roi, mais dans le peuple et la plus grande partie de la nation, et tout cela n'est point mené avec maladresse. Si bien que nous n'avons eu jusques ici d'amis de la paix en Angleterre que les grands envieux et ennemis dudit Carteret : ils voient bien que morte la guerre, mort serait Carteret ; tandis que, par de certains succès, il pourrait peut-être monter jusques à la première place.

On a donc profité des derniers succès de négociation à Pétersbourg, de l'effet qu'ils font en Allemagne, du nouveau traité du roi de Sardaigne avec Vienne, pour

v   14

déclarer tout à coup au conseil qu'il faut continuer absolument et fortement la guerre contre la France. C'est sur cela que Chesterfield a demandé sa démission.

Le roi de Prusse a mandé, comme le disent les gazettes, le sieur de la Touche, Français, pour être la tête de l'établissement de la marine et de son commerce; il a chargé M. Chambrier de demander sur cela des mémoires aux Français entendus qu'il connaîtrait. Chambrier lui envoya nombre de mémoires, et, parmi ceux-ci, celui de la Touche ou Destouches n'avait que cent lignes; mais Sa Majesté prussienne le trouva si supérieur, qu'il le préféra et demanda qu'on lui attirât à Berlin la personne de ce Destouches, à quelque prix que ce fût. C'est ce qu'on a fait.

Destouches est riche par lui-même, il a été dans la Compagnie des Indes; mais M. de Maurepas, mauvais connaisseur, n'a pas jugé à propos de se servir de lui. C'est, dit-on, un génie supérieur; il va diriger l'établissement prussien pour la marine et le commerce; il a dix ports, dont il prétend rendre quelques-uns excellents, surtout celui d'Emden, en Ost-Frise.

Berg-op-zoom ne nous coûte pas moins à conserver qu'à prendre. M. de Blet, qui y commandait, vient de mourir; c'était un vrai Romain et un digne gentilhomme français; il était d'une générosité fort rare, aussi meurt-il ruiné. Bien d'autres officiers français y meurent à tas. Un homme qui en revient dit que ce sont des alertes continuelles, et qu'on n'y est pas une nuit en repos. Comment garder cette place jusqu'à l'ouverture de la campagne? C'est une folie qu'on veut soutenir; sa prise n'a servi à rien; mais on n'ose l'abandonner.

M. le Dauphin a fait, il y a quelques jours, une culbute affreuse en descendant un petit escalier qui mène de l'appartement du roi au sien; un garde du corps lui a sauvé la vie, et en a eu quelque récompense. Dans quel état se trouverait la monarchie si nous avions perdu cette tête unique!

3 *mars.* — Une dame de la cour, qui en arrivait, m'a conté ce qui suit :

D'abord des choses surprenantes et effrayantes du caractère du roi. On a dit de lui, dans sa jeunesse, qu'il était perroquet; mais alors il ne faisait que redire des mots, des faits, des propos aux mêmes termes où il les avait entendus. Aujourd'hui, dit-on, c'est bien autre chose : il s'est fait un jargon de sentiments, un jargon de raisonnements politiques qu'il compose de goût sur les différents propos qu'il a entendus aux uns et aux autres, sans y participer aucunement par le bon sens ni par le sentiment, et même sans y entendre. On le compare aux religieuses qui parlent latin, qui prient Dieu en latin, sans en entendre un seul mot : la mémoire, le jargon y font tout. De là vient qu'il fait des choses contradictoires. Il écrivait, par exemple, les choses les plus tendres à Mme de Tallard pendant la campagne, tandis qu'il la dépossédait d'une partie de sa charge. Il m'a renvoyé, dit-on à la cour, pendant qu'il m'aimait, disait-il, et m'estimait, et qu'il voyait des choses approuvables de ma besogne. Il renvoya Mme de Châteauroux et sa sœur; il demandait pardon à la reine, à Mme de Villars pour elle, et à tout le monde. Il ne savait à qui demander autant de pardons qu'il en jargonnait alors. Il pleure cette dame, il la reprend; il la perd, il en est au désespoir; puis il va au bal et reprend une autre maîtresse, qu'il aime davantage et par qui il laisse tout gouverner. Il en est de même pour les affaires, il jargonne avec l'un de la façon qu'il veut, et avec l'autre d'une façon opposée, le tout selon le thème qu'il s'est fait.

Elle dit que M. le prince de Conti espère épouser Mme Adélaïde, et, par là, devenir ministre d'État, même premier ministre. Sa folie est la politique, et ses autres prétentions ne sont que des moyens subordonnés à celle-là. Son parti commence à publier que les affaires du royaume ne peuvent aller longtemps comme elles vont, qu'il faut absolument un premier ministre. On tient sur cela ce discours banal que j'ai déjà tant entendu pour le généralat de M. le prince de Conti, qu'un prince du sang est le premier intéressé à la conservation de l'État, qu'ainsi l'État ne saurait être en meilleures mains que dans les siennes. Oui; mais tout citoyen a cet intérêt; mais ce prince conservateur a intérêt de devenir roi et de se conserver la grande autorité. Celui-ci recommence à faire la cour à Mme de Pompadour, et la favorite est bien aise de s'appuyer d'un prince du sang. Mme la princesse de Conti aide beaucoup à tout ceci et s'est mis en tête le mariage de Mme Adélaïde. On a permis qu'il s'enfermât avec Mme Adélaïde pendant la petite vérole qu'elle vient d'essuyer. Il rendait les lettres de la princesse au roi et à M. le Dauphin.

On travaille aussi au mariage de Mlle de la Roche-sur-Yon avec le roi Stanislas; le roi et la reine s'y lais-

seraient aller par facilité. Cette princesse a des dégoûts
sur son rang, dont on lui refuse les prérogatives avec
affectation : cela ressemble à une bourgeoise qui
achète la main d'un vieux duc pour se donner un rang.
Le roi Stanislas y trouvera de la compagnie et quelques revenus de plus pour entretenir la reine, qui
tiendra un cercle à Lunéville.

La marquise de Ségur a eu vent qu'on l'avait des-
servie auprès de Mme de Pompadour; elle l'a suppliée
de s'informer de son caractère, ce que la marquise a
fait gravement, puis lui a dit que les informations
étaient bonnes. Quelle bassesse!

4 mars. — J'ai été hier à Versailles, où j'ai été très-
bien reçu du roi, qui m'a fait plusieurs questions à son
lever, m'ayant appelé jusqu'à trois reprises, ce qui a
été fort remarqué des courtisans attentifs.

On l'est principalement à mon frère aujourd'hui,
qui est de nouveau attaqué par les Pâris, le maréchal
de Saxe et Mme de Pompadour, et on l'attaque toujours sur la dissipation des fonds et la dépense de la
guerre, qui est trop grande, il est vrai, ainsi que sur
le peu que les Pays-Bas conquis rapportent au roi,
quoique ces pays soient extrêmement pressurés et ty-
rannisés. On rejette avec raison les trois quarts de la
faute sur les maréchaux de Saxe et de Lowendal, qui
sont grands pillards et qui recommandent des employés
avec une autorité qui sent la tyrannie et l'exigence.

M. de Puisieux m'a paru d'un changement, d'un
épuisement qui menace ruine; on le dit ahuri et n'ayant
plus que quelques phrases à répéter tant aux étrangers
qu'aux courtisans : le sac est vide. Pour le maréchal

de Noailles, il est, dit-on, comme un fou dans Versailles, tempêtant, frappant du pied; car ils voient tous que les affaires se perdent de plus en plus par le défaut de plan et de principes, M. de Puisieux n'ayant eu d'idées, depuis qu'il est dans le ministère, que celles suggérées par MM. Duverney et de Saint-Séverin, deux cerveaux aussi furibonds que bornés.

Un ministre m'a dit qu'il était, depuis quelque temps, grand bruit, dans Versailles, de la comparaison de mon ministère avec celui qui m'a remplacé, et que tout le monde plaidait ma cause hautement; je m'en suis aperçu à la façon dont j'ai été reçu et dont quelques-uns m'ont parlé.

J'avoue avec peine qu'au milieu de tout cela l'on dit grand mal du roi, et que l'on dit : Que peut-on faire sous un maître *qui ne pense ni ne sent?*

J'ai trouvé la marquise de Pompadour extrêmement changée; elle était à la messe de la chapelle, coiffée de nuit, avec la mine du monde la plus défaite et la plus malsaine; elle ne peut résister à la vie qu'elle mène, de veilles, d'occupations, de spectacles, et de penser continuellement à amuser le roi, tandis qu'elle est encore occupée d'affaires et au milieu d'un tourbillon de monde continuel.

On avance à grands pas l'ouverture prochaine de la campagne, on hâte tout. J'ai continué de proposer à mon frère une guerre défensive; il dit avoir consulté sur cela les militaires, qui assurent que cela coûterait davantage, et avec plus de risque d'être entamé, que la guerre offensive. A quoi j'ai répondu par la bravoure des troupes françaises et par la sorte d'habileté de notre général saxon. A ce que l'on m'a répliqué; j'ai

connu que l'on veut débuter par quelque haute entreprise, et surtout par une bataille.

Le sieur de la Bourdonnais a été mis à la Bastille : il
est venu ici s'embarrasser dans ses filets. Il ne craint
pas, dit-il, l'examen; il a été surpris d'abord de l'arrêt,
puis il a baisé l'ordre du roi. On a pris tous ses papiers;
on lui a nommé trois commissaires pour l'examen.

On accuse toujours M. le duc d'Orléans de folie, et
Mme la princesse de Conti ne cesse de le décrier. On
prétend qu'au dernier travail avec M. de la Grandville,
il lui soutint qu'il avait mal fait à l'assaut de Berg-op-
zoom. Pour moi, je n'en crois pas un mot : ce sont
malices et inventions diaboliques pour le faire interdire et avoir son bien; de quelques faiblesses, des
quelques variations qu'il peut avoir, on en fait des éga-
rements qu'il n'a point.

5 *mars*. — On ne parle aujourd'hui que de la mort
tragique du comte de Coigny, trouvé étranglé dans sa
chaise de poste par le cordon de la glace, ayant versé
la nuit sur le chemin de Paris à Versailles[1]. Ainsi voilà
l'abréviation de la plus belle carrière qu'on pouvait
courir en France, ayant été élevé avec le roi et son
favori à durer; car c'était le seul honnête homme de sa

1. Antoine-François, comte de Coigny, fils du premier maréchal
de ce nom, né en 1702, tué en duel sur la route de Versailles, au
lieu dit *le Point du jour*, le 4 mars 1748, par le prince de Dombes,
fils aîné du duc du Maine, à qui il avait dit au jeu du roi : « Un
enfant légitime ne serait pas mieux partagé que vous ne l'êtes. »
La version que donne ici d'Argenson de cette mort, et que le duc
de Luynes reproduit dans ses *Mémoires*, t. VIII, p. 466, est évidemment celle que l'on accrédita à la cour.

familiarité[1], d'un esprit assez médiocre, mais doux, naturel, poli pour le monde, riche, le premier des lieutenants généraux à quarante-deux ans, cordon bleu, général des dragons, attendant le duché de son père, d'une belle figure, homme à bonnes fortunes, cependant adoré de sa femme, laissant de jolis enfants, la plus charmante union dans sa famille, etc. O Providence, que tu es douce à croire, mais difficile à deviner!

L'escadre de quatre vaisseaux du marquis d'Albert a été écartée et très-maltraitée par une tempête; un de ses vaisseaux vient d'arriver à Brest dans un état horrible. Quelle fatalité est attachée aujourd'hui à ce département!

On n'a arrêté la Bourdonnais que sur le cri public, qui disait que le ministère avait reçu de lui une grosse portion de ses richesses pour ne lui rien faire de mal, ni recherche, et pour le récompenser après.

Un commissaire des guerres, nommé Roultier, faisait le bigot, et vient d'être pris vendant tout, recevant des présents des ennemis pour s'enrichir. On ne doute pas qu'il ne soit pendu; on lui fait son procès à force.

J'ai entendu aujourd'hui un homme de guerre faire aussi bien le procès au maréchal de Saxe, et sur des choses bien plus graves pour l'État. Il ne songe, dit-on, qu'à prolonger la guerre : plus elle durera, plus il

---

1. Le comte de Coigny était très-aimé de Louis XV. On lit dans une lettre de Mme de Pompadour, du 26 mars 1748, publiée par la *Société des bibliophiles :* « Le malheur du pauvre Coigny nous a mis au désespoir. Le roi en a été à me faire peur.... Heureusement la raison a pris le dessus. »

sera riche. Il ne veut rien entreprendre de tous les projets qu'on propose; il pille, il vole, il ordonne à Séchelles de donner part aux entreprises, de donner des emplois à qui il veut. Il enrichit tous les coquins qui partagent avec lui; il n'a autour de lui que des roués; ils ont fait un Pérou pour eux de ces malheureux pays conquis, et le roi le souffre; car les cabinets s'en mêlent. Au reste, il ne voit guère le roi, car il est toujours à Paris avec des p......, qui forment sa seule société.

25 *avril*. — Les courtisans, les partisans du ministère conçoivent les plus grandes espérances de l'état actuel de nos affaires en Flandre. Le maréchal de Saxe vient de s'y rencontrer grand général en tout : nous avons eu pour nous la valeur et la force de nos troupes, leur unité, l'abondance des fonds, tandis que nos ennemis sans généraux, sans génie de guerre, mesquins et malentendus dans leurs dépenses, désunis de volontés et d'entreprises, de la moitié inférieurs à nous par l'effectif, les ennemis, dis-je, ont laissé assiéger Maëstricht à l'improviste, de façon qu'il leur est très-difficile et quasi impossible, avec la faiblesse et l'infériorité de leurs soldats, de secourir cette place et de troubler le siége.

Ils se croient si sûrs de la paix que déjà ils la méprisent et publient qu'il faut, de cette affaire-ci, garder les Pays-Bas, ancien patrimoine de nos rois. Nos maux internes de disette d'aliments et d'espèces disparaissent à ces yeux prévenus, l'abondance leur reparaît par la victoire et par la beauté de la campagne (sur quoi il faut cependant attendre jusqu'en septembre).

Le roi ne va point à son armée, et c'est avec raison, vu l'incertitude des affaires militaires.

28 *avril*. — Une vue politique qui devrait tourner ici en principe fondamental d'État devrait être de nous lier indissolublement et pour toujours avec les Génois.

Le ministère de la marine se montre trop occupé de l'avantage de notre pavillon et de l'intérêt du commerce de Marseille. Que le petit cède au grand; favorisons les Génois par le commerce; ayons-y des pensionnaires; faisons-y des grâces, des mariages; entretenons-y un ambassadeur ou ministre qualifié et agréable à la république. Il y a mille autres moyens.

Il nous faut une entrée en Italie, la voilà : le roi de Sardaigne est trop cher comme portier d'Italie; nous l'avons assez agrandi, sa politique est devenue mauvaise; il l'a corrompue au point d'être aujourd'hui naturellement plus porté pour l'Autriche que pour les Bourbons; il manque, il tourne casaque, au lieu qu'une république ne se retourne pas si prestement.

Agrandissons la république de Gênes, visons-y, faisons sa fortune, aujourd'hui où il n'y a plus de reine douairière d'Espagne pour projeter violemment et follement tant d'établissements pour tant d'Infants.

7 *mai*. — Je prévoyais bien que la paix suivrait bientôt, dans le désarroi où étaient nos ennemis. Voici des préliminaires signés et un armistice établi.

8 *mai*. — Nos préliminaires ne sont encore signés qu'avec les puissances maritimes; M. de Kaunitz,

ninistre de Vienne n'y a pas signé; il voulait une paix
particulière, et n'y point comprendre la garantie de
a Silésie.

La reine de Hongrie, poussée par des conseillers vio-
ents, comme Bartenstein, pourra bien ne pas adhérer
sitôt aux préliminaires, se fâcher et se tiédir au dehors,
Pendant ce temps-là, elle retirera toutes ses troupes des
Pays-Bas, et les fera revenir dans l'intérieur de l'Empire. Elle n'a à cœur au monde que la perte et le
recouvrement de la Silésie, elle en sent mieux l'importance que personne, et même que nous autres (puisque
j'ai vu le conseil y chanceler) : on le voit bien par les
négociations avec nous, qui n'ont jamais eu pour but
que de nous brouiller avec le prince.

Mai [1]. — Que l'idée de la Providence est aimable,
que ses espérances et ses consolations sont douces à
tout malheureux! mais que ses décrets sont impéné-
trables! Cependant la justice de Dieu doit être aussi
parfaite que le mécanisme avec lequel il a créé et crée
les créatures : la Providence doit donc être juste en
tout. Le croyant, le chrétien qui voit des récompenses
et des peines dans une autre vie, accorde facilement
avec la justice de la providence le bonheur des méchants et le malheur des bons dans ce monde. Mais le
philosophe, aux yeux de qui tout s'anéantit par la mort,
a grande peine à accorder ces événements contraires
à la justice de Dieu.

D'un autre côté, il ne manque cependant pas de

1. Inséré dans les *Remarques en lisant*, n° 1207, à cette date et
sous ce titre : *De la Providence.* Voy. l'*Introduction*, p. xxix.

réponses, même dans le système de l'anéantissement des âmes : punition dans la postérité des méchants, leur conscience bourrelée, la privation des plaisirs de conscience, des maladies aiguës, mille autres choses terrestres de cette espèce, et le contraire aux bons.

Cependant le spectacle qui s'offre actuellement à moi (1748), c'est M. le marquis de Fénelon, bienfaiteur de l'abbé de La Ville, perdu par cet abbé, décrédité, passant pour un sot quand il est mort, chassé de son ambassade, cet abbé jésuite ayant pris sa place, en jouissant encore aujourd'hui, M. de Fénelon tué misérablement à la guerre[1], l'abbé comblé de bénéfices, de places et de réputation d'un grand ministre, quoique je le connaisse bien pour un scélérat du premier ordre.

Mon frère m'a chassé de toutes les places que j'avais obtenues successivement par travail et par réputation de mérite et de candeur, il m'a poursuivi avec lâcheté, trahison partout, douceur couvrant la haine, il m'a enlevé ma fille et le moindre ami, il a autorisé ma femme contre moi. Je suis dans le néant de tous emplois publics et de toute considération, on a persuadé au maître que j'étais incapable de mon ministère, lorsque j'y avais opéré par moi seul les plus grands coups d'État, que tout allait à souhait, que j'avais calmé l'Allemagne, formé dans l'Empire le plus grand parti au roi, assuré, consolidé la constance de la cour d'Espagne dans notre alliance, quand j'avais attiré les ministres des ennemis à Paris pour y demander la paix, quand je l'avais négociée toute prête à signer et écrite

---

1. A la bataille de Rocoux. Voy. ce qu'en dit Voltaire, *Siècle de Louis XV*, ch. XVIII.

de la main du Grand-Pensionnaire de Hollande, sur un meilleur pied que celui dont on vient de la signer à Aix-la-Chapelle.

Cependant c'est ma créature, le petit bonhomme Puisieux, qui m'a chassé de place, à l'aide de l'abbé de La Ville et de mon frère, c'est lui qui triomphe de tout et qui passe pour le plus grand ministre d'État qu'il y ait eu ici depuis longtemps, c'est lui qui a été tiré d'une maladie qui l'a mené jusqu'à l'agonie, en prenant indignement ma place, c'est lui qui est aujourd'hui comblé d'honneur et de gloire.

M. de Saint-Séverin, que j'avais obligé, a été soulevé contre moi par mon frère, il m'a déprisé hautement partout, c'est lui qui signe la paix sans mérite et qui en recueille grande gloire; il va avoir un brevet de duc, il a échappé l'année dernière à une grande opération où les chirurgiens lui ont râclé le foie et l'estomac, maladie contractée par débauche. Il va être comblé de gloire, d'honneur et de biens.

Mon frère et ma belle-sœur jouissent d'une forte santé, ils regorgent de biens qu'ils ont volés à l'État; le ministère de mon frère paraît à l'extérieur un grand champ de gloire, il a pris, dit-on, les affaires de guerre dans leur grand délabrement, et les rend redoutables, c'est par l'épée que la paix s'est faite.

Garnier, son intendant, homme pétri de crimes et de noirceurs, de tromperies et de larcins, a aujourd'hui 80 000 francs de rentes et passe pour un Joseph dans son administration de la fortune de mon frère.

Pour moi, je suis, pour ainsi dire, à l'aumône de ma paroisse, j'ai moins de patrimoine que de dettes; si la cour me retirait ses pensions, si on me les payait mal, je serais sans pain[1]. On m'a fait passer auprès du roi pour incapable de toutes affaires publiques, et toutes voies me sont fermées pour montrer qu'il en est bien autrement.

M. de Maurepas, animé seulement par la malice, livrant ce qu'il ordonne à l'intrigue, mangeant ses fonds d'avance, va obtenir désormais tous ceux qu'il voudra pour le rétablissement de la marine, et la rétablira, par prestige extérieur, à force d'argent.

Que dire de tant d'exemples contraires aux décrets de la Providence sur notre terre? Il y a donc une autre vie, où la Providence attend les méchants et les bons!

22 *mai*. — On a le visage allongé et l'air triste à Versailles. Il y a quelques mauvaises nouvelles que l'on cache, et ces mauvaises nouvelles viennent sans doute de Vienne ou de Madrid, ou de toutes ces deux cours à la fois, ce qu'on m'a dit de faits, non encore divulgués, consiste en ce que le duc d'Huescar plie bagage et se prépare au départ. Nous préparons des magasins en Alsace, ce qui sent la guerre d'empire. On croit donc que la reine de Hongrie aura fait la paix avec l'Espagne sans les Génois et sans nous, que le prix en est le sacrifice des Génois, ou que l'Espagne se con-

---

1. On comprend que nous sommes loin de nous porter garant de tous les griefs énumérés par d'Argenson, dans cet article, avec une amertume si passionnée; mais nous devons remarquer que, loin de s'enrichir par ses places, il perdit 8000 livres de rente à être membre du conseil du roi (Voy. sa lettre à son frère, t. IV, p. 102), et 17 000 à être ministre. *Mémoires de Luynes*, t. VII, **p. 340.**

tentera de neutralité et retirera ses troupes de Gênes et de Dauphiné, mais gardera la Savoie. D'autres prétendent que le roi de Sardaigne veut se liguer avec nous, ce que je ne puis croire, et que M. de Bellisle va à Turin.

On blâme ouvertement, dans le public de bonne compagnie, l'espèce de paix que nous venons de faire, toutes les conquêtes que nous restituons, le médiocre établissement de don Philippe. Est-ce là, dit-on, la paix que méritaient tant de conquêtes? telle est donc celle qu'on nous refusait depuis plusieurs années, et qu'il a fallu tant de victoires pour obtenir!

Le voyage de Compiègne paraît rompu, on en donne pour prétexte les grosses réparations à faire, mais d'autres prétendent que ce peut être la prévoyance de reprise d'armes. Cependant, par l'armistice, nous venons de laisser respirer les ennemis, ils ont gagné le temps de fourrager en campagne, et leur manque de subsistance et de magasins est couvert, leur armée est ravitaillée et leurs places munies.

31 *mai.* — Ne considérant le règne de Louis XV que depuis qu'il gouverne lui-même, depuis la mort du cardinal, je trouve que cinq personnages l'ont bien servi, savoir : deux bons financiers et trois bourreaux d'argent. Boullogne et Montmartel, unis d'amitié, gens d'esprit médiocre, mais bien ordonné, et consommés dans leur partie, ont fait régner un ordre jusqu'ici inconnu dans le trésor royal, et ont soutenu le crédit public mieux qu'il ne l'avait encore été. Les deux contrôleurs généraux, Orry et Machault, se sont

en vain attribué à leur ministère le mérite de ce travail ; on a vu que la grossièreté et le borné de M. Orry, que la nonchalance et l'incapacité de M. de Machault pour la finance n'y ont rien fait, que tout a bien été, et que le crédit des Anglais a blanchi bientôt devant le nôtre.

Mon frère, M. de Bellisle et M. Duverney ont fait de grande besogne dans la direction de la guerre, dans les négociations et dans les vivres et fourrages ; mais avec quelles dépenses affreuses, au prix de quel argent prodigué, avec quelle profusion ! Tout est facile quand on sait exiger et faire fournir l'argent nécessaire à des gens industrieux. J'y ajouterais bien le maréchal de Saxe, qui a toujours exigé d'avoir des armées formidables et qui a beaucoup pillé.

Cependant on est parvenu à son but, on a affaibli ses ennemis, on a entamé la grandeur de la maison d'Autriche par quantité de diminutions. On a la paix enfin. Il ne nous manque plus que d'habiles économes pour rendre de la substance au royaume.

Que le roi voie toujours en grand, qu'il fasse de bons choix, qu'il mette l'emplâtre à l'ulcère et son règne sera très-glorieux. Je le répète, il lui faut aujourd'hui de grands économes de maison.

4 juin. — La reine de Hongrie approuve la paix, y envoie son consentement, ordonne l'armistice à l'armée des Pays-Bas, mais elle a, dit-elle, quelque chose encore à régler en Italie et, pendant ce temps-là, on y attaque la rivière du levant des Génois, le nord de la Corse est occupé par nos ennemis, et ils avancent grand train à l'attaque de Gênes.

Les nouvelles de la Sarraz[1] me disent que la reine de Hongrie n'en travaille pas moins vivement, dans les liètes et à Ratisbonne, à faire passer le décret de sécurité et d'association dans l'empire, et qu'elle espère y parvenir.

Les Russes ont passé la Vistule avec lenteur, et séjournent en Pologne; quelques colonnes commencent seulement à s'avancer vers la Moravie. Cependant le roi de Pologne va tenir une diète extraordinaire à Varsovie pour augmenter l'armée de la couronne : il veut se servir de cette occasion pour parvenir à ce but désiré depuis longtemps. Il y pourra parvenir, dans le moment où les Polonais sont enragés de se voir manger par une armée d'étrangers qui va sans doute s'augmenter, ce qui atteste un passage long pour y séjourner davantage, et, par là, pour y dominer.

Cependant nous jouissons ici du bénéfice de la paix, quoique nous ayons encore des troupes sur pied et que nous ne puissions encore en réformer aucune. Nous sommes délivrés de l'ennemi par mer, nos vaisseaux vont voguant de toutes parts, et le ciel, se déclarant pour la paix, nous promet la plus belle année; le printemps, mêlé de chaud et de quelques pluies, fait pousser avec grande abondance toutes sortes de grains.

L'on vient d'être bien étonné de voir demander, de la part du roi, quinze millions de subsides au clergé, à l'assemblée extraordinaire qui avait été convoquée à

1. La Sarraz est un bourg du canton de Vaud. Il y a, à la Bibliothèque de l'Arsenal, un manuscrit intitulé : *Extrait des dépêches de la Sarraz*. Il doit provenir de M. de Paulmy, qui, vers cette époque, remplit en Suisse des fonctions diplomatiques.

l'occasion de la guerre cruelle, dispendieuse et con-
tinuée; mais, depuis qu'elle cesse, il aurait donc fallu,
dit-on, renvoyer les députés chez eux, d'autant plus
que, dans deux ans, il y aura une assemblée ordinaire
pour autre demande de subside.

9 *juin.* — Il y a eu bouderie considérable entre le
roi et sa maîtresse, on ne sait encore sur quoi; mais
ces légèretés, ces caprices, ces fêtes mal fêtées annoncent souvent des ruptures, et en sont suivies de
près. Le roi a déclaré qu'il n'irait plus à Crécy, que
le pays lui déplaisait et que ces voyages coûtaient trop,
ne disant pas si c'est à la marquise ou à lui que cela
coûte; on entend bien qui en paye le supplément.

Voici M. le prince de Conti entièrement brouillé
avec la dame Darty, qu'il avait depuis sa première
jeunesse; ils se battirent il y a quelque temps à coups
de poing, enfin la brouillerie est définitive; elle a
quitté la maison de l'orangerie de l'Ile-Adam, et, sur-le-
champ, toute la famille l'y est venue voir, comme madame sa mère, sa sœur, etc. On conjecture que Mme la
princesse de Conti, par ses adresses infinies, va porter
le roi à donner à ce prince une de Mesdames, après
qu'on en a refusé une à M. le duc de Chartres. D'un
autre côté, elle a plongé celui-ci dans la ruine et dans
l'horreur des dettes, ainsi, comme disait B..., elle n'a
de dessein que de faire du duc de Chartres un chevalier de Conti et elle en vient à bout.

M. le prince de Conti tire du roi de grands dons en
domaines, il n'en paye pas pour un sol de dettes, mais
il en fait des acquisitions pour arrondir ses terres,
comme ferait un simple gentilhomme.

Le contrôleur général Machault branle au manche de plus en plus, et l'on assure que Montmartel va avoir cette place d'éclat : il la fera bien, quant à l'ordre du trésor royal et au crédit des finances; savoir s'il en sera de même pour l'amélioration du dedans du royaume : c'est autre chose. Ce sera un banquier qui mettra tout en banque, comme nos légistes ont tout mis en formes dans le ministère.

M. le comte de Saint-Séverin est accouru à la cour pour prendre de nouveaux ordres, pour se donner les violons à Aix-la-Chapelle, et pour demander que l'on change le lieu du congrès, qui est fort incommodément placé où il est.

24 juin. — Le Français désirait la paix, et ses misères devaient allumer ce désir ; en tout autre gouvernement moins absolu, les vœux eussent poussé à la révolte, mais le Français aime la gloire et l'honneur, de sorte qu'après les premiers moments de joie de la paix conclue, tout le public est tombé dans la consternation de la médiocrité des conditions : tandis qu'à Londres et dans les principales villes des trois royaumes britanniques, on fait des réjouissances éclatantes et tumultueuses, à Paris et dans les provinces on s'en est consterné : « Quoi, dit-on, nous rendons toutes nos conquêtes, tout sans exception; Louisbourg seul nous est rendu, Louisbourg, que ce mauvais ministère de marine nous a laissé prendre; nous n'obtenons qu'un petit établissement pour D. Philippe, établissement digne d'un bâtard de pape, à qui originairement il fut donné; et l'Espagne, à qui seule nous rendons service, est mécontente des conditions

et rejette le traité! C'est un étranger, un Italien, seul
ministre du roi au congrès, qui dispose ainsi de la
fortune du royaume et qui tranche comme il veut
pour le plus mal! »

Voilà des discours que je n'ai pas dictés, mais qui
font quelque honneur à ma mémoire récente dans le
ministère. Chacun croit savoir que je pouvais conclure
cette paix, même un peu meilleure, il y a dix-huit
mois, si on m'en avait laissé la liberté, et si j'avais osé
la conseiller telle; et, depuis qu'on m'ôta le gouver-
nail, au milieu du meilleur train du monde où j'avais
mis nos négociations, que n'est-il pas arrivé pour
améliorer nos affaires et pour faire dépérir celles des
ennemis? Leurs finances ont été en s'altérant, nous
avons remporté sur eux une grande victoire, on leur
a pris Berg-op-zoom, enfin, à l'investiture de Maëstricht, on a jeté la discorde parmi eux, leur faisant
voir que la reine de Hongrie ne pourvoyait à rien,
mangeait ailleurs les subsides, et qu'au lieu de
soixante-dix mille homme comme elle avait promis,
elle n'en avait pas dix-huit mille ensemble; car, avec
seulement un corps de dix mille hommes, elle eût empêché la marche de M. de Lowendal dans les défilés
où il lui a fallu passer à la droite de la Meuse. Mais
un autre article encore de plus grand désarroi a été
la banqueroute en Angleterre de ceux qui avaient
souscrit pour les deux cents millions d'annuités; au
jour du premier payement il a fallu leur donner répit
jusqu'à la Toussaint, et de là tout crédit d'argent a été
perdu en Angleterre, de sorte que nos ennemis étaient
encore bien plus mal que nous, dit-on, et dans une
situation bien plus pressante.

M. de Saint-Séverin vient de retourner à Aix-la-Chapelle un peu malgré lui : il se plaint du retour de son mal d'estomac, où il eut un abcès l'année dernière, dont il lui fut fait une opération très-dangereuse ; on se prépare à lui en faire une nouvelle, et sa famille est fort inquiète de son état. On dit qu'il part mécontent de la cour, et que la cour est mécontente de lui. Ainsi attendons-nous qu'il va brusquer les affaires et les planter là, s'il le peut ; c'est cependant la seule Minerve de M. de Puisieux.

L'Espagne accède à des conditions qui pourront durer encore quelque temps à conclure avec les autres ; cependant notre situation est bonne, en ce que nous restons nantis de nos belles conquêtes en ôtage, même de la Flandre hollandaise.

M. le prince de Conti va avoir le grand prieuré de France, ce qui choque tout l'ordre de la noblesse et de Malte. Il est vrai que ce prince a pris pour modèle ce qu'il a vu de l'infant D. Philippe en Italie, qui a de même le grand prieuré de Castille. Moyennant cela, ce prince va demeurer au Marais.

Mme de Pompadour et sa famille se rendent de plus en plus maîtres de toutes les affaires. Au renouvellement des fermes générales et des sous-fermes, elle en changera les places à prix d'argent. Elle reçoit de gros présents de tous côtés ; on lui bâtit quatre maisons à la fois, savoir : l'hôtel de Pontchartrain, sous le nom d'hôtel des ambassadeurs ; à Crécy, où l'on travaille de nouveau ; à la Celle, que l'on raccommode à grands frais, et une maison toute nouvelle aux Moulineaux, au bas de Meudon, que l'on a été ces jours-ci pour tracer. De plus l'on bâtit beaucoup à Choisy, on abat tout ce qui avait été ordonné et construit ci-devant.

Cependant si, avec si mauvaise administration au dedans et dilapidation comme il y a, si, dis-je, les impôts continuent en France, comme il y a apparence, il est à craindre que les peuples ne soient mécontents et en grand murmure d'une guerre si dispendieuse, d'une paix si stérile et d'un calme si plongé dans la dissipation et dans la misère.

Le roi se prépare à des voyages continuels et fort incertains chaque année.

3 *juillet*. — Enfin je vis hier M. le comte d'Argenson, que j'avais eu bien de la peine à voir ; il me donna un rendez-vous pénible, en maison tierce, où je l'attendis longtemps ; il m'en avait refusé chez lui ou à la campagne ; il y avait longtemps que je ne l'avais vu.

Je comprends de plus en plus combien le bon air veut que tout mouvement du cœur se taise ou se tourne en maligne ironie ; il est déshonnête aujourd'hui de voir les plus proches et de paraître les aimer autrement que par utilité.

Je vis en lui un changement sensible, alourdissement et humeur. C'est une grande disgrâce pour lui que la paix : il a voulu jouer le contraire, mais il retombe au dire de tout le monde ; il ne sera plus favori, il ne se vengera plus, il n'élèvera plus d'indignes créatures. Il était, avec cela, encore alourdi par un grand dîner qu'il avait fait, qui le faisait beaucoup bâiller, ce qui lui rendait les yeux chargés. Moins d'idées, peu d'idées, insipidité à quantité de choses, dédain des autres.

Il nous apprit que l'entière accession d'Espagne aux préliminaires était arrivée à Aix-la-Chapelle, mais qu'on ne savait pas encore ici si l'Espagne avait obtenu quelques faveurs de plus en accédant;

Que le dernier courrier de MM. de Bellisle et de Richelieu était arrivé, et que tout était en paix en Italie, les Génois ayant accédé.

Le roi donne des bénéfices au cadet Modène et au cardinal d'York.

Le prince Édouard est encore ici, se montre beaucoup à l'Opéra et joue de son reste. Les Anglais donnent des passe-ports pour passer en France.

Le prince régnant de Wurtemberg est ici, et a audience particulière du roi.

Mais le grand sujet de spéculation est la continuation de la marche des Russes, avec redoublement d'activité. Mon frère assure qu'ils séjourneront cet hiver en Bohême et en Moravie.

M. de Tournehem vint avant-hier à l'académie d'architecture, pour y déclarer que le roi avait résolu de construire une place où serait sa statue équestre au carrefour de Bussy, ordonnant aux académiciens de travailler au concours pour proposer le dessin le plus digne de ce monument.

On bâtit de tous côtés, dans les maisons royales et pour la maîtresse, et tout tombe en même temps, comme à Fontainebleau, à l'aile neuve. On redéfait à Choisy tout ce qu'on y avait fait.

4 juillet. — M. le prince de Conti s'est raccommodé et brouillé, puis raccommodé avec sa maîtresse, la dame Darty. Ils se querellèrent à table, à l'Ile-Adam,

devant bien du monde. Le prince donna un coup à la
dame; elle le prit à la joue, il saigna; quand il vit son
sang, il devint furieux comme le lion. Chacun se
retira, il ne resta qu'un coureur à qui le prince
ordonna de jeter la dame par les fenêtres; ce valet la
traîna par les cheveux, on l'enferma dans sa chambre,
on l'y a fait jeûner huit jours au pain et à l'eau, elle
s'est sauvée par une fenêtre. Elle a confié tout son
bien au prince son amant, il ne la paye pas, elle s'est
brouillée avec son mari. Depuis cela, elle s'est rac-
commodée avec le prince. Histoire ridicule.

On pense ici que le roi renvoie la marquise de
Pompadour et qu'il prend la princesse de Robecq, de
l'illustre maison de Montmorency. M. de Luxembourg,
son père, fait de son mieux pour la conclusion de cette
affaire, qui doit être conduite avec bien plus de décence que les autres.

Mme de Puisieux tient tout haut des discours
de la plus grande indécence : elle parle avec mépris
de la cour d'Espagne, et a insulté M. de Modène,
chez elle-même, par des discours dignes d'une
bourgeoise.

Le prince Édouard s'amuse à faire l'amour, Mme de
Guémené l'a presque pris à force ; ils se sont
brouillés par une scène ridicule, il vit avec la princesse de Talmond[1]; il montre de la fureur et de la roi-
deur en toutes choses. Il voulait imiter Charles XII,
et soutenir siége dans sa maison, comme Charles XII

1. Marie Jablonowska, princesse polonaise et cousine de la
reine, était alors âgée de quarante ans. Elle avait épousé en 1730
Anne-Charles-Frédéric, prince de Talmond, de la Maison de la
Trémouille.

fit à Bender. Mme de Talmond l'en a détourné; on croit qu'il lui sera ménagé une retraite en Suisse.

Il paraît un libelle courageux contre les préliminaires d'Aix-la-Chapelle; on y blâme nos négociateurs d'avoir si mal profité d'une si grande conjoncture que celle où nous étions.

L'abbé de Guébriant, envoyé de France à Bonn, a donné deux paires de soufflets, à la procession du saint sacrement, devant le Saint des Saints et devant l'électeur de Cologne, sur ce qu'on avait mal placé ses gens à cette auguste cérémonie. De là, étant allé au palais, il a pris à la gorge le maître des cérémonies. L'électeur a défendu qu'il le suivît à la campagne, et lui a permis, par grâce, de rester à Bonn, jusqu'à ce qu'il eût réponse à la lettre et au courrier qu'il envoyait au roi pour demander un autre ministre.

6 *juillet*. — Le roi, en allant aujourd'hui à Compiègne, fera un dîner-souper au pavillon de Bercy chez le sieur de Montmartel, ce qui va bien augmenter le crédit de ce financier.

Chaque mois, l'on croit Mme la Dauphine grosse par le dérangement de ses règles. Son voyage de Compiègne était incertain pour cette raison, il y a deux jours, puis elle y va, et, le mois prochain, elle reviendra à Versailles avant ce temps critique d'espérance.

La czarine a répondu avec une prodigieuse hauteur aux prières du roi de Pologne pour relâcher le colonel La Salle, et nous marque un grand mépris, sur quoi le sieur de Saint-Sauveur, notre conseil à Pétersbourg et chargé des affaires de France depuis le départ du

sieur Daillon, a pris congé. Ainsi, voilà cette cour
puissante bien aliénée de nous absolument, et bien liée
à la puissance autrichienne et aux puissances maritimes, pour pousser leur tyrannie et pour nous nuire
tant qu'il sera possible. Voilà ce que c'est que de
s'être tant pressé à donner deux millions par an à la
Suède, à quoi je ne voyais aucune utilité de mon
temps.

Cependant les Russes marchent, et vont hiverner en
Bohême et en Moravie au moins pour un an, et aux
dépens des puissances maritimes. Cela fait trembler
le roi de Prusse, et le bruit était avant-hier, dans les
nouvellistes de Paris, que ce puissant prince se préparait à les attaquer pour les faire retirer. Je n'en crois
rien, on ne cherche qu'à trouver un prétexte pour le
faire attaquer par la Russie, de façon que la reine de
Hongrie et le roi de Pologne en seraient les puissances
auxiliaires; on convient qu'avec toute sa puissance il
ne se relèverait jamais d'un seul échec.

On pourra trouver dans les papiers du colonel
La Salle des instructions capables de lui donner bien
des affaires; ce La Salle a été pour remuer la Pologne
avec Duperron de Castera. A ce jeu-là, on n'obtient
rien; il n'est point parvenu à empêcher le passage des
Russes par la Pologne, et, si l'on découvre les papiers,
on y trouvera de quoi mécontenter le roi de Pologne.
Le comte de Bruhl disait toujours : « Eh quoi! la
France ne nous laissera-t-elle jamais gouverner la Pologne? » et moi, je disais : « Nous dépensons beaucoup
en amitié en Saxe et en inimitié en Pologne pour le
même prince. » Je persuadai dans mon temps, mais la
fausse politique changera les choses dès cette diète-ci.

La cour de Dresde est dans un désarroi furieux pour
l'argent; le roi de Pologne ne sait plus où donner de
la tête pour en avoir, son humeur est extrêmement
aigrie. Le comte de Bruhl, avec son air de facilité en
ressources, les a bientôt toutes épuisées, et n'en diminue de rien sa magnifique dépense; il a emprunté
quinze millions sur la banque de Leipzig, dont il est à
craindre que les payements ne manquent incessamment.
Il en est menacé de disgrâce; il a beaucoup perdu
au P. Guarini qui le soutenait et, sous le masque de
la religion, parait les plus grands coups qui lui étaient
portés par la cour, et surtout par la reine et par la
Maison royale.

Le prince Xavier, puîné du prince royal, a de
l'esprit et de la figure, il est alerte et ambitieux, et il
a les qualités naissantes d'un Absalon. Se voyant supérieur à son aîné par ses qualités, et ce frère cul-de-
jatte, il espérait devenir roi, et que son frère ne se
marierait pas; son mariage l'a jeté dans une intrigue
de mécontentement.

La princesse royale, sœur aînée de l'électeur de
Bavière, vient de faire une fausse couche à trois mois,
et cette fausse couche est, dit-on, d'une espèce à faire
croire qu'elle ne deviendra plus grosse.

En Bavière, tout est, m'a-t-on dit, encore en plus
grande combustion : outre la ruine de cet électorat
que rien ne raccommode, mais que les mauvais soins
empirent, il y a grande brouillerie dans le ménage du
jeune électeur et de l'électrice saxonne : ce prince
avant son mariage était de la manchette; il s'est remis
au goût régulier, et a pris une maîtresse. L'électrice
est de la plus mauvaise humeur du monde, enragée

de n'avoir pas été dauphine, elle déteste les Français ;
tout lui rappelle ses regrets, et ses regrets accroissent
sa colère.

9 *juillet*. — On a demandé hier, à un grand dîner,
à M. Chambrier, ce qu'allaient faire les 37 000 Russes
en Allemagne ; il a répondu tout haut pour qu'on
l'entendît : « Mon maître, depuis deux mois, s'attend
à être attaqué de divers côtés : non-seulement il s'y
prépare, mais il y est prêt ; il devancera ceux qui
l'attaqueront, dès qu'il verra leur volonté en mouvement. » Les autres ministres qui étaient à ce dîner,
comme Scheffer, ministre de la Suède, et Bernstorf,
ministre de Danemark, n'ont pas manqué de dire que
la Russie était sur le point d'une révolution intérieure,
et que les incendies de Moscou en étaient d'avance une
annonce et un effet. Contes que cela, il y a des méchants, des mutins partout, mais la czarine est douce,
et Bestuchef gouverne bien nationalement, il main-
tiendra sa maîtresse.

Le maréchal de Saxe a écrit ici que ceux qui avaient
fait une si mauvaise paix s'en repentiraient dans deux
mois.

10 *juillet*. — Je disais bien que les femmelettes, les
caillettes, forment toute la gloire et la réputation de
M. de Saint-Séverin. Mme de Villeneuve, Mmes et
Mlles *** publiaient hier que, s'il n'était pas revenu
promptement à Aix-la-Chapelle, tous les préliminaires
étaient détruits, qu'il a raccommodé les choses, que la
douce persuasion a découlé de ses lèvres, enfin voilà
un homme prodigieux. Mais que d'affectation et de

forfanterie! comme si le marché n'était pas assez bon pour nos ennemis, pour qu'ils voulussent bien le tenir.

L'abbé de Guébriant s'est raccommodé avec l'électeur de Cologne sur la brutalité qu'il a montrée à la procession de la fête du Saint-Sacrement, de sorte que la lettre et le courrier de plaintes ne sont pas partis pour Versailles, comme il avait été résolu; mais toute confiance de ce prince est perdue dans le ministre français, et elle ne se retrouvera plus.

On rappelle Renaud de Munich, où il faisait merveille; on lui donne pour successeur M. de Baschi, beau-frère de Mme de Pompadour, qui est le plus grand nigaud de France.

Le petit envoyé palatin Grevenbrok, parvient à conduire toute la Maison de Bavière, et ne place que ses créatures à Cologne et à Munich; il est l'ancien ami de Mme de Pompadour étant Mme d'Étiolles, cela influe trop sur les affaires.

16 *juillet.* — J'ai vu à la campagne Grevenbrok, envoyé de l'électeur palatin. Il m'a montré tous ses papiers de nouvelles d'Allemagne; il en résulte que les 37 000 Russes marchent droit en Franconie; et s'approchent de Francfort; d'autres vont à Amberg, au haut Palatinat de Bavière; j'en ai vu les lettres réquisitoriales. Ainsi, voilà la reine de Hongrie qui fortifie son despotisme dans l'empire de cette grosse armée étrangère, faute par nous d'avoir stipulé par les préliminaires qu'on la renverrait, ou du moins qu'elle ne passerait pas la Vistule, en deçà de laquelle elle se trouvait dans sa marche lors de leur signature.

Tout le monde admire notre duperie de ceci, et jette grand blâme à MM. de Puisieux et de Saint-Séverin. Le roi même n'est pas excepté de l'improbation publique : quand il a passé sur les remparts de Paris, allant à Compiègne, on a été frappé de ce qu'aucune voix ne criait, Vive le roi !

M. de Puisieux est, dit-on, d'une tristesse extrême et songe à la retraite.

Mme de Puisieux continue à tenir à son cercle d'étrangers des discours très-singuliers ; elle dit l'autre jour devant M. Gross, ministre de Russie : « Les affaires de la paix vont bien, il n'y a plus que ces diables de Russes qui nous font enrager. » M. Gross se leva et fit une grande révérence.

On envoie au congrès d'Aix-la-Chapelle, pour second plénipotentiaire, M. de la Borde, fermier général, qui y sera pour le commerce, comme était M. Ménager à Utrecht ; il est proche allié de Mme de Pompadour, et on donne pour troisième collègue à M. de Saint-Séverin l'abbé de Guébriant ; il est déjà rendu à Aix-la-Chapelle, à ce que disent les gazettes. C'est un honnête prétexte pour couvrir son irrévérence à Bonn le jour et à la fête du Saint-Sacrement dont j'ai parlé.

Cependant l'on prend déjà possession ici de la douceur de la paix, en ordonnant quantité de bâtiments royaux et qui coûteront fort cher, par les grands soins qu'y donne M. de Tournehem, oncle de la marquise de Pompadour.

On assure le changement dans les finances, très-assuré et très-prochain : M. de Machault, congédié ; le sieur de Sérilly contrôleur général, à sa place, et M. de Montmartel nommé grand trésorier, à l'imitation de l'Angleterre, en supprimant pour recréer ensuite les deux gardes du trésor royal. On prétend que cette affaire est déjà portée au parlement, pour y préparer les suffrages. Cette place de grand trésorier sera un ministère qui donnera représentation à la cour : ainsi Mme de Montmartel ira à la cour, ce que l'on demandait tant.

On parle aussi de la suppression des quarante fermiers généraux pour mettre les fermes en régie, ce qui commence à faire grand discrédit sur la place à tous billets de financiers.

19 *juillet.* — Le bruit courait hier, aux promenades, que le roi avait fait faire une déclaration aux Anglais et Hollandais, que, s'ils n'engageaient pas les 37 000 Russes à rétrograder dans un court délai, nous allions procéder à la démolition de Maëstricht et de Berg-op-zoom, et ensuite d'autres places de la barrière, pour punir ces puissances de leur infraction aux préliminaires en faisant ainsi avancer ces étrangers dans les différents cercles de l'Empire.

20 *juillet.* — M. le prince de Conti a reçu le bref de Rome pour posséder le grand prieuré de France, il a payé libéralement le courrier ; mais, du côté de Malte, on prétend que cela va mal, et que la cause du commandeur de Resnon y fait son effet ; il s'agirait de l'en dédommager ; celui de Castille eut la grandesse pour indemnité quand on voulut donner ce beau bénéfice à l'infant don Philippe. On dit que, si le grand maître continue à tenir bon, c'est-à-dire à faire au roi des remontrances respectueuses, sans expédier la grâce

qu'on demande, il arrivera que cette affaire échouera.
Le roi commence, dit-on, à dire qu'il s'en repent et
qu'il ne la ferait pas si c'était à recommencer. On demandait tout haut à M. de Mirepoix, il y a quelques
jours, qu'il voulût bien en parler au roi pour le service du prince de Conti ; cet évêque répondit que cela
n'était pas de la feuille des bénéfices, mais que, s'il
avait à en parler au roi, ce serait pour lui dire que
cela était contre son honneur et sa conscience.

Il est toujours grand bruit du changement dans les
finances dont on a parlé ; on y ajoute que M. de Tournehem sera à la tête des finances et des fermes avec
M. de Montmartel, celui-ci comme *grand écuyer de
la couronne ;* que les fermiers généraux seront réduits
à douze régisseurs. Il y a une haine furieuse entre
Montmartel et l'Allemand de Betz, lequel est à la tête
des fermes générales, ce sont deux rivaux de gloire et
de prétendue habileté ; M. de Machault, contrôleur
général, est le patron de M. de Betz, ainsi l'un emportera l'autre.

21 *juillet.* — M. de Saint-Séverin, en chef, continue
de régler à Aix-la-Chapelle toutes les affaires de
l'Europe, sous la direction du petit Puisieux ; on tranche
tout avec mollesse pour nos intérêts et avec un penchant secret de naissance et de devoir pour la nouvelle Maison d'Autriche. Ainsi, sous prétexte de bien
public et de réforme dans les troupes, on avance le
moment des évacuations de nos conquêtes, on s'y
prépare de toutes parts.

Et, pendant ce temps-là, les Russes s'emparent de
toute l'Allemagne, ils s'y placent en garnison dans les

cercles comme dans une ville prise d'assaut, chacun
a son poste assigné pour tenir l'habitant en respect.
Ainsi nous disons : Faisons notre affaire, que l'Allemagne devienne ce qu'elle pourra. Cette Allemagne
était cependant l'objet principal de la guerre; nous
avons commencé à l'abandonner par les armes, dès
1745, et nous l'abandonnons encore plus à la paix.
M. de Saint-Séverin et autres traîtres disent qu'elle
deviendra ce qu'elle pourra. Ainsi le despotisme,
la tyrannie autrichienne vont grimper plus haut que
jamais, et nous le souffrirons, grâce à la mauvaise
administration de nos affaires.

26 *juillet.* — Le contrôleur général Machault est
chassé et aboyé de toutes parts : on met sur son
compte tout le mal, et tout le bien sur les Pàris; il
joue le rôle du mauvais dieu des Manichéens. Il
manque d'argent et de ressources, le trésor royal est
toujours à sec. Le clergé a déjà rempli l'emprunt qu'il
cherchait à rentes perpétuelles, et le trésor royal lui a
tire ses seize millions, cent mille livres à cent mille
livres. Les bâtiments, les dépenses de cour, celles de
guerre qui restent vont avec prodigalité et folie,
comme du règne de Henri III. On reproche avec
raison à des ordonnateurs comme ont été MM. de
Bellisle, Duverney pour les vivres, mon frère pour
la guerre, etc., de dépenser le triple aux mêmes
objets qui n'allaient qu'au simple sous le feu roi; mais
l'on doit considérer qu'alors les ministres étaient fort
autorisés, au lieu qu'aujourd'hui ils sont traversés par
tous les subalternes et par la maîtresse qui porte le
roi à tout écouter pour tout gâter; cependant il faut

v   16

que le service aille, sans quoi les mauvais effets en retomberaient sur eux ; ainsi ils dépensent au triple pour que rien ne manque.

On accuse M. de Machault d'avoir, cet hiver, dépensé follement onze millions au roi pour faire cesser la famine de blés en Guyenne, à quoi il n'a apporté aucun remède. Il a arrangé ses inefficaces manœuvres avec le sieur Bouret, fermier général, auquel on suppose un grand talent pour cette partie, et qui n'y est qu'un grand dépensier, et même avec M. de Fulvy, reconnu pour si grand fripon, surtout dans cette matière.

27 *juillet.* — Le roi a prolongé son séjour à Compiègne, et cela, parce qu'on avait dit qu'il le raccourcirait ; de plus il arrive qu'autant on y avait dit qu'on s'y ennuyait, autant l'on prétend qu'il veut que l'on dise à présent qu'il s'y divertit. Mme de Pompadour est une odalisque bien dressée et qui conduit habilement la surintendance des plaisirs de Sa Majesté. Les familiers des cabinets étaient tous absents, ils sont tous présents aujourd'hui. MM. de Meuse, de Duras, la Vallière, Soubise, d'Ayen sont arrivés à cet heureux Compiègne qui va donc être le centre des bons mots et des plaisirs spirituels. On y est aussi fier du succès des affaires et de l'avancement de la paix que si la satisfaction publique s'y rencontrait.

29 *juillet.* — Le maréchal de Saxe a dû partir hier de Compiègne pour retourner à l'armée et à Bruxelles. Cela a fait beaucoup parler à la cour, et l'on dit qu'il y a anicroche à la conclusion de la paix.

Certes on aurait bien raison de déployer toutes nos forces pour réprimer cette infraction de la marche et du séjour des Russes dans l'Empire. Les dernières nouvelles sont qu'il en va dans les deux cercles du Rhin, outre ce que nous avons dit ci-devant, qu'il en marche en Souabe, en Franconie et en Bavière. Mon frère, dit, il y a quinze jours, en conversation de plusieurs personnes, qu'il pouvait bien répondre que les Russes hiverneraient en Bohême et en Moravie : j'en conclus que l'Angleterre nous a trompés sur cela, à la signature des préliminaires et depuis. Peut-être les Anglais disent-ils aujourd'hui qu'ils ne sont plus les maîtres des Russes et qu'ils font ce qu'ils peuvent, mais sans succès, pour les renvoyer. Manquera-t-on de prétextes et de belles paroles pour nous tromper jusqu'à cet hiver, afin d'attraper le temps où l'on n'aura plus rien à appréhender de nous et où le roi de Prusse et l'Empire auront tout à craindre du ressentiment de nos ennemis et de la verge de fer de la cour de Vienne?

Le duc de Wurtemberg régnant, que je vis hier à l'Opéra, s'en va ce matin dans ses États, bien pénétré, dit-il, qu'il n'y a jamais eu en France de ministère plus intrigant et plus injuste que celui-ci. Avec cette opinion, il confirmera bien le roi de Prusse dans ses desseins de défiance de nous, et le jettera dans de grandes craintes de la cour de Vienne.

Une bagatelle est que ce prince mourait d'envie de voir ici un bal de l'Opéra : on l'a fait valeter et demander à plusieurs reprises cette légère grâce; enfin il l'a obtenue la nuit dernière.

30 *juillet.* — Ceux qui viennent de Compiègne disent que la marquise y a plus que jamais l'air de faveur, et que son règne en a encore pour longtemps à durer; il n'est plus question d'une autre beauté plus qualifiée dont on avait tant parlé.

M. le Dauphin et Mme la Dauphine reviennent à Versailles ces jours-ci, pour le cas où ses règles s'arrêteraient et promettraient grossesse, ce que le royaume attend avec tant d'impatience, d'autant plus que la Dauphine devient prodigieusement grosse.

On parle beaucoup du départ, plus précipité qu'il ne devait être, du maréchal de Saxe; ce général comptait de passer quelques jours à sa maison des Piples[1], et a eu ordre subit de repartir pour Bruxelles. Un autre personnage bien moins considérable, le sieur Pavé, entrepreneur des boucheries de l'armée, a eu ordre subit de retourner et est parti contre sa destination du soir au lendemain.

4 *août.* — Un courtisan, qui arrivait hier de Compiègne, me dit que nous étions actuellement très-mal avec l'Espagne, pour des affaires du congrès, et qu'il n'en savait pas la cause, que même M. de Puisieux avait dit avant-hier, en expédiant un courrier pour Madrid : « Voilà une réponse qui va nous y mettre encore plus mal; » qu'il avait été question que M. d'Huescar se rendît à Valenciennes pour s'aboucher avec M. de Soto-Mayor sur des points capitaux; que l'évêque de Rennes avait fait des sottises effroyables

---

1. Les Piples ou le Piple, près de Boissy-Saint-Léger (Seine-et-Oise).

depuis les préliminaires; qu'il avait fait le malade; que, le courrier étant venu avec grande instruction et copie des préliminaires, il avait envoyé à M. de la Ensenada et les préliminaires et même l'instruction comme elle était, où la cour d'Espagne avait vu : *Vous direz ceci, vous ne direz pas cela*, ce qui avait fort justement irrité le conseil du roi, mais qu'on garderait cet ambassadeur tant que durerait une si violente crise; que peut-être fait-il ceci pour faire durer le besoin de lui; que cependant cette nouvelle discorde et ce degré de brouillerie va retarder la consommation de la paix définitive, qui ne dure que trop, et qu'on y est bien embarrassé; qu'on lui a dit en bon lieu une chose fort extraordinaire du roi d'Espagne, savoir qu'il ne veut point de cette expression : « Prenant pour base le traité d'Utrecht, » à moins qu'on n'y excepte l'article de la renonciation à la couronne de France à laquelle il ne veut certainement pas renoncer, son père, dit-il, ayant pu renoncer pour lui-même, mais non pour ses enfants. Si ce fait est vrai, comme on m'assure, voilà l'Europe dans de grands embarras et rien ne finira plus. Qu'il y a peu de sens parmi les princes!

Il est vrai que la conjoncture est fâcheuse, M. le Dauphin devenant d'une mauvaise santé et Mme la Dauphine fort grosse sans devenir grosse, et même sans se régler. M. le Dauphin a une fluxion considérable, on lui a tiré du mauvais sang, il fait tout ce qu'il faut pour devenir une masse énorme de chair et sans esprit : rien ne le réveille.

Le roi voit tous ces malheurs avec insensibilité, ou le sentiment n'en est que d'un moment. Un courtisan

a dit « qu'il voit mal et qu'il ne sent rien ; » voilà ce
qui fait qu'il se sert de si mauvais ouvriers en tout.
On ne cesse de s'étonner de voir les affaires en de si
mauvaises mains, surtout que ce soit un Italien, né
sujet de la reine de Hongrie, et seul, qui soit l'arbitre
de nos destinées au congrès, chose sans exemple,
puisque le feu roi nommait à ces sortes de grandes
conjonctures trois à quatre des plus grands personnages de sa cour, tandis que cet Italien n'est qu'un
étourdi et d'un cerveau assez étroit, grand bavard
surtout.

19 *août*. — J'apprends, en Touraine, par les gazettes, que M. de Saint-Séverin a signé, à Aix-la-
Chapelle, une convention, le 2 août, par laquelle
les puissances maritimes doivent renvoyer incessamment leurs 37 000 Russes en Russie, mais à condition
qu'un mois après leur renvoi le roi fera sortir des
Pays-Bas conquis pareil nombre de 37 000 soldats
français, et que Sa Majesté les réformera tout de
suite.

Voilà, je crois, la première fois que la France promet à ses ennemis de réformer ses troupes ; cela est
bon à un petit État, mais les grandes puissances devraient être exemptes de pareilles conditions humi-
liantes. Avec cela, ne sommes-nous pas dupes en ceci ?
Nous réformons de nos troupes nationales, et nos ennemis ne réforment que de leurs auxiliaires.

Août. — Je connais des diocèses où l'on est tout à
fait et plus presbytérien qu'en Écosse, sans aller plus
loin que celui où mes terres sont situées. L'arche-

vêque de Tours (Rastignac) a fait son chemin par la cour, il a éteint à Tours le jansénisme par des moyens fort adroits, et, après y avoir été haï de loin, il s'est fait aimer de présent, par des grâces qu'il tirait de la cour par sa douceur, sa bonne table; homme du monde, prévenant, accommodant les procès, faisant des mariages et grand ami de la noblesse. Alors il faisait des visites, puis ses grands vicaires en faisaient pour lui.

Mais, venu à son but, ayant de bonnes abbayes, ayant fait doter le siége de Tours par la réunion de l'abbaye de Marmoutiers, obtenu l'ordre du Saint-Esprit, ayant manqué l'archevêché de Paris, loué un hôtel à Paris, se trouvant endetté par sa représentation à Tours, il est tombé dans un abandon total des soins de son troupeau, et, lors de mon dernier voyage dans mes terres, j'ai appris que, depuis plus de sept ans, les curés y vivent à leur fantaisie; ils ne voient plus ni grands vicaires, ni archidiacres; on envoie à ceux-ci la rétribution qu'ils recevraient à leurs visites; il n'y a plus d'assemblée synodale, ni conférence; on n'y connaît pas le doyen rural des autres simples curés; on n'y entend parler de la hiérarchie que pour quelques mandements de *Te Deum* et pour la chambre syndicale qui demande les décimes. Ses curés y ont des servantes au-dessous de trente ans et les marient quand elles sont grosses; ils boivent comme ils veulent, ils s'absentent, et de ce qu'on appelle désordre en ceci, ils ne s'en préservent que des plus grands, et qui les feraient reprendre par le promoteur. Par où ils sont mieux retenus, c'est par la misère; ces gens-là étant fort pauvres, et les uns

tenant les autres en respect, cela va tout seul, pas trop
mal, mais non bien, et cela pourra avoir d'autres
suites si cela continue. C'est donc un gouvernement
fort doux et apathique, non monarchique de droit,
mais de fait, par cet abandon absolu. Encore les pres-
bytériens formels ont-ils des synodes réguliers, c'est
une république; chez nous, ce n'est rien, on y répute
un monarque absent, mais qui peut s'élever, voilà
tout.

22 *août*. — M. le cardinal de La Rochefoucauld,
chez qui je suis présentement à Bourges, m'a dit ces
nouvelles et nous en avons raisonné :

M. du Theil vient d'être nommé second plénipotentiaire au congrès d'Aix-la-Chapelle. Ce n'est pas là
un grand réconfort pour avancer l'essentiel de la négociation et perfectionner le traité. Il y mettra des
minuties, de la lourdeur et des difficultés.

Ce cardinal, principalement au fait des affaires
d'Italie, a les nouvelles qui suivent, et lesquelles in-
fluent sur les affaires générales.

M. de Saint-Séverin a lâché pied sur la mouvance
de l'établissement de D. Philippe, qui mouvra désormais de l'empereur d'Allemagne, et non de la cour de
Rome. Il y avait l'un de ces deux partis à prendre, et
le troisième, le plus digne de tous, aurait été qu'il
restât de franc-alleu. Mais, dit M. de Saint-Séverin,
nous accordons par les préliminaires, au surplus, l'exécution des traités d'Utrecht, de Londres, de Vienne,
1738, etc. Ainsi, ce qui n'y est pas détruit reste à la
teneur de ces traités, et cette mouvance reste à l'Autriche. Les Espagnols en sont furieux, ils ne veulent

passer ni la réversion, ni cette mouvance; les courriers trottent d'Espagne en France et en Italie.

Le pape est très-mécontent de M. de Saint-Séverin;
il dit que c'est un Italien dénaturé pour sa patrie :
ainsi, Rome, Madrid, la France, blâment également
tous ces arrangements de MM. de Saint-Séverin et de
Puisieux; le premier gouverne le second.

Le cardinal de la Rochefoucauld dit que nous né-
gligeons trop aujourd'hui la cour de Rome, et que
nous n'y prenons aucune liaison, que nous n'y avons
point de créatures, que celles à qui nous donnons des
pensions ne nous servent précisément à rien, que nous
nous y trouverons pris à la prochaine élection d'un
pape, et que nous y pourrons à peine exclure celui
que fera certainement la reine de Hongrie; que les
cours de Vienne et de Turin y dominent; que le pape
a du penchant pour le roi de Sardaigne, qu'il l'aime,
et que ce roi le cultive fort, qu'il y augmente son
parti; que ce roi est inviolablement attaché à la cour
d'Angleterre et à celle de Vienne, et que ces liens deviennent indissolubles;

Que, présentement, la cour de Vienne ménage celle
de Rome avec grand soin, industrie et activité, et qu'à
cela l'on s'aperçoit qu'il va être question bientôt de
l'élection d'un roi des Romains pour le jeune archi-
duc; que déjà, depuis son départ de Rome, la reine
de Hongrie vient d'obtenir le bref d'éligibilité pour
l'Électeur de Mayence aux évêchés de Wurtzbourg ou
de Bamberg, ce qui avait toujours été refusé de mon
temps. Par tout ce crédit à Rome, la cour de Vienne
devient puissante parmi les princes ecclésiastiques
d'Allemagne, et nous le souffrons; voilà à quoi nous

serait utile aujourd'hui notre crédit en cour de Rome.
Le parti d'Espagne et de Naples n'agira jamais bien
de concert avec nous; ces cours ne savent plus ni
s'unir ni se séparer de nous; d'ailleurs, elles se conduisent mal pour obtenir ce crédit. L'Espagne n'a
que ses cardinaux nationaux comme nous, Naples de
même, et ses autres sujets qui parviennent au chapeau deviennent d'abord Romains, et il en sera de
même de ceux de Parme.

22 *septembre*. — Je suis arrivé à Paris et à la cour
il y a quelques jours. J'ai trouvé le public et les gens
au fait des affaires plus mécontents que jamais des
préliminaires de la paix et des suites de cette négociation. Il paraît une brochure qui y démontre des
horreurs, et qui ne l'accuse pas moins que de trahison
par les négociateurs et d'une ignorance crasse.
Cependant un ministre m'a dit à Versailles que le
marquis de Puisieux était plus en faveur que jamais
près du roi. M. de Saint-Séverin replâtre par d'autres
fautes celles qu'il a faites aux préliminaires; tout est
soulevé, il est question de signer le traité général sans
nos alliés et à leur barbe, comme on a fait les préliminaires, ce qui ne se sera encore jamais vu. On as-
semblera ensuite le congrès; les parties principales n'y
seront point parties intégrantes, mais accédantes seulement, telles que les cours de Vienne et de Madrid, et
le congrès ne servira qu'à faire des protestations, chose
neuve, inouïe, et qui ne fera point la paix. Je sou-
tiens qu'il était beaucoup plus raisonnable de convenir
d'un armistice général sans préliminaires, et seulement *in statu quo*, que de préliminaires ainsi fagotés.

L'Espagne est de plus en plus dans un mécontentement extrême de nous, et cela est monté au point
qu'elle traite actuellement, pour se venger, de conventions de commerce fort avantageuses à l'Angleterre.

Les Russes exécutent lentement leur mouvement
rétrograde en Russie; ils commencent à remontrer
que la prochaine saison des pluies ne leur permettra
pas d'aller jusque chez eux, et qu'il faudra leur donner
des quartiers d'hiver en Bohême et en Moravie. Ainsi,
le roi de Prusse sera menacé plus que jamais d'une
campagne d'hiver, sous quelque prétexte de chicane,
pour lui enlever la Silésie; quelque irruption des
Russes, quelques escarmouches seront ce prétexte, et
les Allemands, Saxons et Polonais seront les auxiliaires des Russes pour cette nouvelle guerre de Prusse.

Voici encore une autre intrigue à la cour de France
qui conduit aux mêmes vues. On nous flatte ici de
faire élire de nouveau le maréchal de Saxe pour duc
de Courlande, et chacun de nos ministres et de nos
principaux courtisans serait à la joie de son cœur de
le voir partir d'ici pour toujours. Or, pour y parvenir, il faut regagner l'amitié des cours de Vienne et de
Pétersbourg; c'est de quoi le roi devient insensiblement persuadé, et est entraîné par l'intrigue des cabinets. La maîtresse, les Pâris, M. de Puisieux et toute
leur clique commencent à dire que nous ne trouverons plus de bonne liaison qu'avec ces deux cours de
Vienne et de Pétersbourg. J'ai toujours vu commencer
ainsi en France les saisons des fausses politiques; ainsi,
avant le cardinal de Richelieu, et sous nos reines espagnoles ou italiennes régentes, le parti d'Espagne pré-

valait-il dans le conseil. J'aimerais autant que l'on eût
insinué au sénat de Rome qu'il n'avait pas de meilleure liaison à prendre qu'avec celui de Carthage.
Nous vivons politiquement, décemment, avec Londres, Vienne et Pétersbourg; ce sont les tyrans de la
mer, de la terre et du nord; nous leur devons une
éternelle défiance, une constante opposition. N'y
ayons des ambassadeurs que pour les amuser, mais
voilà tout.

Comptons que cette intrigue pour donner la Courlande au comte de Saxe, quelque autre intrigue pour
faire M. le prince de Conti roi de Pologne peuvent
perdre le vrai système de nos affaires. Et d'abord, la
victime sacrifiée sera le roi de Prusse; les trois couronnes ennemies, dont je parlais il y a un moment, sont
également acharnées à détruire la Prusse et à lui ôter
la Silésie, à quoi il faut ajouter celle de Pologne, qui
lui est plus acharnée que toutes les autres.

On assure que le roi a eu des conférences fréquentes
et secrètes avec le comte de Saxe à Compiègne, et qu'on
l'attend ici pour en avoir d'autres. On ajoute que de
ces conférences il sort des lettres de la main du roi
et qui ne passent pas par les bureaux; que le comte
de Saxe se vante publiquement de mettre la France
très-bien avec les cours de Vienne et de Pétersbourg.

Oh! que, si j'étais là, je dirais bien : « Sire, soyez-y
toujours très-mal, et vos affaires iront très-bien! »

28 *septembre*. — Il est plus grand bruit que jamais
que le roi va renvoyer la marquise de Pompadour, il
en est extrêmement dégoûté, il y a huit mois qu'il ne
lui a touché du bout du doigt. Les moyens de conti-

nuer le charme qu'elle emploie sont usés, tels que la
comédie, les ballets, la danse et la musique; déjà plusieurs courtisans commencent à lui tourner le dos. Il
peut arriver qu'enfin le roi connaisse et sente toute la
honte de ses fers; il lit dans les secrets de la poste tout
ce qu'on dit contre lui, et il y voit souvent parler de la
Poissonnaille.

Il serait à souhaiter que ce ne fût pas par le secours
de la bigoterie et aux dépens de sa raison que le roi
quittât ainsi l'abus des plaisirs. L'on croit que son
tempérament est extrêmement usé et réduit à peu de
chose, pour avoir commencé trop jeune. Cependant
il lui faudra toujours quelque société de femme; on
parle de deux grandes dames de la cour; qu'elles se
corrigent donc sur l'exemple de Mme de Pompadour,
comme celle-ci s'était corrigée sur celui de Mme de
Châteauroux, pour ne pas suivre le roi à ses campagnes; que la nouvelle sultane ne vive avec Sa Majesté que comme une amie respectée; qu'on cesse cette
vie à pot et à rôt avec une maîtresse qui fait tant de
tort au roi; enfin que toutes choses soient en ordre.

30 *septembre.* — Voilà le déplacement de la marquise de Pompadour qui s'assure et s'avance, cela
prend toute la tournure de la quitterie de Mme de
Mailly, des bouderies marquées, des duretés tempé-
rées par des douceurs affectées. Au dernier Choisy,
la marquise fit la malade et se mit au lit, au lieu de
descendre dans la salle d'assemblée. Le roi ordonna à
son chirurgien la Martinière d'aller voir ce que c'était
« et de ne point mentir. » Le chirurgien dit qu'elle était
véritablement indisposée; le monarque reprit : « Mais

a-t-elle de la fièvre ? — Non, sire. — Eh bien, qu'elle descende. » Et elle descendit.

Mais voici du sérieux. Le roi aime la princesse de Robecq, fille de M. de Luxembourg. Avant de partir pour Choisy, Sa Majesté a demandé à la reine que cette dame fût dame du palais à la première occasion ; la reine a rêvé et a répondu que cela serait. Mais on a remarqué que le roi a rougi comme un enfant et est devenu cramoisi en proposant cela.

De plus, on prétend qu'au dernier voyage de la Muette, le roi alla se promener à Bagatelle, maison aujourd'hui à Mme de Cursay [1], que Mme de Robecq s'y était trouvée, et que le souverain et la dame avaient disparu un quart d'heure.

3 *octobre*. — M. de Puisieux étant allé, il y a quelque temps, déclarer au prince Édouard que le roi voulait qu'il se retirât de France, et qu'on lui avait préparé une retraite à Fribourg, en Suisse (ce qui a passé, par la fermeté de ce canton seul, et malgré les cantons protestants) ; ce prince a répondu, avec hauteur, qu'il ne pouvait s'imaginer ce que le secrétaire d'État venait lui annoncer, ni qu'un grand roi comme le roi très-chrétien voulût le renvoyer après les traités qu'il avait signés avec lui, et la façon dont lui, prince Édouard, s'était comporté en Écosse et en Angleterre. Sur cela, ce prince a loué de nouveau une maison à Paris, et ne songe aucunement à son départ.

Le moment de la crise sera dès que le traité défi-

_____

1. Voy. t. III, p. 325, note. Mme de Cursay (telle est la véritable orthographe de ce nom) mourut le 3 janvier 1753.

nitif sera signé, ce qui doit être incessamment; alors,
qu'arrivera-t-il? ce prince prendra-t-il alors le parti
convenable de se retirer, ou persistera-t-il dans sa
résistance? On prétend qu'il veut mettre le roi dans
son tort, dit-il, et se faire enlever par un détachement
de gardes du corps, contre qui encore il prétend combattre, parti, dit-on, qui ne lui est bon à rien qu'à lui
attirer un retour éternel de mauvaise volonté du roi,
et de s'en faire haïr pour toujours. Mais il y a apparence qu'à la signature de la paix formelle, le prince
souscrira aussi à la retraite qu'on lui demande.

4 octobre. —Les gazettes ne parlent plus si affirmativement de la prochaine signature de la paix en traité
définitif; au contraire, nous nous établissons dans nos
conquêtes de Flandre mieux que jamais; nous en avons
renvoyé sept à huit bataillons pour les remplacer ensuite par treize autres. Les deux généraux y résident;
enfin, nous faisons des provisions pour le quartier d'hiver, et l'on dit que, si les Moscovites et Autrichiens
allaient attaquer le roi de Prusse pour le recouvrement de la Silésie, nous serions en état de nous jeter
sur-le-champ sur les Hollandais, quoique cela ne fût
pas trop juste à leur égard, puisqu'ils prouveraient
bien alors n'y avoir aucune part et être totalement
raccommodés avec nous.

5 octobre. — Le marquis de Balleroy, lieutenant
général des armées du roi, également gouverneur de
M. le duc de Chartres, encore aujourd'hui premier
écuyer de M. le duc d'Orléans, est en exil dans ses
terres depuis quatre ans. La cause de sa disgrâce est

venue de deux choses : la haine horrible entre lui et
mon frère, et la vengeance rancunière de Mme la princesse de Conti, à la première proposition de marier
Mlle de Conti avec M. le duc de Chartres. Balleroy
n'en parla qu'avec grand mépris; depuis cela, on le
surprit, il fit le mariage; mais *manebat altá mente re-
postum*. La princesse de Conti, sa fille, devenue duchesse de Chartres, grande p.... gouvernant son mari,
crurent augmenter leur crédit en se liguant bien avec
mon frère; on chercha l'occasion de perdre Balleroy,
on la trouva dans la maladie du roi à Metz. Ce fut une
inquisition de savoir qui est-ce qui avait approuvé ou
improuvé le procédé outré de l'évêque de Soissons,
pour déshonorer Mme de Châteauroux : on enivra
Balleroy à un dîner chez Mme la princesse de Conti,
on mit la matière sur le tapis; Balleroy prit le parti de
l'évêque de Soissons, il était d'ailleurs son allié et son
ami, il était aussi ami du duc de Châtillon et de la
Rochefoucauld : ainsi fut-il impliqué dans cette grande
proscription dont les coups éclatèrent à l'arrivée du
roi à Paris. On y joignit une accusation atroce, on
prétendit qu'il avait abusé de M. le duc de Chartres
pendant qu'il était son pupille; on a cité ce jeune
prince en témoignage; je sais une dame à qui il l'a nié
formellement, mais il n'a pas la fermeté qu'il faut pour
rendre hautement un témoignage contraire comme il
faudrait.

Ce malheureux a donc suivi son exil et soutenu ses
malheurs avec courage depuis quatre ans. Quel en est
le terme ? il l'ignore. Quelquefois il machine les moyens
de le finir; il m'en cache les moyens; je suis cependant en correspondance avec lui, mais cela ne roule

que sur la littérature et l'étude du bien public; jamais
de nouvelles. Je lui vois, depuis quelque temps, quelques trames, et je les devine ainsi : Silhouette est venu,
depuis deux mois, à la tête des affaires de M. le duc
d'Orléans; c'est sa créature et qui lui est fort attachée.
Les plus grands intrigants se sentent quelquefois quelques sympathies avec des hommes de leur caractère : ils
sont tous deux savants et même pédants. Je vois donc
que Silhouette travaille pour lui, sans savoir comment.
J'ai vu que, chez les amis de Balleroy, on se loue fort de
ce choix de Silhouette; celui-ci a pour amis les Tencin,
les Jésuites, les Noailles. Sitôt sa nomination, Mlle de
Balleroy, fille aînée de l'exilé, est venue à Paris et a
logé trois mois à l'hôtel de Matignon, sous prétexte
de mauvaise santé et de guérison, en quoi je n'ai remarqué ni chute ni progrès extérieurs, quoiqu'elle se
loue avec affectation du bien que lui a fait le voyage
de Paris : (depuis que les hommes sont devenus si fins,
si dissimulés, on ne découvre plus rien qu'en raisonnant sur les affectations démasquées); elle s'en retourne demain à Balleroy. Un nommé Nadeau, contrôleur de M. le duc de Chartres, et de la main de Balleroy,
est allé en Normandie, qui est sa patrie, et en arrive
incessamment. Enfin, j'entendis, l'autre jour, mon
frère se déchaîner violemment contre ledit Silhouette,
et montrer qu'il est au Palais-Royal d'un parti tout
contraire au sien. Mon frère est toujours menacé de
déplacement. Quelles conjectures former sur cette
médiocre intrigue de cour, et quel plan leur prêter?
Je ne le sais pas. Ces gens-là ne seront pas assez fous
pour porter M. le duc d'Orléans à quelque action de
hauteur pour faire revenir son premier écuyer. Cher-

che-t-on à calmer l'hôtel de Conti et Saint-Cloud en
sa faveur ? Ce dernier article pourrait être.

M. de Bernage, prévôt des marchands, m'a conté
hier ce qui suit sur ces monuments dont il est grande
question [1]. Ce magistrat m'a paru d'une discrétion fort
sérieuse et intimidée par les grandes puissances de la
cour, et en voici la raison : c'est M. le prince de Conti
qui a mis tout cela en branle, pour bien vendre son
hôtel de Conti à la ville de Paris; le prix qu'on demande, cela ne se dit pas. Enfin, le roi ordonna au
prévôt des marchands de faire toiser le terrain, de
l'estimer et de faire faire un dessin; il l'a fait, mais il
ne menait la place que jusqu'à la rue Guénégaud;
M. le prince de Conti a donné un autre dessin qui
étendait la place jusqu'à la rue Dauphine, et, par conséquent, coûtait beaucoup davantage et était d'une
grande beauté.

L'Hôtel de ville a craint qu'on ne l'endettât, qu'on
ne l'abîmât; il a cherché à tirer son épingle du jeu, en
renvoyant au district des bâtiments du roi tous ces
grands projets, tant pour une place publique que pour
l'indemnisation des particuliers et pour décorer la
place.

Il est vrai que ç'a été l'Hôtel de ville de Paris qui a
fait la place Vendôme; le roi fournit le terrain bien
quitte et bien aplani, où était, pour la plus grande
partie, l'hôtel de Vendôme, appartenant au roi. La

1. Voy., à la Bibliothèque de l'Arsenal, un manuscrit in-f°,
n° 327 (*Histoire de France*), intitulé : *Portefeuille Bachaumont*.
C'est un recueil de pièces imprimées et manuscrites, relatives aux
projets d'embellissements dont il est ici question. On y trouve des
lettres de Voltaire, de Gresset, etc.

ville de Paris a bâti à ses frais les façades, et les a revendues avec des terrains abondants aux particuliers qui y ont bâti les grands hôtels qu'on voit.

Il s'agit ici d'une ou deux places, l'une pour la statue de Louis XV, l'autre pour un nouvel hôtel de ville, et qui doit être toujours situé sur la rivière. M. de Bernage, qui m'avait paru, l'automne dernier, fort porté à jeter l'Hôtel de ville dans des dépenses magnifiques, pour laisser un beau monument, s'en retire par les inconvénients de cour qu'il y rencontre. Il a seulement montré au roi une délibération du bureau de la ville, pour lui demander permission de fondre la statue équestre, ce qui a été accordé. Le modèle est fait par Girardon, et il va le porter à Fontainebleau. M. de Tournehem a mis au concours des architectes de Paris, et surtout des académiciens, le choix tant du terrain que de la décoration. J'ai vu de ces projets à quelques architectes de ma connaissance [1].

Il y en a pour l'esplanade devant le Pont tournant des Tuileries, pour l'hôtel de Conti, pour l'autre bout du Pont-Neuf, afin d'y faire revivre la belle façade du vieux Louvre qui y est comme en terre, pour le bout de la rue de Tournon, vis-à-vis le Luxembourg, prenant pour place la foire Saint-Germain; pour l'hôtel de Soissons, que l'on détruit et dont on va vendre le terrain, enfin pour le carrefour de la Comédie, prenant du terrain jusqu'à la rue Contrescarpe.

1. On trouve de ces plans par Soufflot, Boffrand, Patte, etc., à la Bibliothèque impériale, Cabinet des estampes, *Histoire de France, Louis XV*, année 1748.

Pour moi, si j'étais premier ministre, je prendrais tous ces terrains et j'en commencerais l'exécution, laissant aux successeurs de Louis XV à les achever, comme Saint-Pierre de Rome l'a été sous quinze pontificats. Je commencerais par achever le plus facile, qui est celui du Pont tournant; je ne rayerais que celui du carrefour de la Comédie, qui devient inutile en faisant celui de la rue de Tournon, j'y laisserais la place vide pour les statues des Louis XVI, Louis XVII. Ainsi la place du Pont tournant, dont j'ai donné un croquis, pour Louis XV; la place du vieux Louvre, pour hôtel de ville; la place de l'hôtel de Conti, statue vide; la place de la rue de Tournon, *id.*; la place de l'hôtel de Soissons, *id.*; et les habitations de citoyens que je retrancherais par là, je les redonnerais par des permissions de bâtir dans les faubourgs.

8 *octobre.* — On mande de Lunéville que le roi de Pologne, duc de Lorraine, a engagé Mme la marquise Du Châtelet et son monsieur de Voltaire à faire leurs Pâques; voilà, dit-on, de la besogne bien faite!

Les gazettes annoncent la paix formelle prête à être signée par les trois parties intégrantes, qui, les premières, ont signé les préliminaires, en sorte que les autres puissances ne seront que parties accédantes, telles que les cours de Vienne et de Madrid.

11 *octobre.* — On vient d'avoir nouvelle que le faux prince de Modène s'était sauvé de la Martinique avant d'être pris.

Les Anglais sans doute nous ont voulu riposter, par ce faux personnage, au vrai régent héréditaire d'Écosse u'ils croient que nous leur avons envoyé en 1745. Il

a plusieurs mois qu'un jeune aventurier arriva à la
Martinique sur un petit bâtiment anglais que nos armateurs venaient de prendre ; ce jeune homme ressem-
blait trait pour trait au prince héréditaire de Modène.
Il débarqua dans un petit port de l'île où commandait
le sieur Nadau, et M. Nadau a été en Italie, et il a
avec lui un frère qui y a séjourné encore davantage,
et qui avait vu les princes de Modène. L'aventurier
lâche quelques propos pour se faire croire autre que
ce qu'il paraissait, enfin il se donne pour le prince
de Modène, et il conte son roman. Il annonce que la
paix est faite en Europe, que jamais la reine de Hongrie n'a voulu céder l'État de Modène qu'elle avait
pris, de sorte que le Roi Très-Chrétien, toujours juste,
cédait la Martinique à la Maison d'Este pour son établissement, mais à condition que cette souveraineté
relèverait de la couronne, et ne subsisterait que sous
sa protection. Il ajoute que le duc son père l'avait
envoyé devant, pour prendre possession, avec ce qui
lui restait d'effets et ses meilleurs serviteurs ; mais
qu'ils avaient été pris dans les mers d'Amérique par
les Anglais non encore informés de la paix, et que,
restant lui seul dans la petite barque anglaise, les armateurs français avaient fait cette rescousse, qu'incessamment le gouverneur de la Martinique allait avoir
avis de France de tout ce qu'il annonçait, et qu'on lui
restituerait bientôt son bagage et sa suite.

Une partie de l'île a cru cet exposé, l'autre a douté
du moins, mais tous les habitants ont été flattés de
l'idée d'avoir un souverain à eux qui pourvût à leurs
besoins, et qui fît cesser leur dépendance étroite et

directe d'une cour qui demeure à trois mille lieues.
Ce prince, jeune, d'une jolie figure, ajoutant le suffrage des femmes à celui des maris, cet ascendant a
pris comme la poudre, et bientôt les commandants
pour le roi ne se sont plus trouvé assez de force pour
arrêter ce progrès par l'ascendant de l'autorité et
par l'appui que les armes y doivent donner. Cependant on blâmera ici et M. Nadau et même le chevalier
de Caylus, gouverneur géneral, de n'y avoir pas mis
ordre plus promptement, comme ils le pouvaient certainement : *Principiis obsta, serò medicina paratur.*

Le faux prince, se sentant donc ainsi ancré dans
son projet d'imposture, a écrit à M. de Caylus, qui
réside au fort de Saint-Pierre, de le venir trouver où
il était, et a signé Hercule Renaud d'Este. Il a continué à figurer dans l'île; chacun lui a rendu de
grands honneurs et lui a offert sa bourse; ceux qu'il
refusait, disant qu'il avait assez d'argent, étaient très-
affligés. Enfin, il s'est cru assez fort pour aller à la
capitale, à Saint-Pierre; M. de Caylus lui a quitté la
place, et est allé à la campagne, quoiqu'il n'ait pas
permis qu'on lui rendît aucun honneur militaire.

On aura certainement observé ici que l'autorité
royale n'est pas aussi ferme à la Martinique et à Saint-
Domingue qu'elle l'est en France; il y a assez paru
pendant la régence, quand on renvoya M. de Ricouart,
l'intendant et le commandant. Le roi n'y entretient
pas assez de troupes, et elles ne peuvent être appuyées
d'autres garnisons voisines, comme en France. Les
habitants sont riches, républicains, et peuvent se
donner aux Anglais d'un moment à l'autre, d'autant
plus que l'on s'y croyait en guerre alors, et peu en état

d'être secourus d'aucune façon. Ainsi, les commandants ont pu croire, avec raison, devoir caler doux; mais ces bonnes raisons n'empêcheront pas qu'on ne les révoque, pour leur donner blâme à l'extérieur et punir les peuples dans leur personne.

Ce prince a tenu un grand état au fort de Saint-Pierre; il ne manquait de rien; il a représenté en prince; on dit même qu'il y avait établi un cérémonial et une étiquette. On en conte une singularité, c'est qu'après son dîner, un principal officier lui devait essuyer la bouche.

Enfin, tout a été découvert; on a envoyé de France ordre de le prendre et de le pendre, mais on vient d'avoir nouvelle qu'il s'est sauvé.

13 *octobre*. — Mon frère a toujours la goutte, avec douleur, depuis quinze jours qu'elle dure. On craint qu'il n'y ait quelque engorgement au foie; il y a quelquefois de la fièvre; il fait effort pour se transporter à Fontainebleau, et son esprit est fort peiné de ne pouvoir aller au travail du roi ni au conseil. Le maréchal de Saxe est arrivé de Bruxelles à la cour; c'est un ennemi considérable dans les cabinets que l'on doit tant redouter.

14 *octobre*. — On me mande de Fontainebleau qu'on y attend à tous moments le courrier de la signature de la paix, mais que cependant les affaires de finance n'en vont pas mieux.

Le ministère de la guerre s'est pressé de réformer, mais peut-être cela deviendra-t-il une nouvelle source de dépense et d'un plus grand renouvellement de

guerre, s'il faut, par des diversions, se venger du
manquement de parole ét soutenir Suède et Silésie
attaquées si loin de nous. Quelle honte, alors, que
d'avoir été si trompés par des ennemis que nous te-
nions sous notre épée au mois de mai dernier! L'occasion perdue se retrouvera-t-elle? Le roi ne sera-t-il
pas paresseux de renouveler la guerre avec tous les
maux qu'elle attire à ses peuples et les embarras
qu'elle lui cause?

15 *octobre*. — On crie beaucoup contre le marquis
de Puisieux et contre M. de Saint-Séverin, son ami,
sur l'inexécution de la convention du 2 août, touchant
le retour des Russes dans leur pays, ainsi que sur les
prises qui se font continuellement sur nous en diverses
mers du monde, le terme pour faire cesser la validité
de ces prises ayant été trop reculé par les conventions
d'Aix-la-Chapelle.

L'on dit que le comte de Sandwich mène M. de
Saint-Séverin par le nez. Le roi veut la paix et la conclusion définitive d'icelle, ce que sentent les ennemis,
de quoi ils abusent. Voilà ce que c'est que les passions
connues des princes : c'est ainsi que l'on sentait,
avant 1733, que jamais le cardinal de Fleury ne voudrait faire la guerre. M. de Puisieux sent que sa
faveur ne tient qu'à la prompte conclusion de la paix
en forme.

Mais, c'était au mois de mai, lorsque nous pou-
vions conquérir la Hollande, qu'il fallait profiter de
la circonstance pour obtenir tout ce qui pouvait faire
difficulté aujourd'hui, et de si grandes difficultés.

L'on dit qu'on n'a jamais tant vu d'*errata* à un

traité, et pour des sujets de tant d'ignorance qu'on
en a vu à celui-ci.

17 octobre. — J'ai eu une conversation avec un de
nos ambassadeurs qui part demain pour retourner à
son poste ; il m'a dit que la cour de Naples était aujourd'hui tout autre chose qu'il y a deux ans, lorsque
je dirigeais les négociations ; que cette cour ne se conduisait plus absolument par les conseils d'Espagne ;
que, sous la reine d'Espagne douairière, c'étaient des
ordres plutôt que des conseils, et qu'aujourd'hui ce
n'est pas même une influence ; que ce gouvernement
napolitain est pitoyable, que c'est une autorité fémi-
nine, capricieuse ; que le roi avait souvent querelle
avec la reine sa femme, et cependant lui obéit toujours, quoiqu'elle le maltraite. C'est l'aventure du roi
son père : de la dévotion avec un tempérament paillard, moyennant quoi, la reine ayant la clef de tous
ses plaisirs et de ses plus gros besoins, elle exige tout
ce qu'elle veut sans réserve, et ne veut que des choses
fort déraisonnables et tout à fait contraires à l'avantage de leur couronne.

Depuis les préliminaires signés à Aix-la-Chapelle,
on a cru, à Naples, qu'on ne pouvait trop et trop tôt
réformer les troupes ; cela se fait par le seul motif
d'une épargne qui n'a d'objet que de dépenser davantage en luxe, et dans tous les genres où les femmes
volontaires portent les hommes à dépenser. D'autres
femmes le gouvernent et joignent leurs nouveaux caprices à ceux de la reine.

Le marquis Fogliani, premier ministre depuis trois
ans, se soutient en place, malgré toute la faiblesse de

son esprit et son peu de capacité : on peut le comparer
à notre marquis de Puisieux de France; mais, che-
minant par les femmes, son soutien est aussi solide
que celui du duc de Salas était incertain, ou plutôt que
sa chute était assurée, tout en montrant beaucoup de
talents et ayant opéré de grandes choses. Ce M. de Salas va bientôt marcher à quelque ambassade, comme
Vienne, Londres, etc. Il a sa belle-sœur qui a grand
crédit auprès de la reine régnante d'Espagne, et tout
le ministère espagnol le craint prodigieusement : c'est
pour cela qu'on le veut envoyer dans une ambassade,
comme il arrive souvent qu'on appelle ces grands
emplois d'honnêtes exils.

Il dit que nous sommes aujourd'hui détestés en
Espagne, et que la dernière défection, comme ils l'appellent, en signant les préliminaires dans cette cour,
achèvent de leur donner toute fureur contre nous;
que les effets n'en sont retenus que par le tempérament plus sage et plus flegmatique de ce gouvernement aujourd'hui que n'était celui de la reine douairière. Cette cour se rapproche par inclination de celle
d'Angleterre, et, si elle lui accorde le moins de faveurs qu'elle pourra, ce qu'elle lui accordera ne sera
pas pris sur l'Espagne, mais sur la France.

Il m'a dit que l'attaque du royaume de Naples
n'avait jamais été appréhendée à Naples, à cause des
ménagements que l'Angleterre a pour l'Espagne et
même pour le commerce de Naples; que, de plus, le
roi de Sardaigne n'avait jamais voulu souffrir que la
la reine de Hongrie dégarnît son armée de Milanais
pour aller à cette conquête, quelque facile qu'elle fût.
La reine de Hongrie y fut encore déterminée par l'at-

trait de piller Gênes et d'y prendre vingt-quatre millions en argent, comme elle fit.

En cela, elle se conduisit tout à fait contre ses intérêts, car la reprise du royaume de Naples et de
Sicile lui était assurée; ce n'était qu'un voyage, et
nous eussions été trop heureux, à la paix, de recouvrer ses États pour tout établissement aux infants.

Cet ambassadeur m'a dit encore qu'il survenait
chaque jour de nouveaux embarras à la signature du
traité de paix, que la cour de Vienne venait d'y envoyer de nouvelles difficultés sans nombre; qu'il savait
qu'en Angleterre, à Londres, on maudissait aujour-
d'hui la paix autant qu'on l'y avait bénie il y a
quelque temps.

22 *octobre*. — Un homme du métier m'a dit que
c'était la chose du monde la plus étonnante que le discrédit où étaient tombées subitement les finances depuis un mois, que l'on manquait d'argent au trésor
royal, qu'on n'y payait plus rien du tout, que le prêt
des soldats aux gardes françaises manquait depuis
quinze jours, et que les capitaines aux gardes s'étaient
cotisés pour en avancer un; que le sieur Bouret, passant pour si habile dans l'approvisionnement du blé
chez les provinces en disette, n'était qu'un étourdi
qui ne savait plus ce qu'il faisait, et qu'il avait compté
des sommes immenses au trésor royal pour n'avoir
remédié à rien. Il m'a dit que les fermiers généraux
avaient avancé au roi dix-huit millions, seulement
pour cette partie des blés, sans avoir réussi, comme
on a vu, à remettre l'abondance ou la plus petite aisance dans les provinces malheureuses; que chacun

craignait ce discrédit, et que l'opinion faisait un terrible chemin en France; qu'on était d'ailleurs effrayé du bruit que font les dépenses du roi, surtout en bâtiments, et qu'on ne savait où nous mènerait encore cette aveugle confiance dans la maîtresse qui décide de tout et qui veut changer la moitié de la compagnie des fermiers généraux pour y mettre de ses créatures; que d'ailleurs les munitionnaires et fournisseurs, à qui il est beaucoup dû, demandaient à force de tous côtés, et tombaient sur le trésor royal, n'ayant eu pendant la guerre que des à-comptes, ce qui fait resserrer les bourses de plus en plus.

27 octobre. — On est fort occupé de la mort de M. Dufort[1], intendant des postes, et de celui qui doit le remplacer. On souffre par là que le roi marque trop quelle espèce d'administration c'est que celle-ci. On prétend qu'il s'agit seulement de savoir tout ce qui se dit par lettres, tant au dehors qu'au dedans du royaume : c'est ainsi qu'en parlait hier un homme d'esprit, et qui disait qu'il n'avait jamais été du secret, tandis que j'assurais qu'on ne décachetait certainement point les lettres; on ajoutait à cela que le roi était plus curieux qu'un autre, et aimait beaucoup ces sortes de décèlements de secrets.

Mon frère est fort chagrin aujourd'hui de rester encore au lit, incommodé d'un reste de goutte qui le rend faible, et qui ne lui permet pas de s'appuyer sur ses pieds, de sorte qu'il ne peut encore monter chez le

---

1. Grimod Dufort, seigneur d'Orsay, fermier et intendant général des postes.

roi. On verra, dit-on, en cette occasion, qui l'emportera du crédit de Mme de Pompadour, et des Pâris et
de M. de Puisieux, si bien liés avec la maîtresse, ou
celui de mon frère qui est surintendant des postes.
Ces deux crédits sont grands auprès du roi. Le dernier
a les grâces de l'amusement, les plaisirs des sens et
une séduction continuelle; l'autre a pour lui l'opinion
du maître, qu'à la différence des autres ministres, qui
peuvent avoir des intérêts distincts pour le tromper
et pour attirer trop les affaires à eux, celui-ci est bien
à lui. De plus, ayant passé par des occasions comme
celles de la maladie de Metz, de la quitterie, de la
reprise et de la perte de Mme de Châteauroux, d'un
esprit fin et courtisan, que de choses en lui peuvent
contre-balancer la maîtresse, pour ne lui pas abandonner sans réserve la direction des postes et le secret de
cette administration! C'est ainsi que Sa Majesté ne
voulut point nommer un contrôleur général, sinon à
la présentation de mon frère, comme il arriva quand
le parti de la maîtresse et des Pâris déposséda M. Orry
du ministère des finances. Aussi ai-je remarqué que
feu M. Dufort était foncièrement à mon frère, malgré
tout ce qu'on disait de contraire, et il en a mené
grand deuil.

Ainsi je ne doute pas que mon frère ne fasse le
choix en question, et qu'on ne le diffère jusqu'à ce qu'il
puisse travailler avec le roi.

3 *novembre*. — Les gazettes ont marqué que toutes
les puissances qui ont des plénipotentiaires à Aix-la-
Chapelle avaient signé la paix, excepté le seul M. Osorio
pour le roi de Sardaigne. Celui-ci a dépêché un cour-

rier à Turin, d'où il attendra réponse. La France, l'Angleterre et la Hollande signent au traité définitif ainsi qu'aux préliminaires comme parties intégrantes et principales; Autriche, Espagne, Gênes et Modène ne signent que comme parties accédantes, de quoi il y avait peu d'exemples en pareil cas, car il faut observer que ces parties intégrantes et principales sont celles qui ont à la paix le moins d'intérêt direct, puisqu'elles ne donnent point du leur, et ne reçoivent rien, au lieu qu'Autriche, Espagne, Gênes et Modène cèdent et acquièrent, ou recouvrent tous leurs États détenus. Convenons que voilà le monde renversé, ou plutôt la raison, qui est plus que le monde, rempli d'erreurs comme il est.

Sitôt la paix signée, nous évacuerons toutes nos conquêtes de Flandre, et l'on met D. Philippe en possession de son État. Déjà les ordres sont donnés de notre part pour cette évacuation.

Il y a un homme qui arrivera ici les premiers jours de janvier, M. de Richelieu, qui vient d'être fait maréchal de France, il sera d'année de premier gentilhomme de la chambre[1]. Tout le parti courtisan craint beaucoup son arrivée, et, véritablement, il est capable de donner de bons coups de collier pour la gloire et la sûreté du royaume, pour chasser la maîtresse roturière et tyrannique de la cour, et pour en donner une autre. Mais plus on annonce de ces choses sur le roi, plus on doit craindre qu'il n'en soit rien, parce qu'alors Sa Majesté se bande contre, et est prémunie par les partis d'intrigue qui l'environnent et lui suggèrent tout.

1. Les gentilshommes de la Chambre servaient par année.

4 novembre. — J'apprends de Fontainebleau que le
roi marque beaucoup de bontés à mon frère, d'inquiétude de sa maladie de goutte, et envoie souvent
par jour à ses nouvelles, que Sa Majesté est inatta-
quable sur le mal que l'absence des ministres fait toujours dire d'eux, et que même elle lui marque plus
de confiance que ci-devant; que les billets trottent
continuellement entre le roi et ce ministre, que celui-ci
emporte quantité de choses en maladie plus qu'en
santé, et que Mme de Pompadour baisse pavillon sur
des entreprises qui sont dévolues à ce ministre, telle
que l'intendance des postes où mon frère l'a emporté
pour Du Parc sur le petit Ferrand, cousin de Mme de
Pompadour, et qu'elle voulait y préposer.

Pour entendre cette faveur, il faut se bien représenter le caractère du roi tel qu'il est : doux, pensant
naturellement juste, mais fort paresseux de penser et
d'approfondir; tout ce qui lui a échappé du premier
coup d'œil ne lui revient plus après, même en super-
ficie; aimant les gens d'esprit par prétention de bon
air plutôt que par discernement et par penchant pour
eux, entêté et fier comme y sont élevés les princes,
leur fermeté dégénérant en mutinerie, gens d'habitude par paresse d'innover, quoique sans répugnance
au changement.

De tout cela est arrivé que mon frère, homme du
monde, fin et prompt observateur du caractère des
hommes en vue de ses intérêts, passant pour homme
d'esprit, en montrant tout ce qui en brille et ce qui y
fait juger le solide plus que le profond, entendant
facilement, se parant des idées des autres, cachant
habilement son ignorance et ses négligences, allant au

capital de la besogne, à celle qui le fait paraître, à
ce qui plait au maître, plus qu'à ce qui lui est utile,
observant bien encore ce qui fait briller sa complaisance et sa douceur, au fait des discours et du langage
du beau monde, adroit à dissimuler les vices du cœur,
la haine, la vengeance, l'intérêt, enfin délié courtisan
s'il en fut jamais; de tout cela, dis-je, il en résulte le
caractère et la conduite du cardinal de Fleury qui l'a
instruit et sur qui il s'est modelé pour bien gouverner son maître, se donnant pour ami sans s'en
vanter, lui faisant croire qu'il l'est lui seul à la cour,
en un mot, un *gâte enfant* tel que les mies et les
précepteurs l'élèvent sur les ruines du crédit des
parents et des meilleures fonctions des gouverneurs
qui voudraient corriger la nature et les mœurs,
tandis que ces précepteurs intéressés donnent des
bonbons, et n'apprennent à leurs élèves que des
Peaux d'âne.

Le roi ne viendra pas l'année prochaine à Fontainebleau, et l'a déclaré à voix haute. Il fait faire un
grand escalier et la cour ovale, et une belle antichambre devant la galerie des Réformés, un passage
plus commode à l'appartement de sa maîtresse, et
tout le devis en est déjà estimé deux millions six cent
mille livres.

5 novembre. — On a nouvelle de la cour que la marquise de Pompadour a un gros rhume avec crache-
ment de sang.

Les ducs d'Ayen et de La Vallière se sont querellés
touchant le théâtre que l'on construit sur le grand
escalier de Versailles.

7 novembre. — Les nouvelles du nord sont que l'on travaille fortement à redonner la Courlande au maréchal comte de Saxe, et les apparences y sont. Les ennemis comptent pour beaucoup de nous ôter un tel général ; l'on sait combien un seul homme peut changer la face d'un État. Nous devons encore observer que le maréchal de Saxe, ayant beaucoup gagné d'argent, beaucoup pillé au service de France, n'a point placé ici ses fonds. Je ne lui vois d'acquisition que la seule maison de campagne du sieur Gaudion ; le reste est sans doute destiné à passer dans les pays étrangers pour y faire valoir ses droits sur la Courlande et pour y vivre splendidement quand il y sera installé.

Les Moscovites consentiront sans doute et travailleront à cette opération, on en voit les traces dans toutes les nouvelles du nord. Or, s'il a cette obligation aux Moscovites, peut-on douter qu'il ne les serve et qu'on ne le mette à la tête des forces qui attaqueront le roi de Prusse ? Au moins, on en privera la France, qui pourra vouloir se mêler de cette querelle, et voilà ce que je dis, que la différence d'un seul homme peut changer la face d'un État.

Que d'exemples l'on a de cette maxime ! à la mort de M. de Turenne, à celle du maréchal de Luxembourg, quand M. de Vendôme prit le commandement d'Espagne, en 1710, quand les Allemands n'ont plus eu le prince régent à opposer aux Turcs, en 1736.

Cependant nous ne voyons point cela ici, et l'amitié des Pâris et de Mme de Pompadour fascine les yeux sur tout cela.

15 *novembre*. — Il y a eu quatre ou cinq jours de grand froid entre le roi et la marquise de Pompadour. Elle est certainement ambitieuse ; elle voudrait gouverner, et est poussée par des gens qui voudraient gouverner par elle. Les Pâris et le Puisieux l'ont poussée à demander le gouvernement des postes pour une de ses créatures ; depuis que mon frère l'a emporté pour Du Parc, on a boudé, et, de là, grand refroidissement. Le roi veut garder pour lui-même son petit secret des postes, il fait grand cas du mystère ; or, il regarde mon frère comme un oracle dans ces matières de discrétion et de circonspection.

Ainsi, bouderie, grande bouderie, et, s'il faut que cela continue et que cela se joigne avec les dégoûts qu'attirent, depuis quatre ans de constance, l'engourdissement et la stupeur de cette passion, la maigreur de la dame, sa mauvaise poitrine, ses goûts pour les spectacles, qui ennuient le roi et qui n'amusent que cette dame née parmi les bateleurs, et pour être elle-même de quelque troupe où elle eût été c.... sans tempérament ; si les réflexions sur son ambition, sur le grappin qu'elle a mis sur les affaires, sur le choix des ministres et des places principales ; si, dis-je, tout cela se réunit ensemble, elle pourra bientôt avoir son congé. A quoi il faut ajouter que M. de Richelieu, son ennemi, puissant ennemi en paroles et en œuvres, habile aux intrigues de femmes, tant pour les séduire que pour les faire valoir à un maître, M. de Richelieu, dis-je, va arriver à la fin de décembre, pour faire son service de premier gentilhomme de la chambre ; il arrive couvert de gloire et de la réputation de prudence qu'il a acquise à défendre Gênes ; il en a reçu récompense et illustration par le bâton de maréchal de France et par des statues qu'on lui élève à Gênes. Voilà de quoi faire trembler Mme de Pompadour.

J'apprends que le grand refroidissement est diminué, mais qu'il y a toujours du froid entre le roi et la dame. On en verra bientôt le rejaillissement sur les Pâris. Mon frère se conduit sur cela avec grande dextérité : c'est par lettres seulement qu'il est parvenu à la contredire sur la nomination à l'intendance des postes et à y mettre son homme au lieu de celui de la dame.

*** a parlé à mon frère de la place de chancelier de France qu'on lui donnait dans le monde. Il a répondu qu'il se garderait bien de la troquer pour celle de ministre de la guerre; qu'il était bien différent de voir son antichambre meublée de maréchaux de France ou de juges provinciaux, qu'il en connaissait la législation, qu'il n'y avait rien à y changer aujourd'hui ou peu de chose; qu'en un mot, pour y bien faire, c'était une place à radoter; qu'il était vrai que, du train que prenait sa goutte, il ne serait bientôt plus propre qu'à cela. On lui a dit : « Mais si vous gardiez votre place avec celle-là? » Il a répondu que ce serait autre chose; mais que, d'un autre côté, ses forces ne lui permettraient pas de vaquer à tant d'affaires.

16 *novembre.* — On parle plus que jamais de la prochaine chute de M. de Machault. Pendant ce voyage-ci de Fontainebleau, personne n'allait chez lui, quoiqu'il fît la meilleure chère de la cour; on le trouvait fier et froid, et sa femme était comme une idiote qui ne disait mot à personne.

Cependant l'on vient d'augmenter le fonds des ponts et chaussées de trois millions six cent mille livres, ce qui avancera bien une œuvre de police aussi bonne que de rendre praticables les grandes routes; mais l'on a dit à cela qu'il vaudrait bien mieux soulager les peuples qui crient misère et qui succombent.

On m'a assuré hier que M. le duc de Richelieu, avant de partir de Gênes, avait conclu un traité de douze ans avec la république, alliance offensive et défensive, avec un traité de subside que nous lui donnons par an (je ne sais de combien); ce subside est pour qu'elle entretienne six mille hommes de troupes réglées. On croit aussi que nous nous emparons sous main du gouvernement de la Corse, pour y veiller au comportement des commissaires génois, afin qu'ils ne tyrannisent pas ces peuples et qu'ils ne les portent pas à la révolte, comme ils ont fait ci-devant, et que nous payerions sous main et directement les troupes réglées qu'il faudrait avoir dans Corse; que nous y aurions un commissaire caché et qui nous rendrait compte de tout. La possession de la Corse par les Génois nous devient importante, parce que c'est le seul moyen qu'aient les Génois d'avoir de bons soldats pour recruter.

Le roi a envoyé de nouveau le duc de Gêvres, premier gentilhomme de sa chambre, au prince Édouard, pour lui ordonner de sortir du royaume; ce prince a répondu qu'il ne le pouvait, étant en traité avec le roi, bien et dûment signé de Sa Majesté. L'on croit que tout cela n'est que jeu joué.

Mon frère est plus déclaré que jamais brouillé avec la maîtresse; ils cessent hautement de se ménager; elle lui a fait refuser jeudi, par le roi, de travailler avec lui, et la partie est remise à mercredi à Choisy.

18 *novembre*. — Le parti que l'on prend pour le prince Édouard est celui-ci : On a recours à son père, Jacques III, prétendu roi d'Angleterre, pour qu'il ordonne à son fils, le prince Édouard, de le venir trouver à Rome; alors le roi ne fera plus exécuter ses ordres comme ceux d'un souverain qui en chasse un autre de ses États, et qui emploie la force comme nécessaire à l'exécution violente de cet ordre. Mais cette force appuiera les ordres d'un père à qui son fils désobéit, et le roi se prêtera, seulement comme bon voisin, aux désirs de ce père désobéi. Alors ces ordres, intimés par le père, et lui, refusant d'obéir, il plaît au roi de les lui intimer encore, puis on le fait prendre au chaud du lit par des mousquetaires; ceux-ci essuient peut-être quelques coups de pistolet, mais emmènent le prince, dans une berline de poste, à Toulon, on l'embarque dans un bâtiment qui le conduit à Civita-Vecchia, où pareille garde du pape le conduit à Rome pieds et poings liés.

Ce qu'on avait précédemment annoncé, que le peuple de Fribourg s'était révolté, par les intrigues de Berne et d'Angleterre, pour refuser l'admission du prince Édouard, est devenu faux; les magistrats ont tenu bon et ont fait entendre raison au peuple. Mais il faudrait qu'il consentît lui-même à cette proposition[1]

1. Voy. p. 254. La France proposait d'établir le prince à Fribourg, avec le titre de prince de Galles, une compagnie de gardes et une pension.

qui lui serait très-favorable. Voilà cependant ce que
personne ne peut persuader à ce prince.

Mme la princesse de Talmond s'est emparée de son
esprit et le gouverne avec folie et fureur, sans qu'il y
ait le sens commun aux objets que l'on s'y propose;
mutinerie, hauteur déplacée, voilà tout.

21 novembre. — C'est la grande affaire du jour, et
qui étonne le plus, que celle du prince Édouard, et sa
résistance très-ferme à ne pas vouloir sortir de France.
Il a dit net qu'il n'en sortirait jamais *vif;* ainsi, il menace de tuer et de se tuer, si on le force, et, véritablement, c'est ce dernier parti que nous avons le plus à
craindre; car on dirait des propos cruels du Roi Très-
Chrétien, si ce brave prince allait périr ici par désespoir.

Il assure toujours d'avoir des lettres du roi et de
ses ministres si significatives qu'il ne doit pas compter
devoir jamais sortir de France, et qu'il en a la parole
royale.

Or, on ne connait point ces lettres, et il ne les
montre pas. Je sais bien que le roi ne lui en a jamais
écrit de ma connaissance[1], et que je ne lui en ai jamais
écrit aucune, à cause du cérémonial, et j'apprends que
le roi ne se souvient pas davantage de lui avoir jamais
écrit. Dernièrement M. de Gévres lui montra une

1. Il paraît bien, par les instructions que M. de Maurepas ré-
digea à Choisy pour le président Boyer d'Eguille, qu'il y eut une
lettre du roi au Prétendant; mais on y voit en même temps toutes
les précautions que l'on prenait pour que cette lettre fût secrète et
pût être même désavouée au besoin. Voy. A. Pichot, *Histoire de
Charles-Édouard,* t. II, p. 56 et 407.

note toute écrite de la main du roi, par laquelle Sa
Majesté signifiait son intention que le prince sortît du
royaume.

On croit cependant que M. de Maurepas lui aura
écrit quelque chose de plus positif que personne,
car il cherchait à capter sa bienveillance et à détruire
dans son esprit ce que je devais y gagner par mon
affection et ce que mon frère voulait aussi mériter
de lui.

Les Anglais nous envoient ici deux otages pour la
sûreté de la restitution de Louisbourg, ce sont les plus
grands seigneurs d'Angleterre[1], et on leur donne à
chacun cent cinquante mille livres de gages de notre
monnaie.

Le duc de Chartres est en divorce complet, mais de
fait seulement, avec la duchesse sa femme; il la voit
aux heures des repas, mais il a fait lit à part, et chacun
procède à ses plaisirs particuliers de son côté. Le duc
a une petite maison dans les faubourgs, et voit des
filles, en prenant certaines précautions. Il faut convenir que ces divorces, si communs aujourd'hui peu
d'années après le mariage, viennent toujours par la
faute des femmes : elles négligent trop les soins des
plaisirs, quand leurs maris ne leur plaisent plus; cependant, avec peu d'attention, elles conserveraient
l'amant dans le mari, ou, du moins, l'homme à bons
procédés ordinaires et à de fréquents retours de tendresse, et, avec quelques soins de plus, elles le conserveraient toujours comme amant; mais il en arrive précisément le contraire.

1. C'étaient le comte de Sussex et lord Cathcart.

Le maréchal de Lowendal est à Paris avec un air fort humble, et, qui plus est, fort humilié : on l'a obligé à ne plus se mêler des évacuations; il dit qu'il va en Pologne avec sa femme, pour en retirer son fils aîné, ce qui demande sa présence. On ne doute pas qu'il ne passe à quelque autre service étranger, et qu'il n'y emporte les grandes richesses gagnées à celui-ci.

Des gens qui reviennent de Flandre m'ont conté une partie des friponneries exercées par le comte de Saxe et le maréchal de Lowendal dans cette conquête; Cartouche n'en aurait pas fait davantage, ni plus impudemment, et leur principal accusateur aujourd'hui a peut-être fait pis, mais avec plus de finesse, et, dans tout cela, je ne sais qui on a moins ménagé, du roi ou du public. On tient actuellement au cachot, à Bruxelles, un vieux maq....., père supposé des demoiselles de Verrière, à qui le comte de Saxe avait procuré la garde d'un magasin des plus importants, moyennant les bonnes grâces de ces demoiselles. De plus, il a fait des présents considérables, comme de douze mille livres, au sieur de Sourdis, etc. Il faut rendre ces sommes, on le serre de près, et l'on mènera loin nos grands pillards. Sous M. de Louvois, les conquêtes furent fort ménagées; cette fois-ci, on a cru devoir tout abandonner au pillage le plus affreux, et tel a été le grand théâtre d'émulation. Voilà ce qu'opère le manque de subordination et les mauvais choix de ministres.

J'ai vu hier une lettre particulière de Gênes qui mande que jamais cette ville n'a touché davantage au moment d'une révolte; que la populace jette feu et flammes contre les nobles qui l'accablent d'impôts, et qui ont déjà donné lieu aux révoltes de Corse, en rançonnant ces insulaires, sur les blés particulièrement. Il y a eu de petites querelles privées entre le duc de Richelieu et le sieur Guymont, notre envoyé à Gênes; cela est venu de ce bel opéra qu'a donné le duc de Richelieu, et qui a coûté cinquante mille livres. Des officiers français y avaient leur rôle; Guymont sait chanter, et en a demandé un aussi, mais Mme Imperiali lui a représenté que cela ravalerait son rang de jouer sur un théâtre, lui qui avait le caractère représentatif du roi de France, leur protecteur. Guymont a donc remis son rôle peu avant la représentation; le duc de Richelieu l'a donné à un autre; mais, quand ç'a été à assister aux représentations, M. de Richelieu lui en a refusé la permission, et lui a conseillé de ne s'y pas seulement présenter; on n'a aussi donné de billets qu'à douze dames génoises. Guymont et Mme Imperiali ont cabalé contre M. de Richelieu; ces dames ont juré de ne plus revoir celles qui avaient assisté à l'opéra, et cela dure encore; on ne les nomme que les sultanes du sérail de M. de Richelieu. Voilà des tracasseries de province, comme j'en ai vu à Maubeuge de mon temps.

22 *novembre.* — Il est grand bruit dans le monde du sieur Garnier, intendant de mon frère, que l'on dit avoir aujourd'hui une fortune de quatre millions. Les uns disent que son maître n'y a aucune part, qu'il est désintéressé, que rien n'est plus surprenant que de le voir entouré de tels fripons, que Garnier n'est pas le seul enrichi excessivement par ses faveurs; d'autres, plus malins, publient que le maître partage avec les

valets, et qu'il a l'esprit trop haut et le travail trop
assidu pour ne pas savoir où cela va, et n'en pas profiter aussi, qu'il n'y a qu'à voir ce que dépensent sa
femme et son fils pour en juger.

Tout cela, joint avec le mauvais état de la santé de
ce ministre, son absence d'un mois, et plus, hors de
la présence du roi, quoique résidant toujours à la cour,
a pu lui faire grand tort auprès d'un maître que les
entours et l'importunité surmontent, quand on ne les
contre-balance pas.

Le maréchal de Saxe a demandé au roi le don et
souveraineté de l'île de Madagascar pour la faire ha-
biter par des familles allemandes qu'il sait pauvres et
qui y iraient bien s'établir, mais il demandait trop
d'avances, et surtout des vaisseaux de la compagnie
des Indes. Il s'est réduit à l'île de Tabago, en Amérique, dont nous ne faisons plus d'usage, et on la lui
accorde, comme souveraineté dépendante et tributaire
de notre couronne.

23 *novembre*. — L'on prétend qu'il est question de
demander un gros supplément de fonds aux action-
naires de la compagnie des Indes de France, et que
c'est pour cela que nos actions vont si fort en baissant.
Dans un temps de paix comme celui-ci, dès qu'on ne
veut pas diminuer les impôts, dès que l'argent ne devient pas plus commun, dès qu'au contraire il devient
plus rare, dès que le trésor royal paye plus mal qu'à
l'ordinaire, voilà de quoi embarrasser le ministère de
cette partie, et le décrier plus que jamais.

Le bruit est général que Mme de Pompadour va sortir
de place. On a regardé comme une grande nouvelle

cette bagatelle, que la répétition du ballet de Versailles venait d'être contremandée; les voyages de Choisy varient, et la représentation de ces ballets qui n'amusent point le roi, varie également.

Le duc d'Ayen est trop favori : quand il veut, il plaît au roi; sa perfidie est ornée de grâces; il invoque avec succès le Dieu des déistes; il a représenté que sa mauvaise petite mine le faisait méconnaître pour ce qu'il était partout à la cour, et qu'il lui fallait le cordon bleu pour le distinguer : sur cela, il lui a été accordé pour janvier prochain.

Le maréchal de Bellisle est très-fâché de ce qu'on l'oblige à rester jusqu'en janvier à Nice. Il va s'y tenir un petit congrès de généraux, non pour y traiter les grandes affaires de la sûreté de l'Infant D. Philippe, si on fera une place d'armes pour la défense de son État, ou de celui de Modène, ou du royaume de Naples, ni pour ménager une alliance éternelle avec les Génois, ou si nous y renoncerons, pour rentrer en grâce avec le roi de Sardaigne; non, ce sera seulement pour quelques canons ou effets de plus ou de moins que l'on va régler grandement dans la petite affaire des évacuations. *De minimis non curat prætor.*

24 *novembre*. — Les nouvelles de Rodrigue, auteur de la *Gazette de Cologne*, me parviennent de temps en temps, nouvelles manuscrites fort secrètes, et qui disent ce qu'on sait à Cologne de plus caché et de plus dangereux pour les affaires étrangères. Elles répètent chaque ordinaire que la guerre est près de s'allumer dans le nord, que le roi de Prusse augmente ses troupes, et qu'elles ont ordre de se tenir prêtes à tous

moments, se voyant sur le point d'être attaqué en
Silésie et en Prusse, et que, dès que la chose sera certaine, il préviendra les Moscovites, et les attaquera le
premier; qu'il se ligue avec la Suède et y fait augmenter ses troupes pareillement; qu'enfin on le croit
accommodé avec le maréchal de Saxe de ses droits
sur la Courlande, et que Sa Majesté Prussienne commencera par s'emparer de cette province, qu'il a un
gros parti en Pologne pour avoir aussi un demi-concert
dans cette nation voisine pendant qu'il attaquera ainsi
la Russie.

Il est plus question que jamais du prince Édouard
et de l'embarras qu'il donne au roi pour le faire sortir
du royaume. Il persiste toujours dans son refus de
sortir, et se montre aux spectacles plus brave que jamais. M. de Gévres lui ayant parlé de forces supérieures, de gens armés qui le prendraient, ce prince a
dit que, poussé à bout, il se tuerait. M. de Gévres lui
a dit : « Vous aimez donc bien le roi d'Angleterre régnant, pour lui faire tant de plaisir? »

Mme de Talmond, entendant dire qu'on s'en prenait
à elle de cette résistance du prince Édouard, lui a fait
fermer sa porte et ne le voit plus, car il était question
d'exiler cette dame. Véritablement c'est d'elle que
venait le premier conseil pour tenir bon ici et ne point
sortir; mais depuis, voyant que cela retombait sur
elle, elle lui en a donné de contraires; mais il n'était
plus temps, la tête anglaise était allumée.

Il se vante toujours d'avoir des lettres du roi, telles
qu'il y doit compter; ces lettres promettent, dit-il, et
de la propre main du roi, qu'il ne l'abandonnerait
jamais, pour l'encourager à l'entreprise d'Écosse.

Je me souviens, en effet, que, quand j'apportai au
roi, à Oudenarde, la nouvelle des premiers succès de
l'invasion d'Écosse, Sa Majesté ne parut pas aussi surprise qu'elle devait l'être de cette démarche hardie et
heureuse. J'ai vu, à d'autres signes, que M. de Maurepas avait eu part à quelques conseils secrets touchant l'Écosse, comme d'y envoyer un million, qui a
été perdu un peu avant la malheureuse défaite de Culloden. Le cardinal de Tencin s'est vanté d'avoir en-
couragé cette première entreprise d'Écosse; il peut
donc se faire que M. de Maurepas (qui n'est qu'un
franc étourdi fort présomptueux) ait porté le roi à
écrire en lettres des promesses éternelles; cela peut
se dater dès l'entreprise manquée et l'embarquement
de mars 1744, où devait commander le maréchal de
Saxe; enfin, elles ne sont pas de mon temps[1].

Les répétitions se font pour le ballet sur le grand
escalier, et la représentation sera le 27, comme on
a dit.

On crie beaucoup à Paris de ce qu'on a donné aux
spectacles une part dans les loteries royales qui se font
pour rebâtir les églises de Paris, et les bonnes gens n'y
mettront plus.

On a remis aussi aux spectacles le cinquième de
l'argent qu'ils donnaient à l'Hôtel-Dieu depuis quarante-cinq ans, et cela scandalise bien des gens.

25 *novembre.* — J'ai eu la visite de M. de Saint-
Sauveur, consul de France en Russie, et chargé quelque
temps, depuis le départ de M. Daillon, des affaires de

1. Voy. ci-dessus, p. 278.

France en cette cour de Pétersbourg. Il a eu ordre de
revenir ici au mois de juin dernier, de sorte que nous
n'avons présentement personne aucunement en cette
cour. Il m'en a dit nombre de particularités.

La czarine, haïssant Bestuchef, a cependant pris
grande confiance en lui et le laisse faire, de sorte qu'il
est absolument despotique; rien ne ressemble plus au
ministère et à la faveur où était le cardinal de Richelieu sous Louis XIII. Ce roi le haïssait, mais, aimant la
gloire de son règne, il voyait qu'il n'y avait que Richelieu capable de la produire; ainsi la czarine aime-t-elle
la gloire de son règne, et trouve que Bestuchef gouverne et nationalement et glorieusement. Bestuchef,
dit-il, n'est pas homme de grand génie, mais il prend
conseil d'habiles gens; il les suit et exécute avec grande
habileté. Il nous hait, il voit dans nous les ennemis, il
aime les Anglais et en reçoit volontiers des présents.
Nous avons, dit-il, trop négligé le commerce de Russie;
nous en aurions reçu des faveurs, en leur en accordant
quelques-unes, et le commerce eût soutenu la politique, comme la politique le commerce. Je lui ai ob-
jecté ce que dit souvent M. de Maurepas, que tout
traité de commerce avec les pays chauds de l'Europe
nous est avantageux, que tout traité avec les septen-
trionaux nous est contraire, maxime que je n'ai jamais
eu occasion de vérifier comme ce ministre, et dont je
pourrais douter, parce que M. de Maurepas est super-
ficiel et léger. Pour le consul Saint-Sauveur, en parlant ainsi, il est orfévre, comme était M. Josse de la
comédie.

Il dit que la czarine est une fine mouche, qu'elle
continue dans son goût d'aimer les hommes plus que

jamais, et qu'elle en a eu bien d'autres, depuis l'archi-
mandrite de Tubelskoy; que cette cour fut très-fâchée
quand elle apprit la signature des préliminaires du
30 avril dernier, croyant jouer un grand rôle tant
que durerait la guerre, et voyant que ce rôle cesserait
avec le commencement de la paix.

Il prétend que l'armée des 37 000 Russes, qui est
aujourd'hui cantonnée en Bohême, a souffert extrêmement des maladies dans la route en été; ces septen-
trionaux aimant beaucoup nos fruits, il en est grandement péri par la dyssenterie, et il les croit réduits à
15 000 hommes;

Que tout l'empire russe recrute à force, qu'il n'a
pas plus de 75 000 hommes de bonnes troupes disci-
plinées, mais des milices levées à la hâte tant qu'ils
veulent, et jusqu'à 500 000 hommes, qu'on les incor-
pore dans des régiments, etc.

Il convient que le roi de Prusse a fort à craindre la
position présente, et qu'il peut être attaqué cet hiver
en Silésie; qu'on reçut, il y a quelque temps, à Berlin,
un courrier de M. Finkestein, ministre de Prusse à
Pétersbourg, et que, sur-le-champ, il fut donné des
ordres diligents dans l'armée prussienne; que l'on
disait qu'un courrier portait les dépêches les plus
importantes, et que cela pouvait concerner la guerre
en question.

Le reste de ce qu'il m'a dit est dans les gazettes.

26 *novembre*. — Enfin, l'on assure que la retraite du prince Édouard s'accommode, et qu'il va
gagner le canton de Fribourg, au désir du roi. Peut-
être tirera-t-il quelque chose, quelque grâce utile

pour prendre ce parti, et on lui en sera encore obligé de reste.

Mme de Talmond a joué toujours le plus grand rôle dans cette affaire. Le roi était mécontent d'elle, il était question de l'exiler. M. de Talmond se plaignait amèrement du prince Édouard, qui venait tous les jours chez lui et s'y promenait dans son jardin, sous ses fenêtres, sans qu'il l'en priât jamais. Il n'a pas mieux demandé que de prendre un parti sur cela; il a donc ordonné au suisse de son hôtel de ne plus laisser entrer ce prince. Le prince Édouard est venu à l'hôtel de Talmond à son ordinaire, à deux heures : le suisse a dit qu'il n'y avait personne, le prince est devenu furieux et a dit qu'on y était.

Mme de Talmond est allée souper chez la reine, explication : elle a dit que son mari était le maître, et que, quand ce serait le roi qui voudrait entrer malgré lui, elle obéirait à son mari préférablement au roi.

Le prince Édouard est encore retourné à l'hôtel de Talmond le lendemain à onze heures du matin; il voulait enfoncer les portes; milord Bulkley s'est trouvé là, est monté au carrosse du prince, et l'a persuadé de se désister d'une si grande violence contre l'hôtel d'un grand seigneur; ne fût-ce que contre la maison d'un simple citoyen, on ne l'eût pas souffert.

Cependant, hier encore, il était à l'Opéra, dans la grande loge du roi, avec une nombreuse cour, et il s'était (sans doute exprès) trouvé à ce spectacle une grande cour d'Anglais jacobites qui se levèrent à son arrivée, et ne siégèrent pas qu'il ne fût assis.

Quoiqu'on assure son départ prochain, ceci fait toujours un scandale de désobéissance formelle au mi-

lieu de la capitale; mais ce que cela produit de plus
sérieux, c'est de faire perdre de la réputation de ce
prince, quant à la prudence et aux manières de décence. Mme de Talmond lui disait : « Je crois que vous
voulez donner à mon occasion le second tome de
Mme de Monbazon que vous avez déshonorée avec vos
deux coups de pistolet. »

D'un autre côté, des politiques plus raffinés prétendent que ceci va au véritable objet de conduite que
doit tenir le prince Édouard; il montre à la nation
anglaise qu'il est mutin, qu'il est amoureux, qu'il
n'est aucunement dévot, qu'il sort de France brouillé
avec son gouvernement, bien éloigné de s'en louer
aucunement; que, s'il remontait sur le trône britannique, il se souviendrait d'avoir été chassé de France
avec cette honte, et d'en avoir tiré peu de services.
Tel fut Charles II, qui ne fut rappelé en Angleterre
que quand il eut été chassé de France, et s'enfuyant
aux Pays-Bas; mais Charles II était mou, au lieu que
celui-ci se montre brave et roide.

28 *novembre*. — Grande brouillerie entre M. de Puisieux et le comte de Saint-Séverin : celui-ci commence
à tenir les plus mauvais discours de son supérieur, et
s'en prend à lui de tout ce qu'il a fait de mal à Aix-la-
Chapelle. Le secrétaire d'État s'en plaint avec raison,
il commence à lui couver rancune.

On comptait hier huit maisons de campagne, hôtels,
châteaux ou kiosques, dans lesquels on travaille pour
la marquise de Pompadour. Comme elle cherche à
s'amuser de ce qu'elle peut, après avoir épuisé son
goût sur les fêtes de théâtre, elle croit s'amuser à l'in-

fini par les détails de bâtiments qu'aime notre monarque, et elle s'applique ce goût-là à elle-même.

On attend encore un courrier de Rome avant le départ effectif du prince Édouard.

On parle beaucoup des pilleries des maréchaux de
Saxe et de Lowendal, et qu'ils vont être exilés, ou le
sont. Ceux-ci récriminent contre le ministre de la
guerre, imputent à ses entours des vols bien plus considérables, et, qui plus est, l'accusent d'y participer.
Sur cela, ma belle-sœur passe pour ne devoir plus
retourner à la cour; on lui a fait une maison séparée,
et on lui a fixé un revenu assez considérable pour
vivre à Paris et à Bercy. Elle, ses femmes de chambre,
tout ce qui l'entoure a fait des affaires à la guerre
pour les sommes les plus considérables.

La diète de Pologne est rompue infructueusement;
ainsi ne peut-on rien obtenir pour le bien de ce
royaume, par la forme de son gouvernement. Au reste,
l'on voit en cette occasion, plus que jamais, que le roi
de Pologne ne voulait augmenter l'armée de la couronne que pour des passions particulières : il voulait
contribuer par là à l'attaque que l'on médite de la Silésie, en quoi il voudrait faire contribuer la Pologne.
Qu'il est rare de trouver des princes dont l'application
et les démarches aient purement en vue la gloire et le
bonheur du pays qu'ils gouvernent!

La Saxe et la Pologne, les finances de son roi sont
dans un état pire que jamais, et le comte de Bruhl ne
sait plus où donner de la tête.

29 *novembre*. — On a fait hier une grande revue des
houlans dans la plaine des Sablons; tout Paris l'a voulu

oir, malgré un grand brouillard qui enrhumera bien
es bourgeois. Le roi y était à deux heures. On y avait
it venir des gardes françaises et suisses pour empê-
her les badauds d'approcher et de gêner les évolu-
ons de ces prétendues troupes étrangères, car le
aréchal de Saxe, qui en est pour ainsi dire l'entre-
reneur, y a fourré plus de Flamands que de houlans;
n lui donne six cent mille livres pour cela par an. On
rétend qu'on va en réformer la moitié, mais son
rédit s'y oppose.

La marquise de Pompadour devait y paraître dans
ne calèche distinguée.

La toilette de cette dame est une espèce de grande
érémonie aujourd'hui à la cour, on la compare au
ameux déculotté du cardinal de Fleury : les soirs, tous
es grands y accourent pour se montrer. On a donc
ru qu'elle y devait faire cette déclaration publique
u'elle prononça avant-hier à haute et intelligible voix :
Qu'est-ce que c'est que l'on dit, que le nouveau théâ-
re que le roi vient de faire construire sur le grand
scalier lui coûte deux millions? je veux bien que l'on
ache qu'il ne coûte que vingt mille écus. Je voudrais
ien savoir si le roi ne peut pas mettre cette somme à
on plaisir, et il en est ainsi des maisons qu'il bâtit
our moi. »

Le bruit est que cette dame vient d'acheter du duc
le la Vallière son duché de Vaujour, en Anjou, et
qu'elle va être duchesse, pour faire cesser tous les
ruits qui courent de son prochain renvoi. En voilà
rop, cela versera.

Le duc de la Vallière gouverne cette dame; ce duc
st un fou, il a quitté le service indécemment.

Le roi assistant avant-hier à la première représentation d'un ballet composé exprès, et où la marquise
de Pompadour déploie ses talents[1], Sa Majesté se mit
à faire un bâillement épouvantable, et à dire : « J'aimerais mieux la comédie. »

M. de Courtanvaux a mis en musique une parade
dont les paroles sont du sieur de Moncrif, lecteur de
la reine, et l'un des quarante de l'Académie française.
Voilà un nouveau genre de spectacle; on le dit très-
plaisamment exécuté; le titre est *le Père respecté*. Il
y a un chœur de p.... qui dit :

> Nous autres jeunesses
> Nous écoutons vos raisons;
> Mais dans la belle saison
> Nous nous en battons les fesses.

>   (*La scène est aux Porcherons.*)

Cela doit s'exécuter incessamment devant le roi,
on l'a essayé chez Mme la comtesse de la Mark.

La mode des petites maisons de campagne près de
Paris devient plus grande que jamais; on y met un
prix inouï, ce qui annonce aux provinces une plus
grande désertion que jamais.

Mme de la Popelinière avait été épousée par inclination par son mari, fermier général; il avait fait sa
fortune, car elle était fille d'une Dancourt, comé-
dienne : elle lui devait donc reconnaissance éternelle;
mais, depuis quelques années, elle outrageait son hon-

1. Sur ce divertissement, où Mme de Pompadour avait joué
les rôles de Vénus et d'Uranie, voy. les *Mémoires de Luynes*,
t. IX, p. 132.

neur pour le duc de Richelieu. L'ambition l'y avait
portée, elle croyait jouer un grand rôle par la faveur
de ce favori, et l'ancienne réputation de ce duc parmi
les femmes le lui avait fait paraître une bonne fortune, quoiqu'il fût usé et chiffonné. La Popelinière
s'en est douté. M. de Richelieu ayant une petite maison
près de celle du mari, aux Porcherons, celui-ci a vendu
la sienne, mais il est resté une autre commodité plus
grande.

A Paris, rue de Richelieu, où loge la Popelinière, il
y avait une maison où la Popelinière voulait louer
quelques chambres afin d'accroître son appartement;
on le lui a refusé; il a voulu acheter la maison, même
refus. On ne savait à qui appartenait ni qui louait
cette maison, c'était un mystère; la Popelinière y a
renoncé, et l'avait oublié.

Une femme de chambre de Mme de la Popelinière
a été chassée, elle a dit qu'elle s'en vengerait; elle a
été déclarer à M. de la Popelinière ce grand secret,
que cette maison était au duc de Richelieu, qu'il y
avait là une porte adroitement ménagée, qui donnait
sous une glace, tout près du lit de sa maîtresse.

Mme de la Popelinière étant allée, avant-hier, à la
revue des houlans, son mari a pris ce temps-là pour
convoquer ensemble Mme Deshayes, sa belle-mère, le
commissaire du quartier, un architecte et un maître
maçon. Là, on a fait l'ouverture de la glace et de la
porte; on a requis, on a verbalisé, et le mari n'a rien
oublié pour constater son cocuage. Un laquais est allé à
la plaine des Sablons, où était Mme de la Popelinière,
pour l'avertir de tout ce qui se passait chez elle : elle
en a frémi; elle a pris le parti d'aller, après la revue, se

jeter aux pieds des maréchaux de Saxe et de Lowendal, pour les prier de raccommoder l'affaire par leur autorité. Ces deux grands généraux ont mené Mme de la Popelinière chez elle; M. de la Popelinière leur a fait grandes révérences et les a remerciés de leur civilité; le maréchal de Saxe était dans son uniforme de houlan; il leur a dit tout de suite : Mais, messieurs, quelle créature avez-vous là avec vous? ils ont dit : C'est votre femme. Il a répondu qu'il ne la regardait plus comme telle, et qu'il ne la recevrait jamais. Rien n'a pû l'emporter sur sa fermeté; il a dit qu'il lui ferait savoir son sort, et qu'elle eût à se retirer. Elle s'est retirée chez Mme de Souvré, son amie; la Popelinière lui a envoyé un acte par lequel il lui fait, sa vie durant, dix mille livres de rente, et cinq mille livres une fois payées, pour son ameublement.

Elle avait déjà un cancer au sein, pour les premiers chagrins de sa galanterie; ceci n'accommodera pas sa santé.

A la revue des houlans d'avant-hier, il y a eu grandes batteries et tapage : hommes bourrés, coups de baïonnette, un maître des comptes tué, des chevaux blessés, à cause que tout le monde voulait approcher.

Notre cour vient de nommer M. de Vaulgrenant pour ambassadeur à Madrid; je ne puis qu'approuver beaucoup ce choix.

On parle aussi d'envoyer M. de Senneterre à Turin; il y a déjà été et y a bien fait, quoique dans des temps difficiles.

On ne voit ici aucun préparatif pour la publication de la paix générale, tandis qu'à Londres et à la

Haye on en fait ses délices, et on y fait des préparatifs accélérés pour des fêtes magnifiques. Qu'est-ce que cela?

1er *décembre.* — Le théâtre du roi, sur son grand escalier, a fort réussi. La marquise de Pompadour y a chanté, à la première représentation, avec grands applaudissements de ses talents. C'est une pièce nouvelle composée par le petit Bernard et Moncrif, la musique de Rameau.

Mme de Saint-Florentin est la maîtresse déclarée de M. de Machault. Elle fait des affaires en finances tant qu'elle peut. Je sais une affaire nouvelle, où ce ministre a augmenté le bail et l'a donné à une bonne compagnie; mais quelle confusion, quand la compagnie a appris que le ministre demandait huit places, qui est plus du tiers, pour des intrus à protection de cour! c'est ce qui gâte absolument le métier.

On retarde chaque jour la nomination de mon fils à l'ambassade de Suisse, pour succéder à M. de Courteille; celui-ci garde l'ambassade pour y gagner quelque chose chaque année sur les appointements; on ne saurait persuader au ministère de faire cesser cette vilenie.

Le maréchal de Lowendal a une affaire d'avarice et d'extorsion sur le corps, dont on ne sait plus comment sortir, tant notre gouvernement est lent, mal et indécis. Ce général a pillé tant qu'il a pu les conquêtes où il a commandé. Un bourgeois de Maestricht avait une belle maison de campagne et de riches meubles: M. de Lowendal s'en est informé; il a su, de plus, qu'il avait beaucoup d'argent comptant; il l'a fait

passer ici pour espion, on l'a arrêté, on l'a mis au
secret, avec scellé sur ses effets. Un tiers a été trouver
cet homme, et lui a proposé la liberté, moyennant une
grosse somme à donner à M. de Lowendal; le prisonnier a offert vingt mille écus, on a répondu qu'il s'en
fallait de la moitié que ce fût assez. Enfin, de véritables amis ont dépêché un courrier au stathouder de
Hollande, qui a écrit ici pour dénoncer cette horrible
vexation, digne de Verrès et des temps de la plus
inhumaine barbarie.

Conticuere omnes sur l'événement du prince Édouard
et comment il sortira de France. M. de Gévres y est
retourné encore, il y a deux jours, par ordre du roi,
pour lui annoncer qu'on allait le faire sortir; le prince
Édouard le reçut bravement, la main sur la garde de
son épée, et déclara de nouveau, avec hauteur, qu'il
ne sortirait pas; le duc de Gévres vit son antichambre
toute pleine de fusils, de sabres et de machines, comme
pour soutenir siége dans sa maison.

Il vient ordinairement à la messe aux Feuillants et
aux spectacles; depuis deux jours, il n'y vient plus;
on dit qu'il ne sortira plus de chez lui.

Hier l'on vit beaucoup de guet à cheval, commandé
autour de la maison du commandant du guet. On dit
que M. de Jumilhac et des mousquetaires sont commandés pour cet assaut, et que l'expédition devait
se faire cette nuit; il est certain que cela ne tardera
pas.

Le pire de cela est que ce prince a certainement des
lettres du roi pour l'engager à venir en France, et à y
faire l'expédition de mars 1744, et que ces lettres
promettent de le soutenir toujours. Il montrera nos

avances à lui et le peu de cas qu'on a fait de la bonne
foi en France, qu'on ne veut jamais le faire servir
que de bilboquet et de jouet pour insulter l'Angleterre, etc. Cela nous mettra en mauvaise odeur dans
l'Europe. Il croit nous tenir par ces armes.

On ne pense pas qu'il profite de l'asile de Fribourg
que le roi lui a ménagé.

C'est pour cela qu'on avait ordonné à M. de Courteille de rester en Suisse pour continuer de réchauffer
les Fribourgeois, et pour recevoir ce prince en Suisse,
espérant que cela allait avoir lieu.

2 *décembre*. — Le prince ne s'est point caché et n'a
point été arrêté, comme on avait tant dit.

Avant-hier, jour où il y a le plus de monde à la
Comédie-Française, il y était à la première loge, avec
cortége; il se trouva tout vis-à-vis des deux seigneurs
anglais, qui en furent bien étonnés. Tout le monde se
leva à son arrivée, ce qui est la manière de traiter les
princes du sang.

S'il est obligé enfin de se retirer, il a préparé un
manifeste où seront imprimées les lettres du roi, par
lesquelles on lui promet, dit-on, de le garder toujours; il exposera la trahison de nos ministres à son
égard, surtout de M. de Maurepas et du comte d'Argenson.

Cependant le public conçoit ici deux sentiments :
l'un est celui d'admirer et d'estimer ce prince, ce qui
mène à l'affection, et ce qui ferait regarder de trop
mauvais œil la violence qui lui serait faite aujourd'hui;
l'autre est de voir l'autorité du roi violée en toutes
choses; un étranger qu'on ne saurait faire sortir de

Paris, quelque ordre, quelque menace que lui fasse le
roi depuis deux mois, désobéissance qui n'arriverait
pas aux ordres du plus petit des souverains, ce qui est
de très-mauvais exemple. Il fallait que ces ordres fussent exécutés d'abord ou jamais. Les gazettes de Hollande en disent de toutes les façons, et en diront encore davantage. Celle de Cologne, d'hier, disait que le
prince Édouard ne pouvait adhérer à cette opinion
que les alliés et amis de la France dussent y être aujourd'hui moins bien traités que nos ennemis réconciliés.

Ce prince a dit d'abord qu'il était autre que son
père et son aïeul; qu'ils s'étaient retirés d'abord sur
l'évidence que la paix d'Utrecht tirait la France d'un
grand embarras, mais que la dernière paix était gra-
tuite et toute volontaire de notre part, et qu'il ne s'y
prêterait pas de même, qu'il ne devait pas être le jouet
de la mauvaise foi de nos ministres, qui prétendaient
donc le faire venir et le faire disparaître comme un
épouvantail à chenevière.

Pour faire dire que la marquise de Pompadour n'est
pas sur le point de sa disgrâce, comme on disait tant
(ce qui n'était aucunement nécessaire à détruire), le
roi vient de lui donner une belle terre[1] de neuf mille
livres de rente, joignant celle de Crécy. Le roi, lui en
remettant le contrat d'acquisition comme par surprise, lui a dit qu'il avait considéré que le château
était trop beau pour le revenu, et qu'il fallait garder
les proportions.

1. Aunay, qui coûta 140 000 livres. Leroy, *Dépenses de Mme de Pompadour*.

4 décembre. — La dame de la Popelinière donne à l'affaire qu'elle a avec son mari tout un autre biais qu'on n'avait dit. Il n'est plus question de M. de Richelieu, elle nie tout, elle ne sait ce que c'est que le trou dans la muraille, ni la maison voisine. Elle dit que c'est à son mari à prouver comment cela s'est fait et qui y a coopéré; qu'elle n'avait point l'usage du cabinet de toilette dont il s'agit, qu'il communiquait avec la chambre à coucher de son mari, et que celui-ci y avait même un dépôt de plusieurs effets que son beau-frère y avait logés, etc.

De tout cela va résulter une plainte en justice, une demande en séparation de corps, en réparation d'honneur, ce qui finira par augmenter le traitement de la dame, lequel est trop mince à 8000 livres de rente [1].

Cela devient une affaire de cour : pendant que j'étais hier chez cette dame, il arrive des courriers de Versailles; un de M. de Luxembourg, sur un cheval fort essoufflé, avec une longue lettre à laquelle il fallut longue réponse. Les amis de M. de Richelieu, les ennemis de Mme de Pompadour, d'un côté, les Pompadouristes, de l'autre, vont prendre parti dans cette affaire. On va émouvoir le public; le cancer de la dame est, dit-on, fort augmenté de ceci; elle dit souffrir des douleurs horribles, et que ce mal ne lui vient que des coups que lui donna son mari il y a trois ans. Déjà tout le public convient que la Popelinière, tout poëte qu'il est, n'est qu'un sot, et qu'il faut le rayer de la ferme générale au prochain bail.

1. Mme de la Popelinière mourut peu de temps après, du cancer qu'elle avait au sein, et dans un assez grand état de gêne. On assure que Richelieu lui servit une pension jusqu'à sa mort.

Le prince Édouard est toujours à Paris avec la même sécurité ; je le vis hier, à l'Opéra, fort gai et fort beau, admiré de tout le public ; il a dit que, si on l'arrêtait, il y serait tué, mais qu'il n'y mourrait pas le premier. Tout ceci réussit fort dans la nation anglaise.

Il est venu des femmes d'Angleterre uniquement pour le voir à nos spectacles ; elles n'ont passé que deux jours à Paris et sont retournées sur-le-champ à Londres.

6 *décembre*. — On assure que, depuis hier, il y a quelque chose de conclu pour la sortie du prince Édouard hors de France ; M. de Montmartel l'assure, et amasse de l'or pour son voyage. Ce prince a senti sa force, il l'a poussée jusqu'au bout, c'était de résister et de mettre les choses au point qu'on ne pût le faire sortir que par violence.

On ne parle que de la réforme des troupes de France et de la façon dont elle se fait. Le ministre de la guerre, qui a grand crédit auprès du roi, par ses discours aimables, patelins, et auxquels il donne toutes les apparences de la plus haute raison, ce ministre, dis-je, s'arrange de façon que l'on réforme beaucoup de soldats et peu d'officiers ; les soldats iront, dit-il, travailler aux terres et se marier ; les officiers, bien payés, se trouveront engagés au service par leur réforme ; un capitaine réformé, devenu capitaine au second, aura huit cents livres par an du roi, et ainsi du reste. De cette façon, le germe de chaque corps se trouverait prêt à s'enfler par des incorporations de milice dès que le roi aura la guerre, les officiers expérimentés se trouveront prêts à les commander. Voilà le plan.

Mais le malheur de ceci est que l'extraordinaire des guerres coûtera par an au roi quatre-vingts millions, au lieu que le cardinal de Fleury l'avait réduit à quarante-deux millions et le régent à trente-sept millions. Cette dépense annuelle empêchera la diminution des impôts et des charges sous lesquelles le peuple gémit.

On ne nous assure que trop que le dixième est continué au moins pour quatre années. Le maréchal de la Fare vient de traiter, aux états de Bretagne, de cet impôt abonné par les états, pour jusques aux prochains états, ce qui nous donne quatre années de perspective à le payer, par delà ce qui avait été promis par la déclaration du dixième.

Le contrôleur général doit donner, au commencement de l'année prochaine, une opération pour les fermes générales et sous-fermes, qui les augmentera beaucoup, ce dit-on, et qui attrapera autant les anciens fermiers que de nouveaux sujets, favorisés de la cour, en seront réjouis par les faveurs dont ils en seront comblés.

Ainsi, le royaume a la fièvre lente, et s'invétère chaque jour dans de plus grands abus qui le minent, quoique avec toutes les circonstances de la douceur. On ne choque rien de front, ni pour le bien ni pour le mal; chaque ministre qui approche du roi persuade sa chose, sans que personne ose contredire sur la partie qui l'intéresse. C'est donc l'ouvrage du hasard, et ce n'est point une monarchie; on peut l'appeler une exarchie ou heptarchie, mais nulle direction en chef, aucune entreprise, aucune réformation n'est aujourd'hui possible.

Les lettres particulières de Turin disent que l'on y

met plus que jamais de la finesse à tout, que l'on tient fort secret quelle femme on va donner au duc de Savoie, et que peut-être l'on n'y a point de plan fixe pour ce mariage; que les apparences sont cependant que ce sera une princesse de Bavière ou quelque autre Allemande, attendu que les princes ont déclaré qu'ils ne s'accommoderaient pas d'une princesse élevée dans une cour brillante, ce qui donne l'exclusion formelle à une de nos dames de France.

Cette cour de Turin voit enfin quel est le fruit de ses mauvaises finesses, elle est brouillée de toutes parts; les conférences d'Aix-la-Chapelle ont fini par les marques de la plus mauvaise volonté et du plus grand mépris pour cette cour de Turin : on y a signé une espèce de croisade contre le roi de Sardaigne, s'il arrivait qu'il ne voulût pas accéder au traité. Les Piémontais ont cette dernière démarche bien avant dans le cœur; mais quel fruit en tirera jamais un gouvernement doucereux, palliatif, borné, inactif, comme il est?

L'infant D. Philippe vient de faire la démarche du plus mauvais goût : il a demandé à la Savoie quatre millions, dont chaque portion par mois comprend le mois de janvier prochain. Sur cela, la noblesse savoyarde a voulu faire des remontrances à l'infant lui-même; à peine a-t-on voulu l'écouter. Cependant ces remontrances ont été aigres, et le comte de Montjoie qui était à la tête, arrivant chez lui, a été arrêté prisonnier. Les lettres disaient que toute la Savoie était révoltée de ce traitement, et qu'on avait été obligé de renforcer la garde de l'infant.

Le roi a couché cette nuit à la Celle, petite maison de la marquise de Pompadour.

Il y a grand bruit à la cour contre le duc de la Vallière; on attend le duc de Richelieu pour l'attaquer; les premiers gentilshommes de la chambre et les intendants des menus plaisirs se plaignent avec raison qu'il fait leur charge par les deux théâtres qu'il a élevés l'année passée dans la petite galerie et sur le grand escalier. Véritablement, il se fait par là une charge indépendante des premiers gentilshommes; on attend, dis-je, le maréchal duc de Richelieu, comme le bretteur de la troupe; et l'on prétend d'ailleurs que, de toutes façons, il jouera un grand rôle; il va être d'année d'exercice en 1749.

M. de la Vallière s'est mis à entretenir la petite Puvigné, danseuse de l'Opéra, qui a à peine treize ans et qui n'est qu'une enfant; il fait construire pour lui des cabinets à sa maison des champs, à l'imitation du roi; il doit de tous côtés.

Le maréchal de Noailles est à la cour sans considération, sans crédit; personne ne lui parle; tout le monde le méprise; son notaire vient de faire banqueroute par les escroqueries qu'il lui a faites.

7 décembre. — Enfin le courrier du roi Jacques III est arrivé à son fils le prince Édouard. Il lui ordonne comme son roi, il le prie comme son père de quitter la France, où il ne convient pas qu'il réside davantage, dit-il[1]. Ainsi tout se prépare pour le départ de ce prince aimé ici du beau sexe, estimé comme très-valeureux, mais d'un mérite à l'antique, accompagné de grande

1. Cette lettre se trouve dans le *Mercure historique et politique* de la Haye, année 1749, p. 30.

ignorance, et par conséquent de peu d'idées, de peu
d'esprit, de peu de conversation. On dit qu'il part
cette nuit.

Mon frère s'est trouvé mal, assistant à l'opéra des
petits appartements; il a perdu connaissance, on l'a
emporté; mais, arrivant chez lui, il se mit à faire des
signatures; cependant cet accident a fait grand bruit
à la cour; et d'abord le bruit a couru, là et à la ville,
qu'il était retombé plus malade que jamais.

Mais que de malheurs l'assiégent, et quelle suite à
toutes ses finesses, à toute sa connaissance des hommes,
dont il n'a fait l'application que pour méfaire aux uns
par envie et par vengeance, élever les autres par sa
propre vanité, ou pour jeter ceux-là et les autres dans
une carrière d'espérance, pour produire la crainte et la
dépendance de lui-même, ayant sacrifié tout principe,
tout mouvement du cœur (s'il les a ressentis) à cette
conduite de renard et de vieux routier! Pour prix de
cela, il n'a pas aujourd'hui un moment de plaisir, il
souffre presque continuellement, il travaille aux heures
où un homme réglé devrait prendre du repos au sein
de sa famille; l'amour et les femmes lui sont interdits
par les médecins, sous peine de la vie; les ragoûts, le
vin, tous ces délices du palais doivent céder à des mets
sains et simples; on lui donne des douches et des fer-
mentations d'herbes aux jambes; il dort mal; les affaires l'inquiètent; la cour le met sur les épines pour
son crédit; il se soutient mal sur ses jambes, il ne
marche plus qu'avec des béquilles, on le porte dans
son fauteuil; enfin sa vanité, son envie, son mépris des
autres lui permettent de se voir décrépit avant l'âge,
et usé à cinquante-deux ans.

Par-dessus cela, oh! douleur la plus grande de toutes, s'il avait un cœur réglé et sensible! il a la guerre dans sa famille; sa femme démérite de plus en plus auprès de lui, elle est avide pour être prodigue, ses mœurs plus honteuses que jamais, sa conduite et son esprit méprisables, tout la force enfin à un divorce ouvert, et qui est remis à l'arrivée de sa belle-fille à la cour. Celle-ci, toujours enfant, ne croît point, et est actuellement fort malade. La mère, au milieu de ses désordres et de son peu de mérite, a inspiré à son fils la révolte contre son père; ce fils brave, mais d'esprit borné, rude, brutal et dépensier, est indigné de quelques tours de souplesse que son père lui a joués pour le mieux dompter, il tombe dans la révolte décidée, il vient de quereller Garnier, l'intendant de son père, et lui a tenu le poing sous le nez pendant longtemps, en lui parlant avec menace, ce qui est manquer de respect à son père.

Le nouveau fermier général Camuset vient d'avoir la même aventure que M. de la Popelinière: il a trouvé dans sa maison un brave officier qui attendait sa femme. Quelques jours après, il rentra de dîner plus tôt qu'il n'avait dit; le galant était déjà avec la dame, elle l'enferma dans un cabinet, le mari s'établit dans la chambre de sa femme, y travailla, y soupa, y coucha, puis dit: « Voilà trente-six heures que ce monsieur est dans ce cabinet sans manger, il est juste qu'il en sorte; » il rendit la clef et le fit sortir; il va y avoir divorce.

9 *décembre*. — Le prince Édouard a dû partir cette nuit pour Fribourg. Le roi ne lui a laissé précisément que trois fois vingt-quatre heures pour sortir de Paris

et quatorze jours pour sortir du royaume. Tous les principaux jacobites attachés à ce prince ont pris congé de lui, et se sont retirés à la campagne, ne voulant pas, disent-ils, tomber dans le crime de désobéissance à l'égard de leur roi. Le prince était encore samedi aux Tuileries; j'ignore de ses nouvelles d'hier au soir. Le canton de Fribourg lui a écrit combien il serait aise de le recevoir chez lui, qu'on s'y ferait honneur de le garder mieux qu'ailleurs, qu'on lui offrait une compagnie des gardes, qu'il y lèverait des hommes autant qu'il voudrait, qu'on se ferait honneur de le servir, etc.

Madame Infante est partie de Madrid le 26 novembre, elle doit arriver à Bayonne le 13 de ce mois, et de là à Versailles, je ne sais quel jour. Ce voyage coûtera au roi 1 200 000 livres de plus que si elle n'avait fait que traverser le Languedoc et la Provence, ou si elle avait été de Barcelone à Gênes, comme elle devait naturellement. Ces petits radoucissements et effusions de cœur ruinent l'État avec indiscrétion dans un temps où l'État est déjà bien pauvre. *Delirant reges, plectuntur Achivi.*

M. Malban de la Noue, ministre de France à la diète de Ratisbonne, est ici, et m'a dit que le roi, par ses amis, jouerait un plus grand rôle, à la diète générale de Ratisbonne, qu'on ne se l'imaginait encore, que nous y avions beaucoup de partisans, qu'il fallait absolument y disposer du suffrage de Bavière et de celui de sa Maison, ce que nous ferions avec de l'argent. Je vois, par ce qu'il m'a dit, que la politique française consistera toujours désormais à répandre beaucoup d'argent en Allemagne, ce qui n'était pas ci-devant et ce qui rui-

nera la France. La paresse et la misère de notre direction politique engage à ces frais. Toujours dépenser,
toujours emprunter, soutenir le crédit de ces emprunts,
faire briller l'art du crédit, voilà le talent de MM. Pàris, grands intendants de grand seigneur qui le ruinent, voilà ce qui gouverne l'État aujourd'hui : ce
n'est là ni Henri IV ni M. de Sully.

La Noue m'a dit que la reine de Hongrie avait de
grands défauts de caractère, qu'elle était très-mauvaise
ménagère, et s'emportant avec passion sur quantité de
volontés déraisonnables, qu'elle aimait les fêtes à donner à ses favoris et favorites, qu'elle y avait dépensé
indiscrètement tout l'argent des subsides anglais, et
que ceux-ci s'en plaignaient assez; au lieu que l'empereur était fort économe et fort arrangé, que sa Maison
était bien payée, et qu'il avait de l'argent de reste d'é-
pargne; que cet empereur valait plus qu'on ne pensait,
et la reine de Hongrie valait moins, qu'on le sentirait
mieux par la suite; que le désordre en Hongrie, le
mal pour la souveraine d'y avoir vendu les priviléges
se sentirait aux premières pétitions d'argent, que bientôt elle allait avoir de grands mécomptes, les subsides anglais allant finir; que ce serait par là seulement que le roi de Prusse échapperait à la politique
autrichienne pour recouvrer absolument la Silésie;
que les généraux de la reine de Hongrie étaient très-
mécontents, n'étant point payés ou très-mal; que les
officiers ne l'étaient guère mieux, que, cependant, on
avait vu un véritable *amour* dans la façon dont toute
l'Allemagne l'avait servie dans cette guerre.

Il en conclut donc, avec raison, qu'avec des soins,
avec de l'argent, nous continuerons à avoir un gros

parti en Allemagne, comme garants du traité de Westphalie.

Le roi, qu'on disait las de sa sultane favorite, la
marquise de Pompadour, en est plus affolé que jamais.
Elle a si bien chanté, si bien joué aux derniers ballets
de Versailles, que Sa Majesté lui en a donné des louanges
publiques, et, la caressant devant tout le monde, lui a
dit qu'elle était la plus charmante femme qu'il y eût
en France.

Cette dame a déjà cent mille écus de rente en bons
fonds de terres, et qu'elle gardera, quelque chose qu'il
lui arrive.

On ne parle que de divorces dans les ménages de
Paris les plus qualifiés, et les dévots disent que le premier des exemples, en entretenant la femme de son
prochain, autorise tous ces malheurs si rares autrefois.

La Noue prétend que la misère de la Bavière ne sera
que momentanée; que le pays est bon, que les particuliers redeviennent riches et se peuplent, que l'Électeur en sera quitte pour ne pas payer ses dettes.

11 *décembre.* — Enfin le prince Édouard a été arrêté
hier, entrant à l'Opéra. Un homme qui y était présent
m'a conté ceci :

Il est descendu de son carrosse au cul-de-sac de
l'Opéra; on a, à l'instant, fermé la barrière sur lui;
trois hommes de sa suite ont été séparés par cette barrière, et ont été menés à la Bastille. Pour lui, un sergent aux gardes déguisé l'a saisi par derrière et lui a
pris les deux bras; il a voulu tirer son épée, mais on
l'en a empêché. On l'a mené, par le fond du cul-de-sac,

à une porte cochère d'où l'on va dans la cour des cuisines du Palais-Royal; là, un carrosse à six chevaux
l'attendait pour le mener à Vincennes. M. le duc de
Biron s'est trouvé dès la seconde cour où il a passé,
pour l'accompagner partout et jusqu'à Vincennes, où
je crois qu'il lui tiendra compagnie et qu'il répondra
de sa personne. On a trouvé sur lui deux pistolets,
chacun à deux coups, avec un poignard; il y a donc
apparence qu'on l'a fouillé. On m'a dit encore qu'il
s'était trouvé mal, et qu'on l'avait assis dans une de ces
cours qui étaient pleines de sergents aux gardes et
d'officiers déguisés en bourgeois. On n'a laissé passer personne dans ces cours, pendant ce temps-là, ni
sortir personne de l'Opéra. Quand son carrosse a ap-
proché, la garde de l'Opéra a mis la baïonnette au
bout du fusil et s'est rangée en haie.

Le reste est encore incertain. Ce prince restera-t-il
à Vincennes jusqu'à ce qu'on ait reçu nouvelles de son
père qui est à Rome? c'est encore un moyen de pro-
roger la demeure de ce prince en France. On le traitera sans doute en prince à Vincennes, il sera dans le
château où rien ne lui manquera; mais on craint qu'il
n'attente à sa vie.

Que voulait-il, que voulons-nous? Sa mutinerie a
été, dit-on, poussée trop loin; ce n'a plus été que fanfaronnade, depuis que ses gens se sont séparés de lui par
obéissance jacobite à leur roi Jacques III. Ce n'est
aussi que sa désobéissance à son roi et à son père que
l'on punit ici. Au reste, il fâche beaucoup le roi, il
renonce par là à tout secours à espérer de la France,
et peut-être, dit-on, cela est-il d'une très-bonne politique pour lui: il se gagne par là le cœur des Anglais,

se montre tête de fer *à l'anglaise*; il ne se prête plus à
des secours qui n'étaient faits que pour le rendre ridicule, comme ont été son père et son grand-père toute
leur vie. L'on verra qu'il n'en gagnera pas moins l'asile
de Fribourg, où il se mariera, et où, secouru par nous,
assisté quand il le demandera, il n'aura que le bon de
notre appui sans en avoir le mauvais.

J'ai fait hier ma cour au roi, et j'ai eu l'honneur de
lui parler; il a paru triste à tout le monde; cependant,
il allait le soir à un opéra que l'on jouait au nouveau
théâtre de la marquise. Il faut croire que c'était de
cette voie de fait et d'une si triste obligation de contrainte que provenait son chagrin.

D'ailleurs les affaires du dedans vont mal de plus en
plus, et les finances sont à bout de voie. Le trésor
royal est toujours sec; le prêt est à tout moment sur
le point de manquer aux troupes de la Maison du roi;
on vient de demander une avance de cinquante mille
écus aux quarante fermiers généraux pour reboucher
ce vide un moment.

Mon frère m'a assuré que l'extraordinaire des
guerres, sur le pied où il le mettait par les réformes,
n'allait qu'à quatre millions de plus qu'avant la guerre
et du temps du cardinal. Il se plaint de la tristesse du
ministère aux évacuations que nous faisons en ce
moment des places de Flandre; elles commencent
aujourd'hui, où l'on doit à évacuer Berg-op-Zoom et
Anvers. On y maudira bien ces pillards de Français.
Il crie contre le ministère de M. de Puisieux et la paix
et ses suites, comme on l'exécute aujourd'hui, de la
part des ennemis, avec une hauteur insupportable.

Un courtisan m'a dit que le roi n'était, en effet, plus

amoureux de Mme de Pompadour, mais que le train de ses occupations le constituait encore son esclave par habitude; qu'il la reverrait, mais qu'il déplaisait au roi de trouver ses cabinets vides de la compagnie avec laquelle il était habitué d'y vivre, de sorte qu'il n'y avait qu'une nouvelle maîtresse qui pût faire chasser celle d'aujourd'hui, quoiqu'il sentît bien toute la honte de ses fers; qu'il fallait absolument l'amuser par des bâtiments et remplir le vide d'un esprit qui s'occupait peu du grand, et à qui il fallait du petit et du mouvement.

Ce courtisan, qui est un homme vertueux, m'a ajouté qu'on n'avait jamais mieux senti qu'aujourd'hui le vice et les fripons, mais qu'en même temps on n'avait jamais su si bien s'y soumettre, le peuple français sachant parfaitement le commerce de l'intrigue et combien la vertu profite peu, combien nous sommes destinés à ne voir de crédit qu'entre les mains des vicieux, des fripons et des intrigants.

Les femmes de la cour ne sont plus aujourd'hui que de ces trois classes : des dévotes, des p.... ou des m........

On apprend à tous moments des détails de l'arrêt d'hier du prince Édouard Stuart. Je viens de voir l'ordre original de M. de Maurepas au sieur de Montamant, gouverneur du Palais-Royal. Il porte que le roi avait résolu hier de faire arrêter le prince dans le temps où il devait aller à l'Opéra, comme le roi était informé qu'il y devait aller ce jour-là, afin que le sieur de Montamant donnât entrée aux gardes françaises qui y devaient prêter main-forte, ajoutant qu'on n'avait pas eu le temps d'en prévenir M. le duc d'Orléans et qu'il eût à lui en rendre compte.

Montamant, n'ayant reçu cette lettre qu'à midi, ne put qu'en écrire à son prince, en lui envoyant l'original de l'ordre, et, ayant été à Sainte-Geneviève après la capture, le prince lui dit : « Que voulez-vous? l'autorité du roi est devenue si despotique en France, que tout le monde y doit plier. » Il raisonna ensuite sur le cérémonial pour arrêter les princes du sang; si on leur ôtait leurs épées, si ce devait être un capitaine des gardes ou un officier des mousquetaires, etc. Ici ce n'a été que le major des gardes et des sergents des gardes qui l'ont arrêté. On prétend que le duc de Biron était dans la chaise de poste, à la place des Victoires, pour suivre ce prince à Vincennes.

Mais, oh! comble d'horreur! voici ce que je n'ai appris qu'en dînant. L'ordre a été de *garrotter* ce prince par les jambes et par les bras, et on l'a exécuté. Vaudreuil, major des gardes, prétend avoir fait ce qu'il pouvait pour pouvoir interpréter l'ordre de ce garrottement, s'il ne trouvait pas que cela fût absolument nécessaire; mais l'ordre a été absolu et sans permettre de réplique. Un juge du Châtelet m'a appris qu'on ne garrottait que les assassins, quand on les arrêtait. Ç'a été avec des cordons de soie qui étaient préparés dans la poche des sergents aux gardes.

Ce misérable prince, ayant passé la barrière du cul-de-sac de l'Opéra, a trouvé un premier cordon de soie pour l'arrêter, vu qu'il marche fort vite ordinairement. On l'a enlevé sur les bras de quatre sergents déguisés; ils lui ont fait traverser deux petites cours du Palais-Royal et jusqu'à la cour des cuisines; au coin de celle-ci est une grille qui couvre le logement de Marsolan, chirurgien de M. le duc d'Orléans; c'est là

où on l'a fait entrer, et le peuple a cru mal à propos
qu'il se trouvait mal. Là, on lui a ôté son épée, on l'a
fouillé, par ordre du roi; on lui a trouvé des papiers
qu'il a eu la permission de jeter au feu; c'est là où on
l'a garrotté avec des cordons de soie, et ceux qui étaient
dans la cour l'ont vu monter dans un carrosse de remise
à deux chevaux, c'est-à-dire qu'on l'y a porté, la tête
la première, comme un mort; il était blême de colère
et d'étonnement.

Pendant qu'on le fouillait et qu'on le garrottait, il a
dit à Vaudreuil : « Mon cher monsieur, *vous faites là
un vilain métier.* » Vaudreuil a dit : « Le roi me l'a ordonné. » Il a dit depuis, tant dans la route qu'arrivé à
Vincennes : « La France m'avait promis un asile; pour
moi, s'il ne me restait qu'un morceau de terre, je le
partagerais avec mon ami. » Il a dit encore : « *Je ne
suis pas si méchant qu'on croit.* Est-ce là ce pays si
poli! je n'éprouverais pas ceci à Maroc; j'avais meilleure opinion de la nation française. »

Il est arrivé ainsi à Vincennes; on lui avait préparé
un bel appartement, non au donjon, mais dans le palais du roi. On lui a offert un grand souper et un bon
lit; il s'est couché sur le lit tout habillé, il a refusé
tout service, il a dit qu'il avait appris assez longtemps
à se servir lui-même de valet de chambre, qu'il demanderait à souper quand il aurait faim, mais qu'il ne
l'avait certainement pas pour le présent.

Quand on l'a fouillé, on lui a trouvé des armes à
feu et un poignard; il est vrai qu'il en a toujours porté
sur lui depuis qu'il est en France, craignant les assas-
sinats de Hanovre; voilà ses raisons, mais il est toujours
coupable des mauvais discours qu'il a tenus sur les

ordres du roi de sortir de France, disant qu'il avait à tirer sur ceux qui le prendraient et sur lui-même.

L'ordre à M. de Vaudreuil aurait pu être de ne le garrotter qu'au cas que cela fût nécessaire; c'est une grande faute que ceci à ceux qui ont donné cet ordre.

Ce *garrottement* sera pour la France une tache éternelle; on nous mettra sans doute à côté de Cromwell, qui a fait décapiter son roi, et nous, nous avons garrotté inutilement l'héritier présomptif et légitime de cette couronne. Il y a plus, il nous avait été utile, nous lui devions une puissante diversion qui nous a valu Bruxelles. On parlera longtemps de ceci. Le prince Édouard a dit souvent qu'un des ministres du roi dont il se plaignait davantage était M. de Puisieux; mais celui dont il a le plus à se plaindre est M. de Maurepas; celui-ci le haïssait depuis longtemps, et l'a desservi sous main avec toute la malice d'un eunuque qu'il est.

On dit qu'il sera gardé à Vincennes jusqu'au retour d'un courrier qu'on a expédié de notre cour à celle de Rome, au roi Jacques III son père, et que probablement, sur la réponse, on l'enverra toujours garrotté à Marseille, pour l'embarquer de là pour Rome. D'autres gens croient que le roi Jacques III trouvera ce procédé trop violent, et qu'il se ressentira de cet affront. Il y a ce raisonnement-ci à faire : le roi Jacques n'a plus d'espérance qu'en son fils aîné pour le retour au trône, or voilà ce fils hors de portée de s'appuyer jamais des secours de France après un tel affront, que peut-il donc désormais espérer de France, sinon des secours pécuniaires? il serait bien humble à lui d'en vouloir désormais recevoir.

Si le roi Jacques rompt cependant avec nous, il faut

que sa pauvre nation irlandaise se retire de France :
adieu les secours qu'elle en retire; où se réfugieront
tous ses jacobites? Voilà d'étranges entraves, mais le
courage et l'honneur surmontent tout. A-t-on bien
prévu les suites de ceci? Voilà le cas de se taire sur
un tel chapitre, comme sur les événements les plus
tristes, et même d'affecter l'éloquence lamentable du
silence.

J'apprends depuis que les jacobites, et même les
Anglais, se cachent et sont dans une grande consternation du garrottement du prince Édouard. La comtesse de Lismore, femme du ministre de Jacques III,
est enfermée chez elle, et ne voit personne, excepté le
nonce du pape, qui y fut hier au soir, en détestant l'at-
tentat dont il s'agit. Ils attendent tous la réponse qui
arrivera de Rome.

Le prince Édouard a dit en chemin aux officiers qui
l'ont arrêté : « Vous pouvez faire ce qu'il vous plaira,
vous ne me déshonorerez pas, mais vous vous désho-
norez vous et votre nation. » Un sergent aux gardes
montra hier, dans une maison, le cordon de soie avec
lequel il avait lié les mains et les jambes du prince.

Le prince est toujours à Vincennes, où l'on attend
les réponses de Rome, pour savoir ce qu'on en fera ;
l'on prétend cependant que son départ a pu être avancé
depuis le conseil d'hier.

C'est M. de Puisieux sur qui tombe toute cette affaire. M. de Maurepas finement n'y a pas voulu donner
son avis, et a dit qu'il exécuterait seulement les ordres. Mon frère a fait de même. Ainsi tout le blâme
en retombe sur ledit sieur de Puisieux ; le prince
Édouard avait parlé mal de lui, et en avait marqué

du mépris; cette passion a tourné la tête du ministre qui a dirigé ainsi cet arrêt avec indécence, passion, timidité et cruauté.

On a fouillé chez le prince Édouard à Paris; on n'y a trouvé, au lieu de cet arsenal nombreux, que quatre livres de poudre à gibier, et quinze fusils de chasse chargés de petit plomb. Il aime beaucoup la chasse, et n'y va pas seul; il n'y a point à s'étonner qu'il eût cette quantité de fusils pour ceux de sa suite, avec quelques pistolets d'arçon. Il avait sur lui des pistolets de poche; on répond à cela qu'il devait craindre des assassins étrangers.

Il a été conduit dans un carrosse de remise à deux chevaux, avec six soldats aux gardes derrière son carrosse, la baïonnette au bout du fusil.

13 *décembre*. — M. le Dauphin a pleuré de ce qu'on lui a conté de l'emprisonnement du prince Édouard.

Le ministère nie le garrottage de ce prince, mais cela sera assuré de reste par lui et par tout son parti, par les manifestes que nous en verrons.

On prétend aujourd'hui, de la même part, que tous ces emprisonnements ne se font que pour le salut même de ce prince; il y avait, dit-on, quantité de traîtres et de faux frères parmi ceux de sa suite, des Hanovriens déguisés, et qui lui donnaient tous ces mauvais conseils; qu'il prenait peut-être des assassins, c'est ce qu'on prétend découvrir pour lui démontrer ensuite qu'on lui a rendu service en le maltraitant [1].

1. M. Capefigue prétend qu'il résulte des notes de police que les whigs allaient faire enlever le prince, si le gouvernement français ne l'avait expulsé. *Madame de Pompadour*, p. 109.

On a tout arrêté chez lui, on a investi sa maison, tandis qu'on l'arrêtait à l'Opéra; on a enfoncé son cabinet, on a envoyé à la Bastille tous ses gens; même un laquais de Mme de Talmond, qui allait savoir de ses nouvelles, et qui lui portait un billet doux, a été aussi mis à la Bastille. On prétend faire par là de grandes découvertes; c'est M. Berryer, lieutenant de police, qui a conduit si durement toute cette indigne besogne.

L'on redoutait le peuple de Paris, qui véritablement était pour le prince Édouard; on a craint, dit-on, un soulèvement : c'est pour cela que presque tout le régiment des gardes était commandé, et en habits bourgeois.

Le prince est dans le donjon ou tour de Vincennes, accompagné nuit et jour de deux capitaines aux gardes françaises.

Ce prince Édouard, brave, têtu, ferme, avait deux taches, la religion et le gallicisme; voilà la dernière bien ôtée, l'autre peut se laver en épousant une princesse protestante, s'éloignant du séjour de Rome et des conseils de son père, et donnant dans un grand tolérantisme qui conserve le catholicisme au fond de sa conscience, que le pape peut permettre, comme à Charles II, et même à Jacques II, jusque peu avant son détrônement.

Cette conduite, de s'être fait maltraiter en France, serait bien profonde, soit de la part du prince Édouard, soit de la nôtre; je ne la puis croire de la nôtre, car qu'y gagnerions-nous, de porter au trône d'Angleterre un prince qui serait notre ennemi à jamais, qui n'oserait jamais avouer aucune bienveillance pour nous, à

moins que d'avouer aussi une grande supercherie de
sa part devant sa nation; un prince enfin isolé de tous
faibles, de tous intérêts anti-nationaux, comme en a
tant le roi Georges de Hanovre, Allemand que nous
faisons craindre quand nous voulons, et qui a dans
le pied cette épine de la Maison Stuart? Ainsi n'attribuons sur ceci aucune profondeur au ministère français; ce n'est que petitesse, passion, platitude, faiblesse
et mauvais conseils.

14 *décembre*. — Toute cette triste expédition tombe
entièrement sur le marquis de Puisieux; on allègue
un discours du prince Édouard qui lui est revenu, et
qui l'a piqué : quelqu'un dit au prince que Mme de
Puisieux avait gagné deux cents louis, sans dire à quel
jeu; il répondit : *Dites deux cents guinées.*

Le prince est toujours enfermé dans la tour où il
couche; il est vrai qu'il va passer la journée dans les
appartements du roi, mais on le ramène pour coucher
dans la chambre du donjon. Ce prince se montre à
Vincennes homme de courage, il y devient gai, comme
on dit qu'était le grand Condé, dans la même prison
de Vincennes, où il jouait au volant. Il plaisante avec
les officiers aux gardes qui le gardent jour et nuit; il a
demandé qu'on ne les relevât pas; il leur demande des
nouvelles de l'Opéra, et comment a chanté Jéliotte.

On vient d'exiler Mme la princesse de Talmond en
Lorraine, et l'on dit deux autres dames exilées encore;
je crains bien pour Mme de Mézières et sa famille.
Mme de Montauban me dit mardi à Versailles qu'elle
évitait, depuis un mois, de venir à Paris par la prévoyance de toute cette bagarre.

M. de Puisieux se décrédite chaque jour davantage depuis l'arrêt du prince Édouard. Le roi dit mardi à son lever qu'il avait été bien fâché d'en venir à cette extrémité.

15 *décembre*. — Un homme fort instruit, et qui voit quantité d'Anglais qui sont à Paris, m'a dit hier que le bruit était grand en Angleterre que, si la paix s'était faite avec avantage pour la nation britannique, elle leur avait coûté bon en guinées; ils disent qu'elle s'est faite plutôt à Choisy qu'à Aix-la-Chapelle, et qu'elle leur coûte seize millions. On va, dit-on, en voir des mémoires en Angleterre, où tout se sait, tout s'écrit, tout se discute contre la cour, surtout quand le Parlement sera assemblé.

Il est scandaleux pour le roi à quel point chacun du conseil désavoue l'arrêt du prince Édouard, et comme il s'est passé, toutes les indignités commises. On m'a fait compliment sur ce que mon frère n'y a point eu de part, de même dans la famille de M. de Maurepas. Tout retombe sur M. de Puisieux, et on accuse aussi le cardinal de Tencin d'avoir conseillé cette violence. Vaudreuil dit qu'on lui avait signifié qu'il en répondrait sur sa tête, qu'ainsi il a dû prendre plus de précautions que moins. Mais la volonté du roi en est donc désavouée et blâmée de toutes parts.

C'est demain, dit-on, que trente mousquetaires vont mener ce malheureux prince à Marseille, comme un galérien.

17 *décembre*. — Mme de Talmond, ayant appris que son laquais avait été arrêté chez le prince Édouard, au

moment de l'emprisonnement de ce prince, a écrit à
M. de Maurepas cette lettre :

« Monsieur, voilà les lauriers du roi portés à leur
comble, mais, comme l'emprisonnement de mon laquais n'y peut rien ajouter, je vous prie de me le
rendre. »

Enfin, ce prince est parti de Vincennes dimanche
matin, messe ouïe ; il a donné sa parole qu'il allait tout
de suite à la frontière du royaume ; on ne dit pas encore dans Paris à quelle frontière. Ses gens le joignent
à Fontainebleau ; il n'est accompagné que par le seul
M. de Perussis, officier des mousquetaires, jusqu'à
Fontainebleau seulement ; j'ignore cependant si cet
officier l'accompagne jusqu'à la frontière, à quoi il y
a grande apparence.

Les uns disent qu'il va à Avignon, d'autres, qu'il
profite de l'asile ménagé pour lui à Fribourg. S'il va à
Fribourg, s'il a écrit, comme on dit, une lettre au
roi pour se soumettre et pour lui demander son amitié, convenons que ce prince devait avoir ci-devant
auprès de lui quelque conseil de fermeté et d'enté-
tement qui le soufflait ainsi, et qu'il est heureux qu'il
ne l'ait plus eu ; que sa prison a été bonne à le rendre
docile, ce qui ne serait pas à l'avantage de ce caractère de grande fermeté qui devait si fort plaire aux
Anglais ; ce conseil pouvait bien être Mme de Talmont.

Cette dame déplaît grandement ; on a voulu lui
donner une lettre de cachet pour l'exiler en Lorraine,
mais M. de Maurepas, qui est de ses amis, a représenté
qu'elle était cousine de la reine ; que c'était l'exiler
pour une cause de galanterie flétrissante dans une telle
circonstance. On a dit à son mari de la faire partir de

Paris; le pauvre mari y a moins d'autorité que son laquais, et cette dame prend le parti de rester à Paris, avec toute la fermeté même qu'y a apportée le prince Édouard.

Qu'il est triste de ne voir faire aujourd'hui à notre gouvernement que des choses blâmables et honteuses ! Tout ceci prend la tournure du règne de Henri III, excepté qu'il s'agit d'une mignonne au lieu de divers mignons. Voilà que la marquise de Pompadour gouverne l'État despotiquement, qu'elle veut changer tout le ministère, étant elle-même premier ministre. C'est elle qui a fait renvoyer M. Orry; mais mon frère réussit à lui faire donner M. de Machault pour successeur, au lieu du sieur Boullogne; elle m'a fait renvoyer pour me remplacer par M. de Puisieux, sa petite créature; elle vient de faire nommer le comte de Saint-Séverin ministre d'État, où il a pris séance hier matin. On travaille actuellement à déposséder M. de Machault, et les manœuvres qu'on y emploie sont horribles; on fait manquer le trésor royal d'argent, il ne répand plus rien aux trésoriers; tout manque, jusqu'au prêt de la maison du roi; par là, on forcera bientôt le ministre de la finance à renoncer à une telle besogne, à laquelle il n'a plus d'expédient, puisqu'on ne lui fournit plus rien et qu'on sait le barrer sur tout.

Ce n'est pas d'aujourd'hui qu'on a remarqué qu'il était bien dangereux de laisser tout le crédit, tout l'argent de l'État entre les mains d'un seul homme, comme M. de Montmartel, et de laisser un seul homme si riche.

Tout ce que nous voyons faire ainsi à une femmelette ne peut être l'ouvrage d'une femme, et, pour peu qu'on l'examine, il en faut revenir à dire que ce sont les sieurs Pâris qui gouvernent l'État sous son nom, et qui prétendent le gouverner encore davantage.

On n'a plus d'espérance aujourd'hui que dans l'arrivée de M. de Richelieu, qui arrive couvert de gloire, et surtout d'attribution de *prudence*, qualité qu'on ne lui connaissait pas encore. On s'est pressé sans doute d'exécuter plusieurs choses avant son arrivée, et il aura bien à crier là contre, quand il y sera.

Il n'aura d'autre moyen de procéder qu'en donnant au roi une autre maîtresse, à la place de la Pompadour, dont le prince est las. Quelque autre beauté, bien choisie, plus douce et nullement attachée aux Pâris, voilà ce qui pourra réussir, *contraria contrariis curantur*. Qu'elle ait une belle gorge, des bras ronds, bien croupée; qu'elle soit brune, qu'elle soit plus qualifiée, qu'elle ne se mêle ni de musique, ni de comédies, ni d'affaires d'État, voilà ce qui pourra plaire et faire grand effet dans nos affaires.

M. de Richelieu, en tiers, se mêlera de toutes les affaires d'État et en discutera savamment; il aura quelque aide pour lui fournir des idées. Son premier but, certainement, sera de se faire nommer ministre d'État, après avoir beaucoup crié sur le Saint-Séverin. C'est de là qu'il achèvera de décrier le Puisieux et toute sa besogne; M. de Richelieu se croit appelé au rôle du cardinal de Richelieu, son oncle; il gardera donc pour lui le district des affaires étrangères, dont il se croit capable, mais le plus difficile pour lui.

M. de Maurepas se soutient toujours par la famille

royale et par les dames dont il a la mission, quoique eunuque.

Mon frère est toujours goutteux et ne peut plus agir comme ci-devant. On parle de le faire duc et pair, pour l'expulser. Si les Pâris sont maîtres de cette place, elle ira à Sérilly; si c'est M. de Richelieu, elle ira à Le Nain.

C'est le plus grand coup pour la Maison d'Autriche et le plus fâcheux pour le roi de Prusse qui ait encore été fait de ce siècle-ci, que d'avoir fait M. de Saint-Séverin ministre d'État. Il a une aversion horrible pour le roi de Prusse et un grand attachement pour la reine de Hongrie, dont il est né sujet; ses biens sont encore dans la domination d'Autriche; il est grand ami de Stainville. L'on voit combien il a bien servi cette Maison à Aix-la-Chapelle, et comme il ménage tout en faveur des Russes, en sorte qu'ils puissent attaquer tranquillement le roi de Prusse et la Silésie, dès que nos évacuations seront faites en Flandre et en Savoie. Or, ces évacuations seront finies le 29 de ce mois aux Pays-Bas, et celles d'Italie le 4 janvier.

C'est donc pour le coup que l'on dira que le parti d'Autriche a prévalu dans le conseil de France, comme M. de Sully s'en plaignait tant de son temps, comme on le disait sous Henri III, et comme le disait le cardinal de Richelieu, quand il vint aux affaires et qu'il changea si bien tous les principes; comme l'on vit encore du temps de Louis XIV, quand il révoqua l'édit de Nantes, quand il fit le traité de Suisse avec les seuls cantons protestants, et quand il donna au comte du Luc cette instruction qui visait à éteindre le protestantisme en Allemagne par son intimité avec la cour de Vienne : *Quantùm relligio potest suadere malorum!*

Mon frère n'est point homme d'État, il n'est qu'homme de cour; je l'ai connu vingt fois à ses raisonnements sur les matières d'État : raisonnant de son mieux, il ne va pas du tout au fond, car il ne goûte point ce fond, et n'y a ni vocation ni goût, et, par là, nulle aptitude.

18 *décembre*. — Le roi a acheté le duché de Vaujour au duc de la Vallière. Ce favori, *sui prodigus, alieni cupidus*, l'a vendu tout ce qu'il a pu; on assure que ce sera pour les étrennes de la marquise, et qu'elle sera alors duchesse, tandis que son mari n'est encore qu'un pauvre fermier général.

Au dernier voyage à la Celle, les gardes du corps virent que le monarque, en passant, patinait cette dame là où devraient être les fesses, si elle en avait. Est-ce amour, est-ce lassitude qui voudrait se réveiller? grande question. On assure que notre monarque ne touche plus aux femmes, il a un dévoiement continuel.

M. de Puisieux voulait envoyer ambassadeur en Espagne le comte d'Estrées, son gendre; la cour d'Espagne l'a refusé, détestant beaucoup M. de Puisieux, et a demandé le marquis de Vaulgrenant, qui y a déjà été.

Le même M. de Puisieux reçoit des compliments sur ce qu'il a procuré à M. de Saint-Séverin la place de ministre d'État. On assure qu'il prétendait à être fait duc; que toute la cour s'est élevée là contre, et qu'on a été trop heureux de le faire ministre d'État, par une conséquence digne du temps où nous sommes, où ce qui a importante fonction est donc de moindre conséquence que ce qui n'a que rang.

Le prince est seulement conduit au pont de Beauvoisin, et, de là, il deviendra ce qu'il voudra ; il ira ou en Italie, ou en Suisse, ou en Allemagne.

19 *décembre.* — Le prince Édouard est tombé malade, et reste avec la fièvre dans le cabaret de la Poste, à Fontainebleau ; on prétend qu'il a dit souvent : *Paris ou paradis!* Notre ministère le laissera-t-il mourir sans secours et dans un gîte si indigne ?

La marquise de Pompadour a résolu d'aller à la première représentation du *Catilina* de Crébillon, qui est pour demain à Paris. Elle avait, pour cela, fait louer tout le premier rang de l'amphithéâtre à la Comédie ; mais quelques amis qu'elle a lui ont représenté que feu Mme la duchesse de Berry, ayant voulu faire la même chose, avait été sifflée, insultée du parterre, malgré ses gardes ; elle a donc changé de marche, elle s'est fait représenter la liste des loges louées, pour trouver quelque dame amie qui lui cède sa loge.

Le bruit est grand que mon frère va être fait duc pour le chasser du ministère, et cela à la prière de la marquise et des Pâris.

J'ai entendu ces jours-ci tout le monde, tous les étrangers et gens de cour être au fait des circonstances où MM. de Saint-Séverin et de Puisieux ont fait la paix le 30 avril dernier. Ces circonstances sues viennent sans doute de la Haye et de Londres : l'on sait donc que cette paix a quelque chose de moins bon que celle à nous offerte par les sieurs Vassenaër et Gillis,

et écrite de leur main. Je ne pus alors rien persuader
de semblable au roi ni au ministère, je n'inspirai point
assez de confiance pour convaincre ; ma timidité na-
turelle empêchait qu'on ne me craignît, et ma droi-
ture me faisait haïr des favoris et de nos méchants
ministres. D'ailleurs, les circonstances étaient bien
moins favorables qu'aujourd'hui : nous venions d'être
chassés d'Italie, l'ennemi était en Provence et prêt à
assiéger Toulon. Cependant j'aurais obtenu beaucoup
mieux que leurs offres, si j'eusse été moi-même à
Bréda pour finir.

Le blâme est grand dans le monde sur les opérations de M. de Saint-Séverin, et sur la place de ministre qu'on vient de lui donner. J'ai entendu dire
hier, avec vérité, qu'il n'a jamais rien fait de bien
que d'avoir volé, comme il a fait, les fruits de la négociation de M. de Casteja en Suède ; dans tout le
reste, à Dresde, à Varsovie et à Francfort, il a fait au
plus mal.

Les Pâris visent à gouverner tout l'État par la finance, et la finance par le crédit, c'est-à-dire par la
ruine de l'État, bannissant l'économie et conseillant
la dépense. Je l'ai éprouvé moi-même, pendant les
deux années de mon ministère : ils me blâmaient perpétuellement de trop ménager l'argent du roi dans
mes négociations, et m'y conseillaient la plus grande
dépense, toujours prêts à remettre de gros fonds en
pays étrangers, par ce qu'ils y gagnent ; ainsi condui-
sent-ils le reste où on leur cède volontiers. Ils se com-
portent comme l'intendant d'un grand seigneur ruiné,
qui avance toujours, dit-il, jusqu'à ce que les terres du
grand seigneur soient à lui.

Ainsi gouvernait, à peu près, M. Fouquet, quand il fut emprisonné et lorsqu'on lui fit son procès; il répandait quatre à cinq millions dans la cour pour y soutenir le luxe et son crédit.

Il est singulier que la seule ressource de l'État soit aujourd'hui dans le retour du maréchal duc de Richelieu, dans sa prud'homie et son amour de l'État, comme bon citoyen. Qui l'eût dit, à ce qu'on a vu de lui dans sa jeunesse et jusqu'à ce qu'il ait commandé à Gênes?

Les Anglais, pour l'amitié et la considération qu'ils nous portent, viennent de forcer au salut une frégate française dans la Manche. Ils s'y prétendent souverains; ils ont forcé les Hollandais, par une guerre, à baisser pavillon devant le leur, mais il n'a jamais été question sérieusement de la même chose pour nous; cependant leurs vaisseaux ayant rencontré, ces jours-ci, une frégate française dans la Manche, ont tiré à boulets sur elle pour la forcer à l'humiliation, ce qu'a fait le capitaine français. Il en sera tancé probablement; il devait se laisser prendre ou périr. On croit que cette impudence sera suivie de beaucoup d'autres, vu l'insolence de nos ennemis et l'humiliation où le ministère met la France. Il n'y a pas un homme sage ni un honnête homme dans le conseil aujourd'hui.

20 *décembre*. — Un personnage qui arrive de Versailles m'a dit que mon frère ne se cachait pas d'improuver hautement l'élévation de M. de Saint-Séverin au ministère, et que c'était peut-être lui qui en était la cause, parce qu'il désapprouvait de plus en plus la

paix faite par lui et par M. de Puisieux. Or, mon frère,
homme de cour comme il est, n'oserait arborer ce
parti, s'il croyait déplaire au roi. Ainsi, il joue un
double rôle. Par ce moyen, il se fait grand honneur
dans le public, il s'y montre citoyen, homme d'État,
et se joint aux frondeurs. D'un autre côté, il dispose
l'esprit du roi à la future guerre; il tenait l'autre jour
ce discours à table où j'étais : *C'est pendant la paix
qu'il faut le plus se disposer à la guerre*. Ainsi, il attirera à lui quelques millions de plus; déjà il a fait consentir à une réforme qui, renvoyant beaucoup de soldats aux campagnes, conserve plus d'officiers qu'aux
autres réformes, et il m'a dit que cela n'allait qu'à
quatre millions de plus qu'à la somme où montait
l'extraordinaire des guerres sous le cardinal de Fleury,
avant la présente, et qui allait à quarante-deux
millions; ainsi, cela ira aujourd'hui à quarante-six
millions. Par là, il se concilie encore M. de Maurepas,
qui est dans les mêmes principes de se préparer à la
future guerre pendant la paix, pour attirer plus de
fonds à son département.

Ainsi donc s'élève-t-il contre tout le parti Pompadour; ce parti augmente chaque jour, en voici les
principaux membres : la maîtresse, les deux Pâris,
Boullogne, M. de Puisieux, M. de Saint-Séverin,
tous bons valets de faveur, le cardinal de Tencin, le
maréchal de Noailles. Pour MM. de Machault et Maurepas, ils sont craintifs, comme l'escadron volant des
conclaves, et se réunissent au plus avantageux pour
eux, n'ayant pas de force par eux-mêmes.

Ainsi, mon frère doit être regardé comme le seul
qui résiste aujourd'hui à ce parti de la maîtresse et

des Pâris, qui, sans lui, engloberait tout, après avoir
tout terrassé.

Il arrivera ainsi que M. de Richelieu se joindra à
lui en arrivant, et après avoir tout considéré, y trouvant de la force, et tendant au même but, qui doit
être le sien, de culbuter la maîtresse régnante ; mais,
après ce premier pas, ils se désuniront nécessaire-
ment.

Le maréchal de Belle-Isle n'a point de force par
lui-même, et n'en emprunte, depuis trois ans, que des
Pâris, à cause de l'alliance de Mme de Montmartel.

La force des Pâris vient principalement des cordons
de la bourse, et le roi les craint par là ; il a de l'argent,
lui et son royaume, à ce qu'il croit, selon qu'il plaît
à ces messieurs ; on prétend que c'est ce qui le re-
tient le plus dans les fers de sa maîtresse, dont il est
dégoûté. Le grand point serait de présenter au roi
des moyens d'avoir de l'argent qui lui permissent de
se passer de ces dangereux auxiliaires ; or, M. de
Machault, contrôleur général, n'est pas assez grand
grec dans sa charge pour cela ; il n'entend de la
finance que la *robinerie*, le travail des intendants, mais
non celui des financiers, pour opérer un grand crédit
et pour contrebalancer celui des Pâris ; ce point-là
ôté, tout irait bien.

Dans ces ouvertures de cœur, entre le roi et mon
frère, touchant la mauvaise opération de la paix, il a
été souvent question de moi, et le prince a reconnu
que je travaillais aussi bien qu'on a mal fait depuis
moi. Il n'y a qu'une voix à dire dans le public que je
n'aurais pas fait si mauvaise besogne, et que je m'y
prenais bien, quand on m'ôta de ma place, par une

brigue de cour si fatale et si humiliante pour le roi. C'est sur quoi il faut laisser dire.

Personne ne s'est jamais mieux entendu que mon frère à profiter des fautes de ses ennemis, et, les laissant faire, mettre ensuite leurs sottises dans un grand jour, sans qu'il y paraisse. Voilà l'effet de sa grande habileté de bon joueur de piquet et d'homme de cour.

21 décembre. — On a eu nouvelles de Londres comment l'arrêt, emprisonnement et garrottement du prince Édouard y avaient été pris, et l'on a su des mouvements extraordinaires dont les gazettes parleront assez. Tous les jacobites anglais ont fait des feux de joie de ce que ce prince était si brouillé avec la France, et d'une façon irréconciliable; le gouvernement n'a pas été maître d'arrêter leur joie; ils ont arrêté les carrosses qui passaient, et ont obligé tout le monde à boire à la santé du brave prince Édouard, aujourd'hui ennemi de la France. Cela gagnera les autres provinces des trois royaumes, et l'on croit qu'en Irlande et en Écosse ce sera bien autre chose.

Ce prince est parti d'avant-hier de Fontainebleau avec encore quelques restes de fièvre.

Des jacobites et Irlandais qui sont à Paris se rejettent sur la bonté du roi, disant que le ministère ne lui rend compte de rien, et n'agit que par passion personnelle; que, sans la bonté personnelle du roi et l'espérance que l'on a qu'elle sera mieux servie, il faudrait quitter la France.

On vient subitement d'ordonner aux architectes qui travaillaient à la future place de Louis XV d'apporter leurs dessins, et le roi y a dû travailler hier à

cinq heures. On prétend que le dessin le plus cher
sera choisi. Et l'on prend pour cela le temps où l'argent est plus rare que jamais!

Mme de Talmond accuse M. de Maurepas d'avoir
donné des copies multipliées de sa lettre dont j'ai
parlé ci-dessus, lettre qui doit naturellement lui attirer une disgrâce marquée. A la place de ce ministère,
je lui aurais renvoyé sa lettre, et j'aurais fait sortir le
laquais de la Bastille.

L'assemblée de la Compagnie des Indes s'est assez
bien passée, les intéressés ont été contents des efforts
du ministère; mais, en général, l'on voit cependant que
l'on engage la Compagnie à bien des dépenses pour le
gouvernement, comme gros vaisseaux de guerre et
frégates qui lui sont inutiles, et qui ne s'exigeraient
pas, si l'État avait les navires nécessaires pour protéger
la Compagnie comme il devrait, et a promis.

22 *décembre.* — La tragédie de *Catilina*[1], par
Crébillon, a eu une fort médiocre approbation du
public. *Solve senescentem*, etc. *Parturiunt montes,
nascetur ridiculus mus.* Cependant Mme de Pompadour accordait une grande protection à cette pièce,
mais elle n'a pu la rendre meilleure dans un siècle
dédaigneux.

Mon frère, dans sa convalescence, a eu hier une
terrible indigestion, et a perdu connaissance un demi-
quart d'heure.

Le marquis de Puisieux a toujours la fièvre chaque
nuit.

1   La première représentation eut lieu le 20 décembre.

23 *décembre*. — Il court de très-bons bruits que Mme la Dauphine serait grosse, et qu'il y aurait lieu de le croire, depuis le 11 de ce mois. Cela est fort à souhaiter pour la tranquillité du royaume, pour écarter les guerres, tant du dedans que du dehors.

Le roi va au-devant de sa chère fille, Madame Infante; elle sera quelques semaines à la cour de France, et de là retourne à ses petits États; et cette petite amitié qu'on lui fait coûtera à l'État 11 à 1 200 000 livres.

24 *décembre*. — La gazette d'Utrecht a un long article touchant l'arrêt du prince Édouard à Paris, et son emprisonnement à Vincennes. Cet article n'a pas dû coûter grande peine au gazetier, et lui a été envoyé tout fait de Versailles; il promet une plus ample relation de cette affaire, c'est-à-dire plus travaillée par l'abbé de la Ville. La fadeur de ce récit, à l'avantage du ministère de M. de Puisieux, est déplaisante, et bientôt d'autres relations le démentiront.

Le *Catilina* de Crébillon mérite de grands succès, et il se relève grand dans le public, après les premiers effets des cabales pour et contre. Il y a cependant de l'excès à tout, le mérite, la grandeur d'âme qu'il donne à un homme plus connu par ses crimes que par sa gloire. La fausseté, le mensonge, l'artifice président à toutes ses actions. Ce n'est, après tout, qu'un illustre scélérat.

On assure que la grande raison qu'a le roi, pour conserver sa maîtresse aussi longtemps, quoiqu'il n'en soit plus amoureux aucunement, c'est cette santé même qu'il se veut conserver par la continence, au lieu qu'avec de nouvelles amours il faudrait quelques

nouveaux efforts de vigueur et de plaisir, ce que le
monarque prévoit prudemment qui lui ferait mal.
De plus, il y a le vide qui se trouverait dans ses
cabinets; car quelle autre femme, dit-on, se replie-
rait à tant d'amusements successifs pour occuper son
loisir? il n'y en a qu'une de l'espèce de celle-ci qui
voudrait s'y rabaisser; enfin nous sommes dans l'âge
des commodités où l'on ne monte plus aux échelles de
corde.

25 *décembre*. — Hélas! la grossesse de Mme la Dauphine est évanouie depuis hier au soir. On la croyait
certaine, depuis le 11 de ce mois. M. le Dauphin est
fort changé, on ne sait si c'est de chagrin ou d'indigestion; il est fort triste; l'on craint aussi la dévotion.

Le duc de Richelieu est arrivé hier matin à Versailles; cela fait, dit-on, un ébranlement à la cour, et
l'on s'attend à des événements.

Il y a eu, à la porte de la Comédie, le jour de la première représentation de *Catilina*, querelle célèbre
entre les cochers du carrosse du duc de Chartres et
de Mme la marquise de Pompadour; le premier prit
le premier pas proche la porte; le second dit qu'il était
au roi; le cocher de M. le duc de Chartres prétendit
qu'il ne le reconnaissait pas pour tel, dès qu'il n'était
pas accompagné de gardes du corps; cela alla aux
coups de poing, et parut indécent aux spectateurs;
on courut le dire au prince, qui ordonna que son
cocher se retirât.

M. le contrôleur général Machault a la fièvre; son
estomac est détruit par les fréquentes indigestions.

Rien ne va d'accord, rien ne va ensemble dans le ministère, quoique la paix y règne mieux que de mon temps. Le marquis de Puisieux se meurt de chagrin de tout ce qu'il éprouve de fatigue, d'embarras et d'inquiétude; on assure que M. de Saint-Séverin lui succédera et sera premier ministre, nouveau Jules Mazarin, mais avec bien moins d'esprit et de flegme.

Il court vingt vers[1] sur l'arrestation du prince Édouard avec garrottement.

Sur tout ceci, l'on disait l'autre jour, en grande compagnie, chez une dame de la cour : Tout Paris devrait s'aller faire écrire chez le prédécesseur du marquis de Puisieux.

A notre évacuation d'Anvers, le peuple nous a poursuivis en nous jetant des fusées au derrière.

Quantité d'histoires de cocuage. — Une grande dame entretient un moine et le tient en chambre, comme des hommes entretiennent des filles d'opéra; cela devient public.

Mme Thiroux, très-jolie femme, épouse d'un maître des requêtes et intéressée dans la ferme des postes, avait le duc d'Olonne; ils se sont brouillés; le loyer de la petite maison aux Porcherons n'étant pas payé,

---

1. Ces vingt vers, auxquels d'Argenson fait souvent allusion, seraient-ils ceux qui se trouvent dans tous les recueils du temps :

« Peuple jadis si fier, aujourd'hui si servile, etc. »

Mais ce morceau a trente-quatre vers. Parmi les pièces assez nombreuses qui parurent à cette occasion, nous n'en avons pas trouvé qui soient de vingt vers.

le duc n'a rien voulu donner au propriétaire et lui a dit d'aller à la dame avec qui il fréquentait sa maison. Le bourgeois a été justement la trouver, pendant qu'elle dînait avec son époux; le mari l'a payé, mais sur-le-champ on lui a vendu ses chevaux et supprimé le grand souper qu'elle avait chez elle tous les soirs.

Mme Thoinard de Jouy, autre belle-fille d'un fermier général, s'enfermait avec un jeune capucin; on les a surpris ensemble.

Voilà une continuité d'histoires qui montre autant l'abus des richesses que celui du mariage; les gens riches devraient se condamner au célibat, mais, au contraire, la misère y condamne ceux de la campagne où l'on ne peuple plus.

Par une suite de la mauvaise paix qu'on a faite, on veut en récompenser les fabricateurs, en vue de marquer au public que la cour la soutient bonne. M. de Puisieux a proposé de remettre au sieur du Theil sa place de conseiller d'État d'épée. Mais on a craint d'offenser par là tous les seigneurs; on a donc cru en avoir meilleur marché de le faire conseiller d'État de robe. En vain tout le conseil criera, en vain tous les intendants seront dégoûtés, le chancelier n'a qu'une voix faible pour représenter, cela va se faire, et ce premier commis, s'étant trouvé avocat, va être revêtu de cette magistrature importante dont il n'entendra pas le premier mot. Cependant le conseil et les bureaux roulent sur trois conseillers d'État de robe, MM. d'Aguesseau et M. Gilbert : car M. de Courteille vient de signifier qu'il avait trop d'affaires à apprendre le métier d'intendant des finances qu'il ignorait, et qu'il demandait trois ans sans être d'aucuns bureaux.

Heureusement, la grossesse de Mme la Dauphine continue, et le bruit de sa cessation est faux.

26 *décembre*. — Il y a grande colère au conseil contre M. de Séchelles, intendant de Flandre; M. de Puisieux et mon frère sont également fâchés contre lui.

Il a demandé s'il ne livrerait pas les douanes, les caisses et les postes des pays conquis en Flandre à la reine de Hongrie, dès que les ratifications de la paix seraient échangées et les évacuations commencées; cependant il a représenté lui-même que le plus tard serait le mieux, et que nous devions nous réserver longtemps cet otage, le meilleur de tous ceux que nous emportions avec nous pour la sûreté de nos répétitions.

Et néanmoins, oh douleur! oh regret! oh sujet de grande fâcherie ainsi que d'étonnement! ce même M. de Séchelles a commencé par céder et caisses et postes aux commissaires de la reine de Hongrie, en même temps que l'on a commencé les premières évacuations de Berg-op-Zoom et d'Anvers, de sorte que nous ne sommes plus dans le reste de ces conquêtes précisément que comme les troupes hollandaises dans les places de la barrière; nous gardons les postes, tandis que les Autrichiens, comme vrais propriétaires, y ont les finances et les postes.

Le marquis de Valori, qui arrive de Berlin et qui y doit retourner ce printemps, comme ministre de France, a passé hier la journée chez moi; il assure que le roi de Prusse est fort tranquille sur la Silésie; mais il se trompe, il a mal vu, il a pris la comédie pour la vérité. Il se démène avec ardeur pour la Suède et contre la Saxe; il a reçu les impressions de la cour de Berlin qui garde pour elle les sentiments, et qui ne cherche à nous faire passer que les impressions intéressées.

27 décembre. — J'ai vu hier la grande promotion d'officiers généraux qui paraîtra ce matin. Rien n'est plus nombreux; tous ceux auxquels l'on peut s'intéresser, de près ou de très-loin, s'y rencontrent, et, avec les précédentes promotions, presque aussi nombreuses et ayant filé coup sur coup si soudainement, tout le service est en officiers généraux. Cela perd le métier, cela engage à répandre dans la suite des bienfaits sur des gens inutiles, à ôter de tout service de ces gens qui « brillent au second rang et s'éclipsent au premier. » Que de talents sont donnés aux hommes à cette triste condition! les jolis faiseurs de chansons ne peuvent atteindre à composer un opéra; vous les mettez hors de gamme, en les plaçant forcément à la grande composition. Mais le pire de ces grandes listes est que cela ouvre carrière à la faveur, pour être trop souvent préféré au mérite, et nous savons ce que c'est que les officiers généraux de cour!

Le duc de Richelieu est arrivé à la cour tout resplendissant de gloire, frais et reposé; il est fort encensé des courtisans.

28 décembre. — Le duc de Richelieu est d'une parfaite intelligence avec mon frère, et, comme les intérêts réunissent, il pourra se réunir aussi avec les autres ministres à département, comme MM. de Maurepas et

Machault. Il est vrai que je n'ai guère vu de plus belle
haine à surmonter que celle qui subsistait depuis
longtemps entre lui et mon frère.

L'objet principal, et qui fera taire quelque temps les
autres, est de chasser la maîtresse pour en donner une
autre. Rien à faire jusqu'à ce que celui-ci soit rempli.
Nos ministres sont zéros en chiffre jusque-là, ils craignent pour eux; on attaque la maîtresse par le mauvais succès des affaires du royaume, et au dedans et
au dehors, surtout du dedans, les Pâris gouvernant
la maison en vrais intendants d'un seigneur ruiné. Au
dehors, MM. de Puisieux et de Saint-Séverin ont si
bien fait que nous y avons perdu toute considération,
et que, faisant la paix avec tant de générosité, à peine
nos ennemis pardonnés ont-ils la moindre considération pour nous.

Nos factieux de cour voudraient détruire la tyrannie
de la favorite, pour y substituer la leur encore plus
grande.

Le maréchal de Richelieu crie pour être premier
ministre, comme est M. de Saint-Séverin : il a quantité
de bonnes raisons à dire, puisqu'il sait des choses sur
la suite de la paix en Italie, comme Saint-Séverin en
sait sur celle des Pays-Bas; mais bientôt M. le maréchal de Bellisle aura les mêmes moyens à alléguer. Et
le maréchal de Saxe, pourquoi n'y riposterait-il pas,
en ayant autant à dire sur les Pays-Bas et ayant pour
lui la maîtresse et les Pâris?

Voilà ce qu'on n'avait que trop prévu, que les cabinets de plaisirs deviendraient le sénat de la nation;
les ruelles faisant les ministres d'État, on les multi-
pliera à l'infini.

Toute carrière est ouverte à cette recommandation
de la maîtresse. Il vient de paraître une grande promotion de trois cent onze officiers généraux, qui sont
presque tous de l'ouvrage de cette belle dame.

Il est question de renouveler bientôt les fermes
générales et les sous-fermes. La maîtresse a déclaré
qu'elle voulait douze fermiers généraux de sa faciende
et deux cents nouveaux sous-fermiers; elle a un cabinet tout rempli de placets des demandants, tout le
monde s'adresse à elle ouvertement. L'autre jour, il
y avait du monde jusqu'au bas de son petit escalier
qui attendait l'heure de sa toilette, pendant que les
deux frères Pâris traitaient avec elle des affaires de
l'État.

L'Infante va arriver à Choisy les derniers jours de
cette année, pour se trouver presque seule avec cette
maîtresse du roi et du royaume. On prétend que l'Infant arrivera aussi incognito.

Il paraît des vers affreux sur la paix et sur l'arrêt
et garrottement du prince Édouard; le roi y est fort
maltraité et s'en est affligé : *Utinam ad Phœbi cantum
Petrus resipisceret!*

L'Espagne nous menace, si nous ne procurons pas
à l'Infant D. Philippe Sabionetta et Pozzuolo, an-
nexés à l'État de Guastalla, mais que nos plénipotentiaires ont omis de stipuler. Nous avons suspendu pour
cela les évacuations; mais tiendrons-nous bon jusqu'au
bout? voilà la question.

La police de Paris travaille avec grand soin à une
espèce d'inquisition pour découvrir les fâcheux discours, d'où ils viennent, et le peu de satires qui se répandent, comme les vingt vers dont je viens de parler.

Mais bientôt le mal surpassera tous les remèdes de cette espèce d'inquisition.

29 *décembre.* — J'ai trouvé hier mon frère si triste, et toute sa maisonnée! il ne peut pas mettre un pied l'un devant l'autre, il maigrit, il a de l'humeur; sa femme est enrhumée et jaune avec envie; sa belle-fille a toujours la fièvre; pour son fils, il se moque de son père ainsi que de son peu de candeur. Il pousse jusqu'à l'affectation, présentement, de mépriser la marquise de Pompadour; d'où nous autres, spectateurs ignorants, concluons que ladite dame est ébranlée dans sa place, puisque des courtisans si avisés ne seraient pas si téméraires sans cela. L'on m'a dit encore davantage la liaison de ce ministre avec le duc de Richelieu, en vue de placer la dame.

M. le Dauphin et Mesdames n'appellent plus cette dame que *maman p....,* ce qui n'est pas d'enfants bien élevés.

Les témoignages augmentent que l'Angleterre a acheté la paix à Choisy, et qu'elle lui coûte seize millions; car, pourquoi tant d'affectation à ne donner au comte de Saint-Séverin ni supérieurs ni égaux, à ne réserver les secrets qu'entre le roi et son petit ministre? C'est, dit-on, qu'on avait tourmenté le roi pour qu'il conditionnât la paix comme on l'a vu. Ceux qui le trompent s'enrichissent par leur sacrilége. Sans parler d'une ancienne pension d'Angleterre que doivent recevoir aujourd'hui en partage la marquise de Pompadour et le marquis de Puisieux, la grosse somme de seize millions, donnée en outre pour la paix, se sait en Angleterre, se saura, se divulguera, se disputera

aux séances du parlement quand les têtes commence-
ront à s'échauffer ; les opposés à la cour diront : « Eh
quoi ! notre nation est-elle faite pour acheter la paix ! »

On vient d'arrêter à Pétersbourg le sieur Lestocq,
célèbre chirurgien français, qui avait eu l'honneur de
guérir l'impératrice de la c....p..., du temps qu'elle
n'était que simple princesse. Cet artiste avait contribué
à la révolution qui l'a mise sur le trône ; il était parvenu aux richesses, et même à un titre du conseil
privé ; mais il a passé pour être dévoué à la France,
son ancienne patrie, et pour en recevoir de gros présents. Aujourd'hui, que nous n'avons plus à Pétersbourg ni ambassadeur, ni ministres, ni même de conseil, l'on présuppose que nous avions toute notre
confiance unique dans ledit sieur Lestocq. Quoi qu'il
en soit de ce que j'ignore, on vient donc de l'arrêter,
lui et sa femme, comme accusé d'*avoir tramé des
choses contraires à l'alliance de la Russie et de Vienne*.
On a saisi tous ses papiers, où l'on trouvera sans doute
nos secrets. Tout se tourne aujourd'hui à mal dans les
entreprises secrètes de notre petit ministère ; on a déjà
vu l'ébruitement et le malheur de la mission du colonel la Salle.

On a parlé de construire le grand théâtre au bout
de la galerie des princes, suivant le projet qu'en avait
fait le feu roi, et avec quelques appartements nouveaux qui s'y construisent. Cela doit coûter sept millions, suivant la première demande des architectes.

Les Pâris se plaignent aujourd'hui de n'être pas les
maîtres dans la finance ; ils ont, disent leurs créatures,
des projets magnifiques pour l'augmentation du prix
des fermes ; mais M. de Machault leur barre le chemin

à toutes bonnes choses, par ses petits partisans qui le conseillent si mal. Il a vu leur loterie, il en a voulu une seconde copie d'après eux, et mal contrefaite; on l'a remplie de billets et de drogues, ce qui chargera l'État et avancera la culbute.

Duverney se pique d'être romanesque : il a fait nommer M. de Bellisle au généralat, quoiqu'on le sût de ses ennemis; il dit qu'il faut aller au meilleur. Ils aiment à servir en second, ils sont vieux; enfin, ils peuvent vouloir mettre M. Chauvelin aux affaires étrangères, et moi aux finances, ce qui composerait un ministère fort et capable de remédier à tant de maux qui nous assiégent. Autrement, dans la dilapidation où tout est présentement, quelle fortune peut se tenir stable? mais le grand point est qu'ils chagrineraient mon frère.

Le prince Édouard est arrivé au pont de Beauvoisin [1], d'où il paraît qu'il va à Avignon, où tout ce qu'il demande est de n'être point sous la protection de la France. On commence à goûter ses raisons pour ne point résider à Fribourg, où il serait trop près du canton de Berne; il y aurait été malgré les Anglais, on l'y aurait trop observé, et peut-être y eût-il essuyé des violences hanovriennes.

Lally, mestre de camp, qui a eu part à cette conduite, dit tout haut que M. de Puisieux s'en félicite, qu'il l'a fait souvenir des bons avis qu'il lui avait donnés sur cela, et que M. de Puisieux avait répondu avec joie : *ce qui est fait est fait*, ce qui veut dire : Je

1. Voy. *Lettre d'un officier français à son ami, à Londres*. On croit que cette relation est du prince lui-même; du moins il en existe une copie manuscrite de sa main dans les *Stuart papers*.

me suis vengé, et, si j'avais à recommencer, je le ferais encore.

Les aides-de-camp du roi viennent d'avoir chacun deux mille écus de pension; ils sont dix; c'est un fonds de vingt mille écus qu'on a destiné à cela; cela va aux plus grands seigneurs du royaume, comme MM. de Richelieu, de Luxembourg, Chaulnes, Duras. Il est vrai qu'ils avaient assez perdu au jeu contre Sa Majesté.

Je vois, dans le public et dans les bonnes compagnies, des discours qui me choquent, d'un mépris ouvert, d'un mécontentement profond contre le gouvernement : l'arrêt du prince Édouard y a mis le comble. Tout choque aujourd'hui : la paix paraît plus mauvaise qu'elle ne paraissait ci-devant, toutes les mesures pour la suite, l'exécution de la paix, la finance, les grâces, la nombreuse promotion, ce qui se passe à la cour, le choix, le crédit de la maîtresse, tout attriste, tout révolte; les chansons, les satires pleuvent de toutes parts. Le choix de M. de Saint-Séverin, un mariage que l'on dit qu'il fait pour sa fille avec le prince de Monaco, une grosse dot fournie par ses profits d'ambassade, ce qui prouve, dit-on, qu'il a beaucoup tiré des Anglais, tout offense le public, plus que je n'ai encore vu, même pendant la régence.

On n'est consolé que par la grossesse de Mme la Dauphine, qui subsiste depuis trois semaines.

30 *décembre*. — En défaisant le théâtre du grand escalier, un ouvrier a été tué presque sous les yeux du roi.

Le roi s'est emporté contre les auteurs de l'ordre

d'arrêter le prince Édouard, de lui faire rendre son épée et de le garrotter comme on a fait; l'on dit que le tout retombe sur le duc de Biron, qui n'était pas déjà trop bien à la cour.

La marquise de Pompadour, qui a la surintendance des spectacles, vient de régler que nous n'aurions à l'Opéra que de la musique de Rameau d'ici à deux ans, quelque mécontentement qu'en montre le public. On a renvoyé au magasin l'opéra de *Médée*, déjà tout appris, tout répété. Adieu le bon goût et la bonne musique française!

1749.

2 *janvier*. — Le roi a fait cent caresses à sa fille la Dauphine, et toute la cour à l'imitation de Sa Majesté. Elle est fraîche et fort grande, eu égard à ses autres sœurs qui ne le sont pas.

Une dame de la cour disait l'autre jour, devant grande compagnie, qu'il ne fallait plus appeler le roi d'Angleterre que le Grand Roi, comme les Athéniens appelaient le roi de Perse avant Alexandre; en effet, il joue le grand rôle : tout recourt à lui et il opere ce qu'il entreprend.

Je suis persuadé qu'actuellement notre faible ministère n'a plus d'asile que dans l'Angleterre, même pour faire obéir la reine de Hongrie et le roi de Sardaigne dans leur résistance. L'on voit de toutes parts nos radoucissements vers cette cour. L'arrestation du prince Édouard en est une grande preuve : oh grande puissance de l'argent! Cependant nous espérions, il y a neuf mois, que cette même Angleterre ferait faillite, et nous voyions son crédit absolument perdu. Or l'An-

gleterre va nous faire acheter bien cher, ainsi qu'à
l'Espagne, l'établissement de D. Philippe en Italie.

Ainsi nous voilà sans alliés et craignant tout le
monde, recourant à la protection de nos rivaux et de
nos ennemis.

Triste effet de la direction militaire, telle que je l'ai
vue conduite du temps de mon ministère et telle que
je l'ai suivie depuis! direction si dispendieuse, dissi-
patrice des fonds de l'État qui ne peut plus y fournir
aujourd'hui, enfin arbitraire, indépendante, ne voulant que ce qui paraît, que ce qui flatte l'amour-propre
du monarque. De là est venue l'attaque principale de
Flandre, où il ne fallait qu'une défensive, et l'abandon
d'Italie et surtout d'Allemagne, dont il fallait faire le
point capital.

Le duc de Richelieu agit avec hauteur à la cour; il
se montre plus grave que ci-devant; il entretient le roi
et lui démontre le mauvais état de ses affaires. Il prétend être déclaré incessamment ministre d'État. Que
de gens y prétendent! le maréchal de Bellisle aussi, et
M. le prince de Conti.

3 *janvier*. — L'almanach nommé *Étrennes mi-
gnonnes*, dans la liste des ministres du conseil, dit : *Le
duc de Puisieux*.

Cependant notre ministère français, pour la politique, est de plus en plus accusé d'anglicisme; on le
compare à celui du cardinal Dubois qui recevait une
grosse pension d'Angleterre [1]; il y a ici des Anglais du

1. Sur cette allégation souvent reproduite, voy. *l'Alliance anglaise au dix-huitieme siècle*, Mémoire lu à l'Académie des sciences

parti de l'opposition qui l'accusent de cette horreur. Le cardinal Dubois avait, dit-on, une pension de cent mille écus d'Angleterre, dont il donnait quelque chose à milady Sandwich. Cette pension passa à Mme de Prie et fut grossie, de là à M. de Morville qui en partageait quelque chose; mais M. Chauvelin la fit cesser, et il faut convenir qu'après lui M. Amelot a eu les mains bien pures. Mais on accuse aujourd'hui M. de Puisieux de la partager avec Mme de Pompadour et M. de Saint-Séverin. Je sais bien que celui-ci, ayant été en Angleterre pour les affaires du duc de Parme, est resté fort engoué pour ce séjour et pour la nation. Tous les gens que je dis ont eu une mauvaise fin, après une faveur assez courte.

Peut-être ceci n'est-il qu'une accusation vague et satirique de la part des jacobites mécontents, gens capables d'imputations très-atroces. Mais, quoiqu'il en soit, les nouvellistes étrangers plaignent beaucoup le roi (qui est plus aimé aujourd'hui que loué) d'être servi par de telles gens et abandonné à de si mauvais conseils qu'il l'est aujourd'hui. Les nouvellistes ne parlent que du parti anglais qui s'est élevé aujourd'hui dans le conseil et qui a voulu nous brouiller pour toujours avec la Maison Stuart. Cependant convenons qu'on ne pouvait envoyer en Angleterre un plus honnête homme que le marquis de Mirepoix[1], et, s'il y a malversation

morales et politiques, par M. Filon, 1860, p. 14 et suiv., et l'*Abbé Dubois*, par le comte de Seillac. Paris, 1862, 2 vol. in-8, t. I, p. 165 et *passim*.

1. Lieutenant-général; il avait été ambassadeur à Vienne. Il ne figure dans l'*Almanach royal*, comme ambassadeur en Angleterre, qu'à partir de 1750.

ou trahison à craindre pour notre patrie, elle passera
par d'autres mains que par les siennes.

Remarquons encore que le roi est plus conservé aujourd'hui à l'abri de la satire que le feu roi Louis XIV
ne l'a jamais été par la crainte. Les derniers vers qui
ont paru contre lui, ayant des expressions injurieuses
à sa personne, ont été rejetés des plus mauvais français,
et chacun a eu honte de les garder; il est plaint
de n'avoir pour conseillers et pour confidents que
les plus méchantes gens de la nation.

Le marquis de Castellane, qui arrive de Constanti-
nople, m'est venu voir en arrivant et a eu longue conversation ici. Il m'a appris comment était mort le
comte de Bonneval, avec un billet de la cour de France
sous son chevet, qu'on n'avait pas encore déchiffré, et
lequel peut être tombé en mauvaises mains. Il s'agissait
de porter la Turquie à la guerre contre la reine de
Hongrie; il craint que les vilaines gens qui l'entou-
raient n'en aient fait un mauvais usage.

Il assure que son mémoire, à lui Castellane, qui fut
intercepté par la reine de Hongrie et qu'elle fit imprimer avec un long commentaire, que cette pièce, dis-je,
n'a pu être dérobée que dans mes bureaux même en
France (ce qui fait trembler), ou par la poste de Venise
ou de Naples, les duplicata allant par là ainsi que par
Marseille. Il a eu, sur cela, de grandes explications avec
le grand visir, qui lui a démontré comment rien ne
pouvait jamais sortir de chez eux, puisque leur politique y était intéressée.

Il dit que le comte de Bonneval n'avait aucun crédit,
et qu'il aurait suffi qu'il eût conseillé une chose pour
que la Porte eût fait le contraire.

Il prétend que nous ne pouvons exciter la Porte à une guerre contre l'Allemagne, à moins d'un traité par lequel nous promettrions de ne poser les armes que de concert, et qu'on nous objecte toujours la paix de Riswick, où nous les laissâmes dans l'embarras, comme un trait qui doit faire défier d'eux quand nous les embarquons en guerre.

Il se plaint de son successeur, M. Desalleurs, qui a dit hautement qu'il espérait relever le crédit des Français à la Porte, ce qui suppose que lui, Castellane, l'a abaissé. Il a été mal reçu de M. de Puisieux, qui lui a dit l'équivalent de ce que M. de Castellane a dit publiquement à la nation.

Il vient d'y avoir deux nouveaux chevaliers de l'ordre, deux ambassadeurs, MM. de Lanmary et de Vaulgrenant, et deux courtisans, le duc d'Ayen et M. le duc d'Estissac, lequel avait ci-devant quitté le service mal à propos, mais est regardé aujourd'hui comme représentant à la cour la Maison de la Rochefoucauld.

Le sieur du Theil, ci-devant mon premier commis, travaille sous main à se faire passer avocat, par bénéfice d'âge, pour être nommé conseiller d'État de robe, dès que cette cérémonie sera faite.

Le maréchal, duc de Richelieu, a été très-bien reçu du roi, le soir de son arrivée. Sa Majesté s'enferma avec lui jusqu'à deux heures après minuit. Il a un grand cortége à Versailles quand il passe, et une grosse audience le matin quand il se lève. Le roi prend beaucoup de ses conseils; Dieu veuille qu'il reçoive de lui ou d'autres les moyens pour sortir de tant d'embarras, qui jettent le royaume dans le dépérissement! car il n'y a plus aujourd'hui autour de Sa Majesté que des

jongleurs, des farceurs, des trompeurs, des Fagotins;
c'est bien pire que sous Henri III.

Je viens d'être nommé par le roi président de l'Académie des belles-lettres. Je fus tout surpris en recevant
une lettre de M. de Maurepas qui me mandait : « Monsieur, le roi vous a nommé, etc. »

Je ferais volontiers mettre sous mon portrait, cette
année, cette parodie du portrait de feu M. Dufay, qui
avait cette devise-ci : *Me læsit Mavors, læsum mulsere
camœnæ*. Je dirais : *Me fraus expulsit* (sic) *expulsum
mulsére camœnæ*[1].

4 janvier. — On crie sur la paix de plus en plus;
voici des vers faits à ce sujet :

> Celui[2] qui ne voulut rien prendre
> Prit deux étrangers[3] pour tout prendre,
> Prit un étranger[4] pour tout rendre,
> Prit le Prétendant pour le rendre.

7 janvier. — Le maréchal de Richelieu, en arrivant
à Versailles, a pris le plus grand ton, ce qui promet
davantage pour les suites; il se fait craindre de la cour
et aimer du maître : ce sera, dit-on, avec la cour, le
fameux duc d'Épernon, et, avec le roi, le cardinal de
Richelieu. Certes le cardinal de Richelieu n'avait pas

---

1. Ces citations, dont nous avons encore corrigé l'orthographe :
lezum, *mulcére*, prouvent que d'Argenson n'était pas très-fort sur
le latin ni sur la quantité.
2. Le roi.
3. Les maréchaux de Saxe et Lowendal.
4. Le comte de Saint-Séverin.

le courage de cœur qu'a son neveu; aussi n'était-ce qu'un prêtre.

Il a commencé par laver la tête au duc de la Vallière sur l'affaire dont j'ai parlé, l'opéra du grand escalier; il a rendu une ordonnance portant défense à tous ouvriers, musiciens, danseurs, d'obéir à d'autres qu'à lui, pour le fait des menus plaisirs; il a demandé au duc, ordonnateur sans mission, s'il avait une charge de cinquième premier gentilhomme de la chambre, ce qu'il avait donné pour cela, etc. Il a dit que ceci était bon au duc de Gêvres, qui avait reçu 35 000 livres pour se départir des droits de sa charge, mais que, pour lui, Richelieu, il n'en avait pas reçu un écu, et n'en recevrait pas un million pour en laisser aller un pouce de terrain. M. de la Vallière ne savait plus que dire, et soufflait; M. de Richelieu lui a dit : « Vous êtes une bête, » et lui a fait les cornes, ce qui n'est pas trop honnête, et M. de Richelieu est avantageux sur cela, car il a cet avantage de n'avoir été c...... d'aucune de ses deux femmes.

Il ne se fait point une affaire de crosser la petite Pompadour, et de la traiter comme une fille de l'Opéra, ayant grande expérience de cette sorte d'espèce de femme, et de toute femme. Toute maîtresse qu'elle est de son roi, toute dominante à la cour, il la tourmentera, il l'excédera, et voilà déjà un grand changement à la cour dans le mauvais traitement de son favori la Vallière.

Mais sur quoi le duc de Richelieu fait le plus grand tapage, c'est sur l'introduction de M. de Saint-Séverin au conseil; il le maltraite auprès du roi et tout ouvertement devant le monde; il a contre cet Italien quantité de moyens ouverts, et plus forts les uns que les autres : sa qualité d'étranger, né sujet de la reine de Hongrie, ayant marqué grande affection à cette puissance rivale et grande ennemie de la France, ce qu'il a de mal fait dans ses précédentes ambassades, et encore plus mal à la paix d'Aix-la-Chapelle, cette mauvaise paix, le renvoi du prince Édouard, si blâmé de tout le monde.

Tous les ministres, excepté le seul maréchal de Noailles, affectent de recevoir très-mal M. de Saint-Séverin. Mon frère lui a marqué un dédain affecté, et lui a seulement répondu à la visite d'honnêteté : « Monsieur, le roi est le maître. » Chacun lui tourne le dos dans le ministère. M. de Maurepas, tout brouillé qu'il est avec M. le maréchal de Richelieu, concourt au même objet, et mon frère en est l'entremetteur, M. de Richelieu ne parlant guère avec confidence au Maurepas.

Ainsi, voilà grand tapage à la cour, M. de Richelieu criant avec raison contre le ministère du marquis de Puisieux ; et, dans ces plaintes portées avec hauteur, vivacité et avec force, il est souvent question de moi, et de dire que je valais autant dans ma charge que mon successeur y avait valu peu.

M. de Saint-Séverin se dédommage des mauvais et froids traitements qu'il essuie, en soupant souvent dans les cabinets où se trouve aussi le marquis de Puisieux, et où ils sont plus à leur aise.

On dit que ce qu'a mon frère est une ankylose. Sa jambe ne prend point de nourriture, le suc nourricier qui coule le long des os est arrêté, et cela ne pardonne guère ; on parle des eaux, il est question seule-

ment de savoir s'il ira à Plombières ou à Saint-
Amand, mais les médecins disent qu'il s'agit d'aller
à Baréges.

Cependant le bruit est grand que mon frère quittera
bientôt le ministère, soit par pension, duché, ordre
du Saint-Esprit ou autrement; on ajoute que M. de
Puisieux aura cette place du département de la guerre,
et que M. de Saint-Séverin aura les affaires étrangères.
Mais il faut donc auparavant qu'on fasse mourir M. de
Richelieu.

Il est grand bruit d'une brochure qui paraît, et qui
a pour titre : *Les cinq plaies de France*, savoir : la
constitution, les convulsions, le système de Law, le
ministère du cardinal de Fleury et la paix d'Aix-la-
Chapelle.

M. d'Étioles, mari de la marquise de Pompadour,
entretient une belle dame de Moulins, nommée Mme de
Belnaux, et lui a donné pour plus de cent mille écus
de diamants. L'État fournit à tout cela.

De grands ressorts jouent pour faire M. Pelletier de
Beaupré prévôt des marchands. Pour cela, on en fait
désister M. Bignon, cousin-germain de M. de Maurepas, et on le fait premier président du grand conseil sans finance, avec 25 000 livres de gages en pension; on crée de nouveau les huit présidents du grand
conseil à raison de 160 000 livres de finance par chaque place. Ainsi, ce que n'ont pu faire encore le besoin
d'argent pendant la guerre, ni les besoins du conseil
privé où il manque de travailleurs, voilà que la brigue
de cour, la parenté et alliances des robins et des ministres l'opèrent en un moment.

M. de Pérussis est arrivé, et a rendu compte qu'il

avait laissé le prince Édouard à la moitié du pont de
Beauvoisin, où ce prince l'avait chargé de dire au roi
« qu'il le remerciait de ses anciennes et premières
bontés, qu'il n'attribuait point à Sa Majesté, mais à
ses ministres, le mauvais traitement qu'il venait d'essuyer, et qu'il donnait parole de n'aller ni à Rome ni
à Avignon. »

M. de Richelieu aura encore de furieuses choses à
dire au roi, touchant le prince Édouard, et l'indignité
du garrottement.

7 janvier. — Voici ce qui revient de nouveau sur la
conduite et les progrès du maréchal de Richelieu.

On lui a prédit plusieurs fois qu'il serait premier
ministre, comme son grand-oncle; il y va grand train.
Il est intimement lié avec le maréchal de Bellisle; l'on
dit qu'il va marier sa fille avec le duc de Vernon, fils
du maréchal. Ils prétendent ne pas entrer l'un sans
l'autre au conseil, mais ils veulent y entrer l'un et
l'autre. Ils sont fort liés avec le cardinal de Tencin;
leurs rangs sont réglés par ordre d'ardeur et même de
talent; le maréchal de Richelieu doit avoir le premier
pas dans ce triumvirat, Bellisle ensuite, et Tencin le
troisième.

M. de Richelieu a commencé par s'attacher tous les
ministres à départements, qui sont ceux de la guerre,
de la marine et des finances, même M. le chancelier;
ils le regardent tous comme leur vengeur, de même
que les quatre premiers gentilshommes de la chambre
l'ont regardé comme leur bretteur, pour chasser M. de
la Vallière de leurs fonctions où il s'était immiscé. On
espère donc qu'il délivrera les ministres du joug de

v   23

MM. Pâris, de la favorite et de MM. de Puisieux et de Saint-Séverin; chacun s'accole à lui.

M. de Maurepas lui procure le suffrage de toute la famille royale dont il dispose, femme et enfants. Ceux-ci ne songent qu'à l'expulsion de la présente favorite, et ne considèrent pas qui lui doit succéder, et par qui arriverait leur satisfaction en ce point-là.

Le roi lui dit les choses du monde les plus gracieuses; il disait l'autre jour : « Mme la Dauphine accouchera d'un garçon, car c'est pendant l'année de M. de Richelieu *qui est heureux*. »

Il y a de la brigue pour et contre le chevalier Chauvelin pour ne le point faire lieutenant général; le roi reste prévenu contre lui.

M. le prince de Conti ne va plus du tout chez Mme de Pompadour, depuis que M. de Saint-Séverin a été fait ministre, et ce prince y prétend aussi; ainsi, comme on le voit, il ne manque pas de prétendants au ministère.

On demande comment le roi se tirera de tout ceci : les satisfera-t-il tous, ou les mécontentera-t-il tous?

Certes le Puisieux gagne beaucoup de faveur, dit-on, par son petit esprit accort et caressant près du roi. Il ne bouge des cabinets, et fait une cour aussi continuelle, près de Sa Majesté, que les joueurs, les chasseurs, les histrions qui n'ont rien que cela à faire; ainsi travaille qui peut aux affaires.

On pense mal de la santé de mon frère, et cela revient par les médecins et chirurgiens; on lui a fait depuis peu une opération sous le pied malade; il va aux eaux ce printemps.

Mme Infante était fort mal en habits et même en

linge, revenant d'Espagne; on prétend que sa garde-
robe n'avait pas été renouvelée depuis son départ de
France. Son chevalier d'honneur est un vilain cra-
paud fort malpropre[1].

10 *janvier*. — Le roi étant allé passer deux jours à
la Celle, qu'on appelle le Petit-Château, Mme de
Pompadour a demandé en grâce que le maréchal
duc de Richelieu ne fût pas de la partie, quoiqu'il
soit premier gentilhomme d'année. Le roi lui a répondu : « Vous ne connaissez pas M. de Richelieu ;
si vous le chassez par la porte, il rentrera par la
cheminée. »

Le roi a dîné dans ses cabinets, tête-à-tête avec ses
quatre filles.

On vient d'avoir nouvelle que M. du Theil avait été
désavoué de sa convention avec M. de Kaunitz, du
26 décembre dernier, pour évacuer les conquêtes
françaises des Pays-Bas, ne gardant seulement que les
places du Hainaut que nous avons démantelées, comme
Mons, Charleroy et Ath. Par là, il avait bien réglé les
intérêts de D. Philippe et de Modène, mais non ce
qui concerne les Génois. Or, M. du Theil, revenant, à
ce qu'il comptait, triomphant de Bruxelles à Paris, a
trouvé à Mons un courrier du marquis de Puisieux
qui lui a fait rebrousser chemin.

Il paraît que le ministère de Versailles contredit
tout ce que fait M. de Puisieux avec son parti de la
marquise, des Pâris et M. de Saint-Séverin ; ainsi

---

1. Le duc de Monteillano, majordome major. « Sa taille et sa
figure ne sont point avantageuses, » dit le duc de Luynes, en
parlant de ce personnage. *Mémoires*, t. IX, p. 272.

voilà le monarque plus troublé, plus embarrassé que jamais dans ses conseils, malgré le calme qu'il avait cru y mettre, en me renvoyant, il y a deux ans. Tout le monde lui montre à chaque pas combien cette paix générale lui fait manquer de considération en Europe. Que ne sera-ce pas, dira-t-on, quand nous aurons rendu toutes nos conquêtes! Ainsi, nos négociateurs manquent à tout ce qui est de leur art, et n'ont su faire qu'une paix désavantageuse, quand nous possédions les plus grands avantages sur nos ennemis.

On m'assure que le roi est extrêmement fatigué de tant de tracasseries, de tant de dégoûts que lui attirent le parti et la besogne de M. de Puisieux.

On a affiché à la porte de ce ministère une satire sur l'arrêt et le garrottement du prince Édouard. Elle est en forme de lettre de cachet du roi d'Angleterre qui, s'intitulant roi de France, ordonne aux gardes françaises d'arrêter le prince Édouard Stuart.

Le roi est, dit-on, fort ennuyé de ces cris et de ces libelles et satires contre lui-même.

Il y a eu de grands débats au conseil privé, touchant une prétendue évocation de la grand'chambre du parlement de Paris, pour le procès en séparation de la marquise de Pont-Saint-Pierre contre son mari. Elle est la maîtresse du sieur de Fleury de la Valette, fils du procureur général, lequel lui conseille toutes ces horreurs qu'elle veut exercer dans sa famille. Enfin, on a prétendu prouver que M. de Maupeou, premier président du parlement, avait fait son affaire propre de la cause du mari, et évoquer par là; mais on n'a pas osé pousser l'affaire contre un magistrat tel que le premier président; on s'est rejeté sur son fils, le président de Maupeou, qui est un fort honnête homme. On a bientôt reconnu au conseil qu'il y avait grande brigue des Fleury et des d'Aguesseau, et que M. de Fresnes avait beaucoup travaillé.

Véritablement, il s'agit de s'entrenuire pour la place de chancelier de France; les Maupeou veulent nuire aux Fleury, pour empêcher que le premier président ne parvienne à cette sublime magistrature.

Mais plusieurs honnêtes gens du conseil, ayant remarqué cette tyrannie, ont opiné avec force et ont empêché la requête contre M. de Maupeou d'être admise et répondue : cela fait grand bruit.

11 janvier. — Un courtisan qui arrive de la cour m'écrit que la brouillerie entre le duc de Richelieu et la marquise de Pompadour était montée à un point extrême, et que cela ne pouvait durer absolument sans que l'un culbutât l'autre. Le maréchal de Richelieu, abordant cette dame la dernière fois qu'il lui a parlé, lui a demandé : « Croyez-vous, Madame, que M. de la Vallière s'accommodât d'une charge de directeur général des menus plaisirs? » Elle lui aurait répondu, sérieusement et froidement : « Cela ne conviendrait pas à un homme comme lui. »

On attendait hier la grande nouvelle de savoir si le maréchal de Richelieu assisterait à l'opéra de la marquise sur le grand escalier.

Le roi l'écoute sur toutes les affaires. On fut tout surpris de voir, jeudi, le roi quitter la chasse au premier lancé, et monter dans son carrosse, pour se promener une heure et demie avec le maréchal, tête-à-tête; l'on fit signe aux officiers des gardes de s'éloigner. Ceci ajoute la confiance à l'ostentation.

La marquise maigrit et devient à rien; enfin l'on voit, dans cette manière de combat à mort, que toute la raison est du côté du Richelieu, et toute la mauvaise cause du côté de la dame et de son parti. Elle contient la mauvaise paix, les mauvais négociateurs, les financiers de crédit sans économie, le désordre, les grâces qui culbutent le royaume, la honte du règne de laisser le monarque gouverné à la baguette par une telle donzelle. Pour M. de Richelieu, il n'a pas encore pris couleur; on présume au moins de lui la cessation du mal, et on ne voit pas encore en quoi il échouera. Ainsi, tout est pour lui et rien contre. Il a, dit-on, tout l'air de la faveur.

Le sieur de Saint-Sauveur, consul à Pétersbourg, est ici, sollicitant pour être chargé des affaires à Pétersbourg; c'est lui qui a chassé le sieur Daillon. Il a le visage long d'une aune, depuis l'arrêt et la condamnation du sieur Lestocq, qui nous met sans aucun crédit en Russie.

Le sieur Ledran cadet, chargé du dépôt des papiers des affaires étrangères au Louvre, était, de mon temps, chargé de donner des mémoires d'éclaircissements à chaque question considérable; il m'a dit hier n'avoir pas eu la moindre demande de ce genre à satisfaire pendant toute la durée du congrès d'Aix-la-Chapelle.

12 janvier. — Le duc de Richelieu a perdu son procès à l'opéra des cabinets; réglé qu'on s'adressera seulement à lui pour les artistes nécessaires à ce spectacle interne, mais que, hors de cela, et quand on le

représentera, M. de la Vallière sera derrière le roi,
pour prendre les ordres de Sa Majesté, et que le duc
de Richelieu n'y assistera que parmi les courtisans
ordinaires.

On prétend qu'il a suivi le règlement jeudi dernier,
mais l'on doutait qu'il le suivît hier et qu'il assistât à
cet opéra.

Révolte dans le régiment de Picardie contre le duc
d'Antin, colonel; plusieurs officiers, le lieutenant-colonel Brulart à la tête, ont été cassés.

Les affaires du maréchal de Richelieu semblent ne
pas bien aller à la cour : les ballets s'exécutent toujours sous les ordres du duc de la Vallière. On se
moque de lui en cette décision, mais peut-être le quart-
d'heure des vengeances arrivera-t-il et emportera-t-il
la disgrâce de la marquise. En attendant, tout genou
fléchit devant elle et ses créatures, les ennemis de
M. de Richelieu se déclarant de toutes parts. Il
a déjà un fond d'ennemis depuis la maladie du roi
à Metz.

Hier, à la comédie italienne, on vendait publiquement de petits bijoux grossiers nommés plaques de
cheminées (à cause de l'aventure de M. de Richelieu
avec Mme de la Popelinière), et avec la chanson imprimée. Certes, M. Berryer, lieutenant de police,
souffre cet affront public, et y est poussé par les partisans de Mme de Pompadour.

14 *janvier*. — On travaille à former la maison de
Mme Henriette, qui sera sur un grand pied, avec
bouche, écurie, gardes, etc.; cela coûtera 800 000 livres à l'État. La comtesse d'Estrades y est déjà sur le

pied de dame d'atours, et y sert. On va nommer les
dames de compagnie, ce qui fait des mariages, et
autres grands officiers de cette maison.

Le voyage de Madame Infante, tant pour aller que
pour retour et séjour, coûtera environ 1 200 000 livres.

Voilà des tendresses paternelles bien chères au
peuple français qui succombe sous la misère.

17 janvier. — Il est vrai que le sieur Pelletier
de Beaupré, intendant de Champagne, vient d'être
nommé conseiller d'État, et que, par là, le sieur du
Theil est éconduit de cette place, ou même de toute
autre de cette espèce. Il y a apparence que quelqu'un
a aidé M. le chancelier dans sa remontrance contre
une telle élévation pour un commis. Enfin cela a pris
tout à coup. Ainsi vit-on le roi, sur de bonnes et sages
remontrances, défaire ce qu'il avait fait pour le cordon
bleu de ce pauvre marquis de Bissy, tué à Maëstricht;
de plus, pour aider à cette exclusion, il est arrivé
qu'on désavoue ledit sieur du Theil de la mauvaise
convention qu'il avait faite à Bruxelles. On n'a jamais
vu de traité de paix avec tant d'errata et tant de conventions.

Le maréchal de Richelieu continue à avoir tout l'air
d'un favori à la cour. Le roi a avec lui des entretiens
continuels et s'y confie; la maîtresse enrage et maigrit.
Le marquis de Puisieux a l'air d'avoir quatre-vingts
ans, et tombe en langueur.

Ledit maréchal de Richelieu peut pousser loin sa
pointe, en prenant tout l'air de la vertu. Il a déjà
la vérité et la franchise, il faut qu'il ne conseille au
roi que des actions vertueuses et des coups d'éclat

qui fassent grand effet et qui soulagent beaucoup son peuple, qu'enfin l'on sache dans le public que ces bienfaits lui sont dus.

Cependant nous réformons à force dans nos troupes, on travaille actellement à celles des vieux corps; mais nos ennemis et la reine de Hongrie ne réforment rien. Tout le monde se scandalise de ceci en France, d'autant qu'avec le retranchement de dépenses, on ne retranche aucun impôt.

19 *janvier*. — J'ai été hier à Versailles, et j'ai appris plusieurs choses des intrigues de cour.

M. de Richelieu est trop attaché à la bagatelle du théâtre, des ballets; ses affaires commencent à mal aller. On dit qu'il s'est conduit comme un fol; il est trop déclaré contre la maîtresse, et celle-ci reprend le dessus. On la regarde comme aussi forte et plus forte que feu le cardinal de Fleury dans le gouvernement. Malheur à qui ose se buter aujourd'hui contre elle! elle joint le plaisir à la décision, et le suffrage des principaux ministres à l'habitude qui se forme de plus en plus chez un monarque doux et tendre. Mais malheur à l'État gouverné ainsi par une coquette! On crie de tous côtés. Ainsi donc, c'est regimber contre l'éperon que de se révolter aucunement contre elle. M. de Richelieu l'éprouve : il devait abandonner cette bagatelle de la salle des ballets pour suivre de plus grandes choses, plus capitales, plus vertueuses. Il lui eût suffi de ne point assister à ces opéras et de s'en abstenir par hauteur, dès que sa charge en était blessée. Les billets qu'il donne aux musiciens sont tournés ainsi : *Un tel se rendra à telle heure pour jouer à l'opéra de*

Mme de Pompadour. Il a du dessous à chaque pas. Les bons amis de ceux qui prétendent à chaque chose leur conseillent hautement de cheminer par Mme la marquise; il faut lui rendre hommage, dit-on.

Le roi demanda l'autre jour à M. de Richelieu, à son débotté, combien il avait été de fois à la Bastille. « Trois fois, » dit le maréchal. Sur cela, Sa Majesté en discuta les trois causes. On dit que cette question est de très-mauvais augure.

M. de Stainville a dit que la convention était signée pour l'évacuation des places de Flandre, et que tout cela serait fini le 5 février. L'on travaille à force à Paris aux préparatifs des feux de joie pour la paix.

Une femme des halles, se querellant l'autre jour avec d'autres harengères, après bien des injures, lui dit : *Tu es bête comme la paix !*

On vient d'exiler Mme O'Brien, comtesse de Lismore[1]; ordre à elle de se rendre à Orléans dans trois jours, si mieux elle n'aime se rendre à Rome, près de son mari. On croit que la raison en est sa correspondance en Espagne, et qu'elle aura demandé à la reine douairière d'Espagne quelque chose qui aura fait gronder Madame Infante, car cet exil cadre trop avec l'arrivée de cette princesse à la cour. Je dois témoignage que, si elle était espionne, c'était la plus honnête espionne que j'aie encore connue, et qui était le mieux intentionnée pour l'union des deux couronnes.

On a nouvelle qu'il y a une triple alliance signée dans le nord, c'est-à-dire pour les affaires du nord,

---

1. Elle avait obtenu, dit le duc de Luynes, auprès de la reine d'Espagne, « une place qui est au-dessous de dame d'atours et au-dessus de première femme de chambre. » *Mémoires*, t. IX, p. 310.

entre la Russie, l'Autriche et l'Angleterre; c'est, dit ce traité, pour maintenir la paix dans le nord; mais je demande quelle guerre il y a, sinon celle que cette triple alliance va y introduire pour attaquer la succession de Suède, et pour augmenter ces trois tyrannies?

Voilà quelle est l'habileté de notre ministère; le lendemain d'une paix généreuse et plate comme la nôtre, nos ennemis réconciliés se liguent contre nous.

20 janvier. — J'ai vu hier la convention signée par M. du Theil avec M. de Kaunitz, à Anvers, la nuit du 11 au 12 de ce mois. Par cet acte, l'on convient des temps et des jours où toutes les places conquises seront évacuées, ce qui sera terminé le 12 février, et l'on se flatte que, d'ici là, la reine de Hongrie aura rendu justice aux Génois, comme nous la prétendons pour eux. Le beau de ceci est que, par la première convention du 26 décembre, désavouée par le roi, on ne gardait, pour sûreté des négociations à obtenir de la reine de Hongrie, que les places démantelées du Hainaut. On s'est plaint de ce qu'il n'y avait pas à cela assez de sûreté, et voici que, par la nouvelle convention, pour nous faire, dit-on, plus d'honneur et de sûreté, on relâche tout, l'on évacue tout d'ici au 13 février; dans vingt-quatre jours de temps toute sûreté sera évanouie. Quelle duperie!

Le sieur Chavigny revient en diligence de Lisbonne; on ne doute pas que ce ne soit pour être ministre ou pour aller dans quelque ambassade importante, et cela par la recommandation des sieurs Pàris et de la marquise.

J'ai vu hier M. Chauvelin, ci-devant garde des sceaux de France; c'est un homme qui a été chassé du ministère par feu M. le cardinal pour avoir déplu à la Maison d'Autriche pendant la guerre de 1734.

21 *janvier*. — M. Rouillié, conseiller d'État et à la tête de notre commerce, m'a expliqué ce qu'il pensait des causes du présent discrédit et de la rareté de l'argent sur la place depuis la paix.

Il dit que les gens à argent ont calculé l'état de nos finances, les recettes et les dépenses depuis la paix faite ; que, ne se devant plus faire d'affaires extraordinaires, mais, au contraire, en retrancher, le dixième sera certainement supprimé au 1er janvier 1750, et que, par ces calculs, les financiers trouvaient que l'État ne pouvait fournir les charges, ce qui décréditait tout, car, avec les augmentations de pensions, les 4 millions de plus accordés à l'extraordinaire des guerres pour conserver les régiments étrangers, on accorde 8 à 10 millions de plus pour rétablir au plus vite notre marine (sur quoi l'on aurait pu aller plus doucement). L'on voit tout mal ménagé, les bâtiments, les dons de la cour; la maîtresse est mal voulue du public, à cause des faveurs qu'elle emporte et des dépenses qu'elle fait.

Il y a des gens qui proposent du papier et des augmentations de monnaie, cela se sait encore. On compare ce temps-ci à celui qui suivit la paix de 1713; dans celui-là, il y avait sur la place, pour la circulation, une quantité de billets de monnaie, d'ustensiles de receveurs généraux, etc.; cela s'ajoutait aux matières d'argent pour circuler. Aujourd'hui nous n'avons rien de tout cela, et il y a plus d'argent dans le royaume que jamais. Il y a encore une autre raison, c'est que le royaume ne fut pas privé de tout commerce maritime pendant la guerre de 1701, comme il l'a été de celle-ci, depuis la guerre déclarée à l'Angleterre en 1744. Or, la liberté ayant été rendue à ce commerce extérieur tout à coup, chacun a voulu remonter ses armements, et l'on a envoyé plus de 40 millions dans nos ports, ce qui en a privé d'autant plus la place de Paris.

L'on vient d'arrêter et de mettre à la Bastille plusieurs poëtes et porteurs de pièces de vers contre le roi et le ministère; il y a, dit-on, une pièce sanglante contre M. de Puisieux.

L'on voit par là le mécontentement général et national contre le gouvernement, et l'on peut dire qu'il a commencé au garrottement du prince Édouard. Tout ce qui s'est ensuivi depuis a aggravé ce mécontentement et l'aggrave.

22 *janvier*. — On m'a montré, dans le second tome du théâtre de Quinault, à la tragédie du *Faux Alcibiade*, une scène de délibération, où deux conseillers traitent du renvoi d'Alcibiade et de son emprisonnement; on compare cela, et on l'applique absolument au renvoi et emprisonnement du prince Édouard. On fait l'honneur à mon frère de le comparer au fidèle conseiller qui veut qu'on le garde, et le cardinal de Tencin au méchant conseiller qui lui veut du mal.

L'on prétend que le cardinal de Tencin, ayant su qu'il était à Avignon, a dit : « Nous trouverons bien les moyens de le renvoyer de là; » car on impute à ce cardinal (de la façon du Prétendant) d'être tout à l'Angleterre, et grand ennemi du prince Édouard en particulier.

Les proscriptions commencent par inimitié et vengeances de nos ministres, la Bastille, les exils, tout ce qui sent les gouvernements faibles, et qui prennent de la mauvaise humeur par les mauvais succès.

M. de Richelieu a fait de nouvelles étourderies qui lui aliènent de plus en plus la confiance du roi. Pendant le voyage de la Muette, Mme de Pompadour a été incommodée; M. de Richelieu a trépigné, dansé sur sa tête.

Bagieux, excellent chirurgien de la cour, a dit en confidence à un de ses amis que la maladie de mon frère était plus sérieuse qu'il ne pensait, qu'il lui fallait certainement les eaux de Baréges, même dans les deux saisons; sur quoi mon frère s'est fort récrié qu'il ne le pouvait absolument, à cause du ministère. On traite ce qu'il a d'ankylose formée, et même menaçant de gangrène, comme ce qu'a eu M. de Verneuil, de quoi il est mort au bout de six mois, et le tout venant d'un maudit mal pour lequel il faudrait des frictions en forme.

23 *janvier.* — Nous envoyons le sieur Durand, conseiller au parlement de Metz, pour résider en Angleterre pour la France, en attendant l'arrivée de M. de Mirepoix à Londres, ce qui ne sera qu'au mois d'avril prochain.

M. Vanhoey, ci-devant ambassadeur de Hollande en France, n'y reviendra plus; il a pris congé du roi par lettre.

Le prince d'Ardore, ambassadeur de Naples à Paris, est rappelé par une brigue de la cour qui a voulu lui en substituer un autre plus favorisé.

Le parti jacobite se remue beaucoup pour raccommoder toutes choses avec le gouvernement de France, mais il croit qu'il faudrait préalablement chasser M. de Puisieux et la marquise de Pompadour; il se lie avec le duc de Richelieu. On prétend que c'est ce parti qui compose les chansons et les vaudevilles contre les puissants de la cour. Si cela est, il y fait chaud, et cela devient mauvaise compagnie.

J'ai écouté aujourd'hui deux dames de ce parti qui paraissent se targuer beaucoup de la faveur du public, et elles vomissent feu et flamme contre le ministère, principalement de M. de Puisieux.

Elles m'ont dit que le courrier venait de partir pour Rome, afin d'obliger le pape à renvoyer le prince Édouard d'Avignon, attendu que nous nous sommes faits forts auprès du roi Georges de ne le pas souffrir au delà des Alpes, ce qui va plus loin que le traité de Londres de 1719, où le régent ne promettait que ses bons offices pour lui faire repasser les Alpes.

Le cardinal de Tencin est regardé comme le loup gris par ce parti jacobite-édouariste; c'est lui qui veut le papisme du prince Édouard, et, par là, est tout à fait opposé aux véritables intérêts de la Maison Stuart, quoiqu'il en ait reçu le chapeau.

La famille de Rohan et le cardinal de Soubise, qui a aussi reçu le chapeau de la même Maison, est au contraire véritablement jacobite, et le tout est lié à M. de Richelieu.

Mme de Mézières dit tout franchement que le prince

Édouard, étant abandonné de la France, n'a plus d'autre parti à prendre que de se déclarer protestant, et d'épouser au plus tôt une bonne et brave princesse protestante d'Allemagne, une cadette sans un sol.

La question est de savoir où il se réfugiera quand il sera chassé d'Avignon, car il ne veut pas de Fribourg, où il serait trop exposé aux vengeances du ministère français, ne pouvant plus s'y fier, dit-il : il cherche sans doute quelque petite souveraineté d'Allemagne, souveraineté protestante où il puisse être en sûreté.

Mais tout tient au changement du ministère de M. de Puisieux, en qui le jacobisme ne saurait plus prendre de confiance.

On m'a exposé encore, sur le jacobisme, que le refus du prince Édouard, de profiter de l'asile de Fribourg que nous lui avions ménagé, était fondé sur ceci : qu'il craignait d'être enlevé par quelque parti anglais de Berne, qu'il n'était pas content de la petite garde qu'on voulait lui donner là, et qu'enfin il redoutait la vengeance du ministère français qu'il a contre lui ; oui, il craignait qu'on ne voulût le livrer à ses ennemis pour le mettre *in pace*, à une partie de chasse : rien n'est plus facile, et, quand la chose est faite, on dit que ce n'est pas notre faute ; chacun se serait disculpé, mais le malheur serait resté au prince infortuné.

On a été jusqu'à dire au roi que le prince Édouard était poltron, et qu'à Culloden il avait évité les coups de fusil. Le parti est en grande colère de tout ce que notre ministère souffle de mal contre leur patron.

Ce dernier coup, de l'arracher d'Avignon, va mettre le comble aux fureurs et au ressentiment.

24 *janvier*. — J'ai vu les vers dont on m'avait parlé :
c'est un poëme ou épître assez longue, faite à l'occasion de l'arrêt du prince Édouard. Le roi y est fort
maltraité, ainsi que Mme de Pompadour et M. de Puisieux. On fait un parallèle de la belle Agnès Sorel qui
encourageait Charles VII contre les Anglais, tandis
que nous nous soumettons, dit-on, à eux, dans la démarche contre le prince Édouard; il y est dit que M. de
Puisieux déshonore la patrie par son ignorance ou sa
perversité; enfin le roi y est traité comme un véritable
Sardanapale, ce qui fait horreur. J'ai brûlé sur-le-
champ cette pièce de vers dont on m'avait envoyé copie[1].

L'on voit bien que c'est le parti jacobite ou édoua-
riste à Paris qui fait ces pièces, et qui s'échauffe comme
il fait; il échauffe aussi les têtes françaises, et tout cela
mérite attention. Je vois de grandes maisons mécon-
tentes qui peuvent se joindre à ce parti funeste; et M. le
prince de Conti, mécontent du roi, de la maîtresse et des
ministres, quoiqu'on lui ait fait des dons, ne peut-il
pas se joindre aussi à ces gens-là qui sont dangereux?

Il y a grande brouillerie à Madrid entre M. de la
Ensenada, bienfaiteur, et M. de Carvajal, son protégé,
mais devenu premier ministre : on savait bien que cela
ne pouvait durer longtemps en bonne intelligence
entre eux. Carvajal est un très-honnête homme; Ensenada est un courtisan délié, c'est-à-dire un fripon.
Mme O'Brien de Lismore en est la victime; elle vient
d'être exilée d'ici, à cause de sa correspondance en
Espagne : cela tient beaucoup au reste d'autorité de la
reine douairière d'Espagne qu'Ensenada protégeait, et

---

1. Voyez plus loin, p. 372.

que servait milady Lismore, et Carvajal est tout entier au roi Ferdinand régnant.

25 *janvier*. — On parle beaucoup de renvoyer hors de Paris tous les Anglais et jacobites qui n'y ont que faire, et de faire des exemples sur quelques-uns des plus criards. On leur attribue les vers si ingénieux sur le gouvernement qui paraissent à tous moments, et qui blessent infiniment le roi; il y en a encore de nouveaux contre M. de Saint-Séverin.

Si l'on prend ce parti d'expulsion, de proscription de ces pauvres gens furieux, mécontents et jacobites, on aura augmenté la sûreté, mais on aura donné un grand exemple de crainte, ce qui est encore plus dangereux, car cela décrédite le gouvernement.

La Gazette de Hollande a imprimé tout au long la harangue du comte de Sandwich prenant congé des états généraux. Cette harangue est très-désobligeante pour nous; on nous y traite ouvertement d'ennemis de la liberté d'Europe et de vouloir tout assujettir, tout troubler; on s'y moque de nous sur les circonstances où nous avons conclu la paix; enfin ce n'est qu'une insulte continuelle. L'Angleterre vient de défendre tous les galons, broderies de France et autres affiquets, et cela lorsque nous nous réconcilions avec elle. Quel chagrin, quel dépit de se trouver ainsi bafoués de toutes parts, et notre générosité traitée de bassesse par des gens grossiers et méprisables!

Un financier, homme de bon sens, m'a annoncé encore une plus grande disette d'argent dans quelque temps. On en attribue la meilleure partie à l'impôt du centième denier qui arrête toute circulation d'effets.

Quand quelqu'un voulait de l'argent ci-devant, il fondait quelque contrat sur les fonds publics, il reconstituait son prêteur en partie sur cet effet; auparavant, cela ne coûtait que six livres; aujourd'hui, ce sera douze et quinze cents livres de faux frais pour le centième denier. Cet impôt coûte quatre millions au peuple et ne vaut pas un million au roi; avec cela, personne n'est sûr que les financiers en place y restent dans dix-huit mois, au renouvellement des fermes; comment leur peut-on fier son argent?

M. le Dauphin a eu la fièvre et a été saigné, cela inquiète, vu la grosseur dont il est, et le peu d'exercice qu'il fait.

26 *janvier*. — Il savait bien ce qu'il faisait, dit-on, le prince Édouard, il était bien conseillé en refusant de partir de ces lieux, il sentait la force de son parti. En effet, voici des fureurs de toutes parts, suivant les vers imprudents, les brochures odieuses qui se répandent contre le gouvernement, contre le roi, contre le ministère. Certes, tout cela est à craindre et peut annoncer de plus fanatiques mécontentements.

Par proportion de la politesse ou de la barbarie des temps, le garrottement du prince Édouard peut se comparer au meurtre du duc de Guise dans le cabinet de Henri III. Depuis quand ne sait-on plus se faire obéir, et faire partir un prince, sans l'arrêter prisonnier, sans le garrotter comme on a fait de celui-ci? Non, ce ne peut être qu'un trait de vengeance particulière. Si c'était un transport de la colère du roi pour avoir été désobéi, les ministres devaient le conjurer et l'en faire revenir; mais non, ils ont eux-mêmes et la maî-

tresse, dit-on, suivi leur propre ressentiment de vengeance.

Cependant ce parti jacobite est fort en France, surtout à Paris; il est composé non-seulement de Britanniques nationaux catholiques, mais de tous les mécontents, et ceux-ci se recrutent, non-seulement de ce
qui en a des sujets personnels, mais de ce qui critique
le gouvernement avec plus ou moins d'équité. Or
cette fermentation augmente.

Chacun sait par cœur aujourd'hui la série de quatre-
vingt-quatre vers qui commence : *Quel est le triste
sort.* Chacun en répète les principaux vers : *Le sceptre
au pied de Pompadour, nos pleurs et nos mépris.* —
Tout est vil en ces lieux, ministres et maîtresse.
— *Ministre ignorant et pervers,* etc.[1].

1. Voici quelques passages de la pièce à laquelle d'Argenson
fait allusion :

> Oh! François! oh! Louis! oh! protecteur des rois!
> Est-ce pour le trahir qu'on porte ce vain titre?
> Est-ce en le trahissant qu'on en devient l'arbitre?
> Un roi qui d'un héros se déclare l'appui
> Doit l'élever au trône ou tomber avec lui.
>
> . . . .
>
> Quoi, Biron, votre roi vous l'a-t-il ordonné?
> Édouard, est-ce vous d'archers environné?
> Êtes-vous de Henri ce fils digne de l'être?
> Sans doute à vos malheurs j'ai dû vous reconnaître;
> Mais je vous reconnais bien plus à vos vertus!
> Oh! Louis, tes sujets, de tristesse abattus,
> Respectent Édouard captif et sans couronne :
> Il est roi dans les fers; toi, qu'es-tu sur le trône?
> J'ai vu tomber le sceptre aux pieds de Pompadour;
> Mais fut-il relevé par la main de l'amour?
> Tu n'es plus, belle Agnès, le fier Anglais nous dompte,
> Tandis que Louis dort dans le sein de la honte,
> Que d'une femme obscure indignement épris
> Il oublie en ses bras nos pleurs et nos mépris, etc.

Ainsi chacun a fait grande attention à ce libelle, et cela est fâcheux.

Comptons que les factions, ne pouvant s'en prendre au roi, s'en prennent au ministère; il est très-possible que la faveur populaire se tourne un matin contre MM. de Puisieux et de Saint-Séverin qui sont fort détestés. On en usa ainsi avec le cardinal Mazarin.

Le pire est que le mal augmente et va augmenter : on parle de supprimer le dixième au 1er janvier prochain, et, en le supprimant, de substituer quatre autres taxes; car comment faire autrement pour satisfaire aux charges? que dira le public?

Que dira-t-il de l'insolence et de l'injure avec lesquelles milord Sandwich parle contre nous, dans sa harangue à la Haye, en prenant congé des états généraux?

Que dira-t-on de la guerre qui va commencer dans le Nord, de la part de la Russie appuyée d'Autriche et d'Angleterre, soit contre Suède, soit contre Prusse.

Le roi sait tous ces vers et tous ces libelles, mais, après son chagrin, quel parti prend Sa Majesté qui soit efficace? aucun, vu les gens qui l'entourent.

Je sais que les charpentiers qui travaillaient à nos vaisseaux de nouvelle construction viennent d'être contremandés, à cause de la pénurie des finances.

La marquise de Pompadour et son parti *fruuntur diis iratis*. On vient d'achever son appartement au nouvel hôtel des Ambassadeurs. On dit que c'est la plus belle chose du monde; pendant le séjour à la Muette, elle est venue le voir, elle a été chez M. de Montmartel.

Le duc de Richelieu et son crédit sont absolument

coulés à fond, on ne l'écoute plus sur rien au monde,
et, son ton continuant d'être élevé avec la marquise,
il a d'autant moins de crédit auprès du roi, de sorte
que voilà un moyen de rectifier les affaires absolument écroulé; les proscriptions vont commencer.
Tout cela arrive, bon Dieu! sous le roi le plus
doux et le plus tendre de cœur qui ait régné depuis
longtemps.

On va recommencer de nouveaux voyages à la Celle,
autrement dit *le petit château*, maison de campagne de
la marquise.

Le contrôleur général Machault marie sa maîtresse,
Mlle de Lagrange, et lui donne 160 000 livres de dot.
Elle épouse un M. d'Aubigny que je ne connais pas;
on fait part de ce mariage par des billets imprimés
fort ridicules. Cette insolence n'était permise qu'à ce
temps-ci.

On annonce de mauvaises nouvelles de la santé de
mon frère, et ce qu'il a est une véritable exostose, ce
qui va à carie et à gangrène : c'est la matière osseuse
épanchée et qui grossit l'os aux articles. Les médecins
disent que cela vient de.... [1], et est inguérissable,
mais peut bien aller à quelques années, s'il va aux eaux
de Baréges dans les deux saisons, et s'il garde un très-
grand régime.

28 janvier. — Le roi a de grands projets de beaucoup de petits voyages : Sa Majesté couche souvent au

---

1. Barbier se chargera de suppléer au mot que nous passons
ici : « Les gens malins, dit-il, croient que c'est une suite de vieille
maladie. » *Journal*, t. IV, p. 320. Voy. aussi le *Recueil Clairambault*, année 1749, f° 43.

petit château ou la Celle, va de là à la chasse, et revient tenir son conseil à Versailles, pour retourner encore au petit château. Il y aura, au carême, un voyage de Choisy de huit jours, ce carnaval encore un voyage de la Muette; en juin, le voyage de Compiègne de six semaines, sauf les couches de Mme la Dauphine; au 1er octobre, celui de Fontainebleau.

Quel malheur que cette inquiétude pour changer si souvent sa localité, et pour n'être pas mieux logé dans un endroit que dans un autre!

M. le Dauphin sera d'inclination bien différente, car il aime à ne pas changer de place, et même à ne sortir de son lit que pour aller à son fauteuil. Cette humeur fait trembler, par l'habitude de grosseur qu'il prend.

Mme la duchesse de Châtillon ayant été ces jours-ci présenter au roi sa fille la duchesse d'Henrichemont, M. le Dauphin était alerte pour l'arrivée de cette dame chez Mme la Dauphine : il vola à elle par les garde-robes, lui sauta au col et lui fit mille amitiés [1].

M. le maréchal de Richelieu fait assidûment sa cour à M. le Dauphin : l'on remarque qu'il s'y attache beaucoup.

Le roi continue assez d'air de faveur à M. de Richelieu, et la marquise de Pompadour le ménage autant qu'elle peut; mais elle craint fort que ce favori ne substitue à elle quelque autre favorite.

En attendant, elle domine toujours et ne laisse pas un moment la scène vide pour les amusements du roi

1. On se rappelle que le duc et la duchesse de Châtillon avaient été disgraciés par suite de l'affaire de Metz. Voy. t. IV, p. 111.

son amant. Le duc de la Vallière a ordre de tout concerter et de prendre les ordres de M. de Richelieu pour tout ce qui concerne les ballets.

Les ministres sont bien traités extérieurement, mais ils n'ont aucun crédit; M. de Puisieux seul en a beaucoup par les cabinets dont il ne bouge ; on ignore à quel heure il travaille.

M. de Machault a eu une grande querelle avec le maréchal de Noailles et le maréchal de Richelieu touchant les charges de la Maison du roi, à qui il fait payer le centième denier dans leurs mutations, comme aux autres immeubles du royaume.

On vient de faire, en Guyenne, une imposition de 160 000 livres pour les blés dont on voulait secourir les habitants pendant la dernière disette, mais dont ils n'ont pas été secourus, les Anglais ayant empêché le transport par mer à cause de la guerre. On crie avec raison contre cette vexation.

M. de Maurepas et Mme de Duras sont fort touchés de ce qu'on a placé Mme la comtesse d'Estrades pour dame d'atours de Mesdames; la maréchale de Duras comptait bien d'exercer ces deux charges quand Mme de la Lande se retirerait : la charge des atours est lucrative.

29 *janvier*. — On a été fort étonné, à la cour, du grand et vif accueil que M. le Dauphin a fait à la duchesse de Châtillon. Pour le roi, il ne lui a pas dit un mot, ni à sa belle-fille, et Sa Majesté leur a battu froid.

Mon frère jaunit et marche moins bien que jamais.

M. de Valori a ordre de partir très-promptement pour Berlin.

On a envoyé au roi les quatre-vingt-quatre vers
contre lui et contre sa maîtresse et ses ministres, à
l'occasion du prince Édouard; on les lui a envoyés,
dis-je, en caractères moulés, tirés de pièces imprimées
et découpés. Sa Majesté les a lues : *Utinam ad galli
cantum Petrus resipisceret!*

31 *janvier*. — Il est arrivé hier matin un grand malheur : Mme la Dauphine a fait une fausse couche. Le
roi en est d'un chagrin inexprimable; tous les spectacles de la cour ont été contremandés.

Le sieur Gross, ministre de Russie, se retire de
France; ainsi nous voilà sans aucune communication
avec la Russie, ni de nos gens à cette cour, ni de celle-
ci ici. Certes, on a poussé trop loin, en Suède, l'offense
à Saint-Pétersbourg, et la Russie va nous pousser à
outrance, tant tout ceci a été mal conduit.

J'ai vu hier l'ambassadeur d'Espagne : il se plaint
fort de l'exil de Mme O'Brien, et jure que l'Espagne
n'y a eu aucune part. Il crie contre l'Angleterre, contre
la harangue de milord Sandwich qui nous insulte en
commun; il se montre grand ennemi des Anglais.

1ᵉʳ *février*. — Mme la Dauphine a été surprise et
saisie la nuit dernière où M. le Dauphin se trouva mal;
il était question de la saigner, elle saigna du nez, elle
marqua du sang par les hémorroïdes; alors on cessa
d'hésiter, on la saigna, et, quatre jours après, elle a
fait une fausse couche. Pour achever de nous désoler,
l'on assure que c'était un mâle. Il y a une grande fatalité à tout cela, on s'en prend aux médecins, tout le
public en veut au sieur Bouillac. On se corrigera cer-

tainement de ne plus saigner si tôt cette princesse allemande.

Un nommé Fontauban, grand usurier de profession, et même m..., est accusé d'avoir voulu livrer le roi aux ennemis et le faire prendre prisonnier, s'il y avait eu campagne en 1748[1]. Il avait fait, pour cela, un traité avec les ennemis et avait déjà reçu quelque argent. C'était une folie : il est bien difficile de livrer ainsi son maître dans une grande armée. On travaille à son procès ; je souhaiterais qu'il se fît au Parlement ; la condamnation sera à être écartelé, mais les mœurs présentes demanderont qu'on s'abstienne de ce spectacle barbare, et que l'on le mette *in carcere pro diebus suis*. Voilà une grande tache à la nation, que nous ayons encore de tels Judas, le tout sans fanatisme de religion, mais par celui de l'avarice, qui est bien pire et qui est aujourd'hui la boussole de toute l'Europe, à cause de tous les affiquets que le luxe nous présente.

Mais ce que l'on dit sera-t-il découvert ? Ce criminel a traité avec les ennemis ; on prétend que c'est avec les Anglais ; on publiera leur honte dès qu'on en aura la preuve ; au reste, ils diront que ce n'était pas pour tuer le roi, mais pour le prendre prisonnier, ce qui est un acte permis de guerre et de droit des gens.

J'ai vu hier le sieur Chambrier, ministre de Prusse ; il dit que son maître est fort tranquille, mais se prépare à tout événement contre l'attaque des Russes ; il dit les mêmes choses que Valori, ou plutôt celui-ci les

---

1. On trouve des détails sur cette affaire dans une lettre d'Amsterdam du 26 mars, *Recueil Clairambault*, année 1749, f° 227.

mêmes que Chambrier, ce dont Valori m'a donné deux mémoires bien faits que je garde.

J'ai vu beaucoup de gens dolents sur l'exil de Mme O'Brien de Lismore. L'archevêque de Cambrai[1], son amant, prétend qu'il y a eu du personnel au roi, que Sa Majesté a eu envie de coucher avec elle et qu'elle a refusé[2]; il prétend même que cela est arrivé du bal[3] de Mme de Pompadour et qu'on est venu le proposer à la dame. Je crois qu'elle s'en est vantée finement à son amant, pour se faire valoir, et qu'il n'en est rien; mais l'archevêque m'a conté une anecdote qui a tout l'air de vraisemblance : La reine aujourd'hui douairière d'Espagne écrivait au roi toutes les nouvelles qu'elle apprenait en Espagne; on était surpris au conseil de Madrid de ce qu'on y savait les délibérations avant qu'elles éclatassent; la reine en demanda la raison à Mme O'Brien par une lettre. Celle-ci répliqua sur-le-champ que cela n'était pas étonnant, qu'il n'y avait ici ni grands ni petits qui ne sussent que Madame Infante écrivait chaque ordinaire au roi son père tout ce qu'elle apprenait et ce qu'elle savait. Sur cela, l'infante aura sans doute été fort grondée, et, arrivant ici, elle aura porté plainte au roi et crié beaucoup contre la dame O'Brien. Les étrangers s'attendent que le duc d'Huescar aura charge de parler au roi pour son retour.

Il y a de nouveaux vers contre le roi, et tout

1. Charles de Saint-Albin, fils naturel du Régent.

2. Le duc de Luynes nous apprend que « Mme O'Brien, quoique fort maigre, avait un beau teint et était assez jolie. » *Mémoires*, t. IX, p. 310.

3. Du consentement.

cela vient des jacobites. Ils commencent ainsi : *Monarque incestueux*[1].... Qu'on juge du reste! Cela fait horreur.

L'on prétend qu'il y a une négociation ouverte entre les Espagnols et les Anglais, pour que ceux-ci remettent Gibraltar aux premiers, et que, moyennant cela, on leur prolongerait jusqu'à vingt ans le vaisseau de permission et le traité d'Assiento. Ce sera une mauvaise affaire pour les Espagnols, et encore plus pour notre commerce et pour la réputation de notre politique. On criera bien là contre.

2 février. — Mort de Mme la duchesse d'Orléans douairière[2], de la nuit dernière.

On publie que M. le duc d'Orléans a fait cent extravagances, pour le peu qu'il a paru dans le monde en cette occasion. C'est une affectation de le publier ainsi, de la part de l'hôtel de Conti et de Mme la duchesse de Chartres, qui convoiteraient la possession des biens de ce saint prince.

Le roi a eu une longue conférence avec Mme de Forcalquier : on prétend que c'était pour l'interroger avec curiosité sur les remèdes que l'on dit avoir guéri son mari. Mme de Pompadour en a pleuré; elle a empêché le roi d'aller au bal de l'Opéra.

1. Il s'agit probablement de vers auxquels Clairambault fait allusion dans une note à la suite de la pièce que nous avons citée p. 372. « Il a paru dans Paris, dit-il, au mois de février 1749, une pièce de vers contre le roi, après l'arrest du prince Édouard, commençant par ces mots : *Incestueux tyran*, etc. Je l'ai trouvée si infâme que je n'ai pas voulu la prendre. »

2. Voy. t. III, p. 256, à la note.

Les ordres sont donnés pour l'instruction de mon fils en Suisse : ils n'iront qu'à entretenir une division continuelle entre les catholiques et les protestants, à soutenir les catholiques de tous les fonds qu'on aura, et à n'avoir aucune communication avec Berne; voilà précisément le contraire de ce qu'il faudrait lui recommander. Ce sont les jésuites qui l'ordonnent ainsi. Mon frère s'en mêle aussi, et l'on prétend lui donner quelque espion gagé par les jésuites.

L'on voit de toutes parts le ministère prendre à tâche de réprimer le bien et de nous enfoncer davantage dans le mal; les choix sont mauvais de plus en plus. Champeaux, président à Genève, le plus vertueux homme des affaires étrangères, qui a fait sous mes ordres la belle négociation de Turin, Champeaux, dis-je, déplaît à tout le bureau, et va être révoqué de son emploi, au lieu de passer à Hambourg, après la mort de M. Poussin, comme je lui avais écrit de la part du roi que cela serait; mais on n'en tient pas compte.

4 février. — On parle beaucoup d'envoyer des troupes françaises en Suède : ce sera un grand dommage et une grande dépense qui fatiguera beaucoup nos troupes.

On ne veut pas voir que la fausse attaque sera en Suède, et que la véritable sera contre la Silésie et les anciens États du roi de Prusse; ainsi nos dépenses ne serviront à rien. La preuve de ceci est que les trente mille Russes restent toujours en Bohême.

M. de Puisieux, à un grand dîner où était le maréchal de Saxe, s'est vanté que le marquis des

Issarts[1], notre ambassadeur en Pologne, avait rompu la diète; sa raison est que, de tout temps, la Russie a eu un gros parti en Pologne, et que la Saxe y est trop liée. Le maréchal de Saxe a dit qu'on pouvait prendre de mauvais partis, mais que l'on se gardait bien de s'en vanter, comme il faisait; il a même cité un exemple où le feu roi Auguste fit enlever notre ambassadeur qui avait aussi intrigué en Pologne contre ses intérêts.

Je croyais bien M. de Puisieux fort court, comme on me le dit tant, mais je ne le croyais pas imprudent.

Au reste, quel faux système la France prend aujourd'hui dans toute cette affaire du Nord!

Qui connaîtra bien de certaines démarches devinera que l'on poursuit toujours secrètement le dessein de placer M. le prince de Conti sur le trône de Pologne, quand le roi Auguste viendra à mourir. Il y a longtemps que l'on couve ce dessein. Chambrier est grand ami de Parisot, l'homme de M. le prince de Conti : quand Parisot voulut aller voir la noce de Mme la Dauphine à Dresde, pour y cabaler contre Saxe même, quand M. de Loss s'y opposa si fortement, et M. de Richelieu encore davantage, Chambrier poussait à ce voyage qui manqua. M. des Issarts est grand ami de M. le prince de Conti, il vient de conclure un grand mariage pour lui-même en Pologne, avec la fille d'un Palatin; tout cela lui donnera plus de crédit pour son prince.

L'on vient de nommer six cordons bleus : un de la Maison de la reine, M. de Chalmazel; un de la Maison

---

1. Charles-Hyacinthe de Gallean, marquis des Issarts.

de Mme la Dauphine, M. de Rubempré; trois de celle
du Dauphin, M. de Sassenage, M. de Mailly, le baron
de Montmorency, un de la Maison, pour ainsi dire,
de Mme de Pompadour, le duc de la Vallière; un de
celle du roi, M. de Souvré; tous gens sans mérite et
sans vertu.

M. le Dauphin et Mme la Dauphine ne le demandaient pas; cela n'a été fait que pour venir à M. de la
Vallière, qui est particulièrement attaché à la marquise
de Pompadour.

Tout ce que l'on voit à présent est ridicule, et déplaît au public.

On a été surpris de ce que mon frère n'a pas été
chevalier de l'ordre, comme il avait été si annoncé.
Quantité de gens de guerre mécontents de lui y ap-
plaudissent; on le dit plus courtisan que ministre.
N'aura-t-on, dit-on, jamais en France un ministre de
la guerre? Son ministère a été de la même espèce que
toute la besogne que je lui ai vue dans les affaires de
la Maison d'Orléans, *ouvrage de montre* partout. Avoir
dégarni les autres théâtres de guerre pour celui de
Flandre seule, au prix de ce qui en pouvait nous arriver, et de ce qui en est effectivement arrivé, de mal
faire tout à grands frais, faire des promotions de cour,
avilir par le grand nombre les grades les plus distingués et les plus honorables, suivre la cour et la faveur,
y tromper tout le monde, n'avoir aucun ami par estime, voilà ce ministère où les généraux ont eu tout
l'honneur des succès, les Pâris le reste; la ruine du
royaume par celle de la finance, la saine politique
opprimée par la mauvaise direction générale de la
guerre; la preuve en est la mauvaise paix que nous

venons de faire, et les mauvaises suites qu'elle a pour
notre considération. Tel est ce ministère dont mon
frère demande encore récompense.

Le marquis de Valori m'est venu voir, arrivant de
Versailles; on lui a refusé les grâces personnelles qu'il
demandait; on le presse de partir pour les premiers
jours de mars. Il commence à moins assurer que le
roi de Prusse ne sera point attaqué.

Il croit que le comte d'Ossun, comme parent de
Mme de Puisieux, sera nommé ambassadeur en Suède;
c'est un homme taciturne et de sens rassis, l'esprit
fait à son profit.

6 *février*. — Grande plainte des six nouveaux cordons bleus, plaintes continuelles contre le gouvernement, contre les cabinets, la maîtresse, les ministres.
Gens qui arrivent de province ou des pays étrangers
trouvent fort singulier à quel point le haut mécontem-
tement est monté en France, et comment on parle à
Paris. Chansons, libelles, satires, vers impudents,
tout foisonne pour décréditer le monarque. On se
prépare dans le peuple à ne marquer aucune joie de
la célébration de la paix; on a depuis peu détruit un
des échafauds pour les violons et la collation du peuple; cet échafaud était à la Croix du Tiroir, et incom-
modait les passants; le peuple a applaudi à cette destruction.

On vend des bagues et des boutons marqués à la
tête et profil du prince Édouard; chacun en achète.

M. le prince de Conti est quasi retiré à l'Ile-Adam,
et fréquente peu la cour; il parle hautement contre la
paix et contre le ministère.

Le roi a donné les grandes entrées à trois seigneurs à qui Sa Majesté n'avait pu donner le cordon bleu à la Chandeleur, ce sont MM. de Tingry, Duras, et Gontaut, trois personnages sans aucun mérite ni vertu. Ces entrées intimes et de favori se prodiguent ainsi sans raison, et avilissent les anciennes, ce qui fait encore un mauvais effet dans le public. On a fait sur cela ce rébus, que le roi vient de donner un repas à la cour, savoir : de trois entrées et de six hors d'œuvre (ces six nouveaux cordons bleus).

11 *février*. — Le roi vient de donner 200 000 livres de pension à Mme Infante, pour la mettre plus à son aise dans la cour qu'elle va tenir à Parme, où l'on prétend qu'elle ne sera pas fort heureuse, parce que son époux n'y sera pas si riche ni en si grand pouvoir de s'endetter que les grands monarques.

Sa Majesté a aussi donné 24 000 livres de pension à M. de Puisieux, sur sa tête et sur celle de sa femme. On a découvert que le feu roi avait donné à M. de Torcy 600 000 livres comptant lors de la paix de 1713, par laquelle nous gardions l'Espagne et nous sauvions la France; on en a tiré les preuves de la Chambre des comptes, et ses amis dans les cabinets ont travaillé sur ce pied-là.

Le roi gagnant 350 000 livres annuelles par la mort de la vieille duchesse d'Orléans, on lui a prouvé qu'il pouvait en détacher les 224 000 livres de pension. Il y a plus à dire sur la pension parmesane : c'est une princesse déjà dotée, nous avons beaucoup dépensé pour son mariage, et encore plus pour les suites qu'il a eues en politique. Que ne nous coûte pas ce malheureux établissement dans trois petits duchés! et voilà qu'il faut encore, pour ses menus plaisirs, faire sortir annuellement 200 000 livres pour ne plus rentrer dans le royaume.

Ah! que Mme de Modène mériterait bien mieux des pensions de Mme sa mère, pauvre comme elle est par son mariage, et appauvrie encore pour avoir livré son mari à notre parti!

L'abbé de la Ville est fort mal aujourd'hui avec son ministre, le marquis de Puisieux. Le sieur Ticquet fait tout d'après lui, et les deux chefs de bureau sont aux ordres de cet homme qui a été leur commis. L'abbé de la Ville et le sieur Ledran, son collègue, vont décriant assez le travail de Puisieux, et regrettant le mien qui était fort exact : Sous moi, disent-ils, ils travaillaient beaucoup, mais ils savaient dès neuf heures quel serait leur travail; on répondait par de longues dépêches aux ambassadeurs, et cela se faisait plus prestement et plus volontiers qu'aujourd'hui, par des dépêches de quatre lignes qui ne vont qu'à bâton rompu, sans génie et sans dessein. Nul plan politique n'est encore pris depuis la paix, on se repose, on tracasse, et voilà tout.

On regarde aujourd'hui le département de la guerre comme le plus importun de tous, et il est mis au niveau de celui de la justice. Dès qu'on parle de l'insuffisance des fonds et du besoin qu'on en a pour des choses plus favorites, on dit d'abord : Retranchons encore sur l'état militaire. On va le mois prochain réformer encore soixante bataillons et un escadron à

quelques régiments. Cependant ce serait tout le contraire qu'il faudrait faire : montrer les dents pour
protéger le roi de Suède et la Prusse, diriger des
troupes sur la frontière, etc.; mais on assure que le
gouvernement n'a aucun plan là dessus, et nous montrons grossièrement ne vouloir que la paix et la mollesse : ainsi nous perdons tous les fruits de notre
guerre dispendieuse, nous nous trouvons dans un état
pire qu'auparavant.

12 *février*. — On a voulu préparer le peuple à se
réjouir un peu davantage à la publication de la paix
générale; pour cela, l'on vient de crier dans les rues
des édits pour la suppression de plusieurs petits
droits, comme ceux sur la cire, chandelle, cuivre,
papier, carton, etc. Cela allait à quelques millions
en régie.

Cela marque qu'on écoute le peuple, qu'on le craint,
qu'on veut le gagner; mais le roi est si mal conseillé
qu'on ne gouvernera pas mieux pour cela.

On publie aujourd'hui la paix par un temps abo-
minable, neige, brouillards, frimas. Le peuple n'a
marqué que de la consternation à cette cérémonie.
Le feu de roi est remis on ne sait plus à quel jour,
encore que le *Te Deum* se chante demain.

La réduction de quelques impôts ne fait pas
grand effet; les principaux à réduire auraient été
ceux sur le beurre et les œufs. On dit que, ces impôts ayant été en régie, depuis deux ans qu'on
les a établis, ils ont rapporté quatre millions, mais
coûté cinq millions de régie, ce qui est un million
de perte.

13 *février*. — Un homme de la cour m'a dit que le pouvoir ministériel, les deux partis qui se disputent la volonté royale sont, d'un côté : la marquise, les Pâris, M. de Puisieux; de l'autre, triumvirat de mon frère, M. de Maurepas, M. de Machault.

Ces trois derniers ministres, s'entendant ensemble comme larrons en foire, ont grand pouvoir, ils jouent continuellement les brouillés devant le roi, et se soufflent tous leurs discours, toutes leurs démarches; ils jouent l'opposition et même la destruction entre eux. Voilà comme on attrape ces pauvres princes qui ne se défient de rien à propos.

Cependant le triumvirat se prépare des recommandations près de Sa Majesté par quelques opérations utiles, le ministre de la guerre par les sacrifices continuels qu'il fait, par les réformes et les économies qu'il propose; celui de la marine en consentant de diminuer des fonds qu'on voulait d'abord lui donner, ayant contremandé les charpentiers qui travaillaient à la marine royale, pour les donner à la marine marchande qui était pressée de remettre ses navires sur pied.

L'on prépare aussi pour le contrôleur général une augmentation dans les fermes générales et sous-fermes de quelques millions, que l'on croit lui devoir faire grand honneur près du roi et du public, en rayant des listes tous les protégés de la marquise.

Les sieurs Pâris ne se cachent pas de vouloir changer le contrôleur général Machault, pour y placer quelqu'un de leur maison; ils décrient de plus en plus son ministère chaque jour, ils le poussent près du rôi; mais qui ont-ils à lui proposer? le sieur Boullogne ou

Mégret de Sérilly[1] dont ils sont sûrs, mais que le triumvirat a décrié près du roi, de sorte qu'il n'y a plus à
s'en flatter.

M. de Richelieu, dans tout ceci, n'avance de rien;
il hait la marquise, il lui fait la guerre, mais il hait
encore davantage les deux ministres de la marine et
de la guerre. Il a un fond d'amour pour l'État : je
juge qu'il se raccommodera avec la marquise, et qu'il
fera la guerre au triumvirat.

14 *février*. — Autre grande affaire que vient de se
faire M. de Richelieu contre M. le prince de Conti, en
obéissant au roi.

Aux révérences sur la mort de Mme la duchesse
d'Orléans, le roi avait décidé et ordonné que les
princes n'entreraient que sans aucune suite; cependant M. le prince de Conti a prétendu que cela ne
s'étendait pas aux gouverneurs des princes qui en ont
encore, comme est son fils, M. le comte de la Marche.
Chez le roi, l'huissier a été forcé, et M. le prince de
Conti a fait entrer ce gouverneur; M. de Richelieu,
s'en étant aperçu, a voulu faire sortir le gouverneur,
a interdit sur-le-champ l'huissier qui avait souffert
cette entrée, et a envoyé dire chez la reine et chez
M. le Dauphin ce qui venait d'arriver, afin que les
huissiers observassent plus exactement leur consigne.
Cela s'est bien passé chez la reine; mais, chez M. le
Dauphin, M. le prince de Conti a forcé le passage, on
a vu l'huissier lutter contre le prince, et le gouverneur

1. Jean-Nicolas Mégret de Sérilly avait précédé, dans l'intendance d'Auch et de Pau, son frère cadet, Antoine Mégret d'Étigny,
qui y acquit une si grande réputation.

est entré : alors plainte au roi, à qui ce prince a absolument manqué. On sait bien que, sous le feu roi, ce
prince eût été mis le soir à la Bastille, mais, dit-on,
la faute n'eût pas été faite, et aucun prince n'eût osé.

15 *février*. — M. de Zurlauben[1] vint me donner
avis, hier au soir, qu'il y avait une lettre circulaire de
tous les capitaines de deux régiments suisses au service
de France; que, par cette lettre écrite à mon frère,
ils demandaient tous leur congé, disant et prouvant
qu'ils ne pouvaient plus rester au service de France
depuis la réforme.

En effet, cette réforme ayant été de réduire chaque
compagnie à cent vingt hommes, ceux qui n'ont que
des demi-compagnies n'ayant que soixante hommes,
leur emploi ne leur vaut pas 1200 livres, ce qui est
moins que ce qu'a le moindre de nos capitaines d'infanterie française; mais ceux-ci sont régnicoles, et ont
tous du bien, au lieu que des étrangers transplantés ici
doivent y vivre de leur emploi.

Outre cette injustice particulière, il y en a une
grande suivant les traités : jamais la réforme ne les a
mis au-dessous de cent cinquante hommes, la capitu-
lation le promet spécialement, et, quand on a fait les
dernières levées, cela a encore été promis nommé-
ment; cependant on les a réduits comme il est dit.
M. de Courteille et son secrétaire Marianne (fort haï et
fort méprisé en Suisse), l'ont conseillé ainsi par basse
flatterie.

1. Le baron de Latour-Châtillon de Zurlauben, d'une ancienne
famille suisse, lieutenant général, membre associé de l'Académie
des inscriptions, auteur de plusieurs ouvrages.

Mon fils a beaucoup à se plaindre de ce qu'étant neveu du ministre de la guerre, au lieu d'apporter des grâces dans l'ambassade de Suisse, il n'a que des disgrâces et même des ruptures à y amener avec lui. Si le refroidissement arrive entre la France et le corps helvétique, voilà cette ambassade devenue inutile, et peut-être n'aura-t-elle plus lieu désormais, ce qui le ruinera absolument par les préparatifs qu'il a faits pour s'y rendre incessamment. Son oncle était assez opposé à ce qu'il y allât.

16 *février*. — Il y a eu grande tuerie sur le quai Pelletier pour assister au feu d'artifice de la paix; deux cents personnes tuées ou blessées[1]; il y en avait quatorze à la Morgue. Nulle joie d'ailleurs dans le peuple, nuls cris de Vive le roi.

17 *février*. — On attribue tout mal, toute fatalité aux fautes du gouvernement : cette tuerie de la Grève, le jour des réjouissances pour la paix, est attribuée à la faute des magistrats, au manque d'ordre et de prévoyance; en effet, pourquoi est-il arrivé cette fois-ci ce qui n'arrive pas aux autres? On ne laisse pas que de donner dans la superstition et dans les augures, comme faisaient les païens; on dit : « Qu'est-ce qu'annonce une telle paix, célébrée avec de telles horreurs générales ? »

Le mal a été plus grand qu'on n'a dit d'abord, il y a quantité de gens de noyés, lesquels ont été préci-

---

1. Barbier parle d'une douzaine de personnes étouffées et d'un grand nombre de gens blessés. Le duc de Luynes ne dit pas un un mot de cet accident.

pités par la presse par-dessus le parapet du quai Pelletier; on cache le nombre; chaque famille bourgeoise,
ayant à regretter, à chercher ce qu'elle a de plus cher,
le retrouve aux filets de Saint-Cloud ou à la Morgue.
Il y a eu aussi rapts et violences déplorables faites à
de jeunes filles de la bourgeoisie[1]; des soldats aux
gardes ont enlevé ces jeunes filles pendant le tumulte
où chacun s'échappait, et, quand elles voulaient crier,
et dire que c'était malgré elles, ces soldats montraient
les dents, et disaient que c'était leur g... : ainsi ces
pauvres filles auront été prostituées, empoisonnées,
peut-être tuées ensuite, comme il arrive souvent par
ces lâches brutaux, quand ils ont assez abusé de leurs
victimes; ils craignent qu'on ne les dénonce pour les
faire punir. Les injustes sont lâches.

Tous ces désordres s'attribuent à la malice de ceux
qui nous gouvernent, on n'y croit plus rien de louable.
Le peuple n'a pas voulu danser dans les places qu'on
lui avait préparées, il a chassé les violons et tous musiciens. Il semble que tout ceci soit soufflé par quelques hauts mécontents.

18 *février*. — L'abbé de Tourny, fils de l'intendant
de Bordeaux, jeune ecclésiastique résidant au sémi-
naire de Saint-Sulpice, vient d'être enlevé et mis à la
Bastille, même au secret, pour avoir envoyé par la
poste, avec une lettre signée de lui, les vers qui ont
couru contre le roi. Ceci démasque trop l'interception
publique qui se fait des lettres à la poste, surtout si
l'on se sert de ces lettres interceptées comme de pièces

---

1. Voy. le *Journal de Barbier*, t. IV, p. 352.

de conviction, pour priver les citoyens de leur liberté. Tout ce que l'on fait aujourd'hui a le malheur d'être désapprouvé du public; dans le fond, rien de plus imprudent, rien de moins noir que la faute de cet abbé.

19 *février*. — On ne dit que trop, dans la bonne compagnie, que tout est en grande fermentation dans le peuple, que le mécontentement monte à un trop haut degré, et qu'il s'y joint un grand mépris pour le gouvernement. La personne du roi est toujours aimée, mais tout ce qui l'entoure, sans exception, l'enveloppe et le confond dans cet obscur nuage. Les impôts excèdent le peuple, la vie est chère, la recette ne vient point, on dépense sans recevoir; l'odieux règne des financiers désole le public, et avilit le gouvernement; il n'y a bourgeois ici qui ne crie après la paix, qui nous a fait tout restituer aux ennemis, et dont on ne voit qu'une issue de maux sans aucun bien. Tout est pris en mal; même la dernière diminution d'impôts a paru si chétive qu'elle a plus choqué que plu. On ne parle que de la maîtresse pour qui l'on fait tant de bâtiments, des voyages, des dépenses, de dons. On lit les gazettes, on trouve que notre politique est mal arrangée au dehors, et que nous aurons bientôt ou honte ou guerre; on ne veut pas plus l'un que l'autre.

20 *février*. — Une dame de la cour prenait hier le parti des fabricateurs de la paix dont on se plaint tant dans Paris : elle disait que le roi, la marquise, les Pâris et M. de Puisieux étaient convenus entre eux, avant le départ de M. de Saint-Séverin pour le con-

grès, qu'il fallait la saisir absolument dès qu'on la
trouverait, qu'ils se défiaient plus des obstacles du
dedans que de ceux du dehors; et quel était cet obstacle? le ministre de la guerre; que l'on voyait bien
qu'il y apportait de grandes finesses, mais quelles
étaient-elles vis-à-vis du roi? leur subtilité échappait,
et personne ne pouvait les suivre. On disait encore
que telle avait été la vraie cause de ma disgrâce, que
mon frère me surprenait et me trompait continuellement, que je ne savais être ni son ami ni son ennemi,
qu'il m'avait trompé sur le traité de Turin, et qu'il
m'arrêterait à toute opération semblable. Il y a bien
du vrai à cela.

Que cependant le roi était fait de façon qu'il ne
pouvait se défaire ni de M. de Maurepas, ni de mon
frère, les regardant comme gens du monde, comme
gens de bel air; qu'ils avaient des racines prises partout par les femmes, par la reine, par la Maison
royale, les princesses, etc., et que leurs intrigues ef-
frayaient le roi;

Qu'ainsi ne pouvant changer ces deux ministres
nuisibles, il fallait les tromper sur la paix, voilà ce
qui la fait faire si mauvaise, et le sachant bien.

24 février. — Un ami des sieurs Pâris avait hier
affaire à moi, et me conta ce qui suit : Montmartel
veut, depuis longtemps, monter à la place de contrôleur général. Quand je le lui proposai à Brunoy, l'automne de 1745, il le voulait presque également qu'il
l'a voulu depuis qu'il a épousé une fille de la Maison
de Béthune; alors il me prétexta son crédit qui tomberait s'il était en place de ministre. Mon interlocu-

teur m'a dit que cette raison de refus n'était qu'un prétexte, mais qu'alors il était en avance avec le roi de vingt-cinq à trente millions, que, depuis cela, son crédit avait encore été plus exposé, et qu'il allait succomber lorsqu'il avait établi la loterie de trente millions qui l'avait payé de ses avances;

Que s'il était alors venu en place, il aurait eu à se rembourser de ses avances, et qu'il ne l'aurait pu comme banquier, sans faire tort aux succès de sa charge de ministre de la finance;

Qu'il y prétendait de grands succès, et les aurait; qu'aujourd'hui donc ce préalable était accompli, et qu'il se retirait de plus en plus de toutes avances, qu'il prenait peu d'argent des prêteurs, ou qu'il avait de quoi les remplir;

Qu'il travaillait aujourd'hui à un second préalable, qui était de décrier par les faits le ministère de M. de Machault, et que de là provenait la grande rareté de l'argent que nous voyons aujourd'hui. Sur quoi on ajoute l'art à la nature; la gent financière se prête à augmenter ce fléau pour servir les Pâris. On prétend par là porter subitement Montmartel au contrôle général des finances, et, quand il y sera, l'on verra subitement la confiance renaître par des payements abondants et suffisants. Montmartel me tint l'autre jour des propos qui tendent à ce but. « Il faut, me dit-il, faire quelque chose; ce quelque chose, je l'ignore. Il n'y a pas de plus embarrassés que ceux qui tiennent la queue de la poêle. — Ceux qui sont dedans sont encore plus embarrassés, » lui disais-je, ajoutant qu'il fallait incessamment renouveler les fermes et sous-fermes, vu que cette attente jusqu'à Fon-

tainebleau ferait resserrer l'argent. Il me répondit :
« Vous avez raison, mais cela ne se fera pas. »

22 février. — Servandoni avait construit une très-
belle décoration pour publier la paix, qui était alors
agréable à la nation; mais le peuple, animé aujourd'hui
contre la paix par le parti de l'opposition, vient de se
jeter sur la décoration, et l'a brisée et brûlée.

Le duc de Richmond ne vient plus en ambassade
en France, et M. de Mirepoix n'irait plus en Angleterre. On prétend que c'est une manœuvre de celui-ci
qui veut forcer le roi à le faire duc pour y aller, et ses
ennemis à la cour s'y opposent. Il n'y aura plus que
des ministres du second ordre entre les deux cours,
aussi se brouillent-elles, dit-on.

Le duc de Richelieu, haranguant hier le roi à la tête
de l'Académie française, est resté court. On dit que
cela lui arrive ordinairement quand il harangue aux
états de Montpellier, ayant trop de choses dans l'imagination pour se servir de la mémoire, ni de présence
d'esprit; heureusement l'abbé d'Olivet l'a soufflé au
bout de quelques minutes.

25 février. — La harangue de M. de Richelieu était
tendre, tissue d'une fleurette perpétuelle au roi; il y
parla plutôt en mignon qu'en favori, quoiqu'il ne soit
ni l'un ni l'autre. *Vanitas vanitatum et omnia vanitas,
præter amare patriam eique servire.* Ce grand courtisan montre par là qu'on ne s'avance auprès du roi qu'en
lui montrant beaucoup d'amour. Il finit sa harangue
par dire que « l'univers publiera la gloire du monarque, et lui seul (Richelieu) ce qu'il sait inspirer. »

Voilà donc la flatterie du jour ! Louis XIV voulait être encensé, Louis XV être aimé, chéri…. Mais ces moyens le mèneront-ils, dans cette carrière, à obtenir ce prix d'autres que de quelques courtisans moqueurs et malins? Que ne choisit-il des gens de sa trempe? le faux goût fait tout le mal; qu'il aimât les bonnes gens comme lui, il serait aimé du public, voilà tout le nœud.

Mon frère a dit tout haut que nous étions très-mal avec les Suisses, qu'il les punirait, etc., cruels préparatifs pour l'ambassade de mon fils. Celui-ci convient avec grand fondement que son oncle n'a aucunes connaissances, ni aucuns principes de politique.

26 *février*. — On remarque que le roi tombe dans une extrême mélancolie; on l'amuse de ce que l'on peut, puis il retombe, et l'on voit le ver rongeur. Il voit, il sent la misère de son peuple, et comment de mauvais choix de tous côtés l'ont conduit à de très-mauvais ministres, à de mauvais intendants, à de mauvais généraux; le compérage, parenté, alliance, recommandation ont fait tout, ont déformé tout.

L'évêque de Mirepoix a eu des faiblesses, et approche de sa fin; gare encore au mauvais choix, pour mal gouverner les affaires de l'Église !

M. Durand, conseiller à Metz, a obligation de sa fortune à M. de Saint-Séverin; c'est celui-ci qui lui a donné la commission pour l'abbé de Saint-Hubert, à Aix-la-Chapelle, et qui le nomme à Londres pour être chargé de nos affaires; en un mot, c'est M. de Saint-Séverin qui nomme aux places, et qui commence à gouverner les affaires étrangères; il est recommandé par les Pâris et la maîtresse.

27 *février*. — Les vers répandus contre la marquise de Pompadour, et que le roi a vus, où elle est traitée *de femme obscure*, de femme de rien, ces vers qui ont été probablement commandés par le ministère, ont fait un terrible effet contre cette dame. Cependant, gare la journée des dupes! la chance pourrait tourner, et les trois ministres malfaisants pourraient partir pour faire place à d'autres; les cabinets doivent l'emporter à la longue. Les ministres ont trop donné à dire d'eux, ils sont percés à jour, blessés au cœur, le roi les supporte plus par patience que par estime; mon frère surtout a été attaqué par de terribles vérités.

Il y a eu grand et formel rapatriage entre le duc de Richelieu et la marquise de Pompadour; par là, M. de Richelieu continue de jouer le plus triste rôle qui pût lui être devolu de tous côtés : il n'est ni pour ni contre les ministres, ni pour ni contre la maîtresse.

On prétend que celui des trois ministres à qui la marquise en veut le plus est M. de Maurepas.

Le roi dîna avant-hier au Dragon, qui est un nouveau petit jardin de la marquise, proche la porte de Trianon. Il y était tête-à-tête avec MM. de Tournehem et Vandières[1]; il s'égaye de son mieux; on ne parle que de la mélancolie où il retombe à tous moments.

M. Berryer, lieutenant de police, passant il y a quelques jours dans la galerie de Versailles, plusieurs de nos petits maîtres des cabinets l'assaillirent, et lui demandèrent quand donc il voulait faire cesser toutes

1. M. de Tournehem était oncle, et le marquis de Vandières, plus tard de Marigny, frère de Mme de Pompadour. Ses ennemis appelaient ce dernier le marquis *d'avant-hier*.

les chansons horribles et vers qui couraient contre le
roi, disant que feu M. d'Argenson connaissait si bien
Paris, étant lieutenant de police, qu'il aurait d'abord
déterré dans un puits chaque fabricateur de pareilles
pièces. M. Berryer leur répondit : « Je connais Paris
autant qu'on le puisse connaître, mais *je ne connais
point Versailles.* » Ils s'éclipsèrent tous.

On demande ce que c'est que le chagrin du roi;
on répond, de la part du triumvirat, que ce sont les
pleurs de Titus s'efforçant à quitter Bérénice; le triumvirat lui montre par toutes ces chansons et satires
qu'il se déshonore, que ses peuples le méprisent, que
les étrangers le vilipendent. Il faut savoir qu'il a paru
depuis peu une estampe où le roi était enchaîné par
la marquise et M. de Puisieux, et fouetté par tous les
étrangers. Ce dernier trait sera suivi d'autres. Le triumvirat croit remplacer à lui seul le cardinal de Fleury
dans la jeunesse du roi, lorsqu'on fit brûler Deschauf-
fours en Grève[1], pour faire honte au roi d'inclinations
à ce péché que l'on punissait.

Mais Dieu ! quel précepteur que ce triumvirat ! un
trio de courtisans fort corrompus, et tels que le président de Montesquieu les dépeint dans son livre de
l'Esprit des Lois[2]. Cependant ils poussent contre la
marquise tant qu'ils peuvent, et ils seront contents,
pourvu qu'ils amènent le roi à s'en défaire. Le Maurepas intéresse grandement la reine et le Dauphin
dans cette poursuite dont il s'honore lui et ses confrères. Ils en sont donc aux chansons, et à blesser le roi

1. Le 24 mai 1726.
2. Ce livre avait paru en 1748.

mortellement. D'un côté, on lui montre que, gardant
cette maîtresse, il augmente le mécontentement des
peuples, que la paix, qui est l'ouvrage des cabinets, est
en horreur aux peuples, que, s'il voulait renvoyer les
ministres opposés à la marquise, il paraîtrait les sacrifier à la sultane, d'autant plus que les deux anciens du
triumvirat ont charmé quelques yeux par des manières
d'Alcibiade et de Jules César.

De l'autre côté, chassant sa maîtresse, c'est perdre
les sieurs Pâris, M. de Puisieux et M. de Saint-Séverin,
qui doivent se retirer après ceci, n'ayant plus de
crédit et devenant en butte à tout le monde. Par là le
roi croit perdre un conseil à lui, il se défie de ses ministres dont il sait toutes les perfidies; et qui a pu l'en
mieux instruire que la maîtresse et les cabinets? que
de coups mortels on y a donnés continuellement à la
confiance qu'ils exigent! Oui, le roi doit les regarder
tous trois comme ses plus grands ennemis et les plus
malhonnêtes gens de son royaume. Voilà l'embarras,
voilà les chagrins du monarque.

Il y aurait un expédient à cela, qui serait d'élever la
marquise à un plus haut rang, de lui donner un appartement plus décent que celui qu'elle a, de ne la
voir qu'avec la même dignité que Louis XIV voyait
Mme de Montespan, et surtout de ne lui communiquer
aucune affaire; ainsi, élevant sa dignité, il diminuerait
son influence sur les affaires si justement odieuse.

Si le roi était bien conseillé, il remplacerait ce pouvoir de la marquise, des cabinets et des ministres par
un premier ministre qui lui rendrait bien compte
d'eux, et certes le jeu serait de les renvoyer promptement tous trois, et même de les exiler dans leurs

terres. M. Le Nain remplacerait M. de Maurepas,
M. de Sérilly remplacerait le comte d'Argenson, M. de
Montmartel remplacerait M. de Machault, M. de Puisieux resterait encore quelque temps en place, puis sa
charge serait réunie à celle du premier ministre; puis
celui-ci aurait sa survivance de secrétaire d'État des
étrangers.

Il est un homme renvoyé du ministère de qui on
n'a trouvé que bonté dans son travail, principes qu'on
a suivis forcément, vertu reconnue, amour du bien
public, dont les deux partis ont dû également faire
l'éloge, par ce qu'ils en ont suivi, et par ce qu'ils ont
critiqué dans la besogne de son successeur, par la conduite qu'il a tenue dans l'état privé; il peut être question de cet homme-là pour la place de premier ministre par le choc des deux partis. On le trouvera sans
conséquence comme sans ambition, ne cherchant
qu'à attirer la gloire de tout au roi. Il rétablirait l'ordre et l'économie. Les retranchements sont nécessaires,
sans quoi le royaume est perdu; est-ce le triumvirat
qui appliquera ce remède? non, il augmentera le mal.

1er *mars*. — On a nouvelle que le pape a ordonné
au prince Édouard de se retirer d'Avignon, disant
que les Anglais l'exigent, et qu'autrement ils mena-
cent de bombarder Civita Vecchia. On veut qu'il aille
à Rome, on le menace; il s'est tenu plusieurs consis-
toires là-dessus.

L'on demande si c'est donc que Rome fera garrotter
le prince Édouard, comme la France a fait pour le
rejeter de son sein.

On assure que le choix est déterminé, pour place pu-

v   . *.   26

blique et pour hôtel de ville, de prendre le devant de la colonnade du Louvre; que de millions cela va coûter!

Les chansons, les vers, les estampes satiriques pleuvent contre la personne du roi. Il y a une prophétie en vers qui est affreuse[1] : on lui prédit qu'il n'aura point de postérité, que ses sujets se révolteront; que,

1. Voici ces vers, qui se distinguent par leur violence de la plupart des pièces satiriques de la même époque :

Lâche dissipateur des biens de tes sujets,
Toi qui comptes les jours par les maux que tu fais,
Esclave d'un ministre et d'une femme avare,
Louis, apprends le sort que le ciel te prépare.
Si tu fus quelque temps l'objet de notre amour,
Tes vices n'étoient pas encor dans tout leur jour.
Tu verras chaque instant ralentir notre zèle,
Et souffler dans nos cœurs une flamme rebelle.
De guerres sans succès fatiguant les États,
Tu fus sans généraux, tu seras sans soldats.
Toi que l'on appelait l'arbitre de la terre,
Par de honteux traités tu termines la guerre.
Parmi ces histrions qui règnent avec toi,
Qui pourra désormais reconnaître son roi?
Tes trésors sont ouverts à leurs folles dépenses;
Ils pillent tes sujets, épuisent tes finances,
Moins pour renouveler tes ennuyeux plaisirs
Que pour mieux assouvir leurs infâmes désirs.
Ton État aux abois, Louis, est ton ouvrage;
Mais crains de voir bientôt sur toi fondre l'orage :
Des maux contagieux empoisonnent les airs,
Tes campagnes bientôt deviennent des déserts;
La désolation règne en toutes tes villes.
Tu ne trouveras plus des âmes assez viles
Pour oser célébrer tes prétendus exploits,
Et c'est pour t'abhorrer qu'il reste des François.
Aujourd'hui l'on t'élève en vain une statue;
A ta mort, je la vois par le peuple abattue.
Bourrelé de remords, tu descends au tombeau;
La superstition dont le pâle flambeau
Rallume dans ton cœur une peur mal éteinte
Te suit, t'ouvre l'enfer, seul objet de ta crainte;
Tout t'abandonne enfin, flatteurs, maîtresse, enfants :
Un tyran à la mort n'a plus de courtisans!

quand le peuple lui avait accordé son amour, il ne connaissait pas ses vices, etc. L'estampe représente le roi lié, garrotté, déculotté, la reine de Hongrie le fouettant, l'Angleterre disant : *Frappez fort!* la Hollande disant avec un rouleau : *Il vendra tout;* cela s'appelle l'estampe des quatre nations. Autre chanson disant que les cabinets sont dans la bassesse, parce que les *poissons viennent de la Halle,* allusion à Mme de Pompadour qui est Poisson.

Enfin, cela ressemble aux Mazarinades, le recueil en grossit, et contre qui? contre un roi, le meilleur des hommes, mais entouré des ministres les plus pervers qui ordonnent toutes ces horreurs, et toutes parviennent au roi. Qu'on les chasse, qu'on y substitue des gens vertueux, et vous ne verrez plus tout cela.

Il y a eu une aventure à un bal dans la ville, à Versailles, où le roi était : une petite Cazaux, fille d'un officier du Gobelet, était masquée; Mme de Brancas lui parla, et lui demandant si elle avait été à l'opéra des cabinets, elle dit qu'oui, et fit une description si critique du peu de talent des acteurs, qu'ils ont tous juré de ne plus jouer l'opéra; ils ont renoncé au théâtre.

On parle d'un fait arrivé dimanche. L'architecte de la maison de campagne que Mme de Pompadour fait construire à Meudon, aux frais du roi, exposa à M. de Machault, contrôleur général, qu'il lui fallait au moins 200 000 livres pour cette semaine, ayant cinq cents ouvriers sur les bras, qui n'étaient point payés; M. de Machault dit qu'il avait des bons signés du roi pour 800 000 livres de plus qu'il n'y avait d'argent au trésor royal; il le mena avec lui au travail du roi. M. de Machault ayant exposé le cas à Sa Majesté, et lui demandant lequel des payements précédemment ordonnés Sa Majesté voulait qu'on proposât à cet architecte, et lui montrant la lettre de Mme de Pompadour, le roi lui a tourné les talons, et s'en est allé. On demande si cela est bon ou mauvais à la maîtresse ou au ministère.

2 *mars*. — M. de Richelieu est fort triste; il a donné un souper avant-hier à des dames de Paris, où il ne se décida rien. Il se bute mal à propos contre la marquise, il n'y gagnera rien; cependant le roi le caresse beaucoup, et ne l'appelle que son cher Richelieu.

La mauvaise compagnie augmente au lieu de diminuer dans les cabinets, ce ne sont plus que des Ferrand[1], des Darboulin, etc.

Le public est enragé contre la maîtresse, les chansons augmentent, j'en ai vu une terrible sur l'air *des Trembleurs*[2].

1. Joueur de clavecin.
2. En voici les deux premiers couplets :

> Les grands seigneurs s'avilissent,
> Les financiers s'enrichissent,
> Tous les Poissons s'agrandissent :
> C'est le règne des vauriens.
> On épuise la finance
> En bâtiments, en dépense ;
> L'État tombe en décadence,
> Le roi ne met ordre à rien, rien, rien.
>
> Une petite bourgeoise,
> Élevée à la grivoise,
> Mesurant tout à la toise,
> Fait de la cour un taudis.
> Le roi, malgré son scrupule,
> Pour elle follement brûle ;
> Cette flamme ridicule
> Excite dans tout Paris, ris, ris, ris, etc.

On parle de grands changements dans nos régiments, ils deviendront cohortes ou légions; de deux
on en fera un; il y aura des colonels en second, et
l'argent qu'ils ont donné pour avoir un régiment leur
sera remboursé en pension viagère, ce qui ne sera pas
le compte des familles des patrimoines.

Un homme qui a examiné depuis peu les bâtiments
de Choisy m'en a dit des choses étonnantes; le pavillon commencé sur le bord de la rivière a été repris
à trois fois, et toujours abandonné. On a fait des fossés
secs, on les abandonne; cour élargie, ouvrage négligé, montagne aplanie pour un beau chemin, puis
tout laissé là; on défait la galerie neuve, on la refait,
et ainsi du reste.

3 *mars.* — La justice qu'on rendra à mon frère sur
son ministère est que personne n'a plus introduit la
cour dans l'avancement militaire, au préjudice des gens
de mérite qui n'étaient pas dans la cour; le ressort
de cela est qu'il n'était pas seulement de la noblesse,
mais grand courtisan, né avec ce goût et cette allure;
ainsi, avec beaucoup d'argent, il a fait un ouvrage de
montre; non-seulement l'État lui a été indifférent,
mais il lui a porté haine; avec cela, les finances et la
politique se sont ressenties de ce désir de plaire aux
dépens de la justice et de la vérité.

On vient de résoudre l'ordonnance qui paraît pour
incorporer dix-huit régiments plus nouveaux dans
d'autres plus anciens; ce qui fera, dit-on, des légions,
des cohortes. Ces dix-huit colonels qui se croyaient
sûrs de leur état, se voient colonels en second, ou réformés, ils perdent les fonds qu'ils ont donnés; leur

famille les perd si elle les a prêtés ou si elle a répondu
de l'emprunt; ils sont dégradés; on leur donne à la
vérité une pension de 2000 livres leur vie durant.

Le roi est résolu d'achever le Vieux-Louvre, on va
commencer à y travailler; il y destinera un fond an-
nuel qui sera considérable : on y placera les Académies,
les Arts, la Bibliothèque du roi et une belle galerie
pour y admirer les tableaux du roi qui restaient dans
la poussière. Le palais sera isolé; que de rues, de places
et de maisons à acheter et à dédommager! Autant de
pensions qu'on donnera à des gens de faveur qui seront dépossédés de leurs logements dans le Louvre.
Que de dépenses, et combien peu nous avons d'argent!

Ne verrons-nous ordonner que des choses déraisonnables à chaque chose qui paraît? Quel délire s'est
emparé de notre malheureux gouvernement? La Bibliothèque royale était déjà si bien placée rue de Richelieu, à l'hôtel de Nevers, on y a fait de si grandes
dépenses! pourquoi la changer? C'est là la manière aujourd'hui des bâtiments royaux, de faire, de défaire,
de laisser là.

4 *mars.* — On a augmenté de quatre couplets les
chansons contre Mme de Pompadour, sur l'air *des
Trembleurs*, et ces derniers couplets tombent à plomb
sur le roi. Voilà une mode bien acharnée, une grande
rage; bientôt le recueil de ces satires modernes ira
aussi loin que celui des Mazarinades, on devrait les
appeler Poissonnades. C'était le peuple, le parlement
et quelques grands qui poussaient aux satires contre
Mazarin; ici ce sont les ministres en place : voilà d'où
viennent la hardiesse et l'impunité.

5 *mars*. — Le maréchal de ***, connaisseur en infanterie, approuve le système qui vient d'être adopté
pour cette arme, réduisant les bataillons français à cent
soixante-huit, voulant que tous les régiments ne soient
qu'à quatre ou deux bataillons. Il dit que c'est le
moyen pour augmenter promptement les troupes en
cas de guerre, et les avoir bonnes.

Mais on ne saurait s'empêcher de blâmer la cruauté
et l'injustice avec laquelle quantité de braves gens sont
traités et ruinés, après avoir bien servi pendant cette
guerre : colonels, lieutenants-colonels et tous autres
officiers réformés, et qui ne seront plus rien désormais. Les colonels perdent des fonds qu'ils avaient
empruntés pour acheter leur régiment. Mon frère reçoit bien les plaignants, il les console comme un ami,
il promet de leur servir de père : les pauvres gens s'en
vont contents, ils croient leur fortune faite; ils ne savent pas ce que c'est qu'un courtisan, et la courtisa-
nerie d'un goût nouveau, jésuitique, caressante sans
affectation, et qui joue la franchise avec un faux air
niais et de bon enfant.

Mais l'essentiel de la réforme regarde la politique;
les circonstances du temps marquent assez qu'il fallait
soutenir son état de troupes, et surtout n'en pas précipiter si tôt la réforme, vu l'orage du nord, vu que
nos ennemis augmentent leurs forces; les gazetiers
en avertissent assez.

M. de Tournehem a représenté au roi qu'il fallait
absolument se décider incessamment sur le choix d'une
place pour sa statue et pour la place publique et hôtel
de ville, attendu que cela tenait toutes les maisons de
Paris en échec, personne n'en pouvant vendre ni ache-

ter, puisque chacun craignait que sa maison ne se trouvât dans ce dessein. Ainsi l'on dit que ce choix va éclore incessamment.

J'ai vu des lettres d'Italie, qui disent que la reine de Hongrie y entretient un état de troupes réglées et légères que les revenus du pays ne peuvent soutenir, et qu'il y a apparence que les Anglais sous main y fournissent de l'argent.

La raison de ceci est bien sensible : nos ennemis prévoient que, quand le roi de Prusse sera attaqué inopinément, le fumet de la gloire pourra monter au nez de Louis XV. Alors Sa Majesté voudra une guerre de diversion, et même une guerre générale; elle craint que nous ne cherchions à lui faire une diversion en Italie, comme nous fîmes en 1733, quand l'empereur voulut faire un roi de Pologne. Pour parer ce coup, il faut soutenir le roi de Sardaigne dans toute sa mauvaise volonté contre nous et dans toute sa bonne pour elle, autrement nous pourrions le lui débaucher en lui donnant le Milanais. Les Anglais, qui ont eu grand peur de mon traité de décembre 1745, sont les premiers à soutenir ce système; voilà ce qui fait que l'Autriche ne dégarnit pas l'Italie, et même la garnit extraordinairement; voilà aussi ce qui prouve que l'orage du nord, c'est-à-dire l'attaque de Silésie va s'effectuer.

6 *mars.* — Des projets de déplacement, de changement de demeure, voilà ce qui occupe à la cour : un voyage de Choisy le 14, un Marly après Pâques, où Mme Infante sera; puis elle en partira pour ses États, fort regrettée du roi son père et de la cour, mais fort

indifférente au public. On se doute qu'elle sera assistée d'argent de France; elle sera bientôt indignée du délabrement de ses palais et du manque de plaisirs en Italie.

On comptait hier que le roi avait actuellement neuf habitations différentes où il se promenait et changeait de résidence dans le courant d'une année; avec lui la cour change, et qu'est-ce que cela ne coûte pas? Le bien serait que nos rois résidassent à Paris, et ne découchassent que pour aller seuls avec peu de suite à quelques maisons de chasse ou de plaisirs. Le bien est l'épargne, le mal est la dépense de monarque orientale qu'a introduite Louis XIV, ou de particulier inquiet et variant comme aujourd'hui.

11 *mars*. — Toutes les petites filles de la paroisse de Saint-Eustache ont été empoisonnées[1] avant-hier, pendant qu'elles étaient au catéchisme, par une vieille femme qui est venu secouer un mouchoir empoisonné; une partie de ces enfants est déjà morte. On vient d'arrêter la femme, qui est une porteuse d'eau; elle sera brûlée; mais n'est-ce pas un essai de poison pour les grands cas? Le peuple est monté aujourd'hui à une terrible méchanceté et fureur.

12 *mars*. — J'ai vu hier des lettres de Bordeaux qui portent que le parlement de cette ville a rendu arrêt pour défendre positivement à tous contribuables de

1. Voy. sur ce prétendu empoisonnement le *Journal de Barbier*, t. IV, p. 356. Il attribue les accidents éprouvés par les jeunes filles aux émanations des terres remuées et des cercueils retirés des charniers.

payer le dixième passé le 1er avril, et à tous receveurs
de l'exiger, sous peine de punition corporelle. Il se
fonde sur ce que le roi avait promis de faire cesser
cette imposition trois mois après la paix. Voilà une
révolte formelle ; que fera-t-on ? des punitions sans
doute, des troupes en Guyenne, un commandant, des
veniat pour les officiers du parlement, des exils, les
foudres du despotisme ; la crainte fera le ressort de
l'autorité, comme dit le président de Montesquieu,
dans son nouveau *Traité des Lois.*

Mais qu'on y prenne garde : cette démarche inso-
lente ne commence pas sans qu'on ait médité sur les
suites de la part de ceux qui la font ; cela pourrait être
suivi d'une révolte populaire, car ici le parlement ne
parle pas pour ses droits et pour ses hautaines prérogatives, mais pour le peuple qui gémit de la misère et
des impôts. Le dixième se paye par les médiocres fortunes comme par les grosses ; les pauvres en gémissent
plus que les riches absolument et proportionnelle-
ment. Ce parlement et sa province sont irrités des
manœuvres de la cour pour la disette de blés pendant
l'année dernière. Le parlement décréta les acheteurs
de blé, on donna *veniat* à quelques conseillers et présidents ; arrivés à Paris, ils ne furent pas écoutés, mais
exilés en provinces éloignées, et, leur temps d'exil
étant fini, on leur a insinué de demander leur grâce ;
ils ont refusé de supplier. Ce sont des gens fermes,
chauds, ignorants et fort intéressés ; j'ai vu souvent
au conseil privé des traits qui prouvent que le parlement de Bordeaux est une des mauvaises jugeries du
royaume.

Je sais qu'on a imposé cette année sur la Guyenne

180 000 livres pour des blés achetés par le roi[1], et dont la province n'a point profité, car les Anglais les empêchèrent alors d'entrer en Garonne; cependant le roi avait fait ce déboursé; ainsi on a trouvé convenable que la province les payât. Grand sujet de clameurs.

Je dis donc que le parlement ne prenant ici que le parti du peuple et de la bourse d'un peuple misérable, il en sera très-dangereux.

Je viens de voir deux nouvelles satires contre le roi qui sont affreuses, les cheveux s'en sont dressés à ma tête; on n'y excite pas moins que des Ravaillac, des Jacques Clément. Ah! pourquoi en veut-on à un roi si bon? que ne rejette-t-on tout sur ceux qu'on croit qui le conseillent mal?

M. le duc de Chartres est tout à fait brouillé avec sa femme, et ne la ménage plus que comme honnête homme et homme doux. Il a des maîtresses, malheureusement ce ne sont que des p.... à b...., et dont il change souvent, avec grand risque pour sa santé. Ce serait le cas où le duc de Chartres, qui est faible, aurait besoin d'un bon conseil; mais il l'a mélangé d'honnêtes gens (comme le chevalier de Pons, le comte de Balleroy, Montancy son domestique), et de gens qui lui fournissent des filles et des soupers de débauche, ce qui gâte toute la suite de sa conduite.

Or, M. le duc de Chartres est en train de se raccommoder avec M. le duc d'Orléans son père; mais je sais d'un homme digne de foi, de façon à n'en pouvoir plus douter, qu'il exige que M. le duc de Char-

----

1. On sait que Louis XIV et Louis XV achetaient des blés pour leur compte. On voit figurer dans l'*Almanach royal* un *Agent de Sa Majesté pour les bleds*.

tres lui avoue qu'il avait supposé sa fille qui est morte. Il est vrai qu'une femme du peuple vint un jour se jeter aux pieds de M. le duc d'Orléans pour lui découvrir ce prétendu grand mystère, déclarant que c'était sa fille qu'elle avait ainsi prêtée pour la supposer; elle lui montra sur cela de faux écrits : la tête du prince étant faible, vive et portée par la grande retraite à la crédulité des choses bizarres, il l'a crue, et ne veut pas en démordre. Voilà le vrai.

Ce grand bruit, qui a couru ces jours-ci, de prétendus empoisonnements de petites filles à Saint-Eustache, n'a abouti à rien. On a cependant arrêté une poissarde qui avait donné de mauvais tabac à quelques-unes. Une trentaine a des convulsions, on dit que c'est de jeûne et de mauvaise nourriture; d'autres disent qu'il s'agit encore de convulsions que doit guérir le diacre Pâris.

Le prince Édouard avait meublé magnifiquement son palais d'Avignon; il allait au bal, lorsqu'il reçut une lettre de son père et du pape, pour lui déclarer qu'il fallait quitter Avignon; il est parti sur-le-champ avec deux personnes, et l'on ne sait où il est allé; on en est fort en peine : il y en a qui croient qu'il est allé se réfugier en Écosse ou en Irlande. Il est parti d'Avignon le 25 février, la nuit.

15 *mars.* — Deux dames, grandes amies du maréchal duc de Richelieu, ont parlé, devant moi et devant quelques autres, de son crédit, comme ne doutant nullement qu'il dût tout emporter. Qui se vante tant, a peu de chose : j'apprends en effet de la cour que ce crédit baisse chaque jour dans les grandes comme dans

les petites choses : la marquise de Pompadour ne lui
laisse que ce qu'elle veut bien pour qu'il ne se déclare
pas son ennemi formel; cependant les dames dont je
parle disent : « Sa marquise a besoin de lui. »

Que le roi est mal servi de tout ceci, qu'il aurait
besoin d'un ami! M. de Puisieux paraît plus à la mode
que jamais chez le roi; il donne des conseils à la marquise; il lui a dit l'autre jour qu'elle se mêlait de trop
de choses, qu'elle recevait trop de placets : elle a en
effet plus d'affaires et plus d'autorité que n'en a jamais
eu le cardinal de Fleury.

Elle obsède le roi continuellement, elle le secoue,
elle l'agite, elle ne le laisse pas un moment à lui-même.
Ci-devant, il travaillait quelques heures dans son cabinet; aujourd'hui, elle ne le laisse pas un quart d'heure
seul : elle dit que c'est pour le bien de sa santé, pour
le détourner de pensées tristes; mais c'est bien davantage pour lui ôter toute idée de changer son ministère
et de pourvoir au gouvernement par lui-même, ce qui
est le plus grand mal qu'on puisse faire au royaume.

On vient de doubler les ouvriers du nouveau château qu'on bâtit à Meudon, il y en a aujourd'hui quinze
cents qui travaillent; on repeuple la ménagerie, toutes
occupations dispendieuses et qui tirent le roi de l'utile
et du sérieux. On défend aux ministres et à tous autres de parler au roi de choses chagrinantes, il y en a
assez de sujets.

Voilà donc M. de Puisieux ministre favori, moyennant la bonne et parfaite intelligence où il se trouve
avec la marquise; il ne veut pas qu'on fasse duc M. le
marquis de Mirepoix, qu'il n'obtienne aussi lui-même
cette dignité; alors, il pourra se borner au rôle de

simple ministre, et l'on cherchera ailleurs un secrétaire d'État des affaires étrangères. En attendant, il
maigrit chaque jour, et devient à rien; il est, dit-il,
mangé de vapeurs, et, avec cela, il est amoureux
comme un écolier de Mme de Flavacourt. Il se conduit comme le comte de Bruhl, premier ministre à
Dresde; il ne travaille pas plus que lui, et c'est avec
ces grandes qualités qu'il deviendra premier ministre.
C'est par lui que passent les idées des sieurs Pâris, et
surtout de M. Duverney, pour aller à la marquise et
au monarque. Il a augmenté sa table, lui seul traite
les ministres étrangers les mardis, jours d'audience;
le cardinal de Tencin a retranché sa table ces jours-là,
et vient à Paris pour ne plus faire d'ombrage audit
marquis.

M. de Saint-Séverin a l'air des plus minces à la cour;
on ne dirait pas que c'est un ministre d'État.

On joue au théâtre des cabinets la comédie du
Prince de Noisy [1], avec une dépense magnifique en
décorations, rien ne coûte; le duc de la Vallière y
gagne beaucoup, et se moque de tout. Dans cette
pièce, la marquise joue un rôle d'une si grande étendue, qu'on dit qu'elle en cracha le sang. Quel prodigieux travail que le sien! gouverner le royaume, le
roi, suffire aux intrigues, tant de mémoires et de placets, apprendre de longs rôles, les jouer, souper,
chasser, etc.

Le duc d'Huescar a obtenu son rappel en Espagne;

1. Voy., dans les *Mémoires de Luynes*, t. IX, p. 354, une longue
analyse de ce divertissement, dont le sujet est emprunté au conte
d'Hamilton, *le Bélier*. C'était Mme de Pompadour qui jouait le
rôle du prince de Noisy.

il est bien content de la France, il dit le diable de notre gouvernement.

Le prince d'Ardore, ambassadeur de Naples, s'en va aussi. L'évêque de Rennes reste toujours à Madrid, et en a fait différer son départ, ainsi que celui de M. de Vaulgrenant, pour se rendre à Madrid. Ledit évêque ne veut pas se trouver ici avec Mme Infante, à qui il a fait une déclaration d'amour irrespectueuse à Madrid.

Le roi est, dit-on, bourrelé de remords; les chansons et les satires ont fait ce grand effet. Il s'y voit en haine à son peuple, il y considère la main de Dieu, de ce Dieu dont il a reçu de si grands bienfaits. Qu'on ne me dise pas *qu'il craint l'enfer* pour tout ressort de religion [1]; non, il ne craint rien, on ne le connaît pas, mais il a le cœur sensible; il aime Dieu par reconnaissance. Nous allons donc voir bientôt ce qui en sera.

Depuis deux jours, on envoie aux portes cochères, à Paris, des mémoires imprimés par lesquels on exhorte chacun à ne point payer le dixième au roi et à ne le point retenir aux particuliers, attendu qu'il doit être supprimé depuis le 1er janvier dernier. On cite sur cela les termes des déclarations du roi sur cet impôt, où la promesse est formelle de ne le plus exiger après la paix générale.

Cet écrit est très-séditieux et pourrait avoir de mauvaises suites.

16 *mars*. — Mon frère a aujourd'hui grande que-

---

1. Allusion aux vers cités p. 402.

relle avec M. de Maurepas touchant les fonds; on a donné à celui-ci des sommes considérables pour augmenter la marine, tandis que tout se retranche à la guerre.

Il est question d'adoucir les plaintes des Suisses. Sur leur réforme, on va leur passer quelques sommes plus considérables pour leurs recrues, ce qui bonifiera le traitement des capitaines, et le roi perdra en cela son procès; du moins aurait-il quelques hommes de plus à son service, si la réforme eût été moins grande. Mais en même temps l'on cassera le lieutenant-colonel la Chesnelaye, qui a écrit la lettre séditieuse dont j'ai parlé et qui l'a fait imprimer. Ainsi saura-t-on toujours *qu'en criant on obtient.*

Il est à prévoir qu'il en est de même de l'impôt du dixième, et qu'en criant, en se révoltant par la remontrance imprimée, on aura obtenu du soulagement. On assure que les parlements de Pau, de Toulouse et de Bordeaux, ont rendu des arrêts contre le dixième. Voilà le tocsin et la révolte. Oh! que ceci ressemble bien aux temps les plus fâcheux dont l'autorité se tire mal!

17 *mars.* — Je viens de voir une grosse brochure contre le ministère et contre la paix.

Le roi vient de donner 150 000 livres de pension à M. le duc de Chartres, et 50 000 livres à M. le duc de Montpensier pour subsister, outre le brevet de retenue de 900 000 livres sur le gouvernement du Dauphiné. Pour dédommager M. de Clermont de Tonnerre de n'avoir pas été fait brigadier, on lui a donné 3000 livres de pension qu'il ne demandait pas. Quantité d'autres pensions viennent d'être données : l'État est, dit-on, au pillage. Un financier a vu les nouveaux états du roi, où le revenu du dixième est employé, pour longues années, à raison de quarante millions par an.

18 *mars*. — Fontauban vient d'être pendu à Lille pour simple espionnage; on ne lui a pas donné la question pour savoir s'il avait des complices, on ne l'a pas jugé prévôtalement; cependant, il y avait, dans les preuves du procès, qu'il s'informait du détachement qui devait accompagner le roi à son retour de l'armée, d'où l'on conclut qu'il voulait trahir la personne même du roi.

19 *mars*. — On dit ici, depuis vingt-quatre heures, que le prince Édouard est allé en Suède; on connaît sa marche jusqu'à Lyon, depuis qu'il est sorti d'Avignon. Il est en marche depuis le 2 mars, puisqu'on ne sait où il va que depuis deux jours; il sera déjà fort avancé en Allemagne et vers Stralsund. Il va dans un pays luthérien dont la religion ne sera pas suspecte à l'Angleterre. Voilà la Suède brouillée avec cette dernière puissance d'une façon irrémissible, puisqu'elle a épousé les intérêts de la Maison d'Autriche. Il peut arriver de là que la nation anglaise refusera les grosses dépenses que le roi proposera pour écraser la Suède et le roi de Prusse : les Anglais craindront qu'on n'y attaque, qu'on n'y tue leur prince Édouard Stuart qui est si fort selon leur cœur; ils vont l'éprouver brouillé avec Rome et ami de leur religion, ils veulent l'opposer à leur vilain roi de Hanovre et à sa famille qu'ils

v   27

détestent. Quel dommage, s'il périssait cependant!
Il va augmenter sa gloire, peut-être se trouvera-t-il
combiné avec des Français : il nous aime beaucoup,
mais il déteste notre gouvernement.

Le roi de Prusse envoie ici un M. de Finkenstein[1],
qui va arriver sous prétexte d'affaires domestiques ; il
est chargé de bien des choses, dit-on, c'est-à-dire de
mendier des grands secours, de la marine surtout. On
lui donnera des leurres.

Des gens du parlement de Bordeaux désavouent
qu'il ait rendu l'arrêt contre le dixième dont on parle,
mais celui d'Aix l'a si bien rendu que M. de Latour,
premier président, s'est retiré de l'assemblée des
chambres après l'avoir refusé plusieurs fois ; on parle
aussi de même des parlements de Pau et de Toulouse.

20 mars. — On a nouvelle que le prince Édouard
est heureusement arrivé en Suisse, mais il y en a qui
croient que, de là, il ira en Suède ; Dieu veuille qu'il
passe heureusement dans toutes les terres allemandes
qui sont sur son chemin! Les unes sont à ses ennemis, les autres amies. Il a en Suède une grosse
créance de plus de quinze mille florins que son père lui
a cédée ; elle vient du dessein qu'eut Charles XII, peu
de temps avant sa mort, de secourir le Prétendant ; il
demanda cette somme au parti jacobite pour envoyer
dix mille hommes en Angleterre ; les banquiers la lui
avaient payée quand il fut tué. Le prince Édouard
recueillera cette dette et se signalera en Suède.

1. Charles-Guillaume Fink, comte de Finkenstein, né en 1714,
mort en 1800, ministre de cabinet et plus tard ministre des affaires étrangères en Prusse.

Le marquis de Puisieux a tenu de mauvais et fâcheux discours sur ce que le prince Édouard a traversé ou emprunté de nouveau le territoire de France pour aller en Suisse; il a dit qu'il n'eût pas à s'y jouer une troisième fois. C'est M. de Stainville, ministre du grand-duc qui en a donné l'avis à M. de ***. Mme de Puisieux tient tout haut à sa table les plus mauvais discours sur le prince Édouard : « Poltron sans esprit, moins que rien, » tels sont les termes dont elle se sert. Tout le parti jacobite regarde M. de Puisieux comme l'ennemi déclaré de leur prince et d'eux, et qui n'en veut que la perte.

On parle fort des trames de M. de Saint-Séverin pour supplanter M. de Puisieux. Partout où il est avec lui, il prend la parole et le fait taire; quelle horreur si un Italien nous gouverne !

La Celle ou petit château est à vendre; Mme de Pompadour fait construire, au lieu de cela, un pavillon près Trianon, qui coûtera deux millions, sans parler d'un grand logis qu'on lui construit près de Fontainebleau.

La cour des aides de Montauban a rendu arrêt contre le dixième.

Le prince Édouard a déclaré qu'il ne se marierait jamais qu'il ne fût sur le trône d'Angleterre, qu'il ne voulait pas engendrer de misérables comme lui; et, par là, il presse davantage son parti de l'élever au trône, de peur que toutes leurs espérances ne soient déçues pour toujours avec lui, et toute l'Angleterre veut également qu'il reste cet antagoniste, cette rivalité à la Maison Stuart pour la tenir en bride.

Le grand moment sera la mort du roi régnant, suivie de deux fils qui ne s'accordent pas : le droit est pour l'aîné, l'affection du père est pour le cadet; peu de mérite dans l'aîné, quelque valeur dans le cadet, et cette valeur guerrière lui est fatale, car c'est à qui l'élève au-dessus de son aîné.

Si la Maison Stuart s'éteint, le droit à la couronne d'Angleterre passe à la Maison de Savoie, par la fille de Monsieur et d'Henriette d'Angleterre.

Le duc de Richmond a été révoqué de son ambassade de France par un manque de respect qu'il avait commis à l'égard du roi d'Angleterre. Il y avait eu nouvelle querelle entre lui et le prince de Galles son fils : il dit à son lever qu'on ne lui faisait pas plaisir d'aller tant faire la cour au prince de Galles; au sortir de là, le duc de Richmond alla chez le prince de Galles, disant qu'ils n'étaient pas des esclaves : *inde iræ*. La duchesse de Richmond, voyant les précédentes dissipations de son mari, est tombée dans une économie inexprimable, elle disputait sur toutes dépenses d'équipages, elle prétendait d'avoir dix mille guinées d'entrée de jeu; l'on disputait encore lorsque cette scène est arrivée. Cela va attacher davantage le duc de Richmond au prince de Galles, et le détacher de Sa Majesté Britannique.

Le duc d'Albermale, qui le remplace ici pour l'ambassade de France, est un homme de cinquante ans, d'une galanterie qui tient à la débauche[1]; sa maîtresse est, dit-on, déjà arrivée à Paris, mais il lui en faudra bien d'autres. Il est Bentinck en son nom, étant Hollandais que le prince d'Orange amena de Hollande

1. Marmontel le peint d'une manière plus favorable dans ses *Mémoires*. C'est lui qui disait à sa maîtresse : « Ne regardez pas tant cette étoile; je ne pourrais pas vous la donner. »

en Angleterre; lui et le duc de Richmond ont épousé les deux sœurs.

En attendant, on nous a envoyé ici, comme chargé des affaires, un colonel York qui est un des insolents, un des impertinents petits coquins d'Anglais que nous ayons possédés encore.

M. de Saint-Contest, intendant de Bourgogne, est nommé pour notre ambassadeur à la Haye; il y fallait, selon moi, un grand seigneur et un homme plus du monde que celui-ci qui vit trop en retraite et en obscurité.

M. le marquis de Hautefort est destiné à l'ambassade de Turin : il est tout aussi bon qu'il faut pour cette cour ennemie, il est homme de grande qualité.

21 *mars*. — L'affaire de l'université d'Oxford, dont j'ai parlé ci-devant, est plus capitale qu'on n'avait dit alors. C'est cette université et ses suppôts qui instituent toute la jeunesse d'Angleterre : elle enseignait donc des principes favorables à la Maison Stuart [1], comme de dire que la destitution du père n'emportait pas celle des enfants. Le roi l'a maltraitée, a violé ses priviléges, a fait prononcer, non par le parlement, mais par ses officiers royaux, des condamnations, des biffages de registres, des contraintes, a suspendu la législation; on peut comparer ceci à l'affaire du collége de la Madeleine sous Jacques II.

Voilà donc que cette université ne s'en tiendra pas là, qu'elle recommencera ses plaintes au parlement,

1. Sur l'opposition de l'université d'Oxford, voy. lord Mahon, *History of England*, t. II, p. 259.

et qu'elle redoublera de zèle pour la Maison Stuart.
Elle vient encore de recevoir un nouvel affront du roi
britannique : étant allée pour le complimenter sur la
paix, les officiers et la députation montèrent à l'antichambre, et là le roi leur envoya dire qu'il ne voulait
pas les voir, et qu'ils s'en allassent ; tyrannie, dit-on,
manque de respect à un corps si respectable.

Dans le parlement, les demandes qu'on a faites au
roi, de communiquer les négociations de Hanovre et
de Bréda, avaient pour objet de voir si l'on n'aurait
pas fait la paix deux ans plus tôt avec d'aussi bonnes
conditions que celles d'Aix-la-Chapelle, ce qui aurait
épargné des sommes immenses à la nation, pendant
les deux campagnes de 1746 et 47. La réponse principale des royalistes qui l'ont emporté a été de dire
que la paix et la guerre étaient de la prérogative royale,
que ce serait la détruire que de rendre compte ainsi
de sa conduite.

22 *mars*. — M. de Valori, qui part ces jours-ci
pour Berlin, a eu longue conversation avec M. de Richelieu, qui lui a dit les mêmes choses que je lui avais
dites sur le pressant et le fâcheux des affaires du nord.
Quand il a été à l'article de la marine, il s'est élevé
contre M. de Maurepas, plus que du temps de Mme de
Châteauroux. Valori et Scheffer prétendent qu'avec
douze de nos vaisseaux envoyés dans la Baltique, on
empêcherait tout le mal qui y menace. A ce propos,
on dit, avec raison, que M. de Maurepas a tout perdu,
et perdra tout de plus en plus. M. de Richelieu a fait à
Valori de grands éloges de moi, et a exprimé des regrets sincères de ma retraite forcée.

M. Deslandes, ancien commissaire de marine, homme fort appliqué, savant et éclairé, m'a dit hier qu'avec cinquante ou même cent millions qu'on donnerait aujourd'hui de fonds à la marine, M. de Maurepas ne la rétablirait pas, tant tout était mal monté, mal disposé! Le génie et les bonnes intentions manquent. Ce M. Deslandes met feu M. de Pontchartrain fort au-dessus de M. de Maurepas; il dit même que le premier était un grand homme. J'ai eu grand plaisir à entendre cela.

Le maréchal de Bellisle a eu la même conversation avec Valori, et lui a dit à peu près les mêmes choses sur les affaires du nord et du roi de Prusse; il lui a parlé des mêmes regrets sur mon compte.

Il est à craindre que M. de Saint-Séverin ne nous trahisse; du Theil aussi est grand Autrichien.

M. le prince de Conti et Mme sa mère sont fort brouillés avec la marquise de Pompadour.

On assure que Mme de Pompadour va être renvoyée, et que le roi veut faire ses pâques à ces fêtes-ci, voulant recourir à Dieu dans la détresse où est son royaume. Le ministère en a grande joie, et croit qu'il va dominer et rapiner plus que jamais. Il est vrai que les opéras et amusements de Mme de Pompadour vont toujours leur train, et que le roi y fait des bâillements affreux. Au dernier opéra, c'était une confusion et une foule de monde à tout rompre. On a raison de dire comme la chanson, que la marquise a fait de la cour un taudis.

M. de Senneterre va être déclaré notre ambassadeur en Suède; M. le marquis de Lanmary revient en France.

23 *mars*. — Le sieur Ledran, premier commis des
affaires étrangères, se retire, il reprend le dépôt des
papiers du Louvre, et M. du Theil le quitte tout à
fait; je l'en avais déjà délivré. On donne encore
4000 livres de pension à du Theil, qui avait déjà
35 000 livres de bienfaits du roi. On fait litière de
pensions. L'on croit que ce sera Bussy, grand espion
des Anglais, qui aura la place de Ledran.

L'avocat général d'Ormesson a porté à M. le chancelier la lettre anonyme imprimée contre le dixième.
Il a cru ce préalable à propos, avant que de la porter
à la Grand'Chambre. On craint de lier cette affaire
au parlement, ce qui y lierait aussi des remontrances.
M. le chancelier a été demander des ordres au roi,
Sa Majesté a répondu deux fois : *Comme vous voudrez*.
Ceci rapporté au parlement, on a lavé la tête à cet
avocat général; M. Molé surtout l'a rabroué le plus
fort. M. le président de Maupeou, qui est grand courtisan, cherche à reculer la délibération; arrivent les
fêtes, le service de Mme la duchesse d'Orléans, la
réduction de Paris, la fête de la Vierge; mais il y a
encore quinze jours jusqu'aux vacances de Pâques.

En effet, le cas a quelque embarras. Si le parlement
condamne la lettre imprimée, ce ne peut être que
pour sa clandestinité; mais, traitant le fond, il ne
pourra pas canoniser la continuation du dixième; au
contraire, il y accrochera des remontrances au roi
sur cet impôt, ce qui peut avoir des suites fâcheuses.

Tout ceci se délabre furieusement, on prodigue l'argent, on n'en a guère; bientôt il faudra augmenter
les impôts au lieu de les diminuer; on ne s'en prend
encore qu'au militaire sur qui l'on retranche à force.

24 *mars*. — Tout ce qui arrive de Versailles assure que les amours pour la marquise de Pompadour finissent, et que son règne va passer; elle est dans des pleurs continuels. On ajoute qu'elle s'est brouillée absolument avec MM. Pâris, et que ceux-ci perdent leur crédit à la cour, qu'ils sont dans de grandes avances. En attendant, on dit que la marquise et sa cousine, la comtesse d'Estrades, redoublent de pillage; elles réalisent, elles achètent tous les diamants, tous les bijoux de France.

Nous avons eu des nouvelles agréables de Pondichery : nous y avons repoussé les forces anglaises, de façon que leur flotte s'en retournait avec perte et honte, et, si la paix ne s'y était pas déclarée, on prétend qu'il n'eût pas resté un Anglais dans ces parages.

Ceci et l'affaire de Madras font bien sentir quelle différence d'administration de marine par la Compagnie des Indes et par le secrétaire d'État Maurepas.

Dans toutes ces circonstances pressantes au dedans, pressantes au dehors, pressantes même dans la domesticité du roi, ne croit-on pas qu'il doive y avoir bientôt un premier ministre? Le roi y sera forcé. Deux hommes seuls à la cour peuvent y grimper, par le ton qu'ils ont pris avec le roi, et le talent de l'étonner et de le persuader : c'est mon frère et le duc de Richelieu. Si c'est le premier, nous verrons en lui un jésuite, un vieux renard de courtisan sur le trône; avec l'extérieur de douceur, il ne fera que de l'ouvrage de montre pour paraître sans être, le fond sera des malignités et des cruautés.

Si c'est le maréchal duc de Richelieu, vous verrez de la hardiesse, de bons choix, quelque étourderie, un peu trop de vues dans le grand. Il est cependant économe pour lui-même; serait-il impossible qu'il le fût aussi pour l'État, quand il verra sur son compte toute l'horreur des moyens qu'il faudrait employer aujourd'hui pour avoir de l'argent pour les hautes entreprises?

Connaissant le terrain, l'on doit croire que ce sera le maréchal duc de Richelieu : mon frère n'est qu'un complaisant adroit ; le Richelieu, au contraire, devient, quand il le faut, un gouverneur qui étonne et qui plaît. Il a le ton que devait avoir le cardinal de Richelieu sur Louis XIII : qui n'aura pas ce ton près de son maître ne le gouvernera pas, et trébuchera en voulant faire le bien : c'est ce qui m'est arrivé.

Il est singulier que ledit M. de Richelieu aura joué près du roi le rôle de missionnaire pour quitter la maîtresse et pour faire ses pâques, après avoir joué un rôle bien différent, il y a six ans, pour la domination de Mme de Châteauroux; mais enfin que le mal cesse, que le bien nous arrive, par quelque endroit que ce soit, cela sera bon.

26 *mars*. — M. le marquis de Senneterre m'a dit qu'il était faux qu'il allât relever M. de Lanmary à Stockholm, et qu'assurément il ne se chargerait plus d'aucun emploi d'affaires étrangères, qu'on lui devait, avant toutes choses, le bâton de maréchal de France.

On ne parle pas aujourd'hui des pleurs de la marquise, ni de la scène de Bérénice.

Il a pris subitement une gelée assez forte qui envoie
à la Halle tous les fruits qui étaient en fleurs. La nature
était fort avancée, il n'y avait presque point eu d'hiver en France de cette année, les biens de la terre, la
vigne, vont souffrir beaucoup : quelle inclémence du
ciel, que de contre-temps en tout pour cette malheureuse France !

28 *mars.* — Il y a eu assemblée des chambres du
parlement touchant l'écrit anonyme sur l'impôt du
dixième. On n'y a pas fait grand'chose; le gouvernement est fort embarrassé de l'intervention parlemen-
taire dans cette partie de finance, cela aura des suites
chagrinantes. Cela ne commencera bien qu'après les
fêtes. Le chancelier a écrit au parlement de Bordeaux
une lettre ridicule touchant ce même tocsin imprimé
qu'on lui attribuait ; le parlement de Guyenne a répondu qu'il ne savait ce que c'était. Le roi avait donné
ordre à M. le chancelier que le parlement de Paris eût
à faire brûler par la main du bourreau cet écrit imprimé ; ainsi toutes les fois que le parlement n'y obéit
pas, il va contre les intentions du gouvernement, il
adopte l'écrit, on s'anime par son intérêt de ne plus
payer le dixième, voilà un grand ressort, à quoi il
faut ajouter que le parlement, enveloppant sa propre
cause dans la gloire de servir le public, n'ira à cette
révolte qu'avec plus de zèle et de vivacité. Je sais
quelques conseillers au parlement qu'on anime et
qu'on recherche, de la part de la cour, pour aller en
avant. Entre Pâques et les vacances, vous allez voir des
orages parlementaires qui empêcheront les procès de
se vider ; les autres parlements provinciaux pourront

s'y joindre, animés encore plus vivement par l'intérêt particulier et général se parant du bien public. Le premier éclat de faiblesse sera de ne condamner l'écrit anonyme que par un arrêt du conseil, ce qui marquera que le parlement de Paris s'y refuse et protége l'écrit imprimé.

Or, on prétend que tout ceci est soufflé par les grands ambitieux de la cour. On veut donner au roi un premier ministre, à quelque prix que ce soit; il s'en présente trois : mon frère, le plus fin, le plus jésuite de tous, le maréchal duc de Richelieu et Montmartel. Ils peuvent tous trois travailler aux embarras dont ils prétendent tirer le royaume, et le premier surtout y travaille avec le plus de finesse; les affaires du nord qui vont survenir augmenteront de beaucoup cet embarras. On ne saurait dire où cela ira.

Nous n'avons ici qu'un crédit de financiers, tandis qu'en Angleterre et en Hollande, c'est l'État même qui a le crédit, de sorte que, nos financiers n'étant plus en situation de gagner, toute confiance tombe, tout est sans ressource. On pourrait remettre ce crédit au roi, si on lui voyait de l'économie, mais il en est tout au contraire.

Si j'étais consulté, je commencerais par persuader, et au plus tôt, que le roi vînt loger aux Tuileries et diminuât les trois quarts de sa Maison et de sa dépense, économisant ainsi beaucoup. J'attribuerais ensuite le crédit public au trésor royal, et, continuant à le soutenir, j'aurais de grandes forces pour donner un vigoureux coup de main au roi de Prusse; je porterais mes armées sur la frontière, j'attirerais la reine de Hongrie à une diversion en Souabe. Par là, l'on

peut retrancher le dixième, puisque le crédit y sup-
pléerait.

Je rendrais une ordonnance pour renvoyer en province tous ceux qui sont inutiles à Paris.

Je viens de lire un gros portefeuille de papiers pour
l'ambassade de Suisse où va mon fils; j'y ai trouvé
deux particularités qui démarquent notre pauvre politique.

1° M. d'Avaray, succédant au comte du Luc dans
cette ambassade, eut pour instruction tout le contre-
pied de son prédécesseur; le régent contrecarra ainsi
toute la politique du feu roi : on voulait avec raison
tout ce que je voudrais aujourd'hui qui fût fait, savoir
qu'il établît l'union dans le corps helvétique, qu'il
recherchât le renouvellement d'alliance universelle,
qu'il se fît ami des protestants, qu'il éludàt les promesses imprudentes faites aux catholiques, etc. Mais
tout ce projet est resté là, savez-vous pourquoi?
parce que le cardinal Dubois nous unit intimement
avec l'Angleterre, et les puissances maritimes furent
chargées de nous lier avec les Suisses protestants; ju-
gez comment ils tirèrent la bécassine.

2° M. de Courteille, notre dernier ambassadeur, y
a embrassé et même outré le système du comte du
Luc; il voulait qu'on élevàt les catholiques, qu'on
travaillàt *totis viribus* contre les protestants, qu'on les
épouvantàt en fortifiant la ville de Versoix sur le lac
de Genève, etc. M. de Puisieux l'approuve dans ses
moyens, il blâme le système du cardinal de Fleury
pour renouveler l'alliance avec les protestants; cependant il se plaint de l'effet, il dit dans ses réponses
aux dépêches « qu'il faut faire en sorte que la Suisse

ait moins d'aigreur contre nous, » et il finit par vouloir révoquer Courteille, comme il a fait, et par jeter feu et flamme contre Marianne son secrétaire, qui gouvernait cet ambassadeur : cela s'appelle vouloir une fin sans entendre aucunement aux moyens.

29 *mars*. — Le froid continue et redouble : tout gèle, quoique les jours soient longs et le soleil chaud. La vigne a été taillée depuis peu partout, le froid qui survient lui est mortel. Tous les gros légumes sont gelés, c'est une grande perte.

Le marquis de Valori devait partir aujourd'hui pour Berlin, mais il a été arrêté faute d'argent ; M. de Montmartel lui a déclaré qu'il n'en avait pas.

M. de Nivernais, notre ambassadeur à Rome, pour avoir plus grande compagnie chez lui, vient de changer son cérémonial. Mme l'ambassadrice donne la main presentement à toutes les dames romaines à qui l'on ne la donnait pas ci-devant, mais, quand il y aura un ambassadeur et une ambassadrice de l'empereur, il reprendra le même cérémonial que nous avons quitté, sans quoi cela fera une notable différence ; or, nous ne sommes, quant au cérémonial avec l'empereur que sur le pied de second rang, mais non d'infériorité : c'est le *primus inter pares*, voilà le principe, et certes il nous faudra recourir après le cérémonial que nous avons quitté, ce qui ne nous sera plus passé. Nous perdrons ainsi chaque jour de nos prérogatives pour raison des agréments des particuliers. C'est ce que vient de me dire M. le duc de Saint-Aignan.

30 *mars*. — Le duc de Duras m'a dit que le duc

de Chevreuse irait en ambassade à Vienne et qu'on y cherchait un homme riche avec raison.

Il croit que l'abbé de La Ville sera envoyé en Suède; cet abbé s'ennuie considérablement d'être cul de plomb au bureau des affaires étrangères, il a la passion de courir, et surtout d'aller en un pays étranger luthérien où l'on ne soit pas en habit de prêtre qu'il est. Je l'ai vu à Fontainebleau, revenant de Hollande, affecter d'être habillé en couleur de rose, faute d'avoir encore les habits d'abbé.

L'on dit aujourd'hui que Madame Infante va rester longtemps ici et peut-être des années : la raison est que le palais de Parme manque de tout, qu'il n'y a ni meubles, ni même d'escaliers, qu'il y a pour longtemps à travailler : heureux prétexte à l'amour paternel, pour garder ici cette infante, qui est fort chérie, et pour la séparer d'avec son mari qu'elle n'aime pas. Le roi n'aime guère non plus son gendre D. Philippe, à cause qu'il ne s'est pas montré valeureux à la guerre d'Italie. Cependant que doit dire la conscience à ce divorce entre mari et femme qui dure depuis sept à huit années, pendant lesquelles l'Infant D. Philippe prend de fort mauvaises habitudes, même celle des garçons? et la plus grande raison humaine est que, pendant ce temps-là, on perd l'âge de fécondité de Madame Infante pour donner des mâles à la Maison royale.

Le bruit est grand que l'évêque de Rennes a ordre de ne point venir à la cour et de se rendre à son évêché, en quittant l'ambassade d'Espagne. Madame Infante lui a fait sa sauce, ainsi que Mme O'Brien, en arrivant à la cour. Il passe pour constant que ce prélat

a voulu conter fleurette à Madame, étant à Madrid[1] :
c'est un grand paillard et fort étourdi.

1er *avril.* — M. de Chavigny est arrivé à Paris depuis
deux jours; on se prépare à lui faire jouer un grand
rôle. En attendant ces grands projets, on dit aussi
qu'il ira ambassadeur en Suède.

Mon fils vient d'éprouver une grande noirceur de
son beau-frère M. de Courteille, ainsi que du sieur
Marianne, son secrétaire. M. de Courteille est allé
pour un mois à Soleure, pour y arranger ses papiers
(chose insolite et qui ne devait pas se permettre); il
écrit de là une grande dépêche à M. de Puisieux pour
lui exposer qu'il est grand bruit à Soleure que mon
fils doit rechercher les protestants et les combler de
bienfaits, que les catholiques en sont tous alarmés.
Mon fils a répondu au ministre comme il devait; je
lui ai conseillé de n'en dire mot aujourd'hui à Courteille ni à son secrétaire, de ne leur en point écrire ni
faire de plaintes, mais de tout dissimuler. Marianne
devait passer six mois avec lui pour son installation
en Suisse; je lui avais bien dit qu'il le contrecarrerait,
qu'il le trahirait pendant ce noviciat. Je lui conseille
d'attendre quinze jours après son arrivée à Soleure
pour faire de ceci une scène d'éclat à Marianne, de
lui reprocher devant bons témoins qu'il l'a trahi, qu'il
a écrit contre lui, tirer de sa poche copie de la lettre
en question, lui en faire toute la honte, le chasser

1. Voy. t. IV, p. 18. Cette audace, de la part de notre ambassadeur, aurait été cruellement punie par le roi d'Espagne, si
l'on en croyait une chanson que l'on trouvera dans la *Bibliothèque bibliophilo-facétieuse* des frères Gébéodé, t. III, p. 117.

sur-le-champ, cela lui fera grand honneur et grand profit, il ne se servira plus de ce fripon, tout le monde y applaudira, même les catholiques, et les protestants en concevront bonne idée de son impartialité, ce qui avancera les affaires du roi.

Il est toujours grand bruit dans le monde que le roi veut faire ses pâques; on assure, de façon à n'en point douter, que Sa Majesté a eu une conversation de deux grandes heures avec le P. Pérusseau. La marquise pleure toujours, et ses partisans sont en grande et apparente douleur, cependant elle a toujours l'air de la faveur extérieure.

6 *avril.* — MM. de la finance travaillent à force; on assure que, dans quinze jours, nous aurons un arrangement général de finance qui remédiera à tous les maux publics, et commencera d'heureux jours. L'on verra surtout longue liste de fermiers généraux, et tous les parents de la marquise de Pompadour, sans talents, sans esprit, sans connaissance de la matière, se flattent de gouverner cette régie.

Le parlement a résolu des remontrances contre le dixième, immédiatement après Pâques, mais, préalablement, on arrangera cette affaire; on dit qu'on le réduira au vingtième pour douze ans, parce qu'il y a encore bien des choses à payer.

Ces remontrances, ces adoucissements que l'on prendra sur cela laissent bien quelque chose à dire sur le fait de l'autorité royale, car ç'aura été à la requête du peuple, aux cris, à un commencement de révolte que ces soulagements seront arrivés au peuple, et non par une sage, prévoyante et souveraine direc-

tion; gare que de cette demande on ne passe à celle
de la tenue des états généraux !

9 avril. — M. Ledran s'est retiré de son bureau des
affaires étrangères; on lui donne pour successeur le
sieur de Bussy, que j'avais chassé de ce bureau; c'est
un homme d'intrigue, un traître, un méchant homme,
et grandement soupçonné d'être gagné par l'Angleterre. Je lui ai toujours vu faire une dépense coupable;
il est neveu d'un valet de chambre de Mlle Chausse-
raye, qui ne l'a assisté que du nécessaire; mais lui, il
dépensait 30 à 40 000 livres sur le pavé de Paris, par
an. Je l'ai vu toujours alerte à savoir ce qui se passait,
et à se mêler de tout, quoiqu'on ne le chargeât de rien.
Les Anglais vont être bien avertis de tout désormais;
ajoutez à cela qu'il en coûte beaucoup au roi; c'est
lui et l'État qui perdent leur procès en tout.

12 avril. — Un président au parlement m'a conté
ceci à la campagne : il ne s'y est rien passé ce carême
touchant l'impôt du dixième; seulement, à la grand'-
chambre, on a lavé la tête à l'avocat général d'Ormesson, sur l'affaire de l'écrit imprimé dont on a parlé.
Depuis cela, il y a eu quelques petits concerts au
cabinet des enquêtes, mais toutes leurs réflexions, en
somme, ont été à dire qu'il fallait laisser passer l'année,
que, du temps du cardinal de Fleury, on avait bien
été huit mois sans en parler, qu'on avait seulement
blâmé M. de Machault d'avoir lâché, dans la déclaration de 2 s. pour 1. du dixième, une promesse vaine
d'ôter le dixième aussitôt que la guerre aurait eu fin.
On se plaint beaucoup du premier président, il est

détesté, haï, méprisé; on n'y voit qu'un courtisan et
qu'un homme de peu d'esprit, un bas valet qui vise
au ministère, et surtout à la chancellerie de France.
Sa conduite est si affichée, que personne de la compagnie ne va plus chez lui sans besoin positif. Ils disent
que tout le monde veut devenir ou paraître ministre
aujourd'hui, le grand banc, le parquet des gens du
roi, et tout le reste; que le premier président a mis
sa charge sur le pied de 84 000 livres de rentes, avec
beaucoup de grâces du pouvoir, pour tenir une grande
table aux gens de la cour, car personne de la compagnie n'y va.

Le grand grief est de ce qu'il ne remontre rien à
M. le chancelier, touchant les évocations, et, bien
éloigné de cela, il se sert encore de son crédit pour
attirer des renvois à la grand'chambre d'affaires qui
auraient dû aller naturellement aux enquêtes. La mode
est venue de renvoyer les parties devant des avocats
de Paris, qui se regardent tous comme des juges, qui
prennent 12 livres par vacation, et qui allongent les
affaires, au lieu de les raccourcir, ou bien par-devant
les intendants de province avec quelques gradués : cela
dépouille les bailliages et sénéchaussées; de là, plus
d'appel aux enquêtes. Ainsi, on n'y a plus aucune
pratique, à peine entre-t-on quelquefois depuis la
Pentecôte jusqu'au 8 septembre. Ils ne se soucient
pas, disent-ils, du profit, mais de l'honneur, et
d'être de quelque chose. Aussi les charges de conseiller au parlement ne valent-elles pas aujourd'hui
35 000 livres.

Un officier général, que j'ai aussi vu à la même campagne, m'a dit que toute la noblesse était dégoûtée

du service depuis les dernières réformes, que mon frère y était maudit, et que c'étaient ses ennemis qui lui avaient conseillé le nouveau système qu'il avait embrassé, qu'on sacrifiait tous ceux qui avaient le mieux servi, qu'on ne les remboursait pas, qu'on les ruinait; qu'on s'attendait donc à de nouvelles injustices, que mon frère manquait à des paroles positives, que, pour réparer cela, on supprimait vingt-huit capitaines de cavalerie, pour former deux nouveaux régiments de cavalerie en faveur de deux colonels d'infanterie qui avaient crié le plus haut, MM. de Montcalm et de Bezons; que, de tout cela, le roi avait aujourd'hui moins de troupes qu'il n'en a jamais eu, et qu'il en coûtait quatre millions de plus à l'État.

J'ajouterai encore ce que m'a dit l'officier général dont j'ai parlé sur la dernière réforme :

Que notre infanterie n'est pas belle, qu'on a réformé par compère et commère ce qu'il y avait de meilleur;

Que mon frère s'était caché des inspecteurs sur cette réforme; que Crémille[1] la désavouait entièrement, qu'il n'avait consulté personne, qu'il y avait exercé quelques vengeances particulières;

Qu'il avait préféré de conserver de nouveaux bataillons nullement formés à seize régiments créés depuis quatre-vingts ans, et qui avaient bien servi;

Qu'il méditait encore la réforme de seize autres régiments, mais qu'il s'était arrêté, et n'avait osé aller plus loin;

Que toute la noblesse ouvrait les yeux sur l'ingra-

1. Major général.

titude du service, qu'elle resterait chez elle, que cela
était dangereux, que, de dix ans d'ici, aucun colonel
n'aurait d'emploi à donner, que c'était trop compter
sur la folie de la nation;

Qu'enfin tout ceci n'était qu'un ouvrage de montre,
et fait de façon que, quand il faudrait renouveler la
guerre, il en coûterait beaucoup davantage au roi, et
que Sa Majesté en serait bien plus mal servie.

13 *avril*. — M. de Puisieux rassemble des traîtres
comme lui à la direction des négociations. Jeannel est
un commis de la poste préposé au cabinet de l'interception des lettres; c'est lui qui vend le secret de la
poste au cardinal de Tencin et à M. de Maurepas;
c'est lui qui trahit autrefois le garde des sceaux Chauvelin et MM. Pajot ses bienfaiteurs, directeurs des
postes, et qui, sur une fausse délation, leur fit ôter
leur ferme pour se lier avec des gens nouveaux et
dépendant de lui. M. de Puisieux et M. de Saint-
Séverin se sont liés par ce Jeannel; il leur a donné
Tercier pour troisième premier commis des affaires
étrangères, grosse bête, parent et créature dudit
Jeannel.

Bussy a cheminé par le même canal, et vend la
France à l'Angleterre. Lui et Tercier partagent aujourd'hui le bureau de Ledran, le plus honnête homme
du monde, et qu'on a fait quitter par dégoût.

Au reste, le dessein de M. de Puisieux est que les
grands bureaux des affaires étrangères ne travaillent
plus, sinon pour déchiffrer et pour chiffrer; son petit
conseil particulier du cabinet mène tout : il est composé de Ticquet, MM. de Saint-Séverin et Duverney,

et de là on envoie aux grands bureaux tous les canevas qui sont à employer.

16 avril. — On parle de grands et terribles arrangements de finance qu'on fera passer au parlement si l'on peut. Le premier président a dit à sa famille que, dans quelques jours, il n'aurait pas le temps de songer à d'autres affaires qu'aux affaires publiques. On dit que ce seront de grandes opérations, des retranchements sans doute, le dixième, qui fait tant crier, ôté, et quelque chose de plus onéreux qui lui sera substitué, car les finances ont grand soif, le trésor royal ne paye que pièce à pièce, les dépenses sont montées plus haut que la recette, nul jour à réformer.

Pour diminuer les cris des officiers réformés, on vient d'introduire une nouvelle espèce de grade qui coûte 8000 livres, c'est celui de capitaine réformé; il est permis de le vendre, et on ne pourra monter aux compagnies en pied qu'à son rang de réformé, ce qui sera d'ici à longtemps sur ce pied-là.

Il est bruit plus que jamais de la disgrâce de Mme de Pompadour. Il est certain que pendant la quinzaine le roi a eu deux heures de conversation avec le P. Pérusseau; il n'est pas moins certain que le roi a dit à cette marquise : « Je vous conseille d'aller passer un mois à Crécy. »

Il y a eu de grands changements dans les bureaux des affaires étrangères. On a chassé les Bernage, dont le père était fort vieux et le fils très-honnête homme. On donne ce district au sieur Tercier qui a été secrétaire de M. de Saint-Séverin. On y ajoute un département de politique, savoir : la

Suisse, la diète de l'empire et plusieurs cercles de l'empire.

Bussy a le nord, la cour impériale et l'Angleterre.

L'abbé de la Ville conserve la Hollande, l'Italie et l'Espagne.

Ainsi, par une grande bizarrerie et fort contraire au service, on sépare la cour impériale de l'empire et l'Angleterre de la Hollande. Cela se fait sous le prétexte que ces deux commis ont été employés dans ces deux cours, mais ils s'accorderont comme ils pourront.

Ticquet en a fait une manière d'apologie à mon fils; il lui a dit que M. le marquis de Puisieux avait été bien embarrassé, M. Ledran se voulant retirer; qu'il avait fait des choix par nécessité qu'on lui attribuerait mal à propos par goût, voulant parler du choix de Bussy. Il prétend même que ce ministre avait proposé de reprendre Pecquet, mais que le roi l'avait refusé : j'en doute. C'est M. de Saint-Séverin qui conduit tout ceci, il est ennemi dudit Pecquet; c'est lui qui, étant en Suède, causa sa disgrâce par imposture.

Mon fils m'a dit que Jeannel, dont j'ai parlé ci-dessus, était grand ami de mon frère par Garnier; je m'en doutais bien.

La confiance m'a rendu quelquefois indiscret, la vanité rend d'autres que je sais bien plus indiscrets que moi.

17 avril. — On dit l'affaire de Corse manquée absolument, et que M. de Cursay ayant enfin signifié aux rebelles qu'il n'achèverait jamais son traité avec ses insulaires qu'à condition de retourner sous l'obéissance des Génois, les Corses avaient subitement aban-

donné la France et avaient même fait feu sur les troupes françaises, dont plusieurs de nos gens furent tués.
Ainsi quel parti prendre? Abandonnerons-nous ce bon
office avec lâcheté? on se moquera de nous; résis-
terons-nous? voilà une grande dépense.

18 avril. — Je suis à la campagne. Une compagnie
de la ville arrive qui assure que les édits bursaux
passent aujourd'hui à un conseil extraordinaire qu'on
a convoqué à Choisy, à l'imitation de celui du cinquantième que M. Dodun, sous M. le Duc, désira, en
1725, et qui réussit si mal. On a déjà porté au parlement ce projet de finance, et ensuite on fera assemblée des chambres, ou peut-être lit de justice.

On assure donc qu'il s'agit de réduire le dixième au
vingtième pour vingt ans, ce qui veut dire pour toujours. Dans ce vingtième ne sera pas compris le
dixième du dixième ou les deux sous pour livres,
espèce :

Sur 100 livres de revenu :
Je payais. . . . .   10 livres.
Puis. . . . .   11 —
Je payerai pendant vingt ans. .   6 —

La finance ne consiste qu'en ces trois choses : diminution de dépense, retranchements, augmentation
d'impôts, maltôtes, crédit ou emprunts.

Quand nous aurions aujourd'hui M. de Colbert ou
M. de Sully, il ne persuaderait rien sur les retranchements de dépenses à la cour ; M. de Richelieu en ferait
plus avec son ton préceptoral que tout le reste, mais
il penserait peu à ce bien.

Augmenter les maltôtes ou affaires extraordinaires aujourd'hui, en temps de paix, dans le temps où tout gémit, où tout est mécontent, ce serait grande horreur : le ministre et le gouvernement s'exposeraient dans cette entreprise et subverseraient certainement les opinions qui le sont déjà beaucoup.

Le crédit, l'emprunt est la seule voie, mais l'État est déjà fort surchargé de dettes nationales, car toutes les dettes royales sont nationales, tant activement que passivement, puisque le peuple est chargé de les payer.

Cependant ce troisième moyen est le seul à saisir, non quand c'est pour dissiper, mais quand c'est pour bon emploi. Certainement l'emploi de l'emprunt, l'usage du crédit pour guerroyer, pour bâtir, pour donner, est ruineux pour l'État, mais, quand on travaille à réformer et à améliorer, quand on remet des impôts au peuple, quand on le soulage, quand on rembourse, etc., quand il arrive des contre-temps d'influences célestes, alors le crédit, les emprunts donnent du temps, permettent de respirer, sont agréables au peuple, redressent l'opinion, font chérir le gouvernement, etc.

M. Colbert avait pour maxime de n'admettre que des impôts ; il dit à M. de Harlay, premier président du parlement, qu'il avait perdu l'État en persuadant à Louis XIV les emprunts sur la ville, au lieu d'impôts et de maltôtes. M. Colbert avait raison, quant à la distinction que je viens de dire, que l'emprunt est mauvais, quand c'est pour usage non économique ; aussi était-ce pour guerre, luxe et bâtiments qu'empruntait Louis XIV ; il aurait eu tort dans les circonstances où M. de Sully voulait améliorer l'État.

Est-ce ici ce dernier cas louable? voilà où l'on peut douter encore, et véritablement nous ne voyons point d'amendement. *Vox populi*, *vox Dei;* le peuple est bien éloigné d'y espérer à ce qu'il voit des pratiques de la cour et des entours de son aimable et aimé monarque : les bâtiments entre les mains de sa maîtresse et de l'oncle et frère d'icelle, les fêtes, les opéras, les pensions mal données et données avec excès, l'abus des dépenses de la Maison du roi, pas un honnête homme dans l'administration, certes voilà de quoi décourager sur l'abus de tout emprunt.

Ainsi M. de Machault, sachant en gros les premiers principes de finance, se jette sur les maltôtes, et augmentations réelles de revenus. Ne pouvant obtempérer au peuple en retranchant net le dixième comme il avait été promis, il le retourne et l'augmente, puisqu'il le réduit de 11 livres à 6 livres sur 100 livres, et le constitue sur nos fortunes pour vingt années, gagnant ainsi par la durée ce qu'il veut bien retrancher sur la quotité, et, sur ces 6 livres assurées pour vingt ans, il va faire sans doute des emprunts à rentes tournantes, ce qui lui formera de grosses sommes pour payer des dettes ou pour de nouvelles dépenses.

Ces rentes tournantes qu'a introduites ici Duverney, à l'imitation de l'Angleterre, sont des précautions que le maître prend contre le maître : emprunteur, il fait impôt, et destine tous les ans une partie de cet impôt pour rembourser : par là, il charge davantage ses finances et ses peuples tout à la fois; et, comme il ne dépense pas avec moins de facilité et de légèreté, il charge toujours davantage, et les maltôtes ne cessent plus. *Un prince sage devrait prendre le fond d'amortissement sur ses épargnes seules.*

Le parlement va se croire responsable devant le peuple de stipuler pour les intérêts nationaux en cette occasion. Le parlement est terrible quand il parle beaucoup pour le peuple et peu pour lui; cependant, en ceci, il parle aussi pour lui-même, puisque chaque officier a son patrimoine qu'accablent le dixième et les nouveaux impôts sur les denrées : ainsi, son intérêt se tournera tout en honneur national, de plus il voudra éviter le déshonneur en lâchant pied comme des coquins à la demande de la cour et à des demandes très révoltantes dans un public mécontent.

Il faut encore considérer que, depuis la mort du cardinal de Fleury, le parlement a été maltraité de toutes façons, et de mépris surtout, à l'occasion de la Constitution *Unigenitus*. Le parti janséniste souffle; on a dans le parlement grande haine, grand mépris du premier président Maupeou et du parquet des gens du roi.

Il est vrai que le ministère est doux et cauteleux; il ne poussera point les choses à l'extrême. D'ailleurs, de ce règne-ci, la cour a cherché à corrompre et à gagner le parlement de Paris et quelques-uns des provinces, comme les rois d'Angleterre ont fait dans leur parlement national. Le premier président n'est plus qu'un vil et nécessiteux courtisan; depuis le dernier de Harlay, le grand banc est composé de grands sots, et le parquet de bambins; la grand'chambre n'est qu'une grande bande de moutons radoteurs ou intéressés au sac, et les plus grands harangueurs des enquêtes ont eu la tête tournée par quelques faveurs de cour. Par comparaison au parlement d'Angleterre, qu'y avait-il de plus facile que de gagner ce parlement à offices vénaux, et composé de bourgeois ou d'enfants de financiers et d'agioteurs?

Mais le public, le public! son animosité, ses encouragements, ses pasquinades, son insolence, les dévots, les frondeurs, que ne feront-ils pas dans leur irritation contre la cour, contre la marquise! etc. Voilà ce que je crains.

22 avril. — On mande de tous côtés que le prince Édouard Stuart est arrivé en Pologne, et qu'il y est déjà marié avec la princesse de Radziwil.

Il n'est pas impossible que sa visée ne soit de parvenir à la couronne de Pologne, en imitant tout à fait Charles XII son modèle; il compte de vaincre et Russes et Saxons. Il ameutera cette noblesse polonaise qui gémit du joug moscovite, il s'alliera avec le roi de Prusse et avec la Suède, nous le soutiendrons par argent, etc. Tout cela dépend des premières victoires du roi de Prusse, dans l'attaque qu'on va lui faire: s'il est encore vainqueur avec ses bonnes troupes, le prince Édouard pourra percer les obstacles. Le Turc pourrait enfin le soutenir en donnant des affaires et à l'Autriche et à la Russie. Mais que d'obstacles à combattre, que de dépenses! et qu'espérer en définitive de tout cela?

25 avril. — Je suis à la campagne; il m'arriva hier au soir un exprès avec une lettre, portant que M. de Maurepas avait eu son congé le matin; que l'on donnait la Maison du roi et le clergé à M. de

Saint-Florentin, Paris, les haras, les académies à mon frère; que, la marine ainsi isolée, on ne savait encore à qui elle serait donnée et qu'on attendait.

Voilà un changement qui aura bien surpris. Que de châteaux et projets on aura bâtis et détruits sur ceci! On attribuera tout à des intrigues de femmes; on ne veut jamais qu'un roi puisse faire une action de vertu, ni un acte de volonté raisonnable. Et pourtant ceci en est, à moins que le successeur ne gâte l'action du déplacement; c'est ce que nous saurons bientôt.

Certes, l'on ne pouvait jamais rétablir la marine, ni l'ordre dans la Maison du roi, que ce vil petit courtisan ne fût hors du ministère : il s'opposait à tout bien, il était auteur de tout mal, malin; quelque esprit épigrammatique et opposé au bon, sage, et prévoyant esprit, voilà ses talents.

On observe que, depuis quelque temps, tous les ministres cherchent à ne rien faire sans des conseils en forme. Il faut que le roi se soit plaint à eux de ce que tout allait mal, et ces conseils qu'ils cherchent ne sont pas pour y trouver de nouvelles lumières, mais uniquement pour que les fautes, les plaintes et les malheurs de l'État ne roulent pas sur eux. Mon frère tient à présent de fréquentes assemblées avec les inspecteurs touchant ce qui reste à faire, après avoir fait toutes les réformes avec ses seuls commis et sans conseil.

Le contrôleur général a demandé aussi de fréquents conseils pour les arrangements de finance qu'il a à proposer.

Le fait est que le roi redoit de la guerre 180 000 millions, tous exigibles, aux différents fournisseurs des vivres, fourrages, hôpitaux, etc., et ainsi avec la continuation du dixième pour tant d'années, ou le vingtième ou le cinquantième, etc., on compte de s'arranger pour se remettre au courant.

26 *avril.* — On m'écrit de Paris, que M. de Maurepas vient d'être exilé à Bourges. Voilà cette ville de Bourges le lieu ordinaire d'exil pour les ministres qui ont déplu. Quelqu'un disait hier plaisamment que le roi devrait acheter la maison où a logé le garde des sceaux Chauvelin, pour en faire un palais de France, un hôtel des exilés.

On nous dit que c'est pour irrévérence envers le roi, que ce ministre est disgracié comme ayant été dans la confidence de ces horribles chansons qui ont couru contre Sa Majesté. Certes, la clique des ministres voulant dégoter la marquise de Pompadour était charmée de ces chansons qui dégoûtaient le roi de la vie qu'il mène.

On conjecture donc que c'est pour crime grave, personnel au roi, indignité, étourderie, indiscrétion, et la douceur du règne et du monarque veut qu'un simple exil dans une assez jolie ville soit aujourd'hui tout le supplice qui se décerne à des fautes si capitales. Il est vrai que l'on ne renvoie pas aujourd'hui les ministres pour les grands défauts, ni pour les grandes fautes, mais pour les bagatelles personnelles et qui ne font rien ou peu à l'État.

De cette affaire-là, dit-on, voilà le crédit de M. le comte d'Argenson fort augmenté : c'est le seul ministre ancien et de quelque poids. M. de Maurepas avait intérêt à le détruire et à le contrecarrer, et n'y man-

quait pas par sa malignité et par son envie. Il partageait son crédit, son intrigue dans la cour, contre-
balançait, contreminait la sienne, il était dans la haute
faveur de la reine, de la famille royale; voilà tous ces
avantages réunis sur mon frère seul : il n'aura plus de
contradicteurs, c'est un grand avantage pour un ministre ambitieux et qui vise à la première place.

M. de Machault a déjà tenu le roi pendant deux
conseils pour remédier au désordre des finances, et
l'on n'a encore rien conclu. On m'a dit sous confidence qu'il avait attaqué vivement les désirs et la considération de la marquise et des Pâris, en soutenant
que le bien des affaires voulait qu'on ne changeât rien
à la compagnie des fermiers généraux, ni à celle des
sous-fermiers, et que, s'il y manquait quelques places,
ce fussent eux qui les remplaçassent par leur choix,
qu'il trouverait bien moyen de porter ces compagnies
à augmentation. Ainsi par là, il barre toutes grâces,
tout nouveau placement de créatures et de ce que la
marquise a le plus à cœur.

28 *avril.* — Je retourne à Paris. On ne m'a encore
rien mandé de curieux touchant les causes et les suites
de la disgrâce de M. de Maurepas, mais seulement que
la marine n'était pas encore donnée avant-hier au
soir où l'on m'écrit.

Le roi d'Espagne nous donne ici de grands exemples
d'économie : il retranche la Maison de la reine, et tout
ce qu'il avait d'officiers inutiles; ceux-ci crient, Madrid
est affligé; mais, dans le reste du royaume, on le bé-
nit; on va de ce produit rembourser ceux à qui il est
dû, rétablir la marine, fonder des hôpitaux, etc.

29 *avril.* — J'arrive à Paris. J'apprends des particularités du renvoi de M. de Maurepas.

On n'a vu aucune cause apparente qui dût causer
une disgrâce si prompte; la guerre était finie, les
défauts étaient couverts, on travaillait au rétablissement de la marine, le roi ne lui avait jamais fait
si bonne mine. La dernière fois que ce ministre
fut au lever du roi, Sa Majesté en écouta des contes,
des bons mots et en riait à gorge déployée. Tout
d'un coup, un voyage au petit château fut résolu;
M. de Maurepas dit qu'il irait à la noce de Mlle de
Maupeou, le roi lui ordonna de se bien divertir;
jamais M. de Maurepas ne fut si gai et si content. Ce
jeudi, il devait aller à l'opéra; il avait demandé l'o-
péra nouveau, disant qu'il ne pourrait le voir pendant
le Marly. On l'attendit inutilement jusqu'à six heures;
une voix s'écria dans la salle qu'il avait été congédié
le matin.

En effet, mon frère était venu chez lui le jeudi 24,
avec une lettre de la main du roi, écrite à peu près
dans ces termes :

« Je vous avais dit, monsieur, que je vous avertirais
quand vos services ne me seraient plus nécessaires, je
vous tiens parole : disposez tout pour aller à Bourges
le plus tôt possible que vous pourrez; en attendant,
voyez peu de monde de votre famille. Je vous aurais
permis d'aller à Pontchartrain, si cela n'était pas trop
près de Versailles et de Paris. Point de réponse.

                                    Louis. »

La cause de cette disgrâce, on la fait rouler sur les
chansons répandues contre le roi, dont on lui attribue

une partie, et sur une déclamation trop forte qu'il fit au conseil de Choisy contre les dépenses.

1er *mai.* — M. de Richelieu a l'air de la plus grande faveur depuis la disgrâce de M. de Maurepas, la maîtresse aussi; la réconciliation du favori avec la favorite est entière, cordiale et édifiante; mon frère est en tiers dans cette amitié; on lui attribue la plus grande partie de cette disgrâce, aussi en profite-t-il : il a le département de Paris, les académies, l'imprimerie royale, le guet, les spectacles, la bibliothèque et les haras; M. de Saint-Florentin a la cour, M. Rouillé a la marine comme nouveau secrétaire d'État; il a remercié hier et va promptement être installé.

Mon frère avait souvent parlé, dit-on, d'avoir ce département, comme y ayant beaucoup de goût et de lumières, ayant été lieutenant de police; ainsi gagne-t-il peu à peu par les disgrâces de ses confrères : à celle de M. Orry, il a eu un contrôleur général, sa créature; à la mienne, il a eu les premières entrées de la chambre, etc. On l'accuse d'avoir imité M. de Maurepas et d'avoir été de part avec lui sur plusieurs choses qui ont causé sa disgrâce. Où ne va-t-on pas en jouant ainsi alternativement l'ami et l'ennemi, le confident et le dénonciateur. Il les joue tous, mais quel jeu, bon Dieu!

Sa liaison avec M. de Richelieu n'est fondée que sur ces sortes de passions : le duc de Richelieu se fût sacrifié lui-même pour perdre cet ennemi déclaré; il s'est concilié avec mon frère, mais quelle haine, quel mépris même pour cet ami, que de mauvais tours ils vont se jouer présentement! Aujourd'hui, M. de Richelieu brûle de l'envie d'être dans le conseil : il faudra le satisfaire et y porter toutes les affaires. La paix est impossible entre ces gens-là : la haine et la guerre leur sont trop naturelles; le bien public ne les rassemble jamais.

L'on dit publiquement aujourd'hui que M. de Richelieu va devenir premier ministre comme son grand-oncle : il n'a pas moins de feu, plus de bravoure, mais en a-t-il la sagesse et la justesse d'esprit? Un étourdi dit l'autre jour à l'arbre de Crácovie, au Palais-Royal : « C'est M. de Richelieu qui a fait exiler M. de Maurepas; bon! quand il l'aura résolu, il exilera le roi même. »

Il faut observer que M. le maréchal de Richelieu est assez universellement haï dans Paris, et qu'il est craint de tous, que mon frère s'est acquis les mêmes sentiments du public, mais que, plus craint par son habileté et par son pouvoir, il force davantage les particuliers au silence, et que M. de Maurepas avait au contraire quantité d'amis, et, pour ceux-là, les gens de plus d'esprit et de la bonne compagnie de Paris. Tout cela crie et va, dit-on, redoubler les chansons et les vers pour faire croire que leur patron n'était pas le président de la fabrique. La reine et M. le Dauphin en ont même grand deuil; la reine a pleuré; on dit qu'elle a écrit à M. de Maurepas, ce qui a fort déplu au roi. Quand le roi revint à Versailles, le vendredi à son lever, c'était, dit-on, un morne silence, et personne ne savait où il était; il y avait aussi de la consternation dans une partie de Paris; cependant, il est vrai que ce n'est qu'un fripon de moins dans le ministère.

On s'étonne de ce que Rouillé a accepté la place de secrétaire d'État de la marine : il a soixante ans passés, il est d'une santé chancelante, il s'est épuisé de travail et de plaisirs, il est à tous moments à la mort; mais il en reviendra par la satisfaction et en travaillant peu, comme a fait M. de Puisieux.

Ce choix de M. de Puisieux m'a démontré qu'il venait de la maîtresse et des Pâris. Pendant mon ministère, Montmartel, parlant avec moi de la nécessité d'ôter M. de Maurepas de la marine pour la rétablir, me nomma M. Rouillé comme le seul capable d'y être commis. Concluons donc que le parti des cabinets est toujours le plus fort. Quelques favoris peuvent détruire, mais la maîtresse, les cabinets, les Pâris, le Puisieux, le Saint-Séverin édifieront et placeront leurs créatures.

On assure que le projet de finance est passé au conseil et qu'on ne travaille plus qu'à l'établir : on abolit tous les menus droits sur les vivres, mais on laisse le vingtième pour vingt ans, ce qui va à vingt-deux millions de net dans les coffres du roi, au moyen de quoi l'on payera les dettes exigibles de la guerre. Le public n'est pas content.

On parle plus que jamais de la disgrâce de M. de Maurepas, et il y aura des complices de son indiscrétion frappés de proscriptions. On vient d'arrêter un M. de Bazoncourt, maître d'hôtel du roi, grand ami, dit-on, de M. de Maurepas et accusé de faire des chansons; il a ordre de se défaire de sa charge.

Un premier commis de M. de Maurepas, le sieur Mesnard, est à l'extrémité, ayant été frappé de ce chagrin. Il perd une partie de son revenu, n'ayant plus les haras, l'opéra, le guet de Paris, etc. La plus grande mortification de ce ministre déplacé est d'avoir été la dupe de gens qu'il croyait beaucoup moins habiles que lui.

Pont-de-Veyle, Caylus et plusieurs autres amis à talents courent grand risque d'exils, surtout Pont-de-Veyle qui est grand faiseur de vers.

Il y a eu un célèbre souper chez la maréchale de Duras, où tous les propos ont été sus et fondent les preuves : M. de Maurepas y récita deux couplets d'une chanson connue contre le roi et la marquise; ces couplets étaient nouveaux à la compagnie, et lui seul les savait.

On dit que c'est le sieur Sallé, commis de confiance de ce ministre, qui l'a décelé et trahi.

Mme de Pompadour est gouvernée aujourd'hui par la comtesse d'Estrades, plus spirituelle qu'on n'avait cru, mais très-méchante et très-avare ; c'est elle qui a conduit tout ceci; ces dames et leur parti se disent aujourd'hui : Qui poursuivrons-nous des ministres?

M. de Maurepas ne se doutait de rien au monde, il se croyait bien raccommodé avec ces deux dames; elles le trompaient depuis quelque temps, M. de la Vallière avait fait des démarches vers lui, et il se croyait assuré de cet extravagant suffrage.

On prétend que mon frère n'en a rien su que sur la fin, qu'on ne l'a su dans cette confidence que l'avant-veille, et qu'on lui a offert l'accroissement de département qu'il a eu pour gagner son suffrage; d'autres parlent autrement de ses menées : il est certain qu'il se donne aujourd'hui pour grand homme de bien à la cour et pour le seul attaché à la personne du roi, ne

se mêlant d'aucune intrigue, laissant faire, mais pro-
fitant de ce qu'on lui offre, quand on a besoin de lui.
Cependant aujourd'hui, ces dames vont, dit-on, s'attacher à le déplacer.

M. de Richelieu affecte de ne s'être mêlé de rien
de ce célèbre déplacement, il fait le modeste, et véritablement, il n'y a pas eu grande part.

On parle de plusieurs évêques renvoyés dans leurs
diocèses, entre autres l'archevêque de Tours [1] et l'é-
vêque de Mâcon [2].

2 *mai.* — L'archevêque de Tours a eu une grande
querelle avec l'ancien évêque de Mirepoix, il a ordre
de rester dans son diocèse, il l'a traité de petit moine,
d'homme de la lie du peuple, tandis que lui, archevêque, était de grande naissance.

Tout cela vient à l'occasion du livre du P. Pichon [3],
et ce n'est certainement pas par zèle pour la religion,
mais par pures vues et passions toutes mondaines que
ceci s'agite.

M. de Mirepoix ayant trop favorisé les jésuites
et trop peu les évêques, ceux-ci ont été charmés de
tomber sur leur père Pichon; M. de Mirepoix et les
plus grands favoris, tels que l'archevêque de Paris, ont
ménagé le Pichonisme, le cardinal de Rohan encore
davantage, et plusieurs autres : de là, on s'arme avec
fausseté d'un zèle juste pour l'Église, et l'on sévit de
nouveau et avec plus de vivacité pour démêler les
vraies condamnations d'avec les entortillées.

1. L. J. de Chapt de Rastignac.
2. H. C. de Lort de Sérignan de Valras.
3. Voy. p. 179.

C'est ce qu'a fait l'archevêque de Tours, dans une nouvelle instruction pastorale de quarante pages, et M. de Mirepoix l'a voulu défendre sur-le-champ, ce qui fait gagner le libraire; c'est sur cela que l'archevêque de Tours lui a fait cette sortie si pétulante.

Il est soutenu par d'autres évêques, celui de Châlons, de Mâcon et beaucoup d'autres; c'est un soulèvement, dit-on, de tout le clergé. J'en ai entendu plusieurs : ils sont tous révoltés contre les manières, les discours, les procédés de M. de Mirepoix. Ainsi l'on va voir une révolte générale contre cette espèce de ministre qui les outrage, qui les déshonore, dit-on.

Mais qu'il sera facile au roi d'apaiser cette conjuration! quelques mots d'exil, quelques abbayes en seront l'affaire; cependant, et en attendant, voilà que tout le haut clergé va, dit-on, devenir Janséniste par vengeance.

Convenons que le roi a deux qualités essentielles au souverain pouvoir, l'une la dissimulation quand il veut, et il en pousse très-loin le caractère, comme il vient de faire à l'égard de M. de Maurepas; l'autre des coups de grande sévérité, comme la répression du parlement il y a deux ans, l'emprisonnement du prince Édouard, et l'exil de M. de Maurepas. Avec cela, l'autorité se soutiendra de son règne, mais gare que le ministère n'en abuse trop, que le mécontentement du peuple ne soit poussé trop loin!

On assure que M. de Maurepas alla, la nuit qui suivit son exil, à Versailles secrètement, qu'il y vit la reine, et qu'il y prit dans son bureau quantité de pièces secrètes et importantes pour lui, craignant qu'on ne mît un scellé sur ses papiers.

Quand la duchesse de Boufflers entendit annoncer la disgrâce de M. de Maurepas, elle dit : « A la fin, voilà donc la vie de Mme de Pompadour en sûreté ! »

Le roi a eu en effet une longue conversation avec le P. Pérusseau, son confesseur, et cela pendant la quinzaine de Pâques ; le fait est sûr, mais il est également certain qu'il n'y a point été question de confession ; cela roula sur le soulèvement de la famille royale contre lui. Quelque bon père qu'il soit, Sa Majesté ne trouve que du mécontentement et de mauvais discours qui lui reviennent chaque jour, très-méchants propos contre la maîtresse qu'ils n'appellent que maman P...; on s'en prenait de tout cela à M. de Maurepas, et avec raison.

Le parlement doit faire des remontrances lundi sur les nouveaux arrangements de finance, qui sera le vingtième pendant vingt ans, et autres arrangements ou dérangements.

Le marquis de Meuse a demandé subitement permission de se retirer dans ses terres pour le reste de ses jours, mécontent qu'il est de n'être point fait duc comme on le lui avait promis.

Il paraît de nouvelles chansons contre le roi et contre la marquise, ces chansons pires que jamais : on dit que ce sont les amis de M. de Maurepas qui les font courir, pour prouver qu'il n'était point auteur des autres.

On a arrêté à Beaucaire un M. Bertin, capitaine de cavalerie, fils et frère de maîtres des requêtes ; cela s'est fait avec grand appareil, toutes les maréchaussées rassemblées ; on le garde à vue, on n'y comprend rien.

L'évêque de Rennes, revenant de son ambassade
de Madrid, a ordre de se rendre à son évêché et de
ne pas remonter à la cour. Il comptait ne pas paraître
devant Madame Infante, à qui il avait fait déclaration
d'amour ; mais cette princesse reste ici plus longtemps qu'on n'avait dit ; elle sera du voyage de Compiègne, et ne partira, dit-on, que de Fontainebleau
pour Parme.

3 *mai.* — On en aura encore pour longtemps à dire
sur la disgrâce de M. de Maurepas.

Il avait fait lui-même une chanson, et il était prouvé
que ce ne pouvait être que lui : on avait soupé quatre
seulement aux cabinets, le roi, Mme la marquise,
Mme d'Estrades, M. de Maurepas. La marquise avait
un bouquet de jacinthes blanches, elle le rompit, elle
le répandit ; le lendemain parut cette chanson :

> Par vos façons nobles et franches,
> Iris, vous enchantez nos cœurs ;
> Sur nos pas vous semez des fleurs,
> Mais ce sont des fleurs blanches.

D'ailleurs, disait-on, quand ce ne serait pas lui qui
l'aurait fait, ce sera toujours par quelque autre poëte
de sa relation ; doit-on redire ce qui s'est fait chez le
roi dans le particulier ?

M. de Richelieu a recommandé les affaires du sieur
de Pont-de-Veyle, il en parla à la marquise, elle lui
dit qu'en effet il était fort accusé d'avoir chansonné ;
M. de Richelieu lui dit : « Quoi, madame, vous voulez
prouver par là qu'on n'a chassé un ministre qu'à

cause de ce qui vous était personnel, et non à cause
de sa mauvaise administration ! »

On a refusé à M. de Caylus la permission de suivre
à Bourges son ami Maurepas. Son secrétaire, le sieur
Sallé, y est allé.

5 *mai*. — Il est grand bruit que l'ancien évêque de
Mirepoix se retire du ministère qu'on appelle la feuille
des bénéfices, et qu'on en charge l'abbé de Saint-Cyr,
ci-devant sous-précepteur de M. le Dauphin, et aujourd'hui son seul conseil.

6 *mai*. — On vient d'arrêter à Londres, avec grand
appareil, un nommé Kennedy, Irlandais, avec plusieurs
de ses camarades que l'on disait être fauteurs du
prince Édouard et amis de la France ; on a fait un
grand examen, on leur a trouvé beaucoup de papiers,
et c'est le conseil d'État qui l'examine. On a sur-le-
champ expédié un courrier au colonel York, à Paris,
pour demander des explications. Que sera-ce, si l'on
trouve que la France a connivé à ceci ! Quoi ! tandis que
nous nous montrons si humbles, si pacifiques, nous
serions traîtres et si intrigants sous main, comme à
l'affaire du colonel la Salle ! quelle honte !

On n'a encore osé rien porter à l'assemblée des
chambres du parlement des arrangements de finance
qui se trament. On négocie à force avec les principaux. Un conseiller de grand'chambre me dit hier,
que certainement le parlement ferait des remontrances, qu'il le devait à sa conscience et au public,
qu'il ne serait pas dit que, la paix faite, on mettrait
de nouveaux impôts, on ne supprimerait point le

dixième, ou qu'on imposerait le vingtième sans terme, tandis que la cour ne montrerait aucune économie; ainsi que l'on s'attendait à des obstinations, à de l'aigreur, quand tout ceci sera porté à l'assemblée des enquêtes.

Le roi montre beaucoup de chagrin et d'humeur de tout ce que je viens de dire, et surtout depuis la disgrâce de M. de Maurepas : il brusque tout le monde, il n'y fait pas bon.

M. de Maurepas est au désespoir, est comme un enragé de son exil; il a fallu le saigner en chemin. Il ne s'y attendait pas, il se croyait en haute faveur.

Il n'y a pas d'exemple qu'un ministre se fût fait un aussi grand parti à la cour que celui-ci; il y tenait par les liens les plus forts, famille royale, princesses, reine, courtisans, il était le ministre de la cour, et le roi a été contraint de se cacher de tout le monde pour le coup qu'il a fait.

On réveilla mon frère la nuit à deux heures pour le charger de cette expédition. Il eut grand'peur quand on lui dit que c'était de la part du roi, il se crut perdu (tant est terrible cette vie de ministre !); cependant quand il vit que c'était Bridge, l'écuyer, il se rassura, et, voyant que cela ne regardait que M. de Maurepas, il fut plus aise que fâché.

7 mai. — La marquise de Pompadour est aujourd'hui conduite tout autrement qu'elle n'était; on s'est mis en tête de donner de l'esprit à la comtesse d'Estrades, sa cousine, on y a trouvé du bon sens, de la décision, avec quelque dureté de caractère, elle a assez réussi auprès de Mesdames; sur cela, Messieurs....

s'en sont emparés, et lui ont inspiré la jalousie des
Pâris et le désir de gouverner seule : cela a réussi
parfaitement. C'est donc la comtesse qui gouverne
décidément la marquise, elle l'a décidée par une volonté ferme et hardie qui ne doute de rien.

Sur cela, MM. Pâris ont été cassés aux gages et ne
sont plus consultés qu'une fois par mois ; ils le sentent
et en gémissent. Le roi est persuadé que Duverney
est un fol dangereux, lequel gouverne Montmartel,
son frère.

M. de Puisieux même a déplu beaucoup depuis
quelque temps. A l'occasion de la disgrâce de M. de
Maurepas, il a voulu trancher du bon confrère, et
dire qu'on ne renvoyait pas ainsi le plus ancien des
ministres, que c'était dommage pour le bien de l'État,
puisqu'il avait beaucoup d'esprit, beaucoup d'expérience, une grande étendue de connaissances, enfin
il a osé sourciller et murmurer de ce coup d'État
favori du roi et de la marquise ; cela lui a attiré
grande froideur dans les cabinets, on veut le corriger
mais non le perdre.

8 *mai*. — M. Amelot, ancien ministre des affaires
étrangères, comme je l'ai été, mais plus inutile que
moi, plus obséquieux à M. de Maurepas de son temps,
est mort cet après-midi, d'un ulcère dans les reins.
La disgrâce de son ami, M. de Maurepas, a fort
avancé sa mort, lui ôtant le reste de ses espérances.

Un des amis de M. de Maurepas a dit qu'il était
parti dans ces dispositions, que, pour lui-même, il
n'en était pas embarrassé, qu'il connaissait son fond
de gaieté et de légèreté d'esprit, sa facilité à s'amuser

de tout, mais qu'il ne répondait pas de l'effet cruel que lui ferait la tristesse de sa femme, qu'elle lui présenterait continuellement un spectacle tragique et de regrets : en effet, cette dame a aussi peu d'esprit que beaucoup de hauteur; depuis son enfance, elle vit à la cour en grande dame et ne peut se résoudre à la disgrâce; la grandeur lui est chère. Quelle misère!

Le parlement s'assemble ce matin sur les nouveaux édits. On les porta hier à la grand'chambre, qui a indiqué pour ce matin l'assemblée des chambres. On ne doute pas qu'elle ne nomme des commissaires pour l'examen.

Il y a quatre édits : 1° la suppression du dixième.

2° L'établissement du vingtième à la place, et cela sans terme défini.

3° Une augmentation de droits de trentième par livre de tabac étranger qui entre dans le royaume.

4ⁿ L'établissement d'une caisse de remboursement des dettes de l'État, et cela par des annuités, actions sur le roi portant intérêts et remboursables au bout d'un an ou deux ans; d'abord ce ne sera que pour dix-huit millions, mais on dit que cela ira ensuite à trente-six, et gare que cela n'aille davantage!

Voilà l'édit qui fera le plus de difficulté; on donnera pour fond à ces annuités le produit du vingtième, qui doit aller à vingt ou vingt-deux millions annuels. Cela annonce d'abord que le vingtième sera pour long-temps, même pour toujours. Cela fait craindre ensuite que ce ne soit un papier qu'on veuille mettre sur la place, ce qui annonce de plus gros emprunts, même une faillite par la suite, comme il arrive si souvent en France à tous papiers.

On s'attend donc aux plus fortes remontrances de
la part du parlement, et l'on ajoute que ceux de province feront encore pis, les matières étant très-com-
bustibles, leurs dispositions mauvaises contre la cour,
harcelés continuellement par la misère des provinces.
Le parlement de Bordeaux surtout donnera la main à
celui de Toulouse, etc.

Cependant l'on ne cherche en rien à adoucir les
esprits. On avait parlé de supprimer les derniers
droits sur les vivres, mais il n'en est plus question;
le centième denier sur les mutations de meubles se
fait sentir de plus en plus dans le commerce des biens
et dans les successions.

Il y a eu un grand affront fait aux deux conseillers
du conseil royal : quand on a fait une assemblée de
ministres, pour ces nouveaux arrangements de finance,
on ne leur a pas fait l'honneur de les y convoquer;
M. d'Ormesson était malade à la vérité, mais M. de
Brou a essuyé cette honte. Ils m'ont dit qu'ils étaient
bien aises de ne pas se trouver à ces conseils de misères. Depuis que M. de Machault administre les finances, on ne s'est jamais si fort piqué de ne porter que
des niaiseries au conseil de finance.

9 *mai.* — Une quinzaine avant sa disgrâce, M. de
Maurepas reçut visite de la marquise de Pompadour
et de la comtesse d'Estrades. La première lui dit : « On
ne dira pas que j'envoie chercher les ministres, je les
viens chercher; » puis : « Quand saurez-vous donc les
auteurs des chansons?

— Quand je le saurai, madame, je le dirai au
roi.

— Vous faites, monsieur, peu de cas des maîtresses du roi. »

M. de Maurepas repartit : « Je les ai toujours respectées, *de quelque espèce qu'elles soient.* » Sur cela, l'on s'est séparé.

A la dernière chasse, le roi fit monter M. le Dauphin avec lui dans son carrosse à deux; Sa Majesté lui demanda ce qu'il avait pensé du renvoi de M. de Maurepas; M. le Dauphin lui dit qu'il n'y pensait plus. Le roi dit : « Dans quelques années, je vous montrerai mes raisons et mes preuves : il est bien heureux que je n'aie fait que l'exiler; il y avait de quoi aller bien plus loin, il ne le doit qu'à ma clémence. »

Mme O'Brien, comtesse de Lismore, est dans son exil à Orléans très-mal, elle crache le sang et maigrit à vue d'œil. Elle l'a fait représenter au roi, demandant de revenir à Paris pour consulter des médecins; le roi a refusé et lui a offert seulement d'aller dans quelque autre ville, pourvu qu'elle résidât à trente lieues de Paris. Son mari revient de Rome, et va se trouver pour le ministère aussi embarrassé qu'embarrassant.

10 mai. — L'assemblée des chambres du parlement a opiné et conclu pour des commissaires qui examineraient les édits et des remontrances arrêtées en même temps, ce qui est extraordinaire, car on nomme ordinairement d'abord des commissaires pour l'examen, puis, en conséquence du rapport qu'ils font, on ordonne l'enregistrement ou les remontrances. On a montré à ceci beaucoup de chaleur; l'avis dont il s'agit a passé de cent six voix contre quarante-neuf, qui allaient à l'enregistrement pur et simple.

Le cardinal de ***, qui m'apprit hier ce détail, dit que le parlement ne promet pas poires molles, et que, d'un autre côté, le roi était résolu à rester très-ferme et à ne se pas relâcher de la moindre chose, de sorte que le parlement n'enregistrera qu'avec des lettres de jussion.

On avait parlé d'abord de limiter le vingtième sur les biens à douze ans, mais cette limitation dérangerait, dit-on, toute l'économie du système, et il le faut sans limitation, ce qui choque le plus le parlement.

Les remontrances doivent être assez fermes, dit-on; on avait donc négocié assez heureusement avec un grand nombre des membres du parlement pour que quarante-neuf fussent d'avis de l'enregistrement pur et simple. Le premier président Maupeou s'y distingue; il veut mériter des récompenses, soit la place de chancelier, soit aujourd'hui la charge de grand maître des cérémonies de l'ordre du Saint-Esprit, que M. Amelot laisse vacante par sa mort. J'en sais d'autres qu'on gagne, mais gare les parlements provinciaux! Il n'y aura certainement point de lit de justice tenu.

M. Trudaine est chargé de la correspondance du commerce; il est grand favori du contrôleur général.

La Maison de Rohan a grande joie du déplacement de M. de Maurepas, qu'elle regardait avec raison comme son ennemi, depuis qu'il avait substitué Mme de Duras à Mme de Tallard[1]. M. de Soubise, étant

1. Mme de Tallard était Rohan et gouvernante des enfants de France. La maréchale de Duras était dame d'honneur de Madame.

devenu des amis particuliers de Mme de Pompadour
à ce dessein, est parvenu à le détruire et à faire valoir ses fautes et ses vices de cœur et d'esprit.

11 *mai*. — On disait hier une nouvelle bien fâcheuse, c'était le bruit des promenades, savoir que
M. le Dauphin, en dormant, avait donné un grand
coup de coude dans le ventre de Mme la Dauphine,
et qu'elle était certainement blessée. Si cela est, combien le peuple va crier à la colère céleste, contre
la race royale, pour les scandales que le roi donne
au peuple.

M. de Cotte, qui n'est plus dans les bâtiments, me
disait avant-hier que les nids à rats qu'on faisait
coûtaient plus que les grands bâtiments de Louis XIV;
que le roi était d'une facilité singulière à tout ce
qu'on lui proposait dans ce genre-là; que M. de
Tournehem n'y entendait rien, et que les dépenses
étaient énormes.

Il est beaucoup question de cet arrangement-ci
pour la charge de grand prévôt de l'ordre du Saint-
Esprit, que M. Amelot laisse vacante : M. de Machault la prendrait, dit-on, parce qu'il est en état de
faire ses preuves, et M. de Montmartel ou M. de
Tournehem prendrait celle de grand trésorier, où il
ne faut pas de preuves. M. Rouillé est trop nouvel-
lement comblé de grâces pour avoir celle-ci, et M. de
Maupeou, premier président, est trop dans la crise des
affaires de la finance avec leparlement pour lui accorder cette grâce en ces circonstances, quoique, dit-
on, nous eussions grand besoin que le Saint-Esprit
vînt descendre sur cette assemblée.

J'ai vu hier un président à mortier qui sortait du comité pour rédiger les remontrances : ces remontrances doivent se rapporter ce matin à l'assemblée des chambres. Il m'a conté de quoi il s'agissait :

1° Une déclaration pour augmenter les droits sur les tabacs étrangers, registrée sur le champ, et on la crie actuellement dans les rues;

2° Un édit portant révocation du dixième à commencer du 1er janvier 1750;

3° Un édit portant création du vingtième au 1er janvier 1750, sans limitation de temps, ce qui sera le grand sujet des remontrances; cette création est destinée à payer et rembourser les dettes pressantes de l'État. On en fera une caisse; cette caisse aura un trésorier particulier et sera tout à fait indépendante du trésor royal; on l'appellera caisse d'amortissement, ce qui est à l'imitation d'Angleterre;

4° Création de rentes constituées (comme celles de la ville, et non par annuités comme on avait dit) : ce seront rentes tournantes au denier vingt. Tous les ans, on en remboursera le douzième, ainsi elles seront éteintes au bout de douze ans; on procédera par voie de loterie, on en mettra chaque année pour trois millions dans la roue de fortune et on en remboursera pour autant.

On suppose que, le dixième valant quarante-deux millions, le vingtième vaudra environ vingt-un millions annuellement; ce sera cinq millions, les premières années, qui iront à payer les rentes et à rembourser le fond de l'emprunt de trente-six millions, cet emprunt est destiné à payer les dettes les plus criardes; puis ce sera quinze millions par la suite pour

v   30

rembourser d'autres dettes. Avec cela, l'on compte d'augmenter les fermes générales de plusieurs millions. Le roi déclare que le rétablissement de la marine est pourvu sur d'autres fonds, et donne sa parole royale que jamais on ne divertira rien de ce fond d'amortissement.

On a calculé qu'en vingt années le roi peut rembourser pour six cent millions de dettes avec ces vingt millions de revenu.

12 mai. — MM. Thomé et *** se sont distingués dans l'assemblée des chambres à crier contre le projet de finance et de nouveaux impôts que l'on met sur le peuple au sortir d'une guerre cruelle et dispendieuse, sur le mauvais ménage des finances, les dépenses de la cour et surtout les bâtiments.

On conte que la disgrâce de M. de Maurepas est arrivée ainsi : depuis quelque temps Mme de Pompadour faisait coucher auprès d'elle un chirurgien ; cela a importuné le roi : il lui en a demandé la cause ; elle lui a dit enfin qu'elle craignait le poison de M. de Maurepas, enfin on l'aurait chassé pour cela seul. On crie de tous côtés contre la maîtresse ; de tous côtés il revient de nouveaux traits de son crédit et des prodigalités royales. Migeon, ébéniste du faubourg Saint-Antoine, vient d'avoir 3000 francs de pension pour avoir fait une belle chaise percée à ladite marquise. La Fontaine, sellier, 4000 francs de pension pour lui avoir fait une belle berline. Son procureur, qui est aujourd'hui le chef de son conseil, 20 000 francs de pension, en attendant qu'il ait une place de fermier général. On lui a acheté le terrain de Meudon où l'on construit pour elle cette belle maison, au moyen de quoi le bâtiment est sur son compte. On lui bâtit à Fontainebleau un hôtel superbe dans la ville, et l'on a creusé des rochers pour lui faire quelques vues.

Elle vient d'acheter aux Capucins de la place de Vendôme un caveau de sépulture; Mme de la Trémouille l'avait pour son fils, le tenant de la Maison de Créqui, celle de la Trémouille en a un autre : à ce propos, Mme de la Trémouille a demandé que la charge du duc de Fleury retournât à son fils, et que le duc de Fleury fût chargé de la lui remettre.

Ayant acquis cette sépulture, elle y a fait porter le corps de sa mère, on lui a élevé un mausolée, et elle y destine le sien. Le roi l'ayant su, lui a demandé à quoi elle destinait cette jolie acquisition ; elle a donc dit que c'était pour sa mère, puis pour elle, et « qu'elle s'y ferait enterrer toute vivante, si jamais le roi la quittait. »

Mon frère prend un grand air de faveur, ceci est un renouvellement de ministère : l'on dit qu'il a commencé par charmer les gens de lettres, à son audience de vendredi, par la réception qu'il leur a faite; il y joindra quelques bienfaits qu'il obtiendra du roi ; or, les gens de lettres sont de grands prôneurs. Il va amuser le roi infiniment par les détails de Paris qu'il maniera mieux que M. de Maurepas, et sera plus à portée de flatter les passions du maître. Il ne tardera pas à prendre un autre lieutenant de police qui pourrait être Laporte. Mais tout cela donnera ombrage à la marquise qui travaillera bientôt contre lui, et lui contre elle.

L'évêque de Rennes vient d'arriver à Paris, et n'est point exilé à Rennes, comme on avait dit. Il va intriguer et plaire à la cour; il se rendra le meilleur ami de la marquise.

La fausse couche de Madame la Dauphine perce le cœur à tout le monde. On dit qu'elle n'est pas réglée, et que pareilles aventures lui arriveront toujours, tant qu'elle ne le sera pas, que cela est ordinaire aux Allemandes, qu'on ne s'en effraye pas ailleurs, mais qu'il faudrait plusieurs mois de divorce, qu'elle allât aux eaux de Forges, et que M. le Dauphin allât faire une tournée dans le royaume, comme aux frontières de l'Alsace et des Trois-Évêchés.

M. de Lanmary vient de mourir à Stockholm; c'est une ambassade difficile à donner aujourd'hui.

Il y a une affaire horrible dans le régiment de Normandie : un M. Delalleau, major, s'étant attiré la haine d'une partie de ce régiment pendant qu'il était chargé du détail de Maestricht sous le maréchal de Lowendal, est venu demander raison au sieur de Villers, l'un de ses capitaines, des mauvais discours qu'il tenait de lui; ils ont été se battre en pays de Liége. Quarante-cinq officiers du même régiment ont été assister Villers et lui ont prêté une épée, quand la sienne a été cassée; ils se sont battus comme des chiens. Villers en mourra, s'il n'est pas mort; tous ces officiers sont coupables et méritent grande punition, si l'on veut rétablir la règle, la subordination, l'ordre et les lois.

13 *mai.* — Une dame qui arrive de Marly m'a conté ce qui suit, que je raconterai à mesure que cela me viendra à l'esprit.

Mon frère a eu la plus grande part à la disgrâce de
M. de Maurepas; on le considère ainsi dans la famille
de celui-ci, et parmi les grands courtisans; on le prouve
par sa dépouille qu'il a obtenue, par son affectation
d'avoir voulu paraître l'ignorer, et surtout par ce qui
a précédé, c'est-à-dire son grand ajustement avec
le maréchal de Richelieu, d'ennemis qu'ils avaient été
toute leur vie. Ce qu'on admire est le médiateur, le
président Hénault, grand favori de la reine; il a été,
dans cette affaire, le grand conciliateur, et leur a
donné des dîners tête à tête; c'était sans doute pour
machiner la disgrâce du Maurepas, dit-on, et cependant il reste toujours bien avec la reine.

Mais que deviendra cette nouvelle faveur de mon
frère? voilà ce qui rend la cour attentive; le voilà devenu une manière de premier ministre; est-ce de
l'aveu de Mme de Pompadour, est-ce contre elle? Il
possède aujourd'hui tous les secrets de l'État, de la
poste, l'intrigue de la cour et de Paris, il dispose de
cinq cent mille livres par an en espions. M. de Richelieu peut donner une nouvelle maîtresse au roi, et
bientôt, par la supériorité de faveur, il expulsera mon
frère. Sa goutte, avec cela, le menace de chute : voilà
une situation scabreuse; sa faveur en fait un ministre
occupé, mais n'en fera jamais un grand ministre.

La reine désobligea infiniment le roi quand elle eut
appris la disgrâce de Maurepas. Mme d'Aumont le
manda par un courrier à sa mère, la maréchale de
Duras : à l'instant, il y eut chez cette dame grande assemblée qui dura jusqu'à onze heures; elle était composée de la reine, de M. le Dauphin, et de Mesdames.
La reine pleura continuellement pendant deux jours;

à tous ceux qu'elle rencontrait, elle leur serrait la main et leur disait : « N'êtes-vous pas bien fâché de ce pauvre M. de Maurepas? » Le roi a su tout cela. M. de Maurepas fut si touché, si furieux de sa disgrâce, qu'il ne put rien prendre pendant vingt-quatre heures; il voulut seulement prendre un verre d'eau et la vomit.

Il fut beaucoup question de l'envoyer à Issoire, comme M. Chauvelin; on se rabattit à Bourges.

Ce qui a le plus avancé sa disgrâce a été un mauvais discours qu'il tint chez la maréchale de Villars devant plus de trente personnes, maitres ou valets, le jour où il avait reçu la visite de Mme de Pompadour. On lui dit qu'il avait reçu le matin une belle visite. « Oui, dit-il, de la marquise, cela lui portera malheur; je me souviens que Mme de Mailly vint aussi me voir deux jours avant que d'être renvoyée pour Mme de Châteauroux; l'on sait que je l'ai empoisonnée; je leur porte malheur à toutes. » Il n'en faut pas davantage pour donner envie au roi de faire mentir de telles annonces, et pour produire le contraire précisément.

La fortune de la Maison de la Trémouille vient aujourd'hui de l'emplette du caveau aux Capucins dont j'ai parlé pour en faire la sépulture des Poisson. Cela a lié la duchesse de la Trémouille avec Mme de Pompadour : de là, elle a obtenu la duché-pairie pour M. de Taillebourg; Mme de Talmond, sa mère, est très-mal avec le roi et l'ignorait, le roi Stanislas n'en savait rien et en fut très-agréablement surpris. De plus, Mme de la Trémouille a demandé que la charge de premier gentilhomme de la chambre revînt à son

frère, quand il serait en âge de l'exercer ; on assure
que cela est promis, et que M. le duc de Fleury a des
dégoûts qui y tendent, et qu'il a une espèce d'ordre
de se défaire de sa charge incessamment ; il a peu
exercé pendant l'année dont il sort.

Le roi passe sa vie chez la marquise à des amusements qui étonnent ; ce sera une querelle pour quelques dentelles volées ; le monarque lui-même inter-
roge les valets soupçonnés, et y passe des deux et trois
heures.

Il y eut, à un voyage de Choisy, une querelle terrible entre le roi et elle, touchant le renouvellement
des fermes ; il y eut des pleurs, le roi lui défendit de
plus se mêler de cette affaire, ni de finance ; elle l'a
promis, et, depuis cela, elle ne reçoit plus aucuns
placets.

M. de Saint-Séverin donne des traits d'extravagance. Voici deux réponses de lui en grand cercle :
on lui demanda s'il n'avait pas eu peur du public en
faisant des révérences à sa réception de chevalier de
l'ordre. Voici sa réponse : « Je n'ai jamais connu ce
sentiment de la peur du public ; j'ai toujours regardé
le public comme un banc. » On lui dit qu'on avait
pendu Fontauban. « C'est moi, répondit-il, qui l'ai
fait pendre ; je voudrais de même faire pendre la
moitié du genre humain, et je ne sais en vérité ce que
je ferais de l'autre. »

M. de Puisieux s'est donné un grand ridicule en
faisant l'amoureux de Mme de Flavacourt (la Poule[1]).

---

1. Sobriquet donné à cette dame du palais de la reine. Il lui
était commun avec la duchesse de Luynes.

On s'en est moqué dans les cabinets; elle lui préfère le
baron de Scheffer, ministre de Suède.

M. Amelot, ancien ministre d'État, qui vient de
mourir, a conservé son grand appétit jusques à la fin,
et est mort de trop manger. Il n'a pas voulu songer
à faire un testament pour son fils, qui n'aura pas plus
que ses filles. C'était un fort petit esprit, curieux et lit-
térateur.

14 mai. — Les affaires du parlement, pour l'enregistrement des édits, donnent grand tintoin à la cour.
On vient de me donner copie des points arrêtés pour
les remontrances proposées. Cela tombe sur les promesses réitérées du roi de supprimer le dixième, dès
qu'il aurait posé les armes, la quantité d'argent et
d'impôts que le roi a tirée de ses peuples pendant la
guerre, l'espérance qu'avait la nation qu'après la paix
on ne lui demanderait plus de nouvelles impositions
pour payer les dettes de la guerre, la préférence
que l'on doit donner au soulagement des peuples sur
le projet annoncé, par l'édit, de rembourser des
dettes non exigibles, la convenance de réserver l'imposition portée par l'édit pour des besoins pressants
et non pour des vues d'arrangements, le tort que
ce nouvel impôt fera aux autres revenus du roi, etc. :
voilà ce que les commissaires des enquêtes ont à étendre, et leur paraphrase sera, dit-on, hardie et forte.
Il doit y être parlé d'Henri IV et de M. de Sully,
des dépenses excessives de la cour, des bâtiments
et de la comparaison avec l'Angleterre, où, pareil
établissement d'un fond d'amortissement ayant eu lieu
en 1714, jamais on n'en a payé un sol des dettes

de l'État, mais on s'y est toujours pris pour les dépenses extraordinaires, ce qui donne ici un fameux argument *à fortiori*.

Que sera-t-il de tout ceci? le roi a résolu de rester ferme et de ne se relâcher de rien, de faire obéir le parlement sans lit de justice. D'un autre côté, le parlement a devant lui son honneur, le long oubli qu'on a fait de lui, le mauvais traitement qu'il a essuyé à la dernière occasion qui regardait la Constitution. Il se voit ici sans intérêt, n'ayant que celui de citoyen, les peuples pour lui et les parlements provinciaux qui s'uniront à lui et qui seront encore plus vifs que lui; le voilà bien fort.

Le roi a arrêté tous les bâtiments de Choisy. D'un autre côté, il a posé avec cérémonie la première pierre au bâtiment de Meudon, mais il l'a restreint.

M. de Luynes continue le journal de M. Dangeau, de tout ce que fait le roi jour par jour, ce qui est curieux avec fadeur et insipidité[1].

15 *mai*. — Le bruit était public, hier, au Jardin du Palais-Royal, que mon frère allait être déclaré premier ministre; ce fut un homme de sa maison qui le dit confidemment à plusieurs, et ceux-ci à d'autres. C'est l'affaire avec le parlement qui lui donnera cette grande place, le roi s'y trouvant fort embarrassé avec le piètre ministre qu'il s'est fait.

Tous ces parlementaires se répandent comme des furieux dans le public à crier comme ils ont fait dans

1. Nous avons eu et nous aurons encore souvent occasion de citer ces *Mémoires du duc de Luynes*, publiés par MM. L. Dussieux et E. Soulié.

les assemblées du parlement et dans leur cabinet de
saint Louis contre les abus du gouvernement; ils
tombent dans le sérieux et dans le fanatisme; on en
est tout effrayé à la cour.

16 *mai*. — La marquise de Pompadour a été dîner
chez mon frère et recherche son amitié; celui-ci est en
haute faveur auprès du roi. S. M. le regarde comme
le seul qui puisse le retirer du mauvais pas où il est
quant aux finances et au parlement, pouvant lui
donner des conseils de fermeté et d'expédient.

Le roi a été deux heures à Neuilly chez mon frère
à se promener partout, et lui a conseillé d'y bâtir. On
est donc plus persuadé que jamais qu'il va devenir
garde des sceaux ou premier ministre.

M. Pallu, intendant de Lyon, vient d'être nommé
conseiller d'État, et garde son intendance, quoique
d'autres l'eussent demandée en pareil cas, et que cela
leur eût été refusé. Mon frère travaille à cela sous
main pour empêcher M. de Sérilly de parvenir à l'intendance d'Alsace, qui lui est promise. Sérilly est
beau-frère de Pâris; on leur joue les tours que l'on
peut.

18 *mai*. — J'ai été hier à Versailles; voici ce que
j'y ai vu et appris.

M. de Puisieux dépérit à un point extrême, ne
pouvant qu'à peine se soutenir et parler, ne disant
pas deux propos de suite. Cependant, il voulut aller
à la chasse avant-hier; il arriva en carrosse, toujours
avec son M. Ticquet et quantité de papiers qu'on lui
lit et qu'il n'écoute pas; il monta à cheval un mo-

ment, puis retourna au château; l'on dit : Voilà une belle ambassade!

Tout le monde dit du mal de M. de Maurepas, même ses amis; l'on dit qu'il mourra bientôt, il a été saigné deux fois, il ne voit personne à Bourges, il est toujours enfermé avec sa triste femme.

Le nouveau ministre[1], M. Rouillé, est assez ridicule par des airs de familiarité qu'il prend, même avec le roi. Sa femme sera présentée samedi prochain : on s'attend encore à plus de ridicule par ses discours et par sa figure petite et bourgeoise. Nous avons trois ministres d'une taille ridicule à voir ensemble, MM. de Puisieux, Saint-Florentin et Rouillé; ce sont trois nains, et fort laids. M. de Saint-Florentin fait l'important, depuis qu'il a hérité d'une partie du département de M. de Maurepas; mais on a bien de la peine à le prendre en considération, il a très-peu d'esprit; cette médiocrité, une fois connue, a toujours grand succès pour se soutenir immanquablement et pour avancer.

Mon frère y a l'air du premier ministre : quand il entre chez le roi, il faut voir l'escarre[2] que cela fait dans la foule des courtisans; il faut voir aussi combien il est affairé. Ses amis assurent qu'il se tue pour l'État; lui-même ne fait que dire : voilà un beau début dans mon nouveau département : le parlement à réduire! Mais comment pousser cette grande compagnie et les autres parlements provinciaux sur les impôts à faire passer? Voilà le *hic* ! On négocie à force dans ce corps.

1. De la marine.
2. Ouverture faite avec fracas : c'était un terme d'artillerie.

Cette surcharge d'affaires fait supposer que mon frère sera soulagé; on croit qu'il va être garde des sceaux ou premier ministre, et que mon fils aura la survivance d'une de ces places. Le roi me dit hier, à son lever, un propos qui sent cette annonce; il me demanda si mon fils était parti pour la Suisse; je répondis de bonne foi qu'il n'avait pas encore pris congé de S. M. Le monarque avait souri en disant cela; nous connaissons ses petites finesses ordinaires, dont S. M. fait malheureusement plus de cas que des choses mêmes; cela peut donc vouloir dire qu'il va lui donner quelque petite place ici, et que cela est déjà fait *in petto*.

J'ai vu l'évêque de Rennes qui n'a plus l'air que d'un vieux curé : il est jauni, vieilli, maigri, il ne se soutient qu'avec une canne; l'on dit qu'il affecte de n'être plus propre à la galanterie. Le roi l'a beaucoup accueilli, contre ce qu'on m'avait dit, puisqu'on le disait exilé à son arrivée.

L'on prétend que le roi est fort mécontent du Dauphin et de la Dauphine, qui ont tenu des mauvais discours de la marquise de Pompadour, à l'occasion de leur mécontentement du renvoi de M. de Maurepas. Il le leur marque, et n'a pas mis le pied chez eux, depuis la fausse couche de Mme la Dauphine.

La reine est fort occupée de je ne sais quelles affaires; mon frère y passe des deux et trois heures après chaque conseil; il tient toujours le président Hénault logé près de lui à Versailles dans une chambre qui joint la sienne, et le président, grand ami de la reine, le relaye pour lui persuader ce qu'il faut; de là, il va chez la marquise de Pompadour; il négocie, il

espionne. Oh! grandes et misérables affaires de
la cour!

La marquise a dit à un de ses amis qu'elle se repentait fort *d'avoir souffert* qu'on me déplaçât; qu'elle
reconnaissait qu'elle avait péché en cela contre le roi
et contre le public, et que le choix de mon successeur
avait produit de mauvaises affaires à notre situation
politique. Le cardinal de Tencin m'a dit que j'avais
grand tort de ne me pas montrer plus souvent. Mme la
Dauphine m'a enfin parlé hier et m'a fait différentes
questions, quelques reproches obligeants sur ce que
je ne paraissais pas plus souvent à la cour.

19 mai. — Les choses vont mal pour la marquise.
Son frère de Vandières vient de vendre sa capitainerie
à M. le prince de Soubise, moyennant 180 000 livres,
et il va voyager pour voir à Rome les beaux tableaux,
statues, palais, etc., et les dessiner. L'on dit que c'est
qu'il ennuyait le roi avec excès.

On vient de nommer M. Pallu conseiller d'État, et
il garde son intendance de Lyon, tandis qu'on la refuse à d'autres. Il est beau-frère de M. Rouillé, nouveau secrétaire d'État, et M. le contrôleur général
s'est donné pour son parent. Il y a six à sept intendants devant lui, tous meilleurs que lui; il a mal fait
à Lyon : il y eut il y a quelques années une aventure
fâcheuse où le peuple le maltraita, le traîna en désha-
billé au milieu de la ville, et l'obligea à signer à l'hôtel
de ville un arrêt contraire à ce qui lui avait été pres-
crit, le tout pour mesures mal prises; le prévôt des
marchands en fut chassé de sa place, et on lui conserva
la sienne par faveur. Cela fait crier avec raison, et

qui est-ce qui doit vouloir présentement être intendant de province avec travail et réputation? Le contrôleur général traverse la justice de leur récompense et de leur encouragement. Pallu avec cela n'est rien par naissance comme par mérite. J'ai quantité de baux signés Pallu dans mes terres de Touraine.

Hier se sont passées les remontrances dans cette forme : conseil des dépêches assemblé, le premier président est entré avec deux présidents, MM. d'Aligre et Molé, ils ont remis les remontrances par écrit, puis on les a fait retirer, le conseil a continué, et a duré encore quelque temps. On ne doute pas que la réponse ne soit ordre d'enregistrer, et défense de nouvelles remontrances, puis pourront venir lettres de jussion portées par un prince du sang pour un lit de justice, et l'on dit que l'on s'en est fermé le chemin en débattant comme on a fait. Cependant le ministère est fort animé contre le parlement, toutes les mesures dont il avait répondu ayant manqué. M. de Maurepas, dit-on, manœuvrait tout ceci avec grande habileté et succès; le parlement n'est pas moins animé, et s'avisera de quelques diableries, comme de rendre ses charges, d'abandonner la reddition de la justice, ou quelque autre chose plus efficace, *juris et de jure*. Certes il n'en a pas tant fait pour reculer, il se voit soutenu du public, il voit le nouveau système de remboursement fort déraisonnable dans le temps où nous sommes, il a saisi fortement ce raisonnement : *que les dettes exigibles se payent par des efforts, et que les dettes non exigibles ne se doivent payer que par l'économie.* Ils disent que le roi manque de parole, qu'il y a cent moyens naturels de payer les dettes, que, loin d'éco-

nomiser, le roi redouble de voyages, de dissipations.
de bâtiments ridicules; il y a un nouveau voyage de
Marly indiqué pour le 12, plusieurs voyages de Crécy,
de Choisy, de Rambouillet, aucuns retranchements ;
les troupes même, quoique bien réduites, vont encore à quatre millions annuels de dépense de plus
qu'avant la guerre. Le parlement est fort animé, on
lui a ouvert la bouche, il parle, les remontrances seront imprimées, copiées, répandues partout, mises
dans les gazettes.

A lui se joignent le public, les faiseurs de satires,
un public déjà très-alarmé, très-monté, très-mécontent, les parlements provinciaux , etc.

20 *mai*. — Voilà subitement la grande affaire du
parlement finie; la cour y a eu le mérite de précipiter
l'affaire par des coups serrés, de ne pas laisser réflé-
chir ni respirer les parlementaires étonnés. Ainsi, le
dimanche, le roi a reçu les remontrances, il y a répondu le soir même qu'il ne voyait pas dans ces remontrances de quoi changer sa résolution, et le parlement,
s'étant assemblé hier lundi, a conclu qu'il fallait obéir
au roi, puisqu'il voulait que sa volonté réitérée fût un
monument éternel à la décharge du parlement. Le soir,
le premier président a été à Choisy, et je ne doute pas
(quoique je ne le sache pas encore) que le roi n'ait
réitéré son ordre. Le parlement devait s'assembler de
relevée, à cinq heures; ainsi on a dû registrer les édits
dès hier au soir[1].

1. Voy. Isambert, *Anciennes lois francaises*, t. XXII, p. 223
et suiv. — Clément, *Portraits historiques*, p. 298 et suiv.

La cour regarde ceci comme un grand coup ; on est bien content du premier président ; l'on dit que, de cette affaire-là, il sera chancelier de France, et que la charge dans l'ordre du Saint-Esprit, vacante par le décès de M. Amelot, lui passera sur la tête : ainsi il sera cordon bleu.

Voilà le fisc bien riche. L'on prétend que le vingtième sera poussé à vingt-cinq millions, le clergé, les pays d'États y sont assujétis, toute voie d'abonnement et don gratuit en sont, dit-on, exclues pour s'en tirer. On dit encore que l'industrie, le commerce payera ; chaque marchand aura à retenir le vingtième de ce qu'il vendra. Je doute que cela se pousse à cette rigueur.

Outre cela, le roi va augmenter les fermes générales et sous-fermes de beaucoup.

Que si le roi se jette dans l'économie, il augmentera de beaucoup encore son revenu, et remboursera beaucoup de dettes.

Voilà toujours un soulagement que le dixième réduit au vingtième. Les remboursements de dettes vont jeter beaucoup d'argent sur la place, et le rendre, dit-on, bien commun.

Après cela, pourront venir quelques soulagements pour le peuple à la taille, au centième denier, etc.

Ainsi le roi est fort heureux, tout lui prospère, rien ne résiste, quoiqu'on crie toujours. On assure que, l'hiver prochain, nous aurons soixante-dix vaisseaux de guerre ou frégates en bon état.

Mme la Dauphine va à Forges, cela est décidé pour le mois prochain, et M. le Dauphin sera séparé d'elle pendant ce temps-là.

Le comte de Loss m'a dit qu'enfin le prince Édouard était en Pologne, et qu'on l'avait vu certainement passer à Leipzig; qu'il avait été huit jours caché dans Paris à fréquenter Mme de Talmond, et qu'il l'avait suivie en Lorraine, que M. de Maurepas n'en avait rien su, ou y avait eu connivence, qu'on savait qu'il était grand ami de Mme de Talmond, et que c'était (peut-être) une des choses qui avaient le plus contribué à sa disgrâce. Assurément le prince Édouard a grand tort de manquer ainsi à sa parole d'honneur qu'il avait donnée au roi de sortir de son royaume, et c'est grand déshonneur à lui de rentrer sur des terres dont il avait été chassé aussi brutalement.

Il m'a dit que si Mme la Dauphine ne m'avait jamais rien dit jusqu'à présent, mais m'avait parlé pour la première fois il y a deux jours, c'est que M. de Maurepas les tenait tous en crainte, et que je devais cette faveur à la disgrâce de ce ministre.

21 *mai.* — On parlait encore hier au soir de quelques modifications aux édits bursaux que le roi avait accordées spontanément au parlement, étant si satisfait de sa complaisance. On le saura dans peu de temps.

On parle d'autres parlements, et surtout de celui de Bretagne, comme devant faire une plus belle résistance. Pour celle de notre parlement de Paris, elle fait grand pitié; pourquoi avoir fait tant de bruit pour le cesser tout à coup et se soumettre?

On ne parle que de l'attachement fanatique qu'avait la meilleure partie de la cour à M. de Maurepas : cela va à avoir les visages changés, à en être malade, la raison est qu'on y espérait la fortune, et qu'il s'était attaché de bons amis, et les avait soutenus avec constance. Tout cela jure la perte de mon frère, il va leur être en butte; surtout la famille royale lui en veut beaucoup : on dit hautement que, si M. le Dauphin devenait le maître, il serait renvoyé sur-le-champ, que M. de Maurepas serait rappelé avec la même promptitude.

22 *mai.* — Je sais que le roi a eu la bonté de dire, quelque six mois après mon déplacement, qu'il s'en repentait, que je le servais de tout mon cœur.

Mme de Pompadour est mieux que jamais près du roi, se donnant pour l'adorer de plus en plus.

Le premier président Maupeou est aussi fort cher au monarque, depuis qu'il a si bien subjugué le parlement pour le faire consentir à l'enregistrement des édits.

M. de Puisieux a grandement déplu en montrant son chagrin de la disgrâce de M. de Maurepas; il s'est élevé sur la dignité des ministres *et des gens de condition.* On a dit de lui dans les cabinets : « Voilà un sot petit bourgeois. »

23 *mai.* — J'ai lu les remontrances du parlement, elles sont respectueuses et insolentes; il y avait matière à remontrances, mais le parlement voyait bien que le roi n'y acquiescerait pas : ce n'était donc plus que résistance dont il s'agissait.

La police a retranché de la nouvelle pièce qu'on joue

(*Aristomène*[1]) des vers sur les impôts qui allaient trop au temps présent :

> Tributs qu'au bien public consacraient nos ancêtres
> Et qui ne servent plus qu'à l'orgueil de nos maîtres.

M. de Séchelles, intendant de Flandre, que l'on dit s'être si fort enrichi dans l'intendance de l'armée, vient d'avoir 50 000 livres de gratification.

24 mai. — Mon fils s'imaginait que mon frère allait lui procurer la survivance de sa place pour son soulagement, d'autant plus qu'il lui avait dit de ne pas partir si tôt pour Soleure, et que rien ne pressait, mais hier il a eu des conversations négatives et exclusives, et il part.

Mylord Lismore, ci-devant M. O'Brien, qui arrive de Madrid et de Rome, m'a dit qu'il était persuadé que le prince Édouard est actuellement caché quelque part en Angleterre, et qu'il est faux qu'il soit en Pologne. Depuis quelque temps, il a paru des révoltes à Londres, qui ont embarrassé la cour ; à la comédie, le peuple s'échauffa ; l'orchestre jouait la marche du duc de Cumberland ; on demanda la marche écossaise du prince Édouard, il fallait obéir ; le duc de Cumberland fut obligé de se retirer, et l'on fit avancer la garde. A des courses de chevaux, on a pris la cocarde Stuart, et on a crié : *Vive Édouard !* Ces étincelles pourraient être excitées par sa présence.

25 mai. — Je raisonnais hier avec un homme in-

1. De Marmontel.

struit des affaires d'Angleterre; il ajoute à ce que m'en
dit avant-hier mylord Lismore, qu'il n'est pas impossible qu'un de ces jours on entende dire que les ports
d'Angleterre sont fermés, et qu'il s'y passe une révolution. On commence à croire que le prince Édouard
y est actuellement déguisé, et bien caché. Il est certain que, depuis la fin de la guerre, il n'a pour conseil que des jacobites protestants et d'Angleterre;
plaise à Dieu que ce ne soient pas des traîtres!

Ce qu'il y a de certain, c'est que le gouvernement
hanovrien fait beaucoup de mécontents. Ne voyons-
nous pas partout qu'il y donne lieu : son avarice,
les dettes où la nation est engagée, la tricherie pour
la guerre et pour la paix, la pusillanimité, l'imbé-
cillité du prince de Galles, la férocité du duc de
Cumberland, tout l'argent qui passe à Hanovre, les
guerres étrangères où l'on engage la nation, le Nord,
l'Allemagne qui ruine l'Angleterre, le crédit prêt à
manquer, les arrangements avec l'Espagne qui se re-
culent, le peu de succès à la guerre de mer, les ministres vendus, les parlements corrompus? N'en voilà-t-il
pas plus qu'il n'en faut pour fonder ce profond mécontentement? Que si, d'un autre côté, vous considérez
le prince Édouard, vous lui trouverez toutes les qualités, et sur lui toute l'opinion qui peuvent opérer
cette révolution; brave, ferme, beau, vigoureux, no-
ble, désintéressé, brouillé irréconciliablement avec la
France, méprisant Rome, et ne s'arrêtant à rien de
ce qui est de la religion, méprisant son père, s'étant
défait de son frère qui était bigot et que voilà cardinal, n'ayant été à la messe en France que par manière d'acquit. Enfin, il s'est abandonné aux conseils

des Anglais, il ne craint rien d'eux, il y espère tout.
Son droit est bon, on l'enseigne publiquement dans
l'Université d'Oxford; on a bien pu déposséder son
grand'père pour l'infraction des lois et pour son attachement à Louis XIV. Cette exclusion continue dans
la personne de son père pour la même raison, bigoterie et gallicisme, mais les décisions nationales n'ont
pu priver cette race de son droit; le fond du droit
reste malgré les actes illégitimes, et ceux qui excluent
les Stuarts passeront pour des actes de violence et de
tyrannie publique, comme ce qui s'est passé sous
Cromwell.

27 *mai.* — J'ai appris que le roi d'Espagne traite le
Prétendant en roi, et l'appelle Votre Majesté dans ses
lettres, ce que nous ne faisons pas, à cause du traité
particulier de la régence contre les Stuarts. Cependant notre ambassadeur à Rome l'appelle aussi Votre
Majesté, à cause qu'il est reconnu pour roi à la cour
romaine.

30 *mai.* — On a eu nouvelle que le rhinocéros est
mort enragé à Lyon, qu'il a mordu cinq à six personnes qui sont mortes de même. Sa rage venait de
chaleur d'amour; on n'a pu trouver de mâle propor-
tionné à cette monstrueuse bête.

L'on ne doute pas présentement que la cause du
renvoi de M. de Maurepas ne soit pour la crainte du
poison qu'en avait la marquise de Pompadour; il est
vrai que je ne tiens ceci que de gens attachés à M. de
Maurepas. La marquise dit continuellement au roi
qu'elle aurait ce sort de la même main qui avait em-

poisonné Mme de Châteauroux si à propos pour ce
ministre; elle avait toujours un chirurgien couché
près d'elle, avec des contre-poisons; cela a fatigué le
monarque, qui a voulu se délivrer enfin d'une si
grande crainte. On a nouvelle qu'il se porte très-bien
à Bourges, qu'il s'égaye, qu'il monte à cheval, qu'il
lit beaucoup. On a refusé à Caylus la permission de
l'aller voir. Qu'il est malheureux! que je le plains! il
ne peut espérer son retour au ministère que par la
mort de notre cher souverain.

30 *mai*. — M. de Moncrif, petit bel esprit, suivant
la reine, vient d'avoir pour rien la charge de maître
d'hôtel de cette princesse, à la place du sieur Fournier;
voilà une haute récompense d'un bien petit mérite!

S. M. a résolu quantité de voyages coup sur
coup pour le mois de juin à Crécy, Rambouillet,
Choisy, etc., ces voyages ne devant pas durer plus
de quatre jours chacun, jusques à celui de Compiègne
qui sera de six semaines. Chaque petit voyage du roi
pour trois à quatre jours coûte d'extraordinaire
100 000 livres. Un grand mal encore est le peu
d'expédition des affaires ministérielles, les ministres
et les premiers commis n'ayant pas le talent ni le zèle
de faire aller leurs travaux sans dissipation et sans
relâchement.

1er *juin*. — On a été tout surpris d'apprendre que
M. de Machault avait été nommé ministre d'État. On
a dit : C'est donc là la récompense du vingtième imposé, et de cette tache d'huile éternelle et de toute la
mauvaise administration d'un homme indolent pour

les affaires d'État, borné, médiocre, nullement au fait de sa besogne, et ne faisant tout que par compère et par commère!

11 *juin*. — Les Hollandais n'ont pas manqué d'imprimer dans leur gazette la lettre que M. de Puisieux a écrite à M. de Larrey, leur ministre, touchant une visite que les officiers de la douane de Paris ont faite dans la maison dudit de Larrey. On avait eu avis qu'il y avait du tabac chez le Suisse de l'hôtel de Hollande, on crut qu'il s'agissait d'un hôtel garni, on se trompa.

Sur cela, M. de Puisieux a cru devoir faire la plus grande réparation à ce ministre hollandais qui jamais ait été faite; on a mis l'élu (qui assistait à la visite) au For-l'Évêque, quatre fermiers généraux sont venus demander excuse, on a cassé les commis, etc. Mais le fort est cette lettre authentique de M. de Puisieux, qui rend compte de tout cela, et qui marque que le roi a voulu prouver aux États généraux ses sentiments *par cette prompte réparation*. Ce terme est triste et ne convient pas dans la bouche du ministre d'un grand empire comme le nôtre. Jamais la cour de Rome ne voulut s'humilier à ce terme de *réparation* dans la négociation pour terminer l'affaire des Corses. Que dirait le feu roi de cette bassesse par inadvertance?

14 *juin*. — Le marquis de Hautefort vient d'être nommé ambassadeur à la cour de Vienne. Cela le mène au cordon bleu, mais à peu de gloire. Qu'avons-nous à négocier à Vienne, cour ennemie par le passé, pour le présent et l'avenir? M. d'Hautefort est un bon

gentilhomme, doux, vaniteux, de peu de sens, honnête homme, qui ne gâtera rien dans cet emploi. Ce
qu'il a de mieux à faire, pendant son ambassade, est
d'observer avec de bons yeux de combien le pouvoir
et autorité despotique de la Maison d'Autriche seront
montés dans l'empire, et de combien celui de la Russie
sera monté dans le Nord.

M. de Machault fait merveille; on voit grands mouvements dans la finance.

Depuis qu'on a pris le système anglais des annuités
au porteur pour les trente-six millions de contrats
créés dernièrement, on porte avec ardeur à la caisse
de cette création; on assure qu'il y a déjà plus de dix
millions d'y portés.

On affirme qu'incessamment tous effets principaux,
soit sur le roi, soit sur particuliers, seront pareillement rendus commerçables; on les mettra sans doute
au porteur, ce qui sera très-bonne besogne, et, par
là, l'argent deviendra fort commun en France et à
4 p. 100, et tout se tournera au commerce.

L'on vient de créer une compagnie royale d'assu-
rance pour les vaisseaux et pour toute autre chose
que l'on voudra assurer, le tout à l'imitation des Anglais. Cela va mettre sur la place 2500 actions com-
merciales et, qui plus est, lucratives, si la cour ne se
mêle pas sur cela de protection indiscrète et de législation forcée.

18 *juin*. — On est, dit-on, assez triste à Marly;
chacun y vit en son particulier; on y joue un gros et
horrible jeu; M. de Soubise, M. de Luxembourg s'y
ruinent, le roi gagne gros, Madame Infante a fait

quatre mains à fond, qui étaient en total de plus de deux mille louis. Voilà, dit-on, de quoi meubler sa Maison en Italie. Elle part le 1ᵉʳ septembre; la suite est nommée.

On décidera à Compiègne les places publiques, l'hôtel de ville, l'achèvement du Louvre, où, comment, quand cela commencera.

M. de Puisieux a dit publiquement que le prince Édouard Stuart était maintenant à Venise, et que les Vénitiens voulaient le renvoyer, comme on avait fait en France, leur République ne voulant se brouiller avec personne.

21 juin. — Mon cousin de Caumartin épouse, par les soins de mon frère, Mlle Mouffle, dont le père a fait faillite, mais les reprises de sa mère ont sauvé 35 000 livres de rentes à la fille, ce qui ne va pas cependant sans quelques clameurs des créanciers.

Cela a fait grande dispute avec M. le comte de Clermont, prince du sang, qui machinait depuis longtemps cette fille riche pour le fils de son gouverneur.

La misère augmente dans Paris; on y fourmille de mendiants; on ne saurait s'arrêter à une porte que dix gueux ne viennent vous relancer de leurs clameurs. On dit que ce sont tous les habitants de la campagne qui, n'y pouvant plus tenir par les vexations qu'on y essuie, viennent se réfugier dans la ville de Paris, préférant la mendicité au labeur.

Voilà grande dispute dans le haut clergé, et cela par la grande sottise de l'ancien évêque de Mirepoix, qui ne sait plus ce qu'il fait. L'archevêque de Tours, mécontent de n'être pas archevêque de Paris, a donc

tombé sur le livre du P. Pichon avec ardeur; d'autres
évêques l'ont condamné avec franchise, d'autres avec
dissimulation et politique. Enfin, l'archevêque de
Tours, ayant vu qu'on le maltraitait à la cour, cela
a valu à ses ouailles un joli volume in-12 d'une
instruction pastorale que l'on dit être excellente,
touchant la matière de la fréquente communion et
de la justification. Le clergé de cour, M. de Mirepoix, l'archevêque de Paris, le cardinal de Rohan
(qui végète encore) se sont scandalisés de ceci, et il
été résolu de condamner l'archevêque de Tours, s'il
ne se rétracte. On trouve tout ce qu'on veut dans les
livres dogmatiques; on a donc relevé dans celui-ci
une vingtaine de propositions prétendues hérétiques
et que le clergé de cour est prêt à condamner; le
coup prêt à partir, on a écrit à l'archevêque de
Tours, comme par amitié, de venir à Paris en raisonner avec ses amis; il a répondu sec qu'il se tiendrait
à Tours, où il était bien, et sur cela il riposte de
trente évêques qui sont tous prêts à signer des mandements ou actes pour adopter son livre et le donner à
leurs brebis pour nourriture spirituelle. Voilà de la
bouillie pour les chats. Dès que la paix politique est
faite, il faut toujours qu'il s'élève quelque guerre ecclésiastique. L'archevêque de Paris[1] est aujourd'hui
une espèce de favori près du roi; sa figure plaît au
monarque; on dit que S. M. l'a déclaré comme premier président perpétuel des assemblées du clergé,
qui se tiendront désormais dans la capitale; il ne tardera pas à être cardinal.

1. Christophe de Beaumont.

M. le chancelier vient de faire supprimer toutes les prévôtés, châtellenies, etc., résidentes dans les mêmes villes où il y a bailliage et sénéchaussée, sauf à en supprimer encore dans les mêmes ressorts, comme inutiles et nuisibles, chose avantageuse à la justice que cela simplifie, ôtant des degrés de juridiction qui ne faisaient que manger les plaideurs.

Le roi vient de donner 20 000 livres de pension à M. le chancelier, et 10 000 livres au premier président Maupeou, pour les récompenser d'avoir fait passer si heureusement l'affaire du vingtième et des trente-six millions d'emprunt.

23 juin. — Il est grand bruit de la mort du sieur Coffin, ancien recteur de l'Université et principal du collége de Beauvais. Il est mort sans sacrements, par la rigueur schismatique de l'archevêque de Paris; celui-ci défend à tous confesseurs (sous peine de leur retirer les pouvoirs) d'absoudre ceux qui sont soupçonnés d'anti-Constitutionisme, sans les interroger sur le dogme et sans leur faire rétracter leur appel. Cependant M. Coffin avait eu l'absolution, mais personne n'a osé l'avouer; on voulait aussi l'empêcher d'être enterré en terre sainte, cela ne s'est fait qu'avec effort et scandale.

Les pouvoirs des PP. de l'Oratoire étant expirés, il a fallu qu'ils recourussent à l'archevêché, où on leur a fait accepter la Constitution. Le P. Renaud, entre autres fameux prédicateurs de l'Oratoire, a subi le joug, a fléchi le genou devant Bélial, disent les jansénistes, ce qui le décrie désormais; ils disent de lui que, puisqu'il aime tant son talent de prédicateur par pures

vues humaines et sans vues du ciel, il fallait autant
qu'il se fît comédien.

24 juin. — Le prince Édouard fait des pointes et
des feintes de tous côtés; il fait paraître quelqu'un
qui lui ressemble à Venise, puis à Boulogne. Ses partisans publient ce bruit, puis le laissent tomber; enfin sa marche et sa résidence sont plus cachées que
jamais, pour remplir toujours d'espérance ses partisans.

Hier a été l'enterrement de M. Coffin, dont j'ai
parlé; c'est la mode aujourd'hui que les grands at-
troupements aux enterrements des célèbres appelants;
il y avait plus de dix mille personnes à celui-ci; le
convoi était encore au collége de Beauvais que la
queue n'était pas sortie de la paroisse Saint-Étienne
du Mont; il y avait des échafauds aux coins des rues.
On brave ainsi le gouvernement et sa persécution
schismatique.

25 juin. — Mme la Dauphine part aujourd'hui
pour les eaux de Forges, et le roi garde à vue M. le
Dauphin. Au retour des eaux, nous aurons enfin un
duc de Bourgogne.

27 juin. — On rappelle de Munich M. de Baschi,
notre envoyé, beau-frère de Mme de Pompadour;
on l'envoie notre ambassadeur en Portugal; on croit
qu'il suffira pour y rétablir le commerce avec le bon
conseil que nous y aurons (Duverney); on ne sait qui
on enverra à Munich en sa place; mais il y faut un
homme de plus d'intelligence que cet automate.

28 juin. — M. le marquis de Dreux a l'agrément de la charge de feu M. Amelot, de grand prévôt et maître des cérémonies de l'ordre du Saint-Esprit : ainsi il réunira, comme de Rhodes, les cérémonies de France avec celles du Saint-Esprit; cependant on trouve de quelque ravalement pour lui qu'étant lieutenant général et à portée d'avoir le cordon bleu, comme chevalier de l'ordre, il n'ait cette décoration que par charge.

M. Dupleix, commandant à Pondichéry pour la Compagnie des Indes, vient d'être fait commandeur de l'ordre de Saint-Louis, pour avoir bien défendu Pondichéry.

Un homme des cabinets m'a dit que la comtesse d'Estrades continuait d'être le conseil secret et solide de la marquise de Pompadour; que mon frère était en grande liaison avec cette comtesse, et même qu'elle y procédait de meilleure foi que lui[1]; que le crédit de la maîtresse sur le roi est plus grand que jamais, qu'ainsi tout va bien.

Enfin il est décidé, dit-on, que Madame Infante partira le 20 septembre pour Parme; en attendant, elle a de fréquentes conversations d'affaires avec le roi.

29 juin. — La marquise de Pompadour vient de

---

1. La comtesse d'Estrades passait pour être la maîtresse du comte d'Argenson : « C'était, dit Craufurd, une parente de M. Lenormand et une complaisante de Mme de Pompadour qui l'avait attirée à la cour. Elle était vendue au comte d'Argenson qui savait par elle tout ce qui se passait chez la favorite, et qui payait libéralement son ingratitude et sa perfidie. »

montrer son crédit en toutes choses, en forçant MM. Rouillé et de Montarant à recevoir un adjoint ou collègue dudit Montarant pour la direction de la Compagnie des Indes. Ce collègue est le sieur de Saint-Priest[1], maître des requêtes, grand ami de la marquise de Pompadour, on ne sait comment; elle le trouve homme de beaucoup d'esprit, et on ne doute pas qu'il ne parvienne bientôt au ministère; elle lui avait déjà procuré plusieurs bureaux. Le petit Montarant enrage et est fort découragé de ceci.

Le roi a marqué beaucoup de sollicitude de la maladie de M. le Nain et en demandait souvent des nouvelles; Sa Majesté disait que c'était le magistrat de son royaume le plus spirituel, le plus sage et le plus intègre.

M. de Fresnes, traitant d'une affaire de conséquence avec un homme qu'il veut obliger, lui a dit : « Dépêchons-nous, en sorte que cela soit fait avant que mon père se retire. » L'on croit que mon frère sera chancelier de France, et que M. le Nain aura le ministère de la guerre. Certes, M. de Richelieu pousse à ceci autant qu'il peut, pour se défaire de l'un et approcher de l'autre. Pour M. de Maupeou, il est bien décidé qu'il ne sera point chancelier, quelque envie qu'il en ait; il en reçoit presque les compliments chez lui.

La duchesse de Chartres, voulant faire ses adieux au petit Melfort, son amant, qui était déjà censé parti pour son régiment, lui a donné rendez-vous au bois de Boulogne, d'où elle a renvoyé son carrosse, ses

1. Jean-Emmanuel Guignard de Saint-Priest.

pages, valets de pied et femmes. Quand on a vu ce
retour de suite à Saint-Cloud, on a voulu les faire
retourner, mais on ne savait pas où trouver la princesse, qui était égarée dans les bois, aventure fort
ridicule.

30 *juin*. — Un homme de finance m'a dit que le
payement des rentes sur la ville était retardé de neuf
à dix millions, et cela dès le temps de M. Orry;
qu'on travaillait peu à le rétablir au courant; en effet,
nous voilà à la fin de juin, et on n'était encore avant-
hier qu'à l'M.

La caisse d'emprunt de trente-six millions avance
beaucoup de se remplir; si elle ne l'était pas dans le
terme, on aurait la voie de donner des annuités aux
créanciers pour la guerre.

D'ailleurs on s'attend bientôt à une survenance prodigieuse d'argent par les flottes espagnoles d'Amérique; nous y avons jusqu'à soixante millions de
notre monnaie à nous revenir.

Enfin cet homme, qui est grand confident du contrôleur général Machault, m'a dit que dans un an d'ici
l'argent serait commun à Paris, à 4 pour 100. On
va travailler à vendre toutes les rentes sur la ville et
autres effets royaux commerçables, et en annuités au
porteur pour ceux qui le voudront, comme les trente-
six millions qu'on vient de créer, réduisant le capital
au denier vingt pour ceux qui voudront le réduire
ainsi, puis réduisant l'intérêt de ce capital à 4 pour
100, pour ceux qui voudront le réduire, en vue de le
commercer et d'en recevoir le remboursement.

On prétend pousser le vingtième jusqu'à vingt-cinq

millions annuels, et même davantage, si le royaume
prospère, que l'argent des remboursements va mettre
annuellement sur la place de Paris.

Pourvu cependant, dit-il, que la prodigalité royale
ne continue et n'augmente pas, car le roi donne trop
aux uns et aux autres : pensions, gratifications, écurie,
bouche, voyages, bâtiments, etc.

Pour le bâtiment de Meudon, il a fallu des fonda-
tions de plus de cent pieds. On fait actuellement, près
de Trianon, un poulailler pour la marquise qui coûtera
plus de 400 000 livres. M. de Tournehem n'entend
rien, dit-on, aux bâtiments, et ruine le roi par cette
mauvaise régie.

On vient de donner à Mme la Dauphine une liseuse
en titre; c'est une demoiselle française qui l'avait ac-
compagnée de Dresde.

M. de Pleurre, intendant de la Rochelle, vient de
mourir de la petite vérole; c'était un très-bon sujet.

M. le Nain, intendant de Languedoc, sur qui on
avait de grands desseins pour le ministère, est plus
mal de sa gangrène; on va lui couper un doigt de la
main; on trouve qu'il a la v..... jusque dans la moelle
des os; il n'est pas en état de supporter le grand
remède.

TABLE DES MATIÈRES.

PARIS. — IMPRIMERIE DE CH. LAHURE ET Cⁱᵉ
Rue de Fleurus, 9

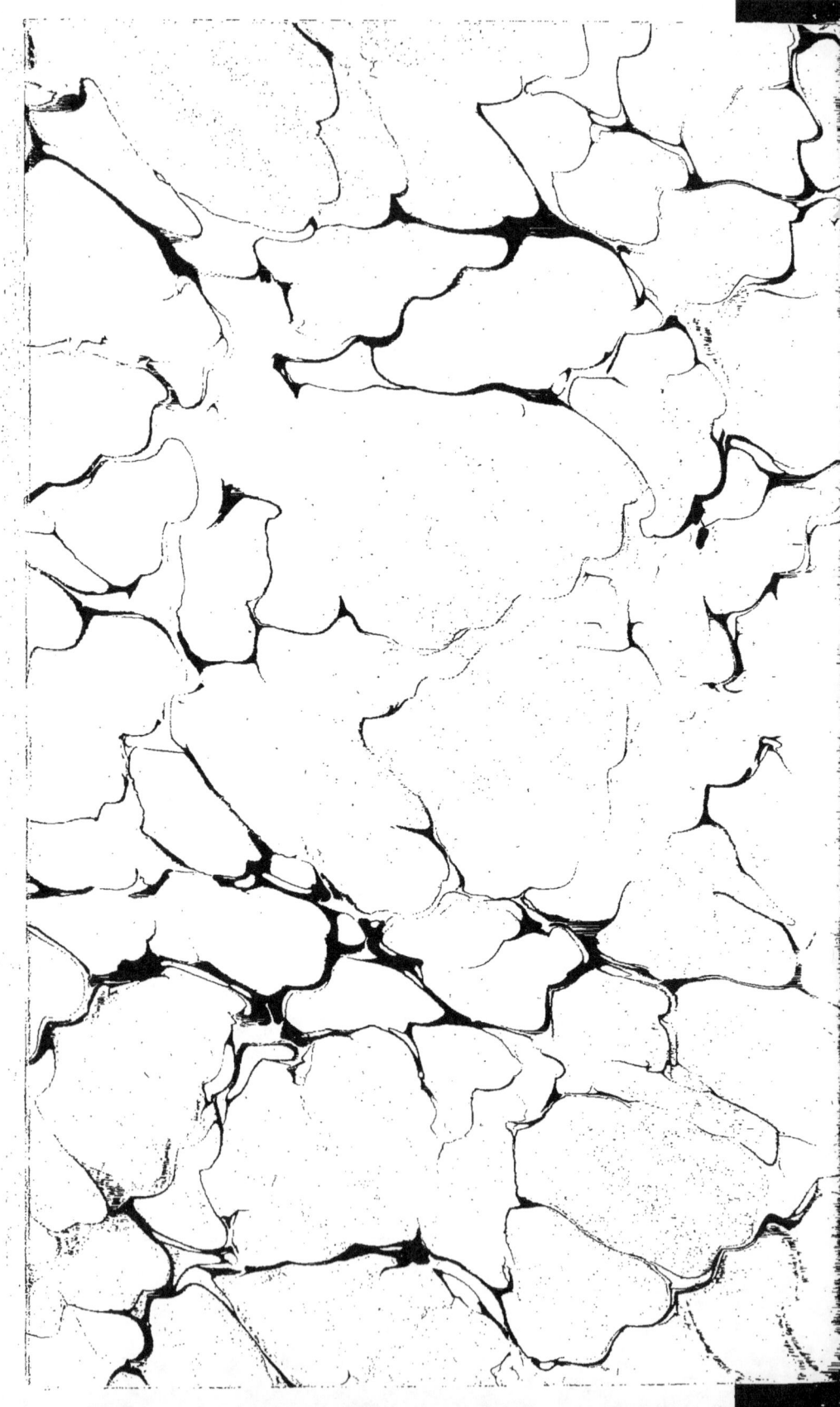

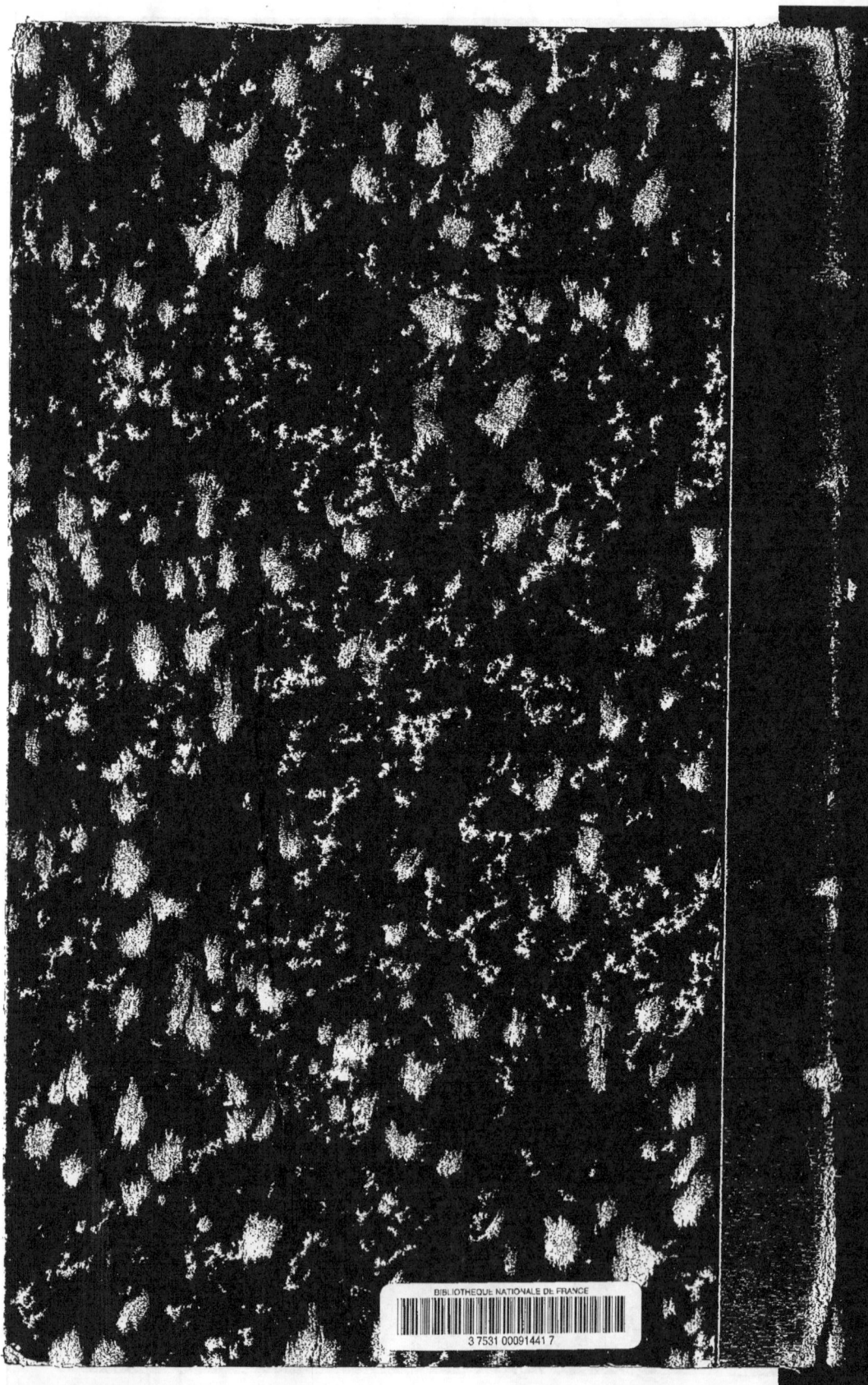

www.ingramcontent.com/pod-product-compliance
Lightning Source LLC
Chambersburg PA
CBHW061023030726
47504CB00002B/227